U0934609

狄　公　案

清·不题撰人　著
苏　子　校注

金盾出版社

内 容 提 要

《狄公案》是中国古代三大公案传奇小说之一。小说以武则天时代为背景,从狄仁杰任昌平县令起,至任宰相期间,整肃朝纲,迫使武则天退位,李显复位登朝,还政李氏而结束。全书共六十四回,通过若干具体事例的生动描写,对狄仁杰秉公断案,清正廉洁,不畏权贵,刚正不阿的性格做了全方位展现。

图书在版编目(CIP)数据

狄公案/(清)不题撰人著;苏子校注.—北京:金盾出版社,2017.8(2019.3 重印)
ISBN 978-7-5186-1088-4

Ⅰ.①狄… Ⅱ.①不…②苏… Ⅲ.①仪义小说—中国—清代 Ⅳ.①I242.4

中国版本图书馆 CIP 数据核字(2016)第 281649 号

金盾出版社出版、总发行
北京市太平路 5 号(地铁万寿路站往南)
邮政编码:100036 电话:68214039 83219215
传真:68276683 网址:www.jdcbs.cn
双峰印刷装订有限公司印刷、装订
各地新华书店经销
开本:880×1230 1/32 印张:9.875 字数:270 千字
2019 年 3 月第 1 版第 2 次印刷
印数:4 001～7 000 册 定价:30.00 元

前　言

中国古代公案传奇小说是中华传统文化的一个重要组成部分，虽然就其文学价值而言，它们比不上中国古典四大名著《红楼梦》《三国演义》《西游记》《水浒传》，但在中国古代小说大家庭中，仍然具有一定的文学价值。被称为中国古代三大公案传奇小说的《包公案》《狄公案》《海公案》，当属中国古代公案传奇小说的代表作；《施公案》又将公案与侠义合璧。这四部公案传奇小说，情节生动，通俗易懂，自问世以来一直深受人民大众的喜爱。

《狄公案》是诞生于清朝末年的一部公案传奇小说，原名《武则天四大奇案》，又名《狄梁公全传》《狄梁公四大奇案》。该书以唐武则天时代为背景，从狄仁杰任昌平县令平断冤狱写起，至任宰相时整肃朝纲，逼武则天还政李氏结束。全书共六十四回，内容跌宕起伏，扣人心弦，对狄仁杰秉公断案，清正廉洁，不畏权贵，刚直不阿的性格做了全方位展现。该书在公案传奇小说中，不仅文学价值较高，且带有强烈的政治色彩。在慈禧擅权的光绪年间，小说作者用不题撰人署名，可见其良苦用心。只是不题撰人究竟是何人，已无从查考。

狄仁杰(630—700)，字怀英，并州太原(今山西太原)人，唐代武周时政治家。早年考中明经科，历任汴州判佐、并州都督府法曹、大理丞、侍御史、度支郎中、宁州刺史、冬官侍郎、文昌右丞、豫州刺史、复州刺史、洛州司马，以不畏权贵著称。天授二年(691 年)九月，狄仁杰担任同凤阁鸾台平章事，成为宰相。但不久就被来俊臣诬陷下狱，平反后贬为彭泽县令，契丹之乱时被起复。神功元年(697 年)，狄仁杰再次拜相，历任鸾台侍郎、同凤阁鸾台平章事、纳言、右肃政台御史大夫。他犯颜直谏,力劝武则天立庐陵王李显为太子,使得唐朝社稷得以延续。久视元年(700年),狄仁杰进封内史,并于同年病逝,追赠文昌右相,谥号文惠,后又追赠司空、梁国公。

《旧唐书·狄仁杰传》载狄仁杰:“仪凤中为大理丞,周岁断滞狱一万七千人,无冤诉者。”一年之内判决了大量的积压案件,涉及一万七千人,却无一人冤诉,其秉公断案,清正廉洁,而名声大振。作者选择狄仁杰为原型,并以公案传奇故事作为小说的主要情节,有其历史依据。诚如刊印此书的警世觉者在序言中所说:“览是编者,知不必悉依正史,而得史之意居多,读者其亦善体也夫!”说明小说写的不完全是历史上的狄仁杰,而是通过塑造狄仁杰这个人物形象,引人思索,体会更多的历史意义。

为便于读者阅读,本书校注时,除修改错别字外,对疑难字词做了注音和注释。

编 注 者

自　　序

凡书之作，必当知其命意所在。知其命意所在，则何书不可读？所以作书者，或借古人为式法，或举往事以劝惩。推原其故，悉本挽颓风、砭末俗。夫颓风之甚，莫甚于人心之不古，末俗之坏，莫坏于邪念之易生。今偶于案头见《狄梁公四大奇案》一书，离奇光怪，可愕可惊。书中若陶干马荣之徒，本绿林豪客，能使心悦诚服于指挥；若周氏王氏之流，本红粉佳人，互见遗臭流芳于案牍；至若怀义敖曹之辈，不足以挂人齿类，而亦附以示贬；狄公真人杰也哉！世之览是编者，知不必悉依正史，而得史之意居多，读者其亦善体也夫！

光绪二十八年岁次壬寅春三月，警世觉者序于沪上之滴翠轩。

目　录

第一回　入官阶昌平为令　升公堂百姓呼怨

诗曰：

世人但喜作高官，执法无难断案难。
宽猛相平思吕杜①，严苛尚是恶申韩②。
一心清正千家福，两字公平百姓安。
唯有昌平旧令尹，留传案牍后人看。

自来奸盗邪淫，无所逃其王法，是非冤抑，必待白于官家，故官

---

① 吕杜：吕不韦、杜如晦。吕不韦（前292—前235），姜姓，吕氏，名不韦，濮阳（今河南省安阳市滑县）人。战国末年著名商人、政治家、思想家，官至秦国丞相。主持编纂《吕氏春秋》（又名《吕览》），有八览、六论、十二纪共20余万言，汇合先秦各派学说，兼儒墨，合名法，故史称“杂家”。

杜如晦（585—630），字克明，汉族，京兆杜陵（今陕西西安长安）人，为唐朝初李世民帐下重要参谋。与房玄龄一起为李世民出谋划策，参与策划玄武门事变。李世民承帝位后，杜如晦与房玄龄为左右宰相，为朝廷选拔人才，制定法度，深得唐太宗李世民倚重。

② 申韩：申不害、韩非子。申不害（前385—337，另有资料认为前420—前337年），亦称申子，郑国京邑（今河南新郑）人。战国时期法家重要代表人物之一、思想家。著有《申子》是春秋战国时期，百家争鸣中的代表人物。（今郑州荥阳东南京襄城）人，曾为郑国小吏，公元前375年（韩哀侯二年），韩国灭掉郑国后，韩昭侯重用他为丞相，在韩国主持改革，推行法治，“内修政教，外应诸侯”，十五年间便使韩国强盛起来，史称“终申子之身，国治兵强，无侵韩者。”

韩非子（前280—前233），汉族、战国末期著名思想家、法家代表人物。尊称韩非子或韩子。韩王（战国末期韩国君主）之子，荀子的学生。作为秦国的法家代表，备受秦王嬴政赏识，但遭到李斯等人的嫉妒，最终被下狱毒死。他被誉为得老子思想精髓最多的二人之一（另一人为庄周）。著有《韩非子》一书，共五十五篇，十万余字。在先秦诸子散文中独树一帜，呈现韩非极为重视唯物主义与效益主义思想，积极倡导君主专制主义理论，目的是为专制君主提供富国强兵的霸道思想。

清则民安，民安则俗美。举凡游手好闲之辈，造言生事之人，一扫而空之。无论平民之乐事生业，即间有不肖之徒显于法纪，而见其刑罚难容，罪恶难恕，耳闻目睹，皆赏善罚恶之言，宜无不革面洗心，改除积习。所以欲民更化，必待宰官清正，未有官不清正，而能化民者也。然官之清，不仅在不伤财不害民而已，要能上保国家，为人所不能为、不敢为之事；下治百姓，雪人所不能雪、不易雪之冤。无论民间细故，即宫闱细事，亦静心审察，有精明之气，有果决之才，而后官声好，官位正，一清而无不清也。故一代之立国，必有一代之刑官，尧舜之时有皋陶，汉高之时有萧何，其申不害、韩非子，则固历代刑名家所祖宗者也。若不察案之由来，事之初起，徒以桁杨刀锯①，一味刑求，则虽称快一时，必至沉冤没世，昭昭天报，不爽丝毫。若再因赂而行，为贪起见，辄自动以五木②，断以片言，是则身不修，而治国治民，上清宫闱，下安百姓，岂可得哉！间尝旷览古今，博稽野史，有不能断其无，并不能信其有者。如此书中所编之审案之明，作案之奇，访案之细，破案之神，或因秽乱春宫，或为全其晚节，或图财以害命，或因奸以成仇，或误服毒猝至身亡，或出戏言疑为祸首，莫不无辜牵涉，备受苦刑。使非得一人以平反之，变言易服，细访微行。阳以为官，阴以为鬼，年至得其情，定其案，白其冤，雪其辟，而至奇至怪之狱，终不能明。春风倦人，日闲无事，故特将此书之原原本本，以备录之，以供众览。非敢谓警世醒俗，亦聊供阅者之寂寥云尔。诗曰：

备载离奇事，钦心往代人。
廉明公平者，千古大冤伸。

---

① 桁杨刀锯：泛指各种刑具。桁杨：古代用于套在囚犯脚或颈的一种枷；刀锯：刀和锯，特指施宫刑用具。

② 五木：古代博戏用具，是木制的五子，故名五木。后世亦有用石、玉、象牙或骨制的。现已失传。据宋·程大昌《演繁露》记载，它的形状是两头尖，所以能够转跃，中间两面平广可以镂采，一面涂黑画犊，一面涂白画雉。投子时，最高采称为卢，须五子皆黑；次等称为雉，须四黑一白；若黑白相寻，又次一等，或称为枭、或称为犍。后世对五木加以改制，截去两头尖端，蹙长为方，由二面成为六面，演化成另一种赌具骰子。

话说这部书，出自唐朝中宗[①]年间，其时武后临朝，四方多事。当朝有一位大臣，姓狄名仁杰，号德英，山西太原县人。其人耿直非常，忠心保国，身居侍郎平章之职，一时在朝诸臣，如姚崇、张柬之等人，皆是他所荐。只因武三思倡乱朝纲，太后欲废中宗立他为嗣，狄仁杰犯颜力争，奏上一本，说陛下立太子，千秋万岁配食太庙。若立武三思，自古及今，未闻有内侄为夫子，姑母可祀太庙的道理，因此才恍然大悟，除了这个念头，退政与中宗皇帝，就称仁杰为国老，迁为幽州都督。及至中宗即位，又加封梁国公的爵位。此皆一生的事节，由唐朝以来，无不人人敬服，说他是个忠臣。殊不知这时多事，皆载在历代史书上，所以后人易于知道。还有未载在国史，而传流在野史上的那些事，说出来更令人敬服，不但是个忠臣，而且是个循吏，而且是个聪明精细、仁义长厚的君子。所以武后自僭位以来，举几近狎邪僻，残害忠良，杀姊屠兄，弑君鸩母，下至民间奇怪案件，皆由狄公剖断明白。

自从父母生下他来，六七岁上，就天生的聪明。攻书上学，目视十行，自不必说。到了十八岁时节，已是学富五车，才高八斗。并州[②]官府，闻了他的文名，先举了明经[③]，后调为汴州[④]参军，又升授并州法曹。那朝廷因他居官清正，就迁他为昌平令尹。到任来，为地方上除暴安良，清理词讼，自是他的余事。手下有四个亲随，一个姓乔叫乔太，一个姓马叫马荣，这两人乃是绿林的豪客。这日他进京公干，遇了他两人要劫他的衣囊行李，仁杰见马荣、乔太，

---

① 中宗：李显（656—710），原名李哲，唐高宗李治第七子，武则天第三子。章怀太子李贤被废，立为皇太子。弘道元年（683）即位，太后武则天临朝称制。次年，被武则天废为庐陵王，并先后迁于均州、房州等地。圣历二年（699）被则天召还洛阳，复立为皇太子。神龙元年（705），宰相张柬之等起兵发动政变，杀死张易之、张昌宗等，拥中宗复位，废周为唐。共在位五年半，公元 710 年被妻子韦后和女儿安乐公主毒害，终年 55 岁，葬于定陵（今陕西省富平县西北 15 里的凤凰山）。

② 并州：山西太原的古称。

③ 明经：汉朝出现的选举官员的科目，始于汉武帝时期，至宋神宗时期废除。被推举者须明习经学，故以“明经”为名。

④ 汴州：即开封，古称梁、汴，又称汴梁。

皆是英雄气派，而且武艺高明，心下想道："我何不收服他们，将来代皇家出力，做了一番事业，他两人也可相助为理，方不埋没了这身本领。"当时不但不去躲避，反而挺身出来，招呼他两人站下，历劝了一番。哪知马荣同乔太十分感激，说："我等为此盗贼，皆因天下纷纷，乱臣当道，徒有这身本领，无奈不遇识者，所以落草为寇，出此下策。既是尊公如此厚义，情愿随鞭执镫，报效尊公。"当时仁杰就将两人收为亲随。其余一人姓洪，叫洪亮，即是并州人氏，自幼在狄家使唤。其人虽没有那用武的本事，却是一个胆大心细的人，无论何事，皆肯前去，到了办事的时候，又能见机揣度，不至鲁莽。此人随他最久。又有一人，姓陶叫陶干，也是江湖上的朋友，后来改邪归正，为了公门的差役，只因仇家太多，时常有人来报复，所以他投在狄公麾下，与马荣等人，结为至友。从昌平到任之后，这四人皆带他私行暗访，结了许多疑难案件。

这一日正在后堂，看那些往来的公事，忽听大堂上面，有人击鼓，知道是出了案件，赶着穿了冠带，升坐公堂。两班皂吏齐集在下面。只见有个四五十岁的百姓，形色仓皇，汗流满面，在那堂口不住的呼冤。狄仁杰随令差人把他带上，在案前跪下，问道："你这人姓甚名谁，有何冤抑，不等堂期控告，此时击鼓何为耶？"那人道："小人姓孔，名叫万德，就在昌平县南门外六里墩居住。家有数间房屋，只因人少房多，故此开了客店，数十年来，安然无事。昨日向晚时节，有两个贩丝的客人，说是湖州人氏，因在外路办货，路过此地，因天色将晚，要在这店中住宿。小人见是路过的客人，当时就让他住下。晚间饮酒谈笑，众人皆知。今早天色将明，他俩就起身而去。到了辰牌时分[①]，忽然地甲[②]胡德前来报信，说：‘镇口有两个尸首，杀死地下，乃是你家投店的客人，准是你图财害命，将他治死，把尸首拖在镇口，贻害别人。’不容小人分辩，复将这两个尸骸，拖到小人家门前，大言恐吓，令我出五百银两，方肯遮掩此事。‘不然这两人，是由你店中出去，何以就在这镇上出了奇案？这不是你移尸灭迹！’因此小人情急，特来求大老爷申冤。”

狄仁杰听他这番言语，将他这人上下一望——实不是个行凶的模样。无奈是人命巨案，不能听他一面之词，就将他放去，乃道：“汝既说是本地的良民，为何这地甲不说他人，单说是你？想见你也不是良善之辈，本县终难凭信。且将地甲带来核夺。”下面差役一声答应，早见一个三十余岁的人，走上前来，满脸的邪纹，斜穿着一件青衣，到了案前跪下道：“小人乃六里墩地甲胡德，见太爷请安。此案乃是在小人管下，今早见这两口尸骸，杀死镇口，当时并不知是何处客人。后来合镇人家，前来观看，皆说是昨晚投在孔家店内的客人，小人因此向他盘问。若不是他图财害命，何以两人皆杀死在镇上？而且孔万德说是动身时，天色将明，彼时镇上也该早有人行路，即使在路上遇见强人，岂无一人过此看见？问镇上店家，又未听见喊救的声音。这是显见的情节，明是他夜间动手，将两人杀死，然后拖到镇口，移尸灭迹。此乃小人的承认，凶手既已在此，求太爷审讯便了。”

狄仁杰听胡德这番话，甚是在理，回头望着孔万德实不是个图财害命的凶人，乃道：“你两人供词各一，本县未经相验，也不能就此

---

① 辰牌时分：早晨7时—9时。十二地支计时法将。一天分为12个时辰，按24小时分时段：子时：23时至1时；丑时：1时至3时；寅时：3时至5时；卯时：5时至7时；辰时：7时至9时……依次递推。

② 地甲：当地保甲。保甲制度是中国封建时代长期延续的一种社会治理方式，它的本质特征是以“户”（家庭）为社会组织的基本单位。汉代五家为“伍”，十家为“什”，百家为“里”；唐代四家为“邻”，五邻为“保”，百户为“里”，北宋王安石变法提出了十户为一保，五保为一大保，十大保为一都保；元朝又出现了“甲”，以二十户为一甲，设甲生。至清代，终于形成了“牌甲制”，以十户为一牌，十牌为一甲，十甲为一保。

定夺。且待登场之后，再为审讯。”说着，将他两人交差带去。随即传令伺候，预备前去相验。

不知后事如何，且看下回分解。

第二回　胡地甲诬良害已　洪都头借语知情

话说狄仁杰将胡德同孔万德两人，交差带去，预备前往相验。自己退堂，令人传了仵作①，发过三梆，穿了元服，当时带了差役人证，直向六里墩而来。所有那一路居民，听说出了命案，皆知道狄公是个清官，必能申冤理枉，一个个成群结队，跟在他轿后前来观看。到了下昼时分，已至镇上。早有胡德的伙计赵三，并镇上的乡董郭礼文备了公馆，前来迎接。狄公先问了两句寻常的言语，然后下轿说道："本县且到孔家踏勘一回，然后登场开验。"说着，先到了客店门首，果见两个尸身，倒在下面，委是刀伤身死。随即传胡德问道："这尸首，本是倒在此地的么？"胡德见狄公先问这话，赶着回禀："太爷恩典，此乃孔万德有意害人，故将杀死尸骸，抛弃在镇口，以便随后抵赖。小人不能牵涉无辜，故仍然搬移在他家门前。求太爷明察。"狄公不等他说完，当时喝道："汝这狗头，本县且不问谁是凶手，你既是在公人役，岂能知法犯法，可知道移尸该当何罪？无论孔万德是否有意害人，既经他将尸骸抛弃在镇口，汝当先行报县，说明缘故，等本县相验之后，方能请示标封。汝为何藐视王法，敢将这两口尸骸移置此处！这有心索诈，已可概见；不然即与他同谋，因分赃不平，先行出首。本县先将汝重责一顿，再则严刑拷问。"着令差役，重打了二百刑杖。登时喊叫连天，皮开肉绽。所有那镇上的百姓，明知孔万德是个冤枉，被胡德诬害，无奈是人命案件，不敢掺入里面，此时见狄公如此办法，众人已是钦服，说道："果然名不虚传，好一个精明

① 仵作：旧时官府检验命案死尸的人，清末改称检验吏，相当于现代的法医。

的清官!”

当时将胡德打毕，他仍是矢口不移，狄公也不过为苛求，带着众人到孔家里面，向着孔万德问道：“汝家虽是十数间房屋，但是昨日客人，住在哪间屋内，汝且说明。”孔万德道：“只后进三间，是小人夫妇同我那女儿居住。东边两间是厨房，这五间房屋，从不住客，唯有前进同中进，让客居住。昨日那两个客人前来，小人因他是贩丝货的客，不免总有银钱，在前进不甚妥帖，因此请他在中进居住。”说着领了狄公到了中进，指着上首那间房屋。狄公与众人进去细看，果见桌上尚有残肴酒迹，未曾除去，床面前还摆着两个夜壶。看了一遍，实无形迹，恐他所供不实，问道：“汝在这地既开了数十年客店，往来的过客，自必多住此处，难道昨日只有他两人，以外别无一客么?”孔万德道：“此外尚有三个客人，一是往山西贩卖皮货的；那两个是主仆两人，由河南至此，现因抱病在此，尚在前进睡卧呢!”狄公当时先将那个皮货客人带来询问，说是“姓高名叫清源，历年做此生理，皆在此处投寓。昨日那两个客人，确系天色将明的时节出去，夜间并未听有喊叫，至他为何身死，我等实不知情。”复将那个仆人提来，也是如此说法，且言主人有病，一夜未曾安眠，若是出有别故，岂能绝无动静。狄公听众人异口同声，皆说非孔万德杀害，心下更是疑惑，只得复往里面，各处细看了一回，仍然无一点痕迹。心下说道：“这案明是在外面身死，若是在这屋内，就是那三人帮同抵赖，岂能一点形影没有?”自己疑惑不定，只得出来。到了镇口，果见原杀的地方，鲜血汪汪，冒散在四处，左右一带，并无人家居住，只得将镇里就近的居民，提来审问。皆说不知情节。因早见过路人来，知道出了这案，因此唤了地甲，细细查访，方知是孔家店内客人。

狄公心里想道：“莫非就是这地甲所为?此时天色已晚，谅也不能相验，我先且细访一夜，看是如何，明早验复再议。”想罢，向着那乡董说道：“本县素来案件，随到随问，随问随结，故此今日得报，随即前来踏勘。但这命案重大，非日间相验，不能妥当，本县且在此处暂住一宵，明日再行开验。”吩咐差役，小心看管，自己到了公馆，与那乡董郭礼文谈论一番。招呼众人退去，随将洪亮喊来说道："此案定非孔万德所为，本县唯恐这胡德做了这事，反来自己出首，牵害旁人。你且去细访一会，速速回报。"

洪亮当即领命出来，找了那地甲的伙计赵三，并见个值日的差役，说道："我是随着太爷来办这案件，又没有苦主家，又没有事主，眼见得孔老儿是个冤抑，我们虽是公门口吃饭的人，也不能无辜罗唣好人，到此时腹中已是饥饿，胡德是此地地甲，难道一杯酒也不预备？我等也不是白扰的，太爷的清正，谁不晓得，明日回衙之后，总要散给工食，那时我们也要照还，此时当真令我们挨饿不成？"赵三听见洪亮发话，赶着上来招呼道："洪都头不必生气，这是我们地甲为案缠手，忘却叫人预备。即是都头与众位饿了，我小人奉请一杯，就在镇上东街酒楼上，胡乱吃一顿罢。"说着另外派了两人看守尸首，自己与大众来到酒楼。那些小二，见是县里的公差，知是为命案来此，赶着上来问长问短，摆上许多酒肴。洪亮道："我等不比寻常差役，遇了一件案子，就大吃大喝，拿着事主用钱，然后还索诈些银两走路。你且将寻常的饭菜，端两件上来，吃两杯酒，就算了。共计多少饭银，随后一总给你。"说着大家坐下。

洪亮明知胡德被打之后，为乔太、马荣两人押在孔家，当时向着赵三说道："你家头儿，也太疏忽了，怎么昨日一夜不在家，今日回来，知道这案件，就想孔老儿这许多银两，人家不肯，就生出这个毒计，移尸在他家门首，岂不是心太辣了么？究竟他昨夜到何处去呢，此乃眼面前地方，怎么连你巡更的皆逡巡不到？现在太爷打了他二百刑杖，明日还要着他交出凶手呢，你看这不是自讨苦吃么。"赵三道："都头你不知内里情节，因诸位头翁，不是外人，故敢说出这话。我们这个地甲，因与孔老儿有仇，凡到年节，他只肯给那几个铜钱，平时想同他挪一文，他皆不行。昨夜胡德正在李小六子家赌钱，输了一身的欠账。到了天亮之时，正是不得脱身，忽然镇上哄闹起来，说出了命案。他访知是孔家出来的人，因此起了这个念头，想报这仇。这事原晓得不是万德，不过想讹诈他，自己却被责骂了一顿，岂不是害人不成，反害自己么？但这案件，也真奇怪，明明是天明出的事，我打过正更之后，方才由彼处回来，一觉未醒，就有了这事。孔老儿虽是个悭吝的人，我看这件事，他决不敢做。”

洪亮听了这番话，也是含糊答应，想道，照他说来，这事也不是胡德了，不过想讹诈他几两银子。现在所欲未遂，重责了二百大板，也算得抵了责罪，但是凶手不知是谁，此事倒不易办。当即狼吞虎咽，吃完酒饭，算明账目，招呼他明日在公馆收取。自己别了大众，来到狄公面前，将方才的话说了一遍。狄公道：“此案甚是奇异，若不是万德所为，必是这两人先在别处露了银钱，被歹人看见尾随到此，今早等他起行时节，措手不及，伤了性命。不然，何以两人皆杀死在镇口。本县既为民父母，务必为死者申了冤情，方能上对君王，下对百姓。且待明日验后如何，再行核夺便了。”当时洪亮退了出来，专等明早开验。

不知后事如何，且看下回分解。

第三回　孔万德验尸呼错　狄仁杰卖药微行

却说狄公听洪亮一番言语，知不是胡德所为，只得等明日验后再核，一宿无话。次日一早就起身梳洗，用了早点，命人在尸场伺候。所有那些差役，早已纷纷到了孔家门口。不多一会，狄公步出公馆登场，在公案坐下。先命将孔老儿带上来，说道：“此案汝虽不知情节，既是由汝寓内出去，也不能置身事外。且将这两人姓名说来，以便按名开验。”孔老儿道：“这两人前晚投店时，小人也曾问他，一个说是姓徐，那一个说是姓邱。当时因匆匆卸那行李，未暇问着名字。”狄公点点头，用朱笔批了“徐姓男子”四字，命仵作先验这口尸首。

只见仵作领了朱批到场，场上先把左边那尸身，与赵三及值日的皂役，抬到当中，向着狄公禀道：“此人是否姓徐，请领孔万德前来看视。”狄公即叫孔老儿场上去看，老儿虽害怕，只得战战兢兢走到场上。即见一个鲜血人头，牵连在尸首上面，那五官已被血同泥土污满。勉强看了说道：“此果是前晚住的客人。”仵作听报已毕，随即取了六七扇芦席铺列地下，将尸身仰放在上面，先将热水将周身血迹洗去，细细验了一回。只听报道：“男尸一具，肩背刀伤一处，径二寸八分，宽四分。左肋跌伤一处，深五分，宽五寸等。咽喉刀伤一处，径三寸一分，宽六分，深与径等，致命。”报毕，刑房填了尸格，呈在案上。狄公看了一回，然后下了公座，自己在尸身上下看视一周，与所报无异，随即标封发下，令人取棺暂厝①，出示招认。复又入座，用朱笔点了邱姓。仵作仍照前次的做法，将批领下，把第二个尸身抬

① 暂厝（cuò）：把棺材停放待葬，或浅埋等待改葬。

到上面，禀令孔老儿去看。孔老儿到了场上，低头才看，不禁一个筋斗，吓倒在地，眼珠直向上渺，口中喃喃的，直说不出来。

狄公在上面见了这样，知道有了别故，赶着令洪亮将他扶起，等他苏醒过来，说明了再验。尸场上面，皆寂静无声，望着孔老儿等他醒来，究为何事。此时洪亮将他扶坐在地下，忙令他媳妇取了一盏糖茶。那许多闲人，团团围住，恨不立刻验毕，好回转城去，忽见孔老儿一下栽倒地下，见了也是猜疑不定。隔了一会儿，好容易才转过气来，嘴里只说道："不，不，不好了！错，错了！"洪亮赶着问道："老儿，你定一定神，太爷现在上面等你禀明，是谁错了？"老儿道："这尸首错了。前晚那个姓邱的，乃是个少年男子，此人已有胡须，哪里是住店的客人？这人明明的是错了，赶快求太爷申冤呀。"仵作同洪亮听了这话，已是吓得猜疑不定，随即回了狄公。狄公道："哪里有此事！这两口尸首，昨日已在此一天，他为何未曾认明，此时临验，忽然更换，岂不是他胡言搪塞！"说着将孔老儿提到案前，怒问了一番。孔老儿直急得磕头大哭，说道："小人自己被胡德牵害，见两口尸骸，移在门口，已是心急万分，忙忙进城报案，哪里敢再细看尸身。且这人系倒在那姓徐的身下，见姓徐的不错，以为他也不错了，岂料出这个疑案。小人实是无辜，总求太爷恩典。"

狄公见他如此说法，心下想道："我昨日前来见尸骸，却是一上一下倒在这面前，既是他说讹错，亦在情理之中，但这事难了。且带胡德来细问。"当时招呼带地甲。胡德听见传他，也就带着刑伤，同乔太两人走上前来。狄公道："汝这狗头，移尸诬害，既说这两人为孔万德杀害，昨日由镇口移来，这尸身面目自必亲见过了，究竟这两人是何形样，赶快供来！"此时胡德已听见，说是讹错，现在狄公问他这话，深恐在自己身上追寻凶手，赶着禀道："小人因由他店中出去，且近在咫尺，故而说他杀害。至那尸身确是一个少年，那一个已有胡须，因孔万德不依小人停放两人，匆匆进城，以至并在一处。至是否讹错，小人前晚未曾遇面，不敢胡说。"狄公当时又将胡德打了一百，说他报案不清，反来牵涉百姓。随即又将那三个客人传来问讯，皆说前晚两人，俱是少年，这个有胡须的，实未投店，不知何处人氏，因何身死。狄公道：“既是如此，本县已明白了。”随即复传仵作开验。只得如法行事，将血迹洗去，向上报道：“无名男尸一具，左手争夺伤一处，宽径二寸八分。后背跌一处，径三寸宽五寸一分。肋下刀伤一处，宽一寸三分，径五寸六分，深二寸二分，致命。死后，胸前刀伤一处，宽径各二寸八分。”报毕，刑房填了尸格。狄公道：“这口尸棺，且置在此处，这人的家属，恐离此不远，本县先行标封，出示招认，俟凶手缉获，再行定案。孔万德交保释回，临案对质，胡德先行收禁。”

吩咐已毕，随即离了六里墩一路进城，先到县庙拈香，然后回到衙门，升了公座，备役排衙已毕，退入后堂。一面出了公文，将原案的尸身尺寸形象录明，移文到湖州本地，令他访问家属，随后又请邻封缉获。这许多公事办毕，方将乔太、马荣传来说道：“此案本县已有眉目，必是这邱姓所为，务必将此人缉获，此案方可得破。汝两人立刻前去探访，一经拿获，速来回禀。”两人领命前去。复又将洪亮喊来说道：“那口无名的尸骸，恐即是此地人氏，汝且到四乡左近访察。且恐那凶手，未必远扬，匿迹在乡下一带，俟风声稍息，然后逃行，也未可知。”

洪亮领命去后，一连数日，皆访不出来。狄公心下急道：“本县莅任以来，已结了许多疑案，这事明明有了眉目，难道竟如此难破。且待本县亲访一番，再行定夺。”想罢，过了一夜。

次日一早，换了微行衣服，装成卖药医生，带了许多药草，出了衙署。先到那南乡官路一带大镇市上，走了半日，全无一人理问。心下想道：“我且找一个宽阔的店铺，下这药草，看是有人来否。”想着，前面到了个集镇，虽不比城市间热闹，却也是官塘大路，客商仕宦，凑集其间。见东北角有个牌坊，上写着“皇华镇”三字。走进牌坊，对门一个大的高墙，中间现出一座门楼，门前竖着一块方牌，上写着“代当”两字。狄公道：“原来是个典当，我看此地倒甚宽阔，且将药包打开，看有人来医治。”想罢依着高墙站下，将药草取出，先把那块布包铺在地下，然后将所有的药，铺列上面，站定身躯，高声唱道："南来北往体更休，只知欢喜不知愁。世间缺少神仙术，疾病来时不自由。在下姓仁名下杰，山西太原人氏，自幼博采奇书，精求医理。虽非华佗转世，也有扁鹊遗风。无论男女方脉，内外各科，以及疑难杂症，只要在下面前，就可一望而知，对症发药。轻者当面见效，重者三日病除。今日访友到此，救世扬名，哪位有病症的，前来请教。"

喊说了一会，早拥下了一班闲人，围成一个圈子。狄公细看一回，皆是乡间民户，你言我语，在那里议论。内有一个中年妇人，曲着腰，挤在人丛里面，望着狄公说毕，上前问道："先生如此说，想必老病症皆能医了。"狄公道："然也。若无这样手段，何能东奔西走，出此大言？汝有何病，可明说来，为汝医病。"那妇人道："先生说一望而知，我这病却在这心内，不知先生可能医么？"狄公道："有何不能？你有心病，我有心药。汝且转过面来，让我细望。"说着，那妇人果脸向外面。

狄公因他是个妇女，自己究竟是个官长，虽然为访案起见，在这人众之间，殊不雅相，当即望了一眼，说道："你这病，我知道了，见你脸色干黄，青筋外露，此乃肝脏神虚之象。从前受了郁闷，以致日久引动肝气，饮食不调，时常心痛。你可是心痛么？"那妇人见他说出病原，连忙说道："先生真是神仙，我这病，已有三四年之久，从未有人看出这缘故，先生既是知道，不知可有药医么？"狄公见她已是相信，想就此探听口气。

不知这妇人说出什么，且看下回分解。

第四回　设医科入门治病　见幼女得哑生疑

却说狄公见那妇人相信他医理，欲解探她的口气，问道：“你这病既有数年，你难道没有丈夫儿子，代你请人医治，一直就叫你带病延年么？”那妇人见问，叹了一口气道：“说来也是伤心，我丈夫早年久已亡过，留下一个儿子，今年二十八岁，来在这镇上开个小小绒线店面，娶了儿媳，已有八年。去年五月端阳，在家赏午，午后带着媳妇，同我那个孙女出去，看闹龙舟。傍晚我儿子还是如平时一样，到了晚饭以后，忽然腹中疼痛。我以为他是受暑所致，就叫媳妇侍他睡下。哪知到了二鼓，忽听他大叫一声，我媳妇就哭喊起来，说他身死了。可怜我婆媳二人，如同天塌下来一般，眼见得绝了宗嗣。虽然开了小店，又没有许多本钱，哪里有现钱办事。好容易东挪西欠，将我儿子收殓去了。但见他临殓时节，两只眼睛，如灯珠大小，露出外面。可怜我伤心，日夜痛哭，得了这心痛的病。”

狄公听他所说，心下疑道：“虽然五月天暖时节或者不正，为何临死喊叫，收殓时节又为什么两眼露出，莫非其中又有别故么？我今日为访案而来，或者这邱姓未曾访到，反代这人申了冤情，也未可知。”乃道：“照此讲来，你这病更利害了。若单是郁结所致，虽是本病，尚可易治，此乃骨肉伤心，由心内怨苦出来，岂能暂时就好？我此时虽有药可治，但须要自己煎药配水，与汝服下，方有效验。现在这街道上面，焉能如此费事。不知你可定要医治？如果要这病除根，只好到你家中煎这药，方能妥当。”

那妇人听他如此说法，踌躇了半晌，说道：“先生如此肯前去，该应我这病是要离身？但是有一件事，要与先生说明。自从我儿子死后，我媳妇苦心守节，轻易不见外人，到了下午时分，就将房门紧闭。凡有外人进来，她就吵闹不休。她说：‘青年妇道，为什么婆婆让这班人来家？’所以我家那些亲戚，皆知她这个缘故，从没有男人上门。近来连女眷皆不来了，家中只有我婆媳两个，午前还在一处，午后就各在各的房内。先生如去，仅在堂屋内煎药，煎药之后，请即出去方好。不然她又要同我吵闹。”

狄公听毕，心下更是疑惑，想道：“世上节烈的人也有，她却过分太甚——男人前来不与她交言，固是正理，为何连女眷也不上她门，而且午后就将房门紧闭？这就是个疑案，我且答应她前去，看她媳妇是何举动。”想毕说道：“难得你媳妇如此守节，真是令人敬重。我此去不过为你治病，只要煎药之后，随即出来便了。”那妇人见他答应，更是欢喜非常，说道：“我且回去，先说一声，再来请你。”狄公怕她回去，为媳妇阻挡，赶着道：“此事殊可不必，早点煎药毕了，我还要赶路进城，做点生意。谅你这苦人，也没有许多钱酬谢我，不过是借你扬名，就此同你去罢。”说着将药包打起，别了众人，跟着那妇人前去。

过了三四条狭巷，前面有一所小小房屋，朝北一个矮门，门前站着一个女孩子，约有六七岁光景，远远见那妇人前来，欢喜非常，赶着跑来迎接。到了面前，抓住那妇人衣袖，口中直是乱叫，说不出一句话来。那手指东画西，不知为着何事。狄公见她是个哑子，乃道：“这个小孩子，是你何人，为何不能言语？难道他出生下来，就是这样么？”说着已到了门首，那妇人先推进门去，似到里面报信。狄公恐她媳妇躲避，急着也进了大门，果是三间房屋。下首房门一响，只见一妇人半截身躯向外一望，却巧狄公对面，狄公也就望了一眼。但见那个媳妇，年纪也在三十以内，虽是素装打扮，无奈那一副淫眼，露出光芒，实令人魂魄消散。眉梢上起，雪白的面孔，两颊上微微的晕出那淡红的颜色——却是生于自然。见有生人进来，即将身子向后一缩，扑通的一声，将房门紧闭。只听在里面骂道：“老贱妇，连这卖药的郎中，也带上门来了。才能清净了几天，今日又要吵闹一晚，也不知是哪里的晦气！”

狄公见了这样的神情，已是猜着了八分：“这个女子必不是个好人，其中总有缘故。我既到此，无论如何毁骂，也要访个根由。”当时坐下说道：“在下初次到府，还不知府上尊姓，方才这位女孩子，谅必是令孙女了。”那妇人见问，只得答道：“我家姓毕，我儿子学名叫毕顺。可怜他身死之后，只留下这八岁的孙女。”说着将那女孩拖到面前，不禁两眼滚下泪来。狄公道：“现在天色不早，你可将火炉引好，预备煎药。但是你孙女这个哑子，究竟是怎么起的？”毕老妇道：“皆是家门不幸，自幼生她下来，真是百般伶俐，五六岁时，口齿爽快得非常。就是他父亲死后，未有两个月光景，那日早间起，就变成这样。无论再有什么要事，虽是心里明白，嘴里只说不出来。一个好好的孩子，成了废物，岂不是家门不幸么？”狄公说：“当时她同何人睡歇，莫非有人要药哑吗？你也不根究，如果有人药哑，我倒可以设法。”

那妇人还未答言，只听她媳妇在房内骂道：“青天白日，无影无形的混说鬼话。骗人家钱财，也不是这样做的。我的女儿终日随在我一处，有谁药她？从古及今，只听见人医兽医，从未见能医哑子的人。这老贱妇，只顾一时高兴，带这人来医病，也不问他是何人，听他如此混说。儿子死了，也不伤心，还看不得寡妇媳妇清静，唠唠叨叨说个不了。”那妇人听他媳妇在房里叫骂，只是不敢开口。狄公想道：“这个女子必是有个外路，皆因老妇不能识人，以为她真心守节，在我看来，她儿子必是她害死。天下节妇，未有不是孝妇，既然以丈夫为重，丈夫的母亲有病，岂有不让她医治之理？这个女孩子，既是她亲生所养，虽然变了哑子，未有不想她病好之理。听见有人能医，就当欢喜非常，出来动问，怎么全不关心，反而骂人不止？即此两端，明明的是个破绽。我且不必惊动，回到街中，再行细访。”当时起身说道：“我虽是走江湖的朋友，也要人家信服，方好为人医治。你家这女人无故伤人，我也不想你许多医金，何必作此闷气，你再请别人医罢。”说着起身出了大门。那妇人也不敢挽留，只得随他而去。

狄公到了镇上，见天色已晚，此时进城已来不及了。“我不如今晚在此权住一夜，将此案访明白了，以便明日回行办事。”想罢，见前面有个大大的客店，走进门去。早有小二前来问道：“你这郎中先生，还是要张草铺暂住一夜，还是包个客店居住？”狄公见里面许多房屋车辆客载，摆满在里面，说道：“我是单身过客，想在这镇上做两日生意，得点盘缠。若有单房最好。”小二见他要做买卖，当时答应有有，随即将他带入中进，走到那下首房间，安排住下。知他没有行李，当时又在掌柜的那里租了铺盖。布置已毕，问了酒饭。狄公道：“你且将上等小菜，端两件来下酒。”小二应毕，先去泡了一壶热茶，然后一件一件送了进来。狄公在房中吃毕，想道，这店中客人甚多，莫要那个凶手也混在里面？此时无事，何不出去查看查看。自己一人出了房门，过了中进，先到店门外面，望了一回，已交上灯时候，但见往来客商，仍然络绎不绝。

正在出神之际，忽见对面来了一个人，望见狄公在此，赶着站下，要来招呼，见他旁边有两三个闲人，又不敢上前问。狄公早已看见，不等他开口，说道：“洪大爷，从何到此？今日真是巧遇，就在这店内歇吧，两人也有个陪伴。”那人见他这样，就走上前来。

不知此人是谁，且看下回分解。

第五回　入浴室多言露情节
寻坟墓默祷显灵魂

却说狄公在客店门首，见对面来了一人，当时招呼他里面安歇。那人不是别人，正是洪亮，奉了狄公的差遣，令他在昌平四乡左近，访那六里墩的凶手。访了数日，绝无消息，今日午后，也到了镇上。此时见天色已晚，打算前来住店，不料狄公先在这里，故而想上前招呼，又怕旁人识破，现在见狄公命他进去，当即走上前来说道："不料先生也来此地，现在里面哪间房里，好让小人伺候。"狄公道："就在前进，过去中进那间，下首房屋。你且随我来吧。"

当时两人一同进内，到了里面，洪亮先将房门掩上，向狄公道："大爷几时来此？"狄公即忙阻止道："此乃客店所住，耳目要紧，你且改了称呼。但是那案件，究竟如何了？"洪亮摇头道："小人奉命已细访了数天，这左近没有一点形影，怕这姓邱的已去远了。不知乔太同马荣，可曾缉获？"狄公道："这案虽未能破，我今日在此又得了一件疑案，今晚须要访问明白，明日方可行事。"当时就将卖药，遇见那毕奶奶的话，说了一遍。洪亮道："照此看来，是在可疑之列。但是他既未告发，又没有实在形迹，怎么办法？"狄公道："本县就因这上面，所以要访问。今日定更[①]之后，汝可到那狭巷里面巡视一番，看究竟有无动静。再在左近访她丈夫身死时，是何景况，现在坟墓葬在哪里，细细问明前来回报。"洪亮当时领命。先叫小二取了酒饭，

① 定更：古时钟鼓楼的击鼓报时次数。每晚鼓楼要报出五个更次。第一更约在晚上八点，报这一更叫"定更"。然后每一更次击鼓一通，每次击十三下。二更约在夜里十点，三更约在午夜零点，四更约在深夜两点，五更约在凌晨四点。

在房中吃毕，等到定更之后，约离二鼓不远，故意高声喊道："小二你再泡壶茶来，服侍先生睡下，我此去会个朋友，立刻就来。"说着出了房门而去。小二见他如此招呼，也不知他是县里的公差，赶着应声，让他前去。

洪亮到了街上，依着狄公所说的路径，转弯抹角，到了狭巷，果见一座小小矮屋，先在巷内两头走了数次，也不见有人来往，说道："此时莫非尚早，我且到镇上闲游一回，然后再来。"想罢复出了巷口，向东到了街口。虽然是乡镇地方，因是南北要道，所有的店面，此时尚未关门。远远见前面有个浴堂，洪亮道："何不此时就沐浴一次，如有闲人，也可搭着机锋[①]问问话头。"当时走到里面，但见前后屋内，已是坐得满满，只得在左边炕上寻了个地方坐下，向着那堂倌问道："此地离昌平还有多远，这镇上共有几家浴堂？"那个堂倌见他是个外路口音，就说："此地离城只有六十里官道。客人要进城么？"洪亮道："我因有个亲戚住在此处，故要前去探亲。你们这地方，想必是昌平的管辖了。现在那县令，姓甚名谁，哪里的人氏，目下左近有什么新闻？"那个堂倌道："我们这位县太爷，真是天下没有的，自他到任以来，不知结了多少疑难的案件。姓狄名叫仁杰，乃是并州太原人氏。客人你到迟了，若早来数日，离此有十数里，有个六里墩集镇，出了个命案，甚是奇怪：这客人五更天才由客店内起身，天亮的时节，倒被人杀死在镇口。不知怎样又将尸首讹错，少年人变做有胡须的。你道奇也不奇？现在狄太爷已相验过了，标封出示，招人认领呢。不知这凶手究竟是谁，出了几班公差在外访问，至今还未缉获。"洪亮道："原来如此，这是我迟到了数天了，不然也可瞧看这热闹。"

说着，将衣服脱完，入池洗了一会，然后出来，又向那人说道："我昨日到此，听说此地龙舟甚好，到了端阳，就可瞧看，怎么去岁大闹瘟疫，看了龙舟，就会身死的道理。"那个堂倌笑道："你这个客人岂不是取笑，我在此地生长，也没有听见过这个奇话，你是过路的

---

① 机锋：佛教禅宗名词。指机警犀利的话语，也指话语里的锋芒。宋·苏轼《金山妙高台》诗："机锋不可触，千偈如翻水。"

客人，自哪里听来？”洪亮道：“我初听的时节，也是疑惑，后来那人确有证据，说前面狭巷那个毕家，他是看龙舟之后死的。你们是左近人家，究竟是有这事没有呢？”那个堂倌还未开言，旁边有一个十数岁的后生说道：“这事是有的，他不是因看龙舟身死，听说是夜间腹痛死的。”他两人正在这里闲谈，前面又有一人，向着那堂倌说道：“袁五呀，这件事，最令人奇怪，毕顺那个人那样结壮，怎么回家尚是如常，夜间喊叫一声，就会死了，临殓时还张着两眼。真是可怕，听说他坟上还是常作怪呢，这事岂不是个疑案。他那下面儿，你可见过么？”袁五道：“你也不要混说，人家青年守节，现在连房门不常出，若是有个别故，岂能这样耐守？至说坟上作怪，高家洼那个地方，尽是坟冢，何以见得就是他呢？”那人道：“我不过在此闲谈罢了。可见人生在世，如浮云过眼，一口气不来，人就死了。毕顺死过之后，他的女儿又变做哑子，岂不是可叹。”说着穿好衣服，望外而去。

洪亮听了这话，知这人晓得底细，复向袁五问道：“此人姓什么？倒是个口快心直的朋友呢。”袁五道：“他就是镇上铺户，从前那毕顺绒线店，就在他家间壁。他姓王，我们见他从小长大的，所以皆喊他小王。也是少不更事，只顾信口开河，不知利害的人。”洪亮当时也说笑了一声，给了浴钱出来，已是三鼓光景，想道，这事虽有些眉眼，但无一点实证，何能办去？一路想着，已到了狭巷，又进去走了两趟，仍然不见动静。只得回转寓中，将方才的话禀知狄公。狄公道：“既是如此，明日先到高家洼看视一番，再为访察。”

一夜已过，次日一早，狄公起身，叫小二送进点心，两人饮食已毕，向着小二说道：“今日还要来此居住，此时出去寻些生意，午前必定回来。现有这银两在此，权且收下，明日再算便了。”当时在身后，取出一锭碎银，交与小二，取了药包，出门而去。

到了镇口，见有个老者在那里闲游，洪亮上前问道：“请问老友，此地到高家洼由哪条路去？离此有多少路程？”那老者用手指道：“此去向东至三岔路口转弯，再向南约有里半路，就可到了。”洪亮就道了谢。两人顺着他的指示，一路前去，果见前面有条三岔路口，向南走不多远，看见荒烟蔓草，白骨累累，许多坟地，列在前面。洪亮道："太爷来是来了，就看这一望无际的坟墓，晓得哪个冢是毕家的呢？"狄公道："本县此来，专为他理冤枉。阴阳虽有隔别，以我这诚心，岂无一点灵验？若果毕顺是因病身死，自然寻不着他的坟墓，若是受屈而死，死者有知，自来显灵。"说着就向坟茔一带，四面默祷了一遍。

此时已是午正时候，忽然日光惨淡，当地起了一阵狂风，将沙灰刮起，有一丈高下，当中凝结一个黑团，直向狄公面前扑来。洪亮见了这光景已吓得面如土色，浑身的汗毛竖立起来，紧紧地站在狄公后面。狄公见黑团子飞起，又说道："狄某虽知你的冤抑，但这荒冢如云，岂能知你尸骸所在，还不就此在前引路！"说毕，只见阴风瑟瑟，渐飞渐远，过了几条小路，远远见有个孤坟堆在前面，那风吹到彼处，忽然不见。狄公与洪亮也就到了坟前，四面细望，虽不是新葬的形象，却非多年的旧墓。狄公道："既是如此显灵，你且前去，找个当地乡民，问这坟墓究竟是否毕家所葬，我且在此等你。"洪亮心里虽怕，到了此时，也只得领命前去。约有顿饭时候，带了一个白发的老翁，到了面前，向着狄公说道："你这郎中先生，也太失时了。乡镇无人买药，来到这鬼门关做生意么？老汉亲在田内做生活，被你这伙计纠缠了一会，说你有话问我。你且说来，究为何事？"

不知狄公如何说法，且看下回分解。

第六回　老土工出言无状　贤令尹问案升堂

却说狄公见那老汉前来，说道："你这太无礼了。我虽是江湖朋友，没有什么名声，也不至如此糊涂，到此地来卖药。只因有个缘故，要前来问你。我看这座坟地，地运颇佳，不过十年，子孙必然大发，因此问你，可晓得这地主何人，此地肯卖与不卖？"

老汉听毕，冷笑了一声，转身就走。洪亮赶上一步揪着他怒道："因你年纪长了，不肯与人斗气，若在十年前，先将你这厮恶打一顿，问你可睬人不睬。你也不是个哑子，我先生问你这话，为什么没有回音？"那人被他揪住，不得脱身，只得向洪亮说道："非是我不同他谈论，说话也有点谱子，他说这坟地子孙高发，现在这人家后代已绝嗣了。自从葬在此处，我们土工①从未见他家有人来上坟，连女儿都变哑子，这坟的风水，还有什么好处？岂不是信口胡言？"洪亮故意说道："你莫非认错不成？我虽非此地人民，这个所在，也常到此，那个变哑子的人家姓毕，这葬坟的人家那里，也是姓毕么？"那老汉笑道："幸亏你还说知道，他不姓毕难道你代他改姓么？老汉田内有事，没工夫与你闲谈，你不相信，到六里墩问去，就知道了。"说着将洪亮的手一拨，匆匆而去。

狄公等他去远，说道："这必是冤杀无疑了，不然何以竟如此奇验，我且同你回城再说。"当时洪亮在前引路，出了几条小路，直向大道行去。到了下昼时节，腹中已见饥饿，两人择了个饭店，饱餐一顿，复往前行，约至上灯时分，已至昌平城内。

---

① 土工：旧时专司殡葬的人。

主仆到了衙门，到书房坐下，此时所有的公差，见本官这两日未曾升堂，已是疑惑不定，说道："莫非因命案未破，在里面烦闷不成，不然想必又私访去了。"你言我语，正在私下议论，狄公已到了署内，先问乔太、马荣可曾回来。早有家人回到："前晚两人已回来一趟，因大爷不在署中，故次日一早又去办公。但是那邱姓仍未访出，不知怎样？"狄公点了点首，随即传命值日差进来问话。当时洪亮招呼出去，约有半杯茶时之久，差人已走了进来，向狄公请安站下。狄公道："本县有朱签在此，明早天明，速赴皇华镇、高家洼两处，将土工地甲，一并传来，早堂问话。"差人领了朱签，到了班房，向着众人道："我们安静了两天，没有听什么新闻，此时这没来由的事，又出来了。不知太爷又听何事，忽然令我到皇华镇去呢。你晓得那处地甲是谁？"众人道："今日何恺还在城内，怎么你倒忘却了？去岁上卯时节[1]，还请我们大众在他镇上吃酒，你哪如此善忘？明日早去，必碰得见他。这位老爷迟不得的，清是清极了，地方上虽有了这个好官，只苦了我们拖下许多累来，终日坐在这里，找不到一文。"那个差人听他说是何恺，当日回到家中，安息了一夜，次日五更就忙忙的起身。

到了皇华镇上，先到何恺家内，将公事丢下，叫他伙计到高家洼传那土工，自己就在镇上。吃了午饭，那人已将土工带来，三人一齐到了县内。

差人禀到已毕，狄公随即坐了公堂，先将何恺带上问道："你是皇华镇地甲么？哪年上卯到坊，一向境内有何案件，为何误公懒惰，不来禀报？"何恺见狄公开口就说出这几句话来，知他又访出什么事件，赶着回道："小人是去岁三月上卯，四月初一上坊，一向皆小心办公，不敢误事。自从太爷到任以来，官清民安，镇上实无案件可报。小人蒙恩上卯，何敢偷懒，求太爷恩典。"狄公道："既是四月到坊，为何去岁五月出了谋害的命案，全不知道呢？"何恺听了这话，

---

① 上卯时节：即卯时，早晨5至7时。

如同一盆冷水，浇在身上，心内直是乱跳，忙道：“小人在坊，昼夜逡巡，实没有这案。若是有了这案，太爷近在咫尺，岂敢匿案不报？”狄公道：“本县此时也不究罪，但是那镇上毕顺如何身死？汝既是地甲，未有不知此理，赶快从实招来！”何恺见他问了这话，知道其中必有缘故，当时回道：“小人虽在镇上当差，有应问的事件，也有不应问的事件。镇上共计有数千人家，无一天没有婚丧善事，毕顺身死，也是泛常之事。他家属既未报案，邻舍又未具控，小人但知他是去年端阳后死的。至如何身死之处，小人实不知情，不敢胡说。”狄公喝道：“汝这狗头倒辩得清楚，本县现已知悉，你还如此搪塞，平日误公，已可概见。”说着，又命带土工上来。

那个老汉，听见县太爷传他，已吓得如死的一般，战战兢兢地跪在案前道：“小人高家洼的土工，见太爷请安。”狄公见老汉这形样，回想昨日他跑的时节，心下甚是发笑。当时问道：“你叫什么，当土工几年了？”那人道：“老汉姓陶，叫陶大喜……”这话还未说完，两旁差人喝道：“你这老狗头，好大胆量，太爷面前，敢称老汉，打你二百刑杖，看你说老不老了！”土工见差人吆喝，已吓得面如土色，赶着改口道：“小人该死！小人当土工，有三十年了，太爷今日有何吩咐？”狄公道：“你抬起头来，此地可是鬼门关了么？你看一看，可认得本县？”陶大喜一听这话，早又将舌头吓短，心下说道：“我昨日是同那郎中先生说的此话，难道这话就犯法了？这位太爷，不比旁人。”眼见得尊臀上要露丑了，急了半晌，方才说出话道：“太爷在上，小人不敢抬头。小人昨日鲁莽，与那卖药的郎中，偶尔戏言，求太爷宽恕一次。”狄公道：“汝既知罪，且免追究。汝但望一望，本县与那人如何？”

老汉抬头一看，早已魂飞天外，赶着在下面磕头说道：“小人该死，小人不知是太爷，小人下次无论何人，再不敢如此了。”众差看见这样，方知狄公又出去察访案件。只见上面说道：“你既知道那个坟冢是毕家所葬，他来葬的时节，是何形象，有何人送来，为何你知道他女儿变了哑子？可从实供来。”老汉道：“小人做这土工，凡有人来葬坟，皆给小人二百青钱，代他包冢堆土等事。去岁端阳后三日，忽见抬了一个棺柩前来，两个女人哭声不止，说是镇上毕家的小官。送的两人，一个是他妻子，那一个就是他生母。小人本想葬在乱冢里面，才到棺柩面前，忽那里面咯咋咯咋响了两声，小人就吓个不止。当时向他母亲说道：‘你这儿子身死不服，现在还是响动呢。莫非你们人殓早了，究竟是何病身死？’他母亲还未开口，他妻子反将小人哭骂了一顿，说我把持公地不许埋葬。那个老妇人，见她如此说法，也就与小人吵闹起来了。当时因她是两个女流，不便与她们争论。又恐这死者是身死不明，随后破案之时，必来相验，若是依着乱冢，岂不带累别人？因此小人方将他另埋在那个地方。谁知葬了下去，每日深夜，就鬼叫不止，百般不得安静。昨日太爷在那里时候，非是小人大胆，实因不敢在那里耽搁。这是小人耳闻目见的情形，至这死者果否身死不明，小人实不知情，求太爷的恩典。”

狄公听毕道：“既是如此，本县且释汝回去，明日在那里伺候便了。”说罢，陶大喜退了下来。随即传了堂谕：“洪亮协同快差，当晚赶抵皇华镇上，明早将毕顺的妻子带案午讯。”吩咐已毕，自己退入后堂。

那些快差，一个个摇头鼓舌，说：“我们在这镇上，每月至少也要来往五六次，从未听见有这件事，怎么太爷如此耳长？六里墩的命案还未缉获，又寻出这个案子来了，岂不是自寻烦恼！你看这事凭空而来，叫我们向谁要钱？”彼时你言我语，谈论了一会，只得同洪亮一齐前去。

不知后事如何，且看下回分解。

第七回　老妇人苦言求免
贤县令初次问供

却说洪亮领了堂谕，同快差当日赶到皇华镇上，次日就到了毕顺家门，敲了两下大门，听里面有个老妇人答道："谁人敲门，这般清早就来吵闹。你是哪里来的?"说着到了门口，将门开了，见三四个大汉，拥在巷内，赶将两手叉着两个门扇，问道："你们也该晓得，我家无男客在内，两代孀居，已是苦不可言，你这几个人，究为何事，这一早来敲门打户?"洪亮正要开言，那个差人先说道："我们也是上命差遣，概不由己，不然在家中正睡呢，无故的谁来还远路头债。只因我们县太爷，有堂谕在此，令我们这洪都头一同前来，叫你同你家媳妇，立刻进城，午堂回话。你莫要如此阻拦在门口，这不是说话所在。"说着就将毕顺的母亲一推，众人一拥而进，到了堂屋坐下。看那下首房门，还未开下，洪亮当时取出堂谕，说道："公事在此，这是迟不得的。你媳妇现在何处，可令出来，一齐前去见太爷。说过三言五句，就不关我们大众的事了。"

毕顺的母亲见是公差到此，吓得浑身抖颤，说道："我家也未曾为匪作歹，这么要我们婆媳到堂，难道有欠户告了我家，说我们欠钱不还么?可怜我儿子身死之后，家中已度日为难，哪里有钱还人。我虽是小户人家，从未见官到府现丑，这事如何是好?求你们公差看些情面，做些好事，代我到太爷面前，先回一声，我这里变卖了物件，赶紧清理是了。今日先放了宽限，免得我们到堂。"说着，两眼早流下泪来。

洪亮见她实是忠厚无用的妇人，说道："你已放心，并非有债家告你，只因太爷欲提你媳妇前去问话，你且将她交出，或者做些人情，不带你前去。”洪亮还未说完，毕顺的母亲早就嚷起来，哭道：“我道你们真是县里差来，原来是狐假虎威，来恐吓我们百姓！他既是个官长，无人控告，为何单要提我媳妇？可见得你们不是好人，见我媳妇是个孀居，我两人无人无势，故想出这坏主见，将她骗去，不是强奸，就是卖了为娼，岂不是做梦么？你既如此，祖奶奶且同你拼了这老命，然后再揪你进城，看你那县太爷问也不问！”说着一面哭，一面奔上来，就揪洪亮。旁边那两个差役，忍耐不住，将毕顺的母亲推了坐下喝道：“你这老婆好不知事，这是洪都头格外成全，免得你抛头露面，故说单将你媳妇带去。你看差了意见，反误我们是假的，天下事假的来，堂谕是太爷亲笔写来的，难道也是假的么？我看你也太糊涂，怪不得为媳妇蒙混。不是遇见这位青天太爷，恐你死在临头，还不知道。”

众人正在这里揪闹，下首房内门扇一响，她媳妇早站出来了，向着外面喊道：“婆婆且站起来，让我有话问他。一不是你们啰唣①，二不是有人具控，我们婆媳在这家中，没有做那犯法事件，古话说得好，钢刀虽快，不斩无罪之人。他虽是个地方官，也要讲个情理。皇上家里见有守节的妇人，还立祠旌表，着官府春秋祭扫。从未有两代孀居，地方官出差啰唣的道理。他要提我不难，只要他将这情说明，我两人犯了何法，那时我也不怕到堂，辩了明白。若是这样提人，无论我婆媳不能遵提。即便前去，哪人能请我回来？可不要说我得罪官长！”众差快听她这番言语，如刀削的一般，伶牙俐齿，说个不了，众人此时反被她封住，直望着洪亮。洪亮笑道：“你这小妇人，年纪虽轻，口舌倒来得伶俐，怪不得干出那惊人的事件。你要问案情提你何事，我们不是昌平县，但知道凭票提人。你要问，你到堂上去问，这番话前来吓谁？”当时丢个眼色，众人会意，一拥上前，将她揪住，也不容她分辩，推推拥拥，出门而去。

---

① 啰唣（zào）：吵闹；寻事。

毕顺的母亲，见媳妇为人揪去了，自己虽要赶来，无奈是一个孤身，怎经得这班如狼似虎的公差阻挡，当时只得哭喊连天，在地下乱滚了一阵。众人也无暇理问。到了镇上，那些居家铺户，见毕家出了此事，不知为着何故，皆拥上来观看。洪亮怕闲人嘈杂，高声说道："我们是昌平县狄太爷差来的，立即到堂讯问，你们这左右邻舍的，此时在此阻着去路，随后提觅邻舍，可不要躲避。这案件却不是寻常案子。"那些人恐牵涉到身上，也就纷纷过去，洪亮趁此一路而来。

约至午正时分，到了署内，当即进去禀知了狄公。狄公传命大堂伺候。自己穿了官带，暖阁[①]门开，升起公案。早见各班书吏，齐列两旁，当即命带人犯。两边威喝一声，早将毕顺的妻子，跪在阶下。

狄公还未开口，只见她已先问道："小妇人周氏叩见太爷，不知太爷有何见谕，特令公差到镇提讯，求太爷从速判明。我乃少年孀妇，不能久跪公堂。"狄公听了这话，已是不由不动怒，冷笑道："你好个'孀妇'两字，你只能欺那老妇糊涂，本县岂能为你蒙混！你且抬起头来，看本县是谁？"周氏听说，即向上面一望——这一惊不小，心下想道："这明是前日卖药的郎中先生，怎么做了这昌平知县，怪不得我连日心慌意乱，原来出了这事。设若为他盘出，那时如何是好？"心内虽是十分恐惧，外面却不敢过形于色，反而高声回道："小妇人前日不知是太爷前来，以致出言冒犯。虽是小妇人过失，但不知不罪，太爷是个清官，岂为这事迁怒？"狄公喝道："汝这淫妇，你不认得本县！你丈夫正是少年，理应夫妇同心，百年偕好，为什么存心不善，与人通奸，反将亲夫害死！汝且从实招来，本县或可施法外之仁，减等问罪。若竟游词抵赖，这三尺法堂，当叫你立刻受苦！你道本县昨日改装，是为何事？只因你丈夫身死不明，阴灵未散，日前在本衙告了阴状，故而前来探访。谁知你目无法纪，毁谤翁姑，这'忤

① 暖阁：与大屋子隔开而又相通连的小房间，可设炉取暖。唐·许浑《同韦少尹伤故卫尉李少卿》诗："香街宝马嘶残月，暖阁佳人哭晓风。"

逆’两字，已是罪不可逭[①]。汝且从实供来，当日如何将丈夫害死，奸夫何人？”

周氏听说她谋杀亲夫，真是当头一棒，打入脑心，自己的真魂，早已飞出神窍。赶着回道：“太爷是百姓的父母，小妇人前日实是无心冒犯，何能为这小事，想出这罪名诬害？此乃人命攸关之事，太爷总要开恩，不能任意的冤屈呢。”狄公喝道：“本县知你这淫妇，是个利口，不将证据还你，谅你也不肯招。你丈夫阴状上面写明你的罪名，他说身死之后，你恐他女儿长大，随后露了机关，败坏你事，因此与奸夫通同谋害，用药将女儿药哑。昨日本县已亲眼见着，你还有何赖？再不从实供明，本县就用刑拷问了。”

此时周氏哪里肯招，只管呼冤呼屈的，说道：“小妇人从何说起，有影无形的，起了这风波。三尺之下，何求不得！虽至用刑拷死，也不能胡乱承认的。”狄公听了怒道：“你这淫妇，胆敢当堂顶撞，本县拼着这一顶乌纱不要，认了那残酷的罪名，看你可傲刑抵赖！左右，先将她拖下鞭背四十！”一声招呼，早上来许多差役，拖下丹墀，将周氏身上的衣服撕去，吆五喝六，直向脊背打下。

不知周氏究竟肯招否，且看下回分解。

---

① 罪不可逭：罪责不可逃避。明·施耐庵《水浒全传》第九十七回：“某等不能速来归顺，罪不可逭。”逭（huàn）：逃；避。

第八回　鞫奸情利口如流　提老妇痴人可悯

却说周氏被打了四十鞭背，哪里就肯招认，当时呼冤不止，向着堂上说道："太爷是一县的父母，这样无凭案件，就想害人性命，还做什么官府！今日小妇人愿打死在此，要想用刑招认，除非三更梦话。'钢刀虽快，不斩无罪之人'，你说我丈夫身死不明，告了阴状，这是谁人作证，他的状呈现在何处？可知道天外有天，你今为着私仇，前来诬害，上司官门，未曾封闭。即使官官相护，告仍不准，阳间受了你的刑辱，阴间也要告你一状。诬良为盗，尚有那反坐的罪名，何况我是青年的孀妇，我拼了一命，你这乌纱也莫想戴稳了。"当时在堂上哭骂不让。

狄公见她如此利口，随又叫人抬夹棍伺候，两旁一声威吓，"扑通"一声，早将刑具摔下。周氏见了，此时仍是矢口不移，呼冤不止。狄公道："本县也知道你既淫且泼，谅你这周身皮肤，终不是生铁浇成。一日不招，本县一天不松刑具。"说着又命左右动手。此时那些差役，望见周氏如此辩白，彼此皆目中会意，不肯上前。内有一个快头，见洪亮也在堂上，赶着丢了个眼色，两人走到暖阁后面，向他问道："都头，昨日同太爷究竟访出什么破绽，此时在堂上且又叫人用刑。设若将她夹死，太爷的功名，我们的性命……怎么说告阴状起来，这不是无中生有？平时甚是清正，今日何以这样糊涂？即是她谋害亲夫，也要情正事确，开棺验后，方能拷问。都头此时可上去，先回一声，还是先行退堂，访明再问？还是就此任意用刑？你看这妇人一张利口，也不是恐吓的道理，若照太爷这样，怕功名有碍。"洪亮听了这话，虽是与狄公同去访察，总因这事相隔一年，纵无有人告发，不能因那哑子就作为证据，心内也是委决不下，只得走到狄公身边，低声回了两句。狄公当时怒道："此案乃是本县自己访得，如待有人告发，令这死者冤抑，也莫能伸了，本县还在此地做什么县官！既然汝等不敢用刑，本县明日必开棺揭验，那时如无有伤痕，我也情甘反坐，这案终不能因此不办。"说着向周氏道："你这淫妇，仍是如此强辩，本县所说，你该聪明，临时验出治命，谅你也无可抵赖了。"当时先命差役，将周氏收禁，一面出签提毕顺的母亲到案，然后令值日差，到高家洼安排尸场，预备明日开棺。这差票一出，所有昌平的差役无不代狄公担惊受怕，说这事不比儿戏，虽然是有可疑，也不能这样办法，设若验不出来，岂不是白送了性命。

不说众人在私下窃议，只说那个公差，到了皇华镇上，一直来到毕顺家门首，已是上灯时分。但见许多闲人，纷纷扰扰，在那巷口站住说道："前日原来狄太爷在这镇上，我说他虽是个清官，耳风也不能灵通，现在既被他看出破绽，自然彻底根究了。那个老糊涂，还在地上哭呢，这不是天网恢恢，疏而不漏？但是狄太爷也不能因这疑案，就拷了口供。照此看来，随后总有大发作的时节。"彼此正在那里闲谈，差人已到巷口，高声唱道："诸位人可分开了！我们数十里跑来，为了这件公事，此时拥在这里，也无意味，要看热闹的，明日到高家洼去。"说着分开众人，到了里面，果见那老妇人嘴里哭道："这不是天落下的祸！昨日当他真，要他起这风波何事？我明日也不要命了，进署同他拼了这条老命。"那个差人走了上去喝道："你这老人，好不知事，太爷为好，代你儿子申冤，你反如此说！你既要去拼命，可巧极了，太爷现在堂上立等回话，就此同你前去，免得你媳妇一人在监内。"说着将她拖去，要进城去。

毕顺的母亲，见又有差人前来，正是伤心时节，也不问青红皂白，揪着他的衣领，哭个不止。说道："我这家产物件，也不要了，横竖你这狗官会造言生事，准备一命同他控告，老娘不同你前去，也对不起我的媳妇。"当时就出了大门同走。那个差人，见他遭了这事，赶着向何恺说道："我们虽为她带累，跑了这许多路径，但见她这样，也实不忍，这个小小户门，也不容易来的，哪样物件，不用钱置？你可派两个伙计，代她看管一夜，也是你我好事。"何恺当时也就答应下来，见他两人，趁着月色，连夜的前去。

到了三更以后，已至城下，所幸守门将士，均是熟人，听说县里的公差，赶紧将门开了，放了两人进去，此时狄公已经安歇。差人先将毕顺的母亲带入班房，暂住一夜，次日一早，等狄公起身，票报已毕，随即又升坐大堂，将人带上。狄公问道："你这妇人虽是姓毕，娘家究是何姓？本县前日到你镇上，可知为你儿子的事件？只因他身死不明，为汝媳妇害死，因本县在此是清官，专代人家申冤理枉，因此你儿子告了阴状，求我为他申冤。今日带汝前来，非为别事，可恨你的媳妇坚不承认，反说本县有意诬她，若非开棺相验，此事断不能分辨。死者是你的儿子，故此提你到案。"

毕顺的母亲听见这话，哪里答应，当时回道："我儿子已死有一年，为何要翻看尸骨？他死的那日晚上，我还见他在家，临入殓之时，又众目所见。太爷说代我儿子申冤，我儿子无冤可伸，为何乱将我媳妇拷打？这事无凭无证，你既是个父母官，就该访问明白，这样害人，是何道理！我娘家姓唐，在这本地已有几代，哪个不知道是良善百姓。要你问他则甚，莫非又要拖累别人么？今日在此同你说明，不将我媳妇放出来，我也不想回去了。拼我一命，死在这里，也不能听你胡言胡语，害了活的又寻我那死的。"说着在堂上哭闹不止。

狄公见她真是无用老实的人，一味为媳妇说话，心里甚是着急，说道："你这妇人，如此糊涂，怪不得你儿子死后，深信不疑，连本县这样判说，你还是不能明白。可知本县是为你起见，若是开棺验不出伤痕，本县也要反坐。只因那死者阴魂不服，前来告状，你今不肯开验，难道那冤枉就不伸了？本县既为这地方官府，不能明知故昧，准备毁了这乌纱，也要办个水落石出。这开验是行定了！"说着令人将她带下，传令明早辰时前往，未时登场。当即退堂，到下书房里面，备设详文，申详上宪。所有外面那些差役人等，俱是猜疑不定，说狄公鲁莽。无奈不敢上去回阻，只得各人预备相验的用物，过了一夜。

次日天色将明，众差役已陆续前来，先发了三梆，到大堂伺候。到了辰时，狄公升了公堂，先传原差并承验的仵作说道："这事比那寻常案件不同，设若不伤，本县毁了这功名是小，汝等众人也不能无事。今日务将伤痕验明，方好定案治罪，为死者申冤。"众差领命已毕，随即将唐氏周氏二人，带到堂上。狄公又向周氏说道："你这淫妇，昨日情愿受刑，只是不肯招认，不知你欺害得别人，本县不容你蒙混。今日带同你婆媳，前往开验，看汝再有何辩。"周氏见狄公如此利害，心下暗说道："不料这样认真，但是此去，未必就验得出来，不如也咬他一下，叫他知道我的利害。"当时回道："小妇人冤深如海，太爷挟仇诬害，与死者何干。我丈夫死有一年，忽然开棺翻乱，这又是何意见？如有伤痕，妇人自当认罪，设若未曾伤害，太爷虽是个印官，律例上有何处分，也要自己承认的，不能拿着国法为儿戏，一味地诬害平人。"

狄公冷笑一声，不知说出什么，且看下回分解。

第九回　陶土工具结无辞　狄县令开棺大验

却说狄公见周氏问他开棺无伤，诬害良民，律例上是何处分，狄公冷笑一声道："本县无此胆量，也不敢穷追此案。昨已向你婆婆说明，若死者没有伤痕，本县先行自己革职治罪。此时若想用言恐吓，就此了结这案件，在别人或可为汝蒙混，本县面前也莫生此妄想。"传令将唐氏周氏先行带往尸场。一声招呼，那些差役也不由她辨别，早已将她二人拖下，推推拥拥，上了差轿，直向高家洼而去。狄公随即也就带同刑仵等人，坐轿而去。一路之上那些百姓，听着开棺揭验，皆说轻易不见的事情，无不携老扶幼，随着轿子同去看望。约有午初时分，已到皇华镇上。

早有何恺代土工陶大喜前来迎接，说道："尸场已布置停妥，请太爷示下。"狄公招呼他两人退下，向着洪亮道："汝前日在浴堂里面，听那袁五说，那个洗澡的后生，就开店在毕家左近，汝此刻且去访一访，是何姓名，到高家洼回报。本县今日谅来不及回城，开验之后，就在前日那客店内暂作公馆。"吩咐已毕，复行起轿前行，没有一会时节，早已到了前面。

只见坟冢左首，搭了个芦席棚子，里面设了公案，所有听差人众，皆在右首。芦席棚下，挖土的器具已放在坟墓面前。狄公下轿，先到坟前，细看了一遍，然后入了公座，将陶大喜同周氏带上问道："前日本县在此，汝说这坟墓是毕家所葬，此话可实在么？此事非比平常，设若开棺揭验，不是毕顺，这罪名不小，那时后悔就迟了。"陶大喜道："小人何敢撒谎，现在他母亲妻子，全在此地，岂有讹错之理。”狄公道：“非是本县拘执，奈周氏百般奸恶，她与本县还问那诬害良民的处分呢。若不是毕顺的坟冢，不但阻碍这场相验，连本县纵有了罪名了。汝且具了结状，若不是毕顺，将汝照例惩办。”随向周氏说道：“汝可听见么？本县向为百姓理案，从无袒护自己的意见。可知这一开棺，那尸骸骨就百般苦恼，汝是他结发的夫妻，无论谋杀这样，此时也该祭拜一番，以尽生前的情意。”说着就命陶大喜领她前去。

毕顺的母亲见狄公同她媳妇说了这话，眼见得儿子翻尸倒骨，一阵心酸，忍不住号啕大哭，揪住周氏说道：“我的儿啊，我毕家就如此败坏！儿子身死，已是家门不幸，死了之后还要遭这祸事。遇见这个狗官，叫我怎不伤心。”只见周氏高声说道：“我看你不必哭了，平时在家，容不得我安静，无辜带人回来，找出这场事来，现在哭也无益。既要开棺揭验，等他验不出伤来，那时也不怕他是官是府。皇上立法，叫他来治百姓的，未曾叫他害人，那个反坐的罪名，也不容他不受。叫我祭拜我就祭拜便了。”当时将她婆婆推了过去，自己走在坟前，拜了两拜，不但没有伤心的样子，反而现出那淫泼的气象，向着陶大喜骂道：“你这老狗头，多言多语，此时在他面前讨好，开验之后，谅也走不去。你动手罢，祖奶奶拜祭过了。”陶大喜被她骂了一顿，真是无辜受屈的，因她是个苦家，在尸场上面，不敢与她争论，只得转身来回狄公。狄公见周氏如此撒泼，心下想到：“我虽欲为毕顺申冤，究竟不能十分相信，因是死者的妻子，此时开棺翻骨，就该悲伤不已，故令她前去祭拜，见她的动静，哪知她全不悲苦，反现出这凶恶的形象，还有什么疑惑，必是谋杀无疑了。”随即命土工开挖。

陶大喜一声领命，早与那许多伙计，铲挖起来，没有半个时辰，已将那棺柩现出。众人上前，将浮土拂了去，回禀了狄公，抬至验场上面。此时唐氏见棺柩已被人挖出，早哭得死去活来，昏晕在地。狄公只得令人搀扶过去，起身来至场上，先命何恺同差役去开棺盖。众人领命上前，才将盖子掀下，不由得一齐倒退了几步，一个个吓个吐舌摇唇，说道："这是真奇怪了，即便身死不明，决不至一年有余，两只眼睛犹如此睁着。你看这形象，岂不可怕！"狄公听见，也就到了棺柩旁边，向里一看，果见两眼与核桃相似，露出外面，一点光芒没有，但见那种灰色的样子，实是骇异。乃道："毕顺，毕顺，今日本县特来为汝申冤，汝若有灵，赶将两眼闭去，好让众人进前，无论如何，总将你这案讯问明白便了。"哪知人虽身死，阴灵实是不散，狄公此话方才说完，眼望着闭了下去。所有那班差役，以及闲杂人等，无不惊叹异常，说这人谋死无疑了，不然何以这样灵验。

当即狄公转身过来，内有几个胆大差役先动手，将毕顺抬出了棺木，放在尸场上面，先用芦席邀了阳光。仵作上来禀道："尸身入土已久，就此开验，恐难现出。须先洗刷一番，方可依法行事。求太爷示下。"狄公道："本县已知这缘故，但是他衣服未烂，四体尚全，还可从减相验，免令死者再受洗刷之苦。"仵作见狄公如此说，只得将尸身的衣服轻轻脱去，那身上的皮肤，已是朽烂不堪，许多碎布，粘在上面，欲想就此开验，无奈那皮色如同灰土，仿佛不用酒喷，则不明伤痕所在，只得复行回明了。狄公令陶大喜择了一方宽展的闲地，挖了深塘，左近人家，取来一口铁锅，就在那荒地上，与众人烧出一锅热水，先用软布浸湿，将碎布揩去，复用热水在浑身上下，洗了一次，然后仵作取了一斗碗高粱烧酒，四处喷了半会，用布将尸者盖好。

此时尸场上面，已经人山人海，男女皆挨挤一团，望那仵作开验。只见他自头脸两阳验起，一步一步到下腹为止，仍不见他禀报伤痕，众人已是疑惑。复见他与差役，将尸身搬起翻过，脊背后头，顶上验至谷道，仍与先前一般，又不见报出何伤。狄公此时也就着急，下了公案，在场望着众人动手。现在上身已经验过，只得来验下半部腿脚，所有的皮肤骨节，全行验到，现不出一点伤痕。仵作只得来禀狄公，说："小人当这差使，历来验法，皆分正面阴面，此两处无伤，方用银签入口，验那服毒药害。毕顺外体上下无伤，求太爷示下。"狄公还未开口，早有那周氏揪着许作怒道："我丈夫身死已一年，太爷无故诬害，说他身死不明，开棺揭验，现在浑身无伤，又要银签入口，岂不是无话搪塞，想出这来害人！无论是暴病身亡，即使被这狗官看出破绽，是将他那腹内的毒气，这一年之久，也该发作，岂有周身无伤无毒，腹内有毒之理？他不知情理，你是有传授的，当这差役，非止一年，为何顺他的旨令，令死者吃苦？这事断不可行！”说着揪了仵作，哭闹不休。

狄公道：“本县与你已言定在前，若是死者无伤，情甘反坐。这项公事，昨日已申详上宪，岂能有心搪塞？但是历来验尸，外体无伤须验内腹，此是定律，汝何故揪着公差，肆行撒泼，难道不知王法么？还不从速放下，让他再验腹内。若果仍无伤，本县定甘反坐便了，此时休得无礼。”

周氏说道：“我看太爷也不必认真，此刻虽是无伤，还可假词说项，若是与死者作对，验毕之后，仍无毒物，恐你反坐的罪名，太爷就掩饰不来了。”一番话，说得仵作不敢动手。

不知狄公当时如何，且看下回分解。

第十回　恶淫妇阻挡收棺　贤县令诚心宿庙

却说周氏一番话，欲想狄公不用银签入口，狄公哪里能行，道："本县验不出伤痕，理合认罪，岂有以人命为儿戏，反想掩过之理！正面阴面，既是无伤，须将内部验毕，方能完事。"当时也不容周氏再说，命仵作照例再验。众人只见先用热水，由口中灌进，轻轻从胸口揉了两下，复又从口内吐出两三次，以后取出一根细银签子，约有八寸上下，由喉中穿入进去，停了一会，请狄公起签。

狄公到了尸身前面，见那仵作将签子拔出，依然颜色不变，向着狄公道："这事实令人奇怪，所有伤痕致命的所在，这样验过，也该现出。现在没有伤痕，小人不敢承任这事，请太爷先行标封，再请邻封相验，或另差老年仵作前来复验。"狄公到了此时，也不免着急，说道："本县此举，虽觉孟浪①，奈因何死者前来显灵？方才那两眼紧闭，即是佐证。若不是谋杀含冤，焉能如此灵验？"当即向周氏说道："此时既无伤痕，只得依例申详，自行请罪。但死者已经受苦，不能再抛尸露骨，弃在此间，先行将他收棺标封暂厝②便了。"周氏不等他说完，早将原殓的那口棺木，打得纷散，哭道："先前说是病死，你这狗官定要开验，现在没有伤痕，又想收殓，做官就这样做的么？我等虽是百姓，未犯法总不能这无辜拷打。昨日用刑逼供，今又草菅人命，这事如何行得？既然开棺，就不能再殓，我等百姓也不能这样欺罔，一日这案不结，一日不能收棺。验不出伤来，拼得那侮辱官长的

① 孟浪：鲁莽，轻率。

② 暂厝（cuò）：把棺材停放待葬，或浅埋以待改葬。

罪名，同你拼了这命。”说着就走上来揪着狄公撒泼。唐氏见媳妇如此，也就接着前来，两人并在一处，闹骂不止。

狄公到了此时，也只得听她缠扰。所有那些闲人，见狄公在此受窘，知他是个好官，皆上来向周氏说道：“你这妇人，也太不明白，你丈夫已受了这洗刷的苦楚，此时再不收殓，难道就听他暴露？太爷既允你申详请罪，谅也不是谎你。且这事谁人不知，欲想遮掩，也不能行。我看你在此胡闹，也是无用，不如将尸身先殓起来，随他一同进城，到衙门候信，方是正理。”周氏见众人异口同词，心想我不过这样一闹，阻他下次再验，难得他收棺，随后也可无事了。周氏说道：“非是我令丈夫受苦，奈这狗官无辜寻隙，既是他自行首告，我就在他衙门坐守便了。此刻虽然入殓，那时不肯认罪，莫怪我哄闹公堂。”说着放手下来，让众人布置。无奈那口旧棺，已为她打散，只得赶令差役奔到皇华镇上，买了一口薄棺，下晚时节，方才抬来。当即草草殓毕，厝在原处，标了存记，然后带领人众，向皇华镇而来，就在前次那个客店住下。唐氏先行释回，周氏仍然管押。各事吩咐已毕，已是上灯多时。

狄公见众人散后，心下实是疑虑，只见洪亮由外面进来，向着狄公道：“小人奉命访查那个后生，姓陈名瑞朋，就在这镇上开设店铺，因与毕顺生前邻舍，故他死后不免可惜。至于案情，也未必知道，但知周氏于毕顺在日，时常在街前嬉笑，殊非妇人道理，虽经毕顺管束几次，只是吵闹不休，至他死后，反终日不出大门，甚至连外人俱不肯见。就此一端，所以令人疑惑。此时既验无实证，这事如何处置？以死者看来，必是冤抑无疑，若论无伤，又不好严刑拷问，太爷还要设法。而且那六里墩之案，已有半月，乔太、马荣，俱未访得凶手。接连两案，皆是凭空而起，一时何能了结。太爷虽不是以功名为重，但是人命关天，也要打点打点……”

两人正在客店谈论，忽听外面人声鼎沸，一片哭声到了里面，洪亮疑是唐氏前来胡闹，早听外面喊道：“你问狄太爷，现在中进呢，虽是人命案件，也不能这样紧急，太爷又不是不带你申冤。好好歇一歇，说明白了，我们替你回。怎么知道就是你的丈夫？”洪亮知是出了别事，赶了前来访问，哪知是六里墩被杀死那无名男子家属前来喊冤。洪亮当时回了狄公，吩咐差人将他带进。狄公见是个四十开外的妇人，蓬头垢面，满面的泪痕，方走进来，即大哭不止，跪在地下，直呼太爷申冤。狄公问道：“你这人是何门氏？何以知道那人是汝丈夫？从实说来，本县好加差捕缉。”那个妇人道：“小妇人姓汪，娘家仇氏，丈夫名叫汪宏，专以推车为业，家住治下流水沟地方，离六里墩相隔有三四十里。那日因邻家有病，叫我丈夫到曲阜报信，往来有百里之遥，要一日赶回，是以三更时节就起身前去。谁知到了晚间，不见回来。初时疑惑他有了耽搁，后来等了数日，曲阜的人已回来，问起情由，说及我丈夫未曾前去。小妇人听了这话，就惊疑不定，只得又等了数日，仍不回来，唯有亲自前去寻找。哪知走到六里墩地方，见有一口棺柩，招人认领，小妇人就请人将告示念了一遍，那所开的身材年岁，以及所穿的衣裳，是我丈夫汪宏。不知何故被人杀死，这样冤枉，总要求太爷理清楚呢。”说着在地下痛哭不止。狄公听她说得真切，只得解劝了一番，允她克期缉获，复又赏给了十吊钱，令她将尸柩领去，汪仇氏方才退去。

狄公一人闷闷不已，想道：“我到此间，原是为国为民，清理积案，此时接连出这无头疑案，不将这事判明，何以对得百姓？六里墩那案，尚有眉目，只要邱姓获到，一鞫便可清楚，唯毕顺这事，验不出伤来，却是如何能了结？看那周氏如此凶恶，无论她不容我含糊了事，就是我见毕顺两次显灵，也不能为自己的功名，不代他追问。唯有回衙默祷阴官，求了暗中指示，或可破了这两案。”当时烦恼了一会，小二送进酒饭，勉强吃了些饮食。复与洪亮二人出去，私访了一次，仍然不见端倪，只得胡乱回转店中，安歇了一夜。次日一早乘轿回衙，先绕道六里墩见汪仇氏，将尸柩领去，方才回到衙中。先具了自己自处的公事，升坐大堂，将周氏带至案前，与她说了一遍，道：“本县先行请罪，但这案一日不明，一日不离此地。汝丈夫既来告你阴状，今晚且待本县出了阴差，将他提来询问明白，再为讯断。”周氏哪里相信，明知他用话欺人，说道："太爷不必如此做作，即使劳神问鬼，他既无伤痕，还敢再来对质么？太爷是堂堂阳官，反而为鬼所算，岂不令人可笑！既是详文缮好，小妇人在此候信便了。"

当时狄公听她这派讥讽的话头，明知是当面骂他，无奈此时不好用刑惩治，只得命原差仍然带去。自己退入后堂，具了节略，将那表写好。然后斋戒沐浴，令洪亮先到县庙招呼，说今晚前来宿庙，所有闲杂人等，概行驱逐出去。自己行礼已毕，将表章跪诵一遍，在炉内焚去。命洪亮在下首伺候，一人在左边，将行李铺好，先在蒲团上静坐了一会，约至定更以后，复至神前祷告一番，无非谓："阴阳虽隔，司理则同。官有俸禄，神有香火。既有此职，应问此事。叩我冥司，明明指示。"这几句话祷毕，方到铺上坐定，闭目凝神，以待鬼神显灵。

不知狄公此次宿庙，将这两案可否破获，且看下回分解。

第十一回　求灵签隐隐相合　详梦境凿凿而谈

却说狄公在郡庙祷告已毕，坐在蒲团上，闭目凝神，满想蒙眬睡去，得了梦验，便可为死者申冤，哪知连日来为毕顺之事，过于烦恼，加了开棺揭验，周氏吵闹，汪仇氏呼冤，许多事件，团结在心中，以致心神不定。此时在蒲团上面，坐了好一会工夫，虽想安心合眼，无奈不想这件事来，就是那一件触动，胡思乱想，直至二鼓时分，依然未曾闭眼。狄公自己着急说道："我今日原为宿庙而来，到了此刻，尚未睡去，何时得神灵指示。"自己无奈，只得站起身来，走到下首，但见洪亮早经熟睡，也不去惊动于他。一人在殿上，闲步了几趟，转眼见神桌上摆着一本书相似，狄公道："常言'观书引睡魔'，我此时正睡不着，何不将它消遣？或者看了困倦起来，也未可知。"想着走到面前，取来一看，谁知并不是书卷，乃是郡庙内一本求签的签本。

狄公暗喜道："我不能安睡，深恐没有应验，现在既有签本在此，何不先求一签，然后再为细看。若能神明有感，借此指示，岂不更好。"随即将签本在神案上复行供好，剔去蜡花，添了香火，自己在蒲团上，拜了几拜，又祷告了一回，伸手在上面取了签筒，嗦落嗦落摇了几下，里面早穿出一条竹签。狄公赶着起身，将签条拾起一看，上面写着五字，乃是第二十四签。随即来至案前，将签本取过，挨次翻去，到了本签部位，写着"中平"二字，按下有古人名，却是骊姬。狄公暗想道：此人乃春秋时人，晋献公为他所惑，将太子申生杀死，后来国破家亡，晋文公出奔，受了许多苦难，想来这人，也要算个淫恶的妇人。复又望下面看去，只见有四句道：

不见司晨有牝鸡，为何晋主宠骊姬。

妇人心术由来险，床笫私情不足题。

狄公看毕，心下犹疑不绝，说道："这四句，大概与毕顺案情相仿，但以骊姬比于周氏虽是暗合，无奈只说出起案的原因，却未将破案的情节叙出。毕顺与她本是夫妇，自然有床笫私情了。至于头一句，不见司晨有牝鸡，他想前日私访到她家中之时，她就恶言厉声，骂个不了，不但骂我，而且骂她婆婆，这明明是牝鸡司晨了。第二句，说是毕顺不应娶她为妻。若第三句，只是不要讲的，她将亲夫害死，心术岂不危毒。签句虽然暗合，但是不能破案，如何是好？"自己在烛光之下，又细看得两回，竟想不出别的解说来，只得将签本放下。听见外面已转二鼓，就此一来，已觉得自己困倦，转身来至上首床上，安心安意，和衣睡下。

约有顿饭时刻，朦胧之间，见一个白发老者，走至面前向他喊道："贵人日来辛苦了，此间寂寞，何不至茶坊品茗，听那来往的新闻？"狄公将他一看，好似个极熟的人，一时想不出名姓，也忘却自己在庙中，不禁起身，随他前去。到了街坊上面，果见三教九流，热闹非常。走过两条大街，东边角上，有一座大大的茶坊，门前悬了一面金字招牌，上写"问津楼"三字。狄公到了门口，那老者邀他进内，过了前堂一方天井中间，有一六角亭子，内里设了许多桌位。两人进了亭内，拣着空桌坐下，抬头见上面一副黑漆对联是：

寻孺子遗踪，下榻空传千古事；

问尧夫究竟，卜圭难觅四川人。

狄公看罢，问那老者道："此地乃是茶坊，为何不用那卢同、李白这派俗典，反用这孺子、尧夫，又什么卜圭下榻，岂不是文不对题。而且下联又不贯串，尧夫又不是蜀人，何说四川两字，看来实是不雅。"那老者笑道："贵人批驳，虽然不错，可知他命意遣词，并非为这茶坊起见，日后贵人自然晓得。"狄公见他如此说法，也不再问。

忽然自坐的地方，并不是个茶坊，乃变了一个要戏场子，敲锣击鼓，满耳咚咚，不下有数百人围了一个人。圈子里面，也有舞枪的，也有砍刀的，也有跑马卖钱，破肚栽瓜的，种种把戏不一而足。中间有个女子，年约三十上下，睡在方桌上，两脚高起，将一个头号坛子，打为滚圆。但是她两只脚，一上一下，如车轮相似。正要之时，对面出来一个后生，生得面如傅粉，唇红齿白，见了那妇人，不禁嘻嘻一笑。那妇人见他前来，也就欢喜非常，两足一蹬，将坛子踢起半空，身躯一拗，竖立起来，伸去右手，将坛底接住。只听一声喊叫："我的爷呀，你又来了。"忽然坛口里面，跳出一个十二三岁的女孩子，阻住那男孩子的去路，不准与那女子说笑。两人正闹之际，突然看把戏的人众，纷纷散去。顷刻之间，不见一人，只有那个坛子，以及男女孩子，均不知去向。

狄公正然诧异，方才同来的老者，复又站在门前说道："你看了下半截，上半截还未看呢，从速随我来吧。"狄公也不解他究是何意，不由信步前去。走了许多荒烟蔓草地方，但见些奇禽怪兽，盘了许多死人，在那里咬吃。狄公到了此时，不觉心中恍惚，惧怕起来，瞥见一个人，身睡地下，自头至足，如白纸仿佛，忽然有条火赤炼的毒蛇，由他鼻孔穿出，直至自己身前。狄公吓了一跳，直听那老者说了一声："切记！"不觉一身冷汗，惊醒过来，自己原来仍在那庙里面。听听外边更鼓正交三更。爬坐起来，在床边上定了一定神，觉得口内作渴，将洪亮喊醒，将茶壶桶揭开，倒了一盏茶，递与狄公，等他饮毕，然后问道："大人在此半夜，可曾睡着么？"狄公道："睡是睡着了，但是精神觉得恍惚。你睡在那边，可曾见什么形影不成？"洪亮道："小人连日访这案件，东奔西走，已是辛苦万分，加之为大人办毕顺的案，茫无头绪，满想在此住宿一宵，得点梦兆，好为大人出力。谁知心地糊涂，倒身下去，就睡熟了，不是大人喊叫，此时还未醒呢。小人实未曾梦见什么，不知大人可得梦？"狄公道："说也奇怪，我先前也是心烦意乱，直至二更时分，依然未曾合眼。然后无法，只得起身走了两趟，谁知见神案上，有一个签本……"就将求签，对洪亮说了一遍。说着又将签本破解与他听。

洪亮道："从来签句，隐而不露，照这样签条，已是很明白了。小人虽不懂得文理，我看不在什么古人推敲。上面首句，就有'鸡子司晨'四字，或者天明时节，有什么动静。从来奸情案子，大都是明来暗去，鸡子叫了时节，正是奸夫偷走时节。第二句，是个空论，第三句，妇人之心险，这明是夜间与奸夫将人害死，到了天明，方装腔作势地哭喊起来。你看那日毕顺，看闹龙舟之后，来家已是上灯时分，再等厨下备酒饭，同他母亲等人吃酒，酒后已到了定更时分。虽不能随他吃完就遂去睡觉的道理，不无还要谈些话，极早到进房之时，已有二鼓。再等熟睡，然后周氏再与奸夫计议，彼此下手谋害，几次耽搁，岂不是四五更天方能办完此事？唐氏老奶奶，说她儿子身死，不过是个约计之时，二更是夜间，四更五更也是夜间。这是小人胡想，怕这周氏害毕之后，正合'牝鸡司晨'四字。如正在此时谋害，这案容易办了。"

狄公见他如此说法，乃道："据你说来，也觉在理。姑作他在此时，你有如何办法？"洪亮道："这句话题显而易见，有何难解。我们多派几个伙计，日间不去惊动，大人回衙，仍将周氏交唐氏领回。她既到家，若没有外路则已，如有别情，那奸夫连日必在镇上，或衙门打听，见她回去，岂有不去动问之理？我们就派人在他巷口左右，通夜的逡巡，唯独鸡鸣时节，格外留神。我看如此办法，未有不破案之理。"

狄公见他言之凿凿，细看这形影，到有几分着落，乃道："这签句你破解得不错了，可知是我求签之后，身上已自困倦，睡梦之间，所见的事情，更是离奇，我且说来，大家参详。"洪亮道："大人所做何梦？签句虽有的影像，能梦中再一指示，这事就有八分可破了。不知大人还是单为毕顺这一案宿庙，还是连六里墩的案一起前来？"狄公道："我是一齐来的，但是这梦甚难破解。不知什么，又吃起茶来，随后又看玩把戏的，这不是前后不应么？"当时又将梦中事复说了一遍。洪亮道："这梦小人也猜想不出，请问大人，这‘孺子’两字怎讲，为何下面又有下榻的字面？难道孺子就是小孩子么？”

狄公见他不知这典，故胡乱的破解，乃笑道：“你不知这两字缘由，所以分别不出。我且将原本说与你听。”

不知狄公所说如何，且看下回分解。

第十二回　说对联猜疑徐姓　得形影巧遇马荣

却说狄公见洪亮不知道“孺子”典故，乃道：“这孺子不是做小孩子讲，乃是人的名字。从前有个姓徐的，叫作徐孺子，是地方上贤人。后来有位陈蕃专好结识名士，别人皆不来往，唯有同这徐孺子相好。因闻他的贤名，故一到任时，即置备一张床榻，以便这徐孺子前来居住，旁人欲想住在这榻上，就如登天向日之难。这不过器重贤人意思，不知与这案件有何关合？”洪亮不等他说完，连忙答道：“大人不必疑惑了，这案必是有一姓徐在内，不然，那奸夫必是姓徐，唯恐这人逃走了。”狄公道：“虽如此说，你何以见得他逃走了？”洪亮道：“小人也是就梦猜梦。上联头一句乃是‘寻孺子遗踪’，岂不是要追寻这姓徐的么？这一联有了眉目，且请大人，将‘尧夫’原典与小人听。”

狄公道：“下联甚是清楚，‘尧夫’也是个人名，此人姓邵叫康节，‘尧夫’两字乃是他的外号。此乃暗指六里墩之案。这姓邵的，本是要犯，现在访寻不着，不知他是逃至四川去了，还是本籍四川人在湖州买卖。以后，你们访案，若遇四川口音，须要留心盘问。”洪亮当时答应：“大人破解的不差，但是玩坛子女人，以及那个女孩，阻挡那个男人去路，并后来见着许多死人，这派境界，皆是似是而非，这样解也可，那样解也可。总之这两案，总有点端倪了。”

两人谈论一番，早见窗外现出亮光，知是天已发白。狄公也无心再睡，站起身，将衣服检理一回。外面住持，早已在窗外问候，听见里面起身，赶着进来，请了早安。在神案前敬神已毕，随即出去呼唤司祝，烧了面水，送进茶来，请狄公净面漱口。狄公梳洗已毕，洪亮已将行李包裹起来，交与住持，以便派人来取，然后又招呼他，不许在外走漏风声。住持一一遵命。这才与狄公两人，回衙而来。

到了书房，早有陶干前来动问。洪亮就将宿庙的话说了一遍，当即叫他厨下取了点心，请狄公进了饮食，两人在书房院落内伺候。到了辰牌时分，狄公传出话来，着洪亮协同值日差，先将皇华镇地甲提来问话。洪亮领命出去，下昼时分，何恺已到了衙中。狄公并不升堂，将他带至签押房内。何恺叩头毕，站立一边。狄公道："毕顺这案件，要是身死不明，本县为他申冤起见，反招了这反坐处分。你是他本镇地甲，难道就置身事外，为何这两日不加意访察，仍是如此延宕，岂不是故意藐视？"何恺见狄公如此说法，连忙跪在地下，叩头不止，说道："小人日夜细访，不敢偷懒懈怠，无奈没有形影，以致不能破案，还请求大人开恩。"狄公道："暂时不能破案，此时也不能强汝所难，但你所管辖界内，共有多少人家，镇上有几家姓徐的么？"何恺见问禀道："小人这地方上面，不下有二三千人家，姓徐的也有十数家。不知大人问的哪一个，求大人明示。小人便去访问。"狄公道："你这人也太糊涂，本县若知这人，早已出签提质，还要问你么？只因这案情重大，略闻有一徐姓男子，通同谋害。若能将此人寻获，便可破了这案，因此命汝前来。你平时在镇上，可曾见什么姓徐的人家，与毕顺来往？若看见有一二人在内，且从实说来，以便提县审讯。"

何恺沉吟了一会，就望着上面说道："小人是上年四月间才应差的，访这案件，是五月出的，不过一个月之久，小人虽小心办公，实未知毕顺平时交结的何人，不敢在大人面前胡讲。好在这姓徐的不多，小人回去，挨次访查，也可得了踪迹的。"狄公道："你这个拙主见，虽想的不差，可知走漏风声，即难寻觅。且这人既做这大案，岂有不远避之理。你此去务必不得声张，先从左近访起，俟有形影，赶紧前来报信，本县再派役前去。"何恺遵命，退下来，回转镇上不提。

这里狄公又命洪亮、陶干两人，等到上灯时候，挨城门而出，径至毕顺家巷口探听一回，当夜不必回来，一面暗暗地跟着何恺，看他如何访缉。你道狄公为何不叫他两人与何恺同去，皆因前日开棺之时，洪亮在皇华镇上住了数日，彼处人民大半认得，怕他日间去，被人看见，反将正凶逃走。何恺是地方上的地甲，纵有的问张问李，这是他分内之事，旁人也不疑惑。又恐何恺一个得了凶手，独力难支，又拿他不住，因此令洪亮同陶干晚间前去。一则访访案情，二则何恺在坊上，还是勤力，还是懒惰，也可知道。这狄公的用意当日布置已毕，家人掌上灯来，一人在书房内，将连日积压的公事看了一回。

用过晚饭，正拟安息，忽然窗外扑通，扑通，跳下两人，把狄公吃了一惊。抬头一见，乃是马荣、乔太。当时请安已毕，狄公问道："二位壮士，这几日辛苦，但不知所访之事如何？"马荣道："小人这数日虽访了些形影，只是不敢深信，恐前途有了错讹，或是众寡不敌，反而不美，因此回来禀明大人。"狄公道："壮士何处看出破绽，赶快说来，好大家商量。"

乔太道："小人奉命之后，他向东北角上，小人就在西南角上，各分地段，私下访查。前日走到西乡跨水桥地方，天色已晚，在集上拣了个客店住下，且听同寓的客人闲谈。说高家洼这事，多半是自家害的自家人。小的听他们说得有因，也就答话上去，问道：'你们这班人，所说何事？可是谈的孔家客店的案么？'那人道：'何尝不是。看你也非此地口音，何以知道这事，莫非在此地做什么生意？'小人见他问了这话，只得答着机锋道：'我乃山西贩皮货客人，日前相验之时，我们有个乡亲，也是来此地买卖，却巧那日就住在这店内，后来碰着谈论起来，方才晓得。闻说县里访拿得很紧，还有赏格在外，你们既晓得自家人所杀，何不将此人捉住送往县内？一则为死者申冤，是莫大功德，二则多少得几百银子，落得快活。你我皆是做买卖的朋友，东奔西走，受了多少风霜，赚钱蚀本还不知道，有这美事，落得寻点外水，岂不是好？'那班人笑道：'你这客人，说得虽是，我们也不是傻子，难道不知钱好？只因个缘故在内，我们是贩卖北货的，日前离此有三四站地方，见有一个大汉，约在三十上下，自己推着一辆小车，车上极大的两个包裹，行色仓皇，忙忙的直往前走。谁知他心忙脚乱，对面的人，未尝留心，咚的一声，那车轮正碰着我们大车之上，登时车轴震断，将包裹撞落在地下。我当他总要发急，不是揪打，定要大骂一番，哪知他并不言语，放下车，将车轴安好，忙将包裹从地下拾起。趁此错乱之际，散了一个包裹，里面露出许多湖丝。他亦不问怎样，并入大包裹内，上好车轴，仓皇失措，推车向前奔去，听那口音，却是湖州人氏。后来到了此地，听说出了这案，这人岂不是正凶？明是他杀了车夫，匆匆逃走了，这不是自家害的自家人？若不然，焉有这样巧，偏遇这人，也是湖州人氏。只怕他去远了，若早得了消息，岂不是个大大的财路。'这派话，皆是小人听那客店人说，当时就问了路径，以便次日前去追赶。却好马荣也来这店中住宿，彼此说了一遍。次早天还未明，就起身顺着路径，一路赶去。走了三四日光景，却到邻境地方。有一所极大的村庄，见许多人围着一辆车儿，阻住他的去路。小人们就远远地瞧看，果见有一个少年大汉，高声骂道：'咱老子走了无限的关隘，由南到北，从不惧怕何人，天大的事，也做过了。什么稀奇的事，损坏你的田稻，也不值几吊大钱，竟敢约众拦住？若是好好讲说，老子虽无钱，给你一包丝货，抵得你们苦上几年。现在既然撒野，就莫怪老子动手。'说着两手放下车子，举起拳头，东三西四，打得那班人抱头鼠窜，跑了回去。后来庄内又有四五十个好汉，各执锄头农器，前来报复。哪知他不但不肯逃走，反赶上前去，夺了一把铁铲，就摔倒几个人。小人看见那人，并非善类，欲想上去擒拿，又恐寡不敌众，只得等他将众人打退，向前走去。两人跟到个大镇市上，叫什么双土寨，他就在客寓内住下。访知他欲在那里卖货，有几日耽搁，因此紧赶回来，禀知大人。究竟若何办法？"

狄公听了这话，心中甚是欢喜。眉头一皱，计上心来，且先派人捉拿凶手。不知后事如何，且看下回分解。

第十三回　双土寨狄公访案　老丝行赵客闻风

却说狄公听马荣说出双土寨来，心下触机，不禁喜道："此案有几分可破了，你们果曾访这人姓甚名谁，果否在寨内有几天耽搁？若是访实，本县倒有一计在此，无须帮动手脚，即可缉获此人。"乔太见狄公喜形于色，忙道："小人访是访实了，至于他姓名，因匆匆寻他买货的根底，一时疏忽，未曾问知。不知大人何以晓得此案可破？"狄公就将宿庙得的梦，告诉于他，说卜圭的圭字，也是个双土，这贩丝的人，就在双土寨内出货，而且又是个湖州人，岂非应了这梦？"你二人可换了服色，同本县一齐前去，拣一个极大的客寓住下。访明那里，谁家丝行，你即住在他行中，只说我是北京出来的庄客，本欲到湖州收买蚕茧，回京织卖京缎。只因半途得病，误了日期，恐来往已过了蚕时，闻你家带客买卖，特来相投。若有客人贩丝，无论多少，皆可收买。他见我们如此说法，自然将这人带出，那时本县自有道理。"马荣、乔太二人领命下来，专等狄公起身。狄公知此处有几日耽搁，当时备了公出的文书申详上宪，然后将捕厅传来，说明此意，着他暂管此印，一应公事，代拆代行，外面一概莫露风声，少则十天，多则半月，即可回来。捕厅遵命而行，不在话下。

狄公此时见天色不早，即在书房安歇了一会，约至五更时分，即起身换了便服，带了银两，复又备了邻县移文，藏于身边，以便临时投递。诸事已毕，与马荣、乔太二人，暗暗出了衙署，真是人不知鬼不觉，直向双土寨而来。夜宿晓行，不到三四日光景，已到了寨内。马荣知这西寨口，有个张六房是个极大的老客店，水陆的客人，皆住在他家，当时将狄公所坐的车辆，在寨外歇下，自己同乔太进了寨里。来到客店门首，高声问道："里面可有人？我们由北京到此，借你这地方住下一半天。咱家爷乃是办丝货的客商，若有房屋可随咱来。"店内堂倌儿见有客人来住居，听说又是大买卖，赶着就应道："里面上等的房屋，爷喜哪里住，听便便了。"当时出来两人问他行李车辆。马荣道："那寨口一辆轻快的车辆，就是咱家爷的。你同我这伙伴前去，我到里面瞧一瞧。"说着命乔太同堂倌前去，自己进内，早有掌柜的带他到里面，拣了一间洁净的单房，命人打扫已毕，复行出店门。见狄公车辆已歇在门口，正在那里解卸行李，当时搬入房内，开发了车价。早有小二送进茶水。

众人净面已毕，掌柜进来问道："这位客人尊姓？由北京而来，到何处去做买卖？小店信实通商，来往客人，皆蒙照顾，后面回下点心酒饭，各色齐备，客人招呼便了。"狄公道："咱们是京城缎行的庄客，前月由京动身，准备由此经过，一路赶到湖州收些蚕茧，不料在路得病，误了日期，以至今日才至贵处。这里是南北通衢的，不知今年的丝价，较往常如何？"掌柜道："敝地离湖州尚远，彼处的行情，也听得人说。春间天气晴和，蚕市大旺，每百两不过三十四五两的关叙。前日有几个贩丝的客人，投在南街上薛广大家行内，请他代卖，闻开盘不过要三十八九两码子。比较起来，由此地到湖州不下有月余的路程，途费算在里面，比在当地收买倒还廉许多。"

狄公听了这话，故作迟疑道："不料今年丝价如此大减，只抵往常三分之二，看来虽然为病耽搁，尚未误正事。你们这地方丝行，想必向来是做这项生意的了，行情还是听客人定价，抑是行家作价，行用几分？可肯放期取银？"掌柜的说道："我们虽住在咫尺，每年到了此时，但听见他们议论，也有卖的，也有买的。老放庄客的人，由此经过，皆知道这里的规矩。俗言道：'隔行如隔山。'其中细情，因此未能晓得。客人想必初来此地，还不知尊姓大名。"狄公见他动问，乃道："在下姓梁名狄公，皆因时运不佳，向来在京皆做这本行的买卖，从未到外路去过。今年咱们行内，老庄客故了，承东家的意思，叫咱们前来，哪知在路就得了病症。现在你们这里行情既廉，少停请你带咱们前去一趟，打听打听是哪路的卖客。如果此地可收，咱也不去别处了。”掌柜见他是个大本钱的客人，难得他肯在此地，不但图下次主顾，即以现在而论，多住一日，即赚他许多房金，心下岂不愿意？连忙满口应承，招呼堂倌，办点心，送酒饭，照应得十分周到。

到了下昼时分，狄公饮食已毕，令乔太在店中看守门户，自己同马荣步出外面，向着掌柜说道：“张老板，此刻有暇，你我同去走走。”掌柜见他邀约，赶紧答应，出了柜台说道：“小人在前引道。离此过了大街三两个弯子，就是南寨口，那就到了。”说着三人一同走去。

果然一个好大的寨子，两边铺户十分整齐，走了一会，离前面不远，掌柜请狄公站下，自己先抢一步，到那人家门首，向里问道：“吴二爷，你家管事的可在家？我家店内有一缎行庄客，从北京到此，预备往南路收的，听说此地丝价倒廉，故此命我引荐来投宝行。客人现在门首呢。”里面那人，听他如此说法，忙答道：“张六爷，且请客人里面坐。我们管事的，到西寨会款子去了，顷刻就回来的。”狄公在外面见他们彼此答话说管事的不在行内，心下正合其意，可以探得这小官的口气，忙向张六说道：“老板，咱们回去也无别事，既然管事的不在这里，进去少待便了。”当时领马荣到了行内。见朝南的三间屋，并无柜台等物，上首一间设的座起，下首一间堆了许多客货，门前白粉墙上写了几排大字：“陆永顺老丝行，专办南北客商买卖。”

狄公看毕，在上首一间坐定。小官送上茶来，彼此通过名姓，叙了套话，然后狄公问道：“方才张老板说，宝号开设有年，驰名远近，令东不知是哪里人氏，是何名号，现在买卖可多？”吴小官道：“敝东是本地人氏，住在寨内，已有几代，名叫陆长波。不知尊家在北京哪家宝号？”狄公见他问这话，心下笑道：“我本是访案而来，哪知道京内的店号。曾记早年中进士时节，吏部带领引见，那时欲置办鞋帽，好像姚家胡同，有一缎号，代卖各色京货，叫什么‘威仪’两字，我且取来搪塞搪塞。”乃道：“小号是北京威仪。”那小官听他说了“威仪”二字，赶忙起着笑道：“原来是头等庄客，失敬失敬！先前老敝东在时，与宝号也有往来。后因京中生意兴旺，单此一处，转运不来，因此每年放庄到湖州收买。今年尊驾何以不去？”狄公见他信以为真，心下好不欢喜，就将方才对张掌柜的那派谎言，说了一遍。

正谈之间，门下走进一人，约在四五十岁的光景，见了张六在此，笑嘻嘻地问道：“张老板何以有暇光顾？”张六回头一看，也忙起身笑道：“执事回来了，我们这北京客人，正盼望呢。”当时吴小官又将来意告诉了陆长波，狄公复又叙了寒暄，问现在客货多寡，市价如何。陆长波道：“尊驾来得正巧，新近有一湖州客人，投在小行。此人姓赵，也是多年的老客丝货，现在此处。尊驾先看一看，如若合意，那价银格外克己便了。”说着起身邀狄公到下首一间，打开丝包看了一会。只见包上盖了戳记，乃是“刘长发”三字，内有几包斑斑点点，现出那紫色的颜色，无奈为土泥护在上面，辨不清楚。

狄公看在眼内，已是明白，转身向马荣道：“李三，你往常随胡大爷办货，谅也有点颜色。我看这一点丝货，不十分清爽，光彩混沌，怕的是做茧子时蚕子受伤了。你过来也看一看。”马荣会意。到了里面，先将别的包皮打开，约略看了几包，然后指着有斑点的说道：“丝货却是道地，恐这客人，一路上受了潮湿，因此光芒不好。若这一包，虽被泥土护满，本来的颜色，还看得出，见了外面就知里面了。不知这客人可在此处？他虽脱货求财，我们倒要斟酌斟酌。”狄公见马荣暗中有话，也就说道：“准是在下定价买了，好在小号用得甚多，就有几包不去，也可勉强收用。但请将这赵客人请来，凭着宝行讲明银价，立即可银货两交，免得彼此迁延在此。”

陆长波见他如此说法，难得这样买卖，随向吴小官道：“赵客人今日在店内打牌，你去请他即刻过来，有人要收全包呢。”小官答应一声，匆匆而去。张掌柜也就起身向狄公说道：“此时天色已晚，过路客人，正欲下店，小人不能奉陪了。”复又对陆长波说了两句客气话，一人先行。

狄公见小官走后，心下甚是踌躇，深恐此人前来，不是凶手，那就白用了这心计，又恐此人本领高强，拿他不住，格外为难。只得向马荣递话道：“凡事不能粗鲁，若我因有了耽搁，不肯在这寨内停留，岂不失了机会？所幸有赵客人在此卖货，真是天从人愿。临见面时，让我同他开盘，你们不必多言。要紧要紧！”马荣知他用意，当时答应遵命，坐在院落内，专候小官回来。不多时，果然前日半路上那个大汉一同进门。

不知此人如何，且看下回分解。

第十四回　请庄客马荣交手　遇乡亲蒋忠谈心

却说狄公在陆家行内，等吴小官去请赵客人前来，不多一会马荣已看见前日在路上推车的那个大汉，一同进门，当时不敢鲁莽，望着狄公丢个眼色。狄公会意，便将那人一望，只见他身长一丈，生来黑漆面庞，两道浓眉，一双虎眼，足穿薄底靴儿，身穿短襟窄袖无色小袄，丢当叉裤。那种神气，倒像绿林中朋友。

狄公上下打量一番，暗暗想道：此人明是个匪头，哪里是什么贩丝的客人，而且浙湖的人形，皆是气格温柔，衣衫齐整，你看他这种行为神情，明是咱们北方气概。且等他一等，看他如何。只见陆长波见他进来，当时起身来笑道："常言买鸡找不到卖鸡人，你客人投在小行，恨不得立刻将货脱去，得了丝价，好回贵处，一向要卖，无这项售户，今日有人来买，你又打牌去了。这位梁客人，是北京威仪缎庄上的。往年皆到你们贵处坐庄，今因半途抱病，听说小行有货，故此在这里收买。所有存下的货物，皆一齐要买，但不过要价码克己。小行怕买卖不成，疑惑我等中间作梗，因此将你请来，对面开盘，我们单取行用便了。"

那人听了陆长波这番话，转眼将狄公上下望了一回，坐下笑道："我的货，卖是要卖，怕的这客人有点欺人。我即便肯卖与他，他也未必真买。"陆长波见他这番话，说得诧异，忙道："赵客人你休要取笑，难道我骗你不成？人家很远的路程来投小行，而且威仪这缎号牌子，谁人不知。莫说你这点丝，即便加几倍，他也能售。你何以反说他欺人？倒是你奇货可居了。"

狄公见了这大汉说了这两句话，心下反吃了一惊，说道：“此人眼力，何以如此利害？又未与他同在一处，何以知我不是客商？莫非他看出什么破绽？如果为他识破，这人本事就可想了。虽有马荣在此，也未必能将他获住。”当时还故示周旋，起身作了揖，说：“赵客人请了。”大汉见他起身，也忙还了一揖道：“大人请坐，小人见谒来迟，望祈恕罪。”这一句，更令狄公吃惊不小，分明是他知道自己的位分，复又故作惊异道：“尊兄何出此言，咱们皆是贸易中人，为何如此称呼？莫非有意外见么？还不识尊兄台甫何名，排行几位？”大汉道：“在下姓赵名万全，自幼兄弟三人，第三序齿。不知大人来此何干，有事但说不访。若这样露头藏尾，殊非英雄本色。俺虽是贸易中人，南北省份，也走过许多码头，做了几件惊人出色的事件，今日为朋友所托，到此买卖，不期遇尊公。究竟尊姓何名，现官居何职，俺这两眼相法，从来百不失一。尊公后福方长，正是国家栋梁，现在莫非做哪里县丞么？”

狄公被他这番话，说得哑口无言，反而深愧不是，停了半晌，乃道：“赵兄，你我是为买卖起见，又不同你谈相，何故说出这派话来？你既知我来历，应该倾心吐胆，道出真言，完结你的案件。难道你说了这派大话，便将俺哄吓不成？”说着望马荣丢了个眼色，起身站在陆长波背后。

马荣到了此时，也由不得再不动手，当即跳出门外，高声喝道：“狗强盗，做了案件，想往哪里逃走！今日俺家太爷，亲来捉汝，应该束手受缚，归案讯办。可知那高家洼的事，不容你逃遁了。”说着两手摆了架落，将门挡住，专等他出来动手。陆长波看见言语不对，忽然动起手来，如同做梦一般，不知是素来有仇，也不知无故起衅，摸不着头脑，只呆呆地在那里呼喊说：“你们可不要动气，生意场中，以和为贵，何以还未交易，就说出这尴尬话来，莫非平时有难过吗？”还未说完，见大汉掀去短袄，露出紧身小衣，袖头高卷，伸开两手，一个箭步，蹿出门外，向马荣骂道：“你这厮也不打听打听，来至太岁头上动土。俺立志要除尽这班贪官污吏，垄断奸商，你竟敢来寻死！不要走，送你到老家去！”只见左手一抬，用个猛虎擒羊的架落，对定马荣胸口一拳打来。

狄公见了这样，吓得面如土色，深恐马荣招架不住。只见他将身向左边一偏，用了个调虎下山的形势，右手伸出两指，在大汉手寸上面一按，望下一沉，果然赵万全将手一缩回，不敢前去。原来马荣也是会手，这一下撞在他血道上面，因此全膀酥麻，不能再进。马荣见他中了一下，还不就此进步？登时调转身子，起势在他肋下一拳打去。赵万全见他手足灵便，就不敢轻视，一手护定周身，一手向前分他的手掌。马荣哪里容他得手，随即改了个鹏鸟展翅的架势，将身一纵，约有一二尺的高下，提起左足欲踢他的左眼。谁知道这一来正中赵万全之计，但见他望下一蹬，两手高起，说声：“下来吧！”早将马荣的腿兜住，但听“咕咚”一声，摔在地下。

狄公这一惊不小，深恐他就此逃走。里面陆长波也吓得面面相觑，唯恐打杀人命，赶着出来喊道：“赵三爷，你是我家老主顾客人，向来未曾鲁莽，何以今日一言不合，就动手动脚起来？设若有个险错，小行担受不起。有话进来好说。”众人正闹之间，街坊上面早已围着许多人来，言三语四，在那里乱说。

忽然人丛里面，有一个二三十岁的汉子，身材高大，虎背熊腰，见马荣落在地下，赶着分开众人，高声喊道：“赵三爷不要胡乱，都是家里人！”随即到了马荣面前叫道：“马二哥，你几时来此，为何与我们兄弟斗气？这几年未曾见面，令咱家想得好苦。听说你洗手不干那事了，怎么会到这里来？”说着即将马荣扶起。马荣将他一望，心中好不欢喜，说道：“大哥你也在此，俺们这里再谈，千万莫放这厮走了，他乃人命要犯。”说着那人果将赵万全邀入行内，招呼闲人散开，然后向马荣说道：“这是我自幼的朋友，虽是生意中人，与俺们很有来往。二哥何故与他交手，现在何处安身，且将别后之事说来。谁人不是，俺与你俩赔礼。”

原来此人也是绿林中朋友，与马荣一师传授，姓蒋名忠，虽然落身为盗，却也很有义气，此时已经去邪改正，在这个土寨当个地甲。

赵万全本是山东沂水县人氏，因幼父母双亡，跟蒋忠的父亲，学了一身本领，所有医卜星相件件皆精。到了十八岁时，见本乡无可依靠亲戚，本家皆已亡过，因想湖州有个姑母，很有钱财，因而将家产变去，做了盘缠，到湖州探亲。他姑母见他如此手段，就收他在家中，过了数月，然后荐至丝行里面，学了这项生意。后来日渐长大，那年回家祭祖，访知这双土寨，是南北的通衢，可以在此买卖，他就回到湖州，向姑母说明，凑了几千银本，每年春夏之交，由湖州贩丝来卖。却值蒋忠洗手，在曲阜县上卯，为了这寨内的地甲，彼此聚在一处，更觉得十分亲热。今日赵万全正在他家摸牌，忽然吴小官去喊他做生意，去了好久不见回来，蒋忠因此前来探望，不意却与马荣交手。

此时马荣见他问别后之事，连忙说道："大哥有所不知，自从你我在山东王家寨作案之后，小弟东奔西走，受了许多辛苦。后来一人思想，人生在世，不过百年，转眼之间，就成了废物。若不在中年做出一番事业，落了好名，岂不枉为人世。而且这绿林之事，皆是丧心害理的钱，今日得手，不过数日之内，依然两手空空，徒然杀人害命，造下无穷的罪孽。到了恶贯满盈的时节，自己也免不得一刀之苦，所以一心不干。却好这年在昌平界内，遇见这位狄大人做了县令，真是一清如水，一明似镜，因而与乔二哥投在他麾下，做个长随。数年以来，也办了许多案件，只因前日高家洼出了命案，甚是稀奇，直至前日，始寻出一点形影，故而到此寻拿。"说着就将孔万德客店如何起案，如何相验，如何换了尸的缘由，说了一遍。然后又指狄公道："这就是俺县主太爷，姓狄名仁杰，你们这里也是邻境地方，昌平县官声名应该听见。"

蒋忠听了这番话，掉转头来望着狄公纳头便拜，说道："小人迎接来迟，求大人恕罪。"狄公忙扶起说道："刚才的事，马荣已经说明，还望壮士将这人犯交本县带回讯办。"蒋忠还未开口，赵万全忙道："这是小人受人之愚了，此案实非小人所干，如有见委之处，万死不辞。且待小人禀明，大人便可明白了。方才马二哥说那凶手姓邵，是四川人氏，小人乃是姓赵，本省人氏，这一件就不相合。但是这人现在何处，叫什么名号，小人却甚清楚。大人在此且住一宵，明日前去，定可缉获。”狄公听了此言，不知如何办法，且看下回分解。

第十五回　赵万全明言知盗首　狄梁公故意释奸淫

却说赵万全说他不是正凶，那个犯事之人，地方名姓，他皆知道，狄公听了此言，心下甚是疑惑，暗道："看他这身材膂力，实不是个善类，莫非他故意诳言，希冀逃走，那可就费事了。"当时一个人对答不来。马荣知道他的意思，乃道："大人不必疑惑，既然蒋大哥说出这缘故，想必他不是这案内人犯。既他口称知道，但请他说明，同小的前去便了。"

蒋忠也就说道："赵三哥，你就在大人前言明，何以知道案件。你我行事，也须光明正大的方好。若照这姓邵的丧心害理，无论官法不容，即使你我碰见这厮，也不能饶了他的狗命。究竟现在何处，你若碍于交情，不便动手，我这管下与昌平是邻对，同去捉获，也是分内之事。"赵三道："说来也是可恼，连我都为所骗了。这人姓邵名礼怀，是湖南土著人氏，一向与他来往。每年新春蚕见市，他也带着丝货到各处跑码头，只要谁地方价好，他就前去卖货，虽无一定的地方，总不出这山东山西两省。前月我在湖州时，他是在我先动身的，并同了一个邻行的小官一并前来，日前在半途上碰见，但见他一人推着一轮车儿，在路上行走。我见他是孤客年轻，不知行道规矩，故上前问道：'你怎么一个人在此，徐相公到何处去？'他向我大哭不止，说那伙伴在路途暴病身亡，费了许多周折，方才买棺收殓，现在暂居在一个地方。就此一来，货又误了日期，未能卖出，自己身旁，路费又完，正是为难之际，总是为朋友起见，不然早已回去了。我见情真语切，问他到何处去，他说暂时不能转杭州，怕徐家家属问他要人，那就费事了。当时就同我借了三百银子，将姓徐的丝货交我代卖，他说到别处码头售货去了。谁知他做了这没良心的坏事，岂不是连我受他之愚吗？"

狄公听了此言，忙道："照你如此说法，他已是远走去了，你焉能知他的所在？"赵万全道："大人有所不知，这人有个师兄，先前以为礼怀是个诚实的后生，将女儿就给他为妻，谁知过门之后，夫妻不睦，就将这妻子气死。后来听说，他又在外路结识了一个有夫之女，住在这左近一带，叫作什么齐团菜地方。彼时因不关我事，故而未曾追求，现在他既犯了这案，只要将这地方访出来，那就好办了。虽说他跟我师兄学了数年棍棒，纵有点本领，谅也平常，只要我去寻获，无不获之理。"

狄公听他所言也就深信不疑，向着众人说道："本县到任以来，也私访过许多地方，这齐团菜地名从未听人说过，你们可曾晓得么？"此时，陆长波见他们各道真言，知狄公是地方上父母官，真是意想不到，赶忙过来叩头，说道："小人有眼不识泰山，冒犯虎威，统求恕罪。"狄公道："你乃贸易之人，与本县本无大小，生意场中，理应如此，何得谓之冒犯？但你是土著的人氏，方才赵壮士所说这个地名，你可知道吗？"陆长波细想不出来，说道："大人要知这地段，除非移文到各处府州县，将府县志查看，或者可知。不然这偌大的山东省，从何处访问？"此时天已黑暗，小官掌上灯来，马荣道："大人现在也不必久坐了，沿途受了风霜，也该安歇安歇，既有赵万全同小人在此，还怕日后这案不破么？我看乔太在寓内，也是望得心焦，不如前去店中吃了晚饭，大众计议个章程，以便分头办事。或者张老板知道齐团菜地名，也未可知。"狄公见他说得在理，当即起身，向赵万全说道："壮士且至敝寓，共饮一杯，以便彼此谈论。"赵三也不推辞，当时也就起身一同出了陆长波家的门，来至张六房店内。

蒋忠就将狄公前来访案的话，向张六说明，大众直吓得鼓舌摇唇，说道："我等在寨内，听往来人说，昌平县狄太爷，是个好官，真是名不虚传。由彼处到此，也有数百里路程，居然不辞劳苦，前来访案，实不愧民之父母了。”当时也就入里面，复又叩头已毕。当晚备了酒肴，众人也不分什么主仆，上下一齐入席饮酒。乔太见赵万全帮同捉案，更是欢喜非常，向着狄公道：“大人在上，虽得了一位壮士，依小人愚见，还是明早一同回去，暗暗的访问这地方，方可有益于事。若要在此地将人缉获，恐暂时未必如愿。就此一来，这案内正是人人知道，若再耽搁数日，南北往来的客商，传到别处，露了捉拿要犯的风声，反而令他得信。而且毕顺家那案，不知访缉得如何。那人胆量又小，即使有了事件，一人也未必能动手，岂不是顾此失彼？不如回去，两件事皆可兼顾得到。”狄公也以为然，当时上了几件美肴，撤去残杯，大众安歇，一宿无话。

次日一早，马荣先起身，雇上车辆，然后进来将狄公喊醒。梳洗已毕，用过早点，给了房饭钱，与赵三、乔太一路出了客店，别了蒋忠、张六等人，坐了车头。只听鞭响一声，催动马匹，拖着车子，直奔小路而去。在路非止一日，闯关过寨，一路打听，皆不知齐团菜究竟是何地名。到了第五日上，已到昌平城下，狄公到城外就将车价给过，命乔太、马荣背着包裹，先到衙门报信，自己同赵万全，慢慢地信步来至城内。到了本衙里面，先到书院坐下，命人到捕厅内送信，顿时过来回明了公事，将印卷交还。狄公敷衍了几句，然后告辞出去。这里家人送进茶水，替狄公拂去灰尘。净面已毕，随口道：“洪亮、陶干自大人去后，已回来过两次，说何恺连日十分严查，所有那些管下姓徐的户口，皆是当地良民，无什么形迹可疑地方，因此不敢乱拿。每日早晚，他二人又在巷口，昼夜巡查，但是唐氏一人出入，不时在家还啼哭叫骂。昨日陶干回衙，问大人可曾回来，若回来时节，务必将周氏交保释回，方好见她的动静。若这样，实寻不出。”狄公点点头，当下传命大堂伺候。当时门役一声高唤，所有书差皂役各自前来伺候。

不多一回，狄公穿了冠带，暖阁门开，一声威武，狄公当中坐下。书办将连日的案卷捧上，狄公手披目诵，约有顿饭时节，已将连日的公事办清，然后标了监签，命值日差将周氏带堂讯问，两边齐声答应，早将监牌接下。转眼之间，已将周氏带至堂上。狄公还未开口，先听淫妇问道："你这狗官，请我出监为何，莫非上宪来了文书，将汝革职么？你且将公事从头至尾，念与我听，好令堂下百姓，知道个无辜受屈，不能诬害好人。"狄公道："你这贱货，休要逞言，本县自己请处，此件不关你事。是否革职，随后自有人知晓，只因你婆婆在家痛哭，无人服侍，免不得一人受苦。因此提汝出来，交保释去，好好服侍翁姑。日后将正犯缉获，那时再捕提到案，彼此办个清白。"周氏不等他说完，乃道："太爷如此恩典，小妇人岂不情愿。但是我丈夫死后，遭那苦楚，至今凶手未获，又验不出伤来，这谋害二字，小妇人实担受不起。若这样含糊了事，个个人皆可冤枉人了，横竖也不遵王法。若说我婆婆在家，痛苦儿子死后验尸，媳妇又身在牢狱，岂有不哭之理！这总是生来命苦，遇见了你狗官，寻出这无中生有的事来。前日小妇人坐在家中，太爷一定命公差将我提了，行刑拷问，此时小妇人安心在案，专等上完来文，太爷又无故放我回去。这事非小妇人抗命，但一日此案不结，一日不能回家！不但这谋害性命难忍，恐我丈夫也不甘心，还求太爷将我收监罢。"

狄公听她一派言辞，说得半晌无言，还是马荣在旁答道："你这妇人，何不知好歹，可知太爷居官，为代我百姓申冤理枉，你这案虽未判白，太爷也自行请处了，难道这公事还谎你不成？凶手也是要缉获的，此时放你回去，太爷的意思，不过一点仁恩，你反胡言唐突，岂非不知好歹也？我看你就此令婆婆保去，落得个婆媳相聚。"

周氏听了这番话，早已喜出望外，只因在堂上，不能一说就行，怕被人疑惑，既然马荣说了这话，乃道："论这案情，我是不能走，既你们说我婆婆苦恼，也只得勉强从事。但是太爷还要照公事办的。至于觅保一层，只好请你们同我回去，令我婆婆画了保押。"狄公见她答应，当时令人开了刑具，雇了一乘小轿，差马荣押送皇华镇而去。不知后事如何，且看下回分解。

第十六回 聋差役以讹错讹 贤令尹将盗缉盗

却说狄公见周氏答应回去，当时令人开去刑具，差马荣押送皇华镇而去。周氏回转家中，与唐氏自有一番言语，不在话下。单说狄公自她走后，退入后堂，将多年老差役，传了数名进来，将齐团菜地名问他们，可曾知道，众人皆言莫说未曾去过，连听都未曾听过。

狄公见了这样，自是心中纳闷。内中忽有一七八十岁老差役，白发婆娑，语言不便，见狄公问众人的言语，他尚听不明白，说道："蒲萁菜，八月才有呢。太爷要这样菜吃，现在虽未到时候，我家孙子，专好淘气，栽了数缸蒲萁，现在苗芽已长得好高的了。外面虽然未有，太爷若要，小人回去掐点来，为太爷进鲜。"众人见他耳聋胡闹，唯恐狄公见责，忙代他遮饰道："此人有点重听[①]，因此言语不对，所幸当差尚是谨慎，求太爷宽恕。"狄公见他牵涉的好笑，乃道："你这人下去罢，我不要这物件。"哪知这差役听狄公说不要，疑惑他爱惜新苗，掐了芽子，随后不长蒲萁，乃道："太爷不必如此，小人家中此物甚多，而且不是此地的，原是四川寨来的。"狄公听了此话，不觉触目惊心，诧异道："我那梦中看见指迷亭上对联，有句卜圭，须问四川人，上两字已经应了，乃是暗暗的双土寨，下三字忽然在这老差役口中说出，莫非有点意思。从来无头的难案，类皆无意而破，我问的齐团菜地名，他就牵蒲萁菜的吃物，此刻又由蒲萁菜引出四川寨来。你看这菜呀寨呀，口音不是仿佛么？莫以为他是个聋子，倒要细问细问。"当时对众差役说道："汝等权且退去，这人本县有话问

---

① 重听：指耳聋。

他。”众人见本官如此，虽是心下暗笑，说他与聋子谈心，当面却不敢再说，各人只得打了千儿①，退了出去。

这里狄公问道：“你这人姓什么，卯名是哪个字，在此衙门当差现有几年了?”那人道：“小人姓应，卯名叫应奇，当差已四五十年了。”狄公道：“你方才说的蒲萁菜，不知此地，究有多远?”应奇道：“太爷问这地方，除了小的，别人也不知道。他们说我耳聋，办事不甚清楚，我看他们眼明手快的人，反不如我晓得道地。这是太爷恩典，待我们宽厚，唯有了小过，并不责罪小人，不过是念我年老的意思，他们就心中不服，人前背后，说小的坏话。幸亏太爷做了这县令，若换别人来此，小人这卯名，定被他们用坏话夺去了。”

狄公见他答非所问，啰啰嗦嗦地说个不了，乃高声说道：“本县问你这四川寨，离此多远，你怎么牵到别项去了？也不与你谈家常，你可从快说来，本县还有话问你。”应奇道：“非是小人胡闹，实是气他们不过。这四川寨乃是这莱州府地方一个寨名，前朝有四川客人，贩货到此，得了利息，每年就在这地方买卖。后来日渐起色，开了店铺，不到一二十年，居然成了一个大富户。到他儿孙手里，格外比先前更富贵，那一带人家，推他是首户，因此起了这一座寨名。皆为他上代是四川人氏，故命名为四川寨。后来时运已过，人家败坏，不甚有名，当地人氏，以讹传讹，改名为蒲萁寨，因那个地方蒲萁又大，味口又厚。小人早年，还未耳聋，也是奉差出境访案，从那里经过，同本地老年的人闲谈，方才知道这细底。办案之后就带了许多蒲萁菜回来，历年栽种，故此比外面的胜美许多。太爷要吃，小人就此回去送来便了。”

狄公听了，心下大喜：“原来‘四川人’三字，有如此转折在内。照此看来，这邵礼怀必在那个地方了。”遂向应奇说道：“你说这四川寨，曾经去过，本县现有一案在此，意欲差你帮同前去，你可吃这苦么?”应奇道：“小人在卯，为的是当差，两耳虽聋，手足甚便。只因

① 打千儿：清代男子下对上请安时所通行的礼节，施礼者左膝前屈，右腿后弯，上体稍向前俯，右手下垂，这是介于作揖和下跪之间的礼节。

为众人说了坏话，故近两任太爷，皆不差小人办事。太爷如有差遣，岂有不去之理。而且地方虽是在外府，也不过八九天路程，就可以来往的。太爷派谁同去，即请将公文备好，明日动身便了。”狄公当时甚是欢喜，先令他退去，明日早堂领文。然后到了书房内，方才的话对赵万全说明。万全道：“既有这差役知道，也是天网恢恢，疏而不漏。此去务要将这厮擒获回来，分个水落石出，好与死者申冤。”当时议论妥当。傍晚时节，马荣由皇华镇已回来，大众又谈说一回，当夜收拾了包裹，取了盘缠。次日一早，狄公当堂批了公文，应奇在前引路，赵万全与马荣、乔太三人，一同起身。在路行程，非止一日。

这日过了登州地界，来至莱州府城，应奇道：“三位壮士，连日辛苦，可在府内安歇一宵吧。四川寨离此只有六七十里了，明日早则午前，迟则下昼时分，就可抵寨。到了那里就要办案，恐早晚不能安睡。”马荣听他说得有理，当即命他先进城去，找个僻静寓所，然后三人一同进城。先到莱州府衙门，投了公文，等了回批回来，已是向晚时节。却好应奇已在街前等候，说西门大街，有个客店可居住的，明日起早出城，又甚顺便。马荣当时叫他引路，来至客寓门首，店小二将包裹接了进去，在后进房间住下，净面饮食，自不必言。

马荣恐应奇耳聋牵话，露出马脚，当时向小二道：“我们这位伙伴，有点重听，你有何话，但对我说便了。此地离蒲萁寨还有多远，那里买卖可好否？”小二道：“从此西门出去，不上七十里路，就抵东寨。”马荣道：“过了东寨呢？”小二道：“那里就中寨了。”马荣心下疑惑，忙问道：“究竟这寨子共有多远，难道不在一处么？”小二道：“客人是初到此地，故不知这地方缘故。这蒲萁寨共有三处，分东西中，中寨最为热闹，油坊典当，绸缎钱庄，无行不备。西寨专住的居民户口，各店的家眷。东寨极其冷淡，虽是个水陆码头，不过几家吃食店客寓而已。一带有八九百练兵，扎住在内，是为保护寨子设的。你客人还是赶路到别处有事，还是到寨中招客买卖？”马荣道：“我们是过路的，听说这个地方是个有名的所在，相巧在那里办点丝货，不知哪家行号出名？”小二道：“客人要办湖丝么，在此地收买不上算了。这里没有道地的好货，即使有两家代卖，也是由贩丝的客人转来的，价钱总不得划廉。前日立大缎号，听说有个客人，住在他家托销，每百两约银五十四五两呢，比较起来，在当地买不上双倍。客人何不在我们本地买的土丝用呢？虽然光彩不佳，织出那山东绸来，也还看得过去。”马荣也不再问，当时含糊答应，闭了房门，听那小二出去，向着赵万全道：“这立大缎号，不知在中寨何处？你明日前去作何话说？虽他本事平常，总之是个会手，若不动手，恐不能就缚的。”赵万全道：“这事情有何难办，你我明日到了寨内，叫乔太、应奇找个客店住下，姑作不认识样子，暗下接应。我一人到立大缎号问明这厮，见了他面，乃以丝上的话头起见。只要将他引到寓所，那就不怕他插翅飞去了。”

二人计议已定，次日一早给了房饭钱两，直出西门而去。一路之上，果见车驮骡载，络绎不绝，到了午后，已离东寨不远。抬头见前面有一土围，如同城墙仿佛，上面也竖立许多旗号，随风飘荡，射日光昌。围子外有一条通江的大河，往来船只，却也不少。四人渐走渐近，西寨出头，尽是旱道，与青州交界那条路上，甚是难行。应奇边走边道：“现在六七月天气，高粱正长得丛茂，不但有强人截住，即以两边荄子[①]遮盖，暖就暖煞了，因此这道儿上，行人甚少，大都绕别处大路而行。我们此去，倒要留心，姓邵的如得好手段，若不然他向西逃走，那可就费事了。这青州道，不是玩的。”赵万全听了笑道：“俺虽生长这省内，但听得青州常有强人，今日到此，倒要见识见识。我想马、乔二位哥哥，也未必惧怕吧。”马荣笑道：“虽如此说，也是他小心的好处。若要办得顺手，我们也不去寻事做了。若他看反了味，拿着这条路，欺吓我们，谁还未见识过？事到临时，也只得较量较量。”正走之间，已至中寨，当时赵万全与他三人分开，招呼晚间

① 荄子：茂密的野草。荄（gāi）：草根。

在寨口等候。应奇虽听不清切，见乔太同马荣，令他分路走开，也就会意，随他两人进寨，找寻客店去。

这里赵万全在前行走，进寨约有十多个铺面，见有一个大大的布店，向前欠身问道，借问一声：“此地有个立大缎号，在哪地方?”不知里面有人答应如何，且看下回分解。

第十七回 问路径小官无礼 见凶犯旧友谎言

却说赵万全见有个大大的布店，高声问道："借问贵地，有个立大缎号，在哪地方？"里面坐了个中年伙计，见他来问，忙忙地起身指道："前去四岔路，向南转弯一带，有几家楼房，那可就到了。"赵万全谢一声，转身依着指引，走了前去。果见前面铺户林立，虽然路道是土块筑成，却也平坦非常。到了四岔口，早有一派楼房，列在前面，过两三家店面，当中悬着一个招牌，上写"立大缎庄"四字。赵万全背着包裹，匆匆走入里面，向那伙计问道："借问这坊地，可是立大缎庄？"里面那人气冲冲地骂道："现有招牌在外，你这厮难道目不识丁，前来乱问？"

赵万全虽贸易中人，恃着自己一身本领，哪里忍得下去，登时怒道："你这厮何太无理，咱老子若认得字，还问你何用？你也不是害起病来，不能开口，问你一句，就如此冲撞么？"谁知那人也是个暴烈性子，不容他破口，跳出柜台，高声喝道："你是何处杂种？也不打听打听，敢到这里来撒野吗？不要走，吃我一拳！"说着举手就对着万全腰下打来。万全见了笑道："这人岂不是个冒失鬼，问问路径就动起手来。不叫他在此丢丑，随后何能再擒小邵！"当时并不着忙，将包裹顺在右边，提起左腿，对定那人寸关，就是一脚，只听"咕咚"一声，一个筋斗横于街上。万全哈哈大笑道："你这人如此手段，也在老子面前动手，今日姑且饶汝性命，向后若遇人问路，可不要再讨苦吃了。"那人被他踢了一脚，爬起身来仍要动手，店中早拥出数人，将那人阻住说道："小王，你真讨的什么，人家不来寻你，已是难得事件。你做错了事，还不晓得，为何拿个过路的使气？”当时又上两人向赵万全赔礼说：“客人且请息怒，此人方才错了一笔交易，约有四五两银子，被小号执事呵斥了几句。正自心下懊恼，却巧贵客前来问路，以致无故冒犯，且看在下薄面，进内奉茶。”万全见众人赔礼，也就随了大众，到店堂坐下，果见前后有四五进楼房，山架上各货齐备。因说道：“在下到底非为别故，只因有位同行契友，一向在贵处贩卖湖丝。近有要事与他面谈，访了许多日期，方知在宝寨立大缎庄内。特恐店号相同，生意各别，因此借问一句，不料这人无礼太甚，岂不令人可恼。还来请教尊兄贵姓大名，宝庄除绸缎而外，可别售蚕丝么？”那人见问，忙道：“在下姓李名生，小号虽是缎庄，那湖丝也还兼售，不知令友何人，尊兄高姓？”万全道：“敝友姓邵名礼怀，浙江湖州人氏，与小可是同乡至好，如在宝号，请出一见。”哪知这话还未说完，里面早跳出一人，高声喊道：“我说何人有此手段，原来是赵三哥来了。且请客厅叙话吧。”

万全抬头一看，不禁喜出望外，正是邵礼怀出来招呼，当时便故作欢容，随他进内。到了客厅坐下，邵礼怀问道：“三哥在曲阜做庄，何以知小弟在此，此来有何见谕？”万全道：“一言难尽，愚兄身负奇冤，此仇不能不报。无如这地方，虽是家乡故里，奈因举目无亲，以致被人欺负。欲想回转湖州请人报复，又因路途遥远，往返为难。因思吾弟是个英雄，特来相投，望助一臂之力。”邵礼怀听他这番言语，也就信以为真，诧异道：“老哥何出此言，且请讲明，小弟自当为力。”万全就此做成一派谎话，说陆长波人面兽心，如何吞吃他丝价，如何不肯付银，如何请了好手，将他打伤，说得个千真万确。邵礼怀不禁起身怒道：“不料那厮欺人太甚，老哥在那里买卖，已非一日，他赚了银钱，也不知多少。此时他既翻脸无情，小弟岂有不助之理。”说着又命打水送茶，忙个不了。

万全心下骂道：“你这丧心的狗贼，反说人家翻脸无情，少时也叫你现了本相。”当时说道：“兄弟可无须照应，愚兄还有朋友，现在街坊，寻找下落。只因俺知你在这山东省内，一个蒲萁寨地方，却不知哪一府州县。多巧遇了几个旧友，从前也是绿林中人，知道这个所在，故而一同前来寻见贤弟。你此时也无须招呼，且同你出去，将他三人寻到。谅你这寄寓也不便，我等众人居住，不如在客店安顿下来，还有事商议。”邵礼怀也不知底细，只得同他出了店堂，向着柜上说道：“我与这朋友上街有事，多半今晚不能回来，若执事问我，你等告诉他便了。”说毕同万全出了店，先到大街上，走了一回未能遇见。因问道：“你这朋友可曾到此来过？这寨内不下有数百宽阔，市面林立，若这样寻找，怕到晚上也不能碰头。你们可曾约在什么地方伺候么？”万全道：“我没找你，临别时节，匆匆叫他在寨口等候。此时天已不早，或者已到那里，我们再回转去吧。”两人转身正向东走，却巧对面遇见马荣，深恐他骤然来问，乃道：“马大哥你待久了。只因我们这小弟苦苦攀谈，因此耽搁了工夫。现在二人曾寻到寓么？”马荣见邵礼怀与他同来，心下暗暗欢喜，也就上前招呼，说：“客店即在前面，此时可去一歇吧。”说着在前示路。

三人到了前街，走进里面，早有店主认得怀礼，乃道：“这客人，是大爷的朋友吗？”怀礼道：“皆是我的乡亲，你们务必照应周到，随后房金，照我一共算给。”店主连声答应，叫小二取了钥匙，将房开下。乔太、应奇也由外面走进来，众人一同坐下，彼此通名道姓。

说了一会，马荣、乔太顺着万全口气，报了履历，无非说从前在绿林买卖，专好结交好汉英雄，因赵三哥受了委屈，故此同来奉约相助一臂。邵礼怀见他们言语爽快，也就高谈阔论，命小二备了酒肴，代大众接风。彼此欢呼畅饮，约至三更以后，方才散席。赵万全道：“愚兄的情节，贤弟是尽知的了，但此事，迫不及待，三位还有要事要办。究定何日动身，你这里丝货可曾脱清？愚兄的意思，明日在此耽搁一天，可将款项完办，一路前去。干了此事，也好回转家乡。”邵礼怀听他这话，当时发了一怔，说道：“同去，报复这狗头便了。诸位初到此地，也该稍息两日。今日已过，准于大后日动身如何？”马荣怕万全过于催促，反令他生疑惑，忙在旁插言道：“赵三哥也不必过急，迟早这口气总要出的，也不拘在这一二日上。就停两日动身何妨?”邵礼怀笑道:“还是马大哥圆通。此时已是夜深,我还要回转店去,你们且请安歇吧。”说着令小二点了提灯,别了大众,出门而去。

这里马荣将门开格扇关上,灭了灯光,即将房门关好,低声向赵万全言道:“人是碰着了,但是这地方管下是他,即便动手,未必能听我们如愿。你这调虎离山的计策虽好,可知这一路上,难免不得风声,设若为他听见,说高家洼出了命案,缉获凶手,那时再将我们行踪一看,他也是惯走江湖的人,岂有不知之理?若在半路为他逃走,岂不可惜!”应奇道:“你们还久当差事的,难道这点尴尬不知。昨日曲阜县已投了公文,好在邵礼怀有两日耽搁,明日无论谁人进城一趟,请县派差在半路接应。我们将他诱出寨门,在半路摆布,还怕他逃到何处去呢?”众人议论已定,各自安歇不提。

次日一早,邵礼怀已着人来请,说昨日匆匆,店内未曾接风,今早执事奉请诸位过去一叙。一则为大众接风,二则专诚赔礼。赵万全听了这话,向着来人道:“我们本拟今日前去谒拜,稍停一会,当即回去。”那人答应而去。这里马荣道:“你们此时自然到他那里,我是要进城办事的。他若问我,就说我访友去了,大约明午方可回来。”万全答应,先是马荣出去,方才同应奇、乔太来到缎庄里面。邵礼怀与执事人,已在门口观望,见他们已至面前,随即邀入客厅,叙了一回寒温。用了早点,谈论些南北风景,已有午时中节。当中设了酒席,执事人向赵万全道:“昨日邵客人道及尊意,约他同去曲阜,此事本应遵命,唯款项一节,一时难清,小庄当此青黄不接之时,又难吩咐,是以去后,还须回来。如尊驾不弃,何妨俟尊事平复,同来一游,稍尽地主之谊。”万全知他是敷衍的套话,当时谦恭了一回,与礼怀约定了后日动身。酒过数巡,大家散席。

不知万全果能拿获邵礼怀否,且看下回分解。

第十八回 蒲萁寨半路获凶人 昌平县大堂审要犯

却说赵万全席散之后，约定后日一准动身。午后在寨内各街游玩一会，到了上灯时节，马荣已经回来。乔太心下疑惑，暗道："他往来也有一百余里，何以如此快速，莫非身有别故么？"奈邵礼怀同在一处，不便过问，因说道："马大哥，可有什么朋友可遇见？邵兄正在记念呢，谓今日杯酒盘桓，少一尊驾。"马荣也就答话说道："小弟今日未能奉陪，抱罪之至。"邵礼怀也是谦恭了两句，彼此分手。来至寓中，万全见礼怀已走，忙道："马哥何以此刻即回，莫非未到衙门么？"马荣道："应该这厮逃走不了，在未多远，巧遇从前在昌平差快，现在这莱州当个门差。我将来意告知于他，他令我们只管照办，临时他招呼各快头，在半途等候。此人与我办几件案子，凡事甚为可靠，此去谅无虚言。好在只有明日一天，后日就要动身的，即使他误事，将他押至本地衙门，也可逃走不去。"万全更是欢喜。

光阴易过，已至三天。这日五更时候，邵礼怀先命人送来一个包袱，另外一百两银，随后本人到了店内，将房饭开发清楚，五人到缎庄内告辞。由此起身出了东寨，直向曲阜大道而来。走至巳正[①]光景，离寨已有二三十里路径。万全不走了，礼怀笑道："老哥虽生长是北方人氏，这行道儿的径儿，还比不得小弟呢。"万全也不开口，又走了一二里路径，见来往的行人，比先前少了许多，站定身躯，向着邵礼怀说道："愚兄有句话动问贤弟。"邵礼怀道："老哥何事？你快说来，你我二人计议。"万全方要向下说去，马荣与乔太早已随过来，

---

① 巳正：地支十二时辰的巳时，即十点正。

高声说道："赵三哥，你既领我们到此，此事也不关你问了，俟我们同他攀谈。请问你由湖州到此，有一贩丝姓徐的，可是与你同行的么？高家洼死两人，夺了车辆，你可知与不知？常言道，杀人抵命，天理昭彰。你若明白一点，咱们还有好交情，留点情面与姓邵的，你讲吧！"

邵礼怀见他三人说了这话，如同冷水浇入满身，不由得心中乱跳，面皮改色，知道事觉，赶着退一步，到了大路道口，向着赵万全骂道："狗头，咱只道你受人欺负，特去为你报仇，谁知你用暗计伤人！小徐是俺杀的，你能令我怎样！"说着掀去长衫，露出紧身短袄，排门密扣，紧封当中。万全冷笑道："你这厮到了此时，还这样强横，可知小徐阴灵不散！他与你今日无冤，往日无仇，背井离乡，不过为寻点买卖，你便图财害命，丧尽良心。可知阴有阎罗，阳有官府，现在昌平县狄太爷，登场相验，缉获正凶。你若是个好汉，与他们一同投案，在堂上辩个三长四短，放释回来，免得连累别人。若思在此逃走，你也休生妄想。"

话未毕，只见马荣迈步进前，用了个独手擒王势，左手直向喉下截来。邵礼怀知遇了对头，还敢怠慢？忙将身子一偏，伸手来分他那手，马荣也就将手收转，用了个五鬼打门势，两腿分开，照定他色囊踢去。邵礼怀见他来得凶猛，随即运气功，将两卵提上去，反将两腿支开，预备他膛下踢来，用道士封门法，将他夹起，摔他个筋斗。乔太在旁看得清楚，深恐马荣敌他不过，忙由背后一拳打来，邵礼怀晓得不好，只得将身子一窜，到了圈外，迈步想往东奔走。赵万全哈哈笑道："俺知道，就有这诡计。为你逃走，也不来此一趟了。"说着动身如飞，扑到面前，当头将他挡住。邵礼怀心下焦急，高声说道："万全老哥，也不必追人追急了，此事虽小弟一时之错，与老哥面上从无半点差池，何故今日苦苦相逼！你道我真逃走了么？"当时两手舞动猴拳，上下翻腾，如雪舞梨花相似，紧对万全身上没命打来，把个马荣与乔太倒吓得不敢上前，不知他有多大本领。赵三见了笑道："你这伎俩，前来哄谁！你师父也比不得我，况你这无能之辈。欲想在俺前逃走，岂非登天向日之难。”当时就将两袖高卷，前后高下，打着一团。众人在旁看得如两个蜻蜓一样，你去我来，不知是谁胜谁负。约有一时之久，忽然赵万全两手一分，说声：“去罢!”邵礼怀早已一个筋斗，跌出圈外。马荣眼明手快，跳上前去，将他按住，乔太身边取出个竹管吹叫，两下远远来了许多差快，木拐铁尺蜂拥而来——乃是马荣昨日遇见那个门总，约在此地埋伏。此时走到前来，见凶犯已获，赶着代礼怀将刑具套上。一干人众，推推拥拥，直向莱州城而来。

到了州街，天已将黑，随即请本官过堂，也不审问口供，饬令借监收禁。哪知就此一来，赵万全虽是负义出头，代死者申冤，找到这蒲萁寨内，谁知倒令莱州府的差快，骚扰了许多钱财。俟他们去后，请官出了拘票，说立大缎庄，与邵礼怀同谋害，是他的窝家。这日差役下去，把个执事人吓得魂飞天外，叫屈连天，花了许多使用，复又命合寨公保，方才把这事了结。此是闲话，暂且不提。

且说马荣在莱州府照墙后，寻了客店，住宿一宵，次日清早，由官府出了文书，加差押送。当时在监内提出凶犯，上路而行，过府穿州，不到十日光景，已到昌平界内。马荣先命应奇前去禀到，报知狄公。到了下昼之时，抵了衙署。狄公见天色已晚，传命姑且收禁，当时将马荣等人传了进去，问了擒获的原因，又将赵万全称赞一番，令他各自安歇。一宿无话。

次日早晨，狄公升堂，将邵礼怀提出，此时早惊动左近的百姓，说高家洼命案已破，无不拥至衙前，群来听审。只见邵礼怀当堂跪下，狄公命人开了刑具，向下问道：“你这人姓甚名谁，何方人氏，向来作何生理?”但听下面答道：“小人姓邵名礼怀，浙江湖州人氏，自幼贩湖丝为业。近日因山东行家缺货，特由本籍贩运前来，借叨利益。不知何故公差前去，将小人捉拿来署?受此窘辱，心实不甘，求大人理楚。”狄公冷笑道：“你这厮无须巧饰了，可知本县不受你欺骗的。你为生意中人，岂不知道个守望相助，为何高家洼地方，将徐姓伙伴杀死，复又夺取车辆，杀死路人?此案情由，还不快快供来!”

邵礼怀听了这话，虽是自己所干，无奈痴心妄想，欲求活命，不得不矢口抵赖，说："大人的恩典！此皆赵万全与小人有仇，无辜牵涉。小人数千里外贸易为生，正思想多一乡亲，便多一照应，岂有无辜杀人之理。这是小人冤枉，求大人开恩。"狄公道："你这人还在此搪塞，既有赵万全在此，你从何处抵赖！"随即传命万全对供。万全答应，在案前侍立。狄公道："你这狗头，在公堂上面，还不招认！你且将他托售丝货的缘由，在本县前诉说一遍。"万全就将当时，原原本本驳诘了一番，说他托售之时，言下姓徐暴病身死，此时何以改了言语。邵礼怀哪肯招供，直是呼冤不止。

狄公将惊堂一拍，喝道："大胆的狗头，有人证在此，还是一派胡言。不用大刑，谅汝不肯招认。"两旁一声吆喝，早将夹棍摔下堂来，上来数人，将邵礼怀按住行刑。差役早将他拖出左腿，撕去鞋袜，套上绒绳，只听狄公在上喝收绳，众差威武一声，将绳一紧，只见邵礼怀脸色一苦，"呀吓"一响，鲜血交流，半天未曾开口。狄公见他如此熬刑，不禁赫然大怒，复又命人取过小小锤头对定棒头，猛力敲打。邵礼怀虽学过数年棍棒，有点运功，究竟禁不住如此非刑，登时大叫一声，昏晕过去。执行差役赶上来，即回禀，取了一碗阴阳冷水，打开命门对面喷去，不到半刻光景，礼怀方渐渐醒来。狄公喝道："汝这狗头是招与不招？可知你为了几百银子，杀死两人，累得两家老小。以一人去抵两命，已是死有余辜，在此任意熬刑，岂非是自寻苦恼。"邵礼怀仍然不肯招认。

狄公道："本来不与你个对证，你皆是一派游供。赵万全始作罢，孔客店你曾住过。明日令孔万德前来对质，看你尚有何辨！"当时拂袖退堂，仍将邵礼怀收监，补提孔万德到堂对质。

欲知后事如何，且看下回分解。

第十九回 邵礼怀认供结案 华国祥投县呼冤

却说狄公见邵礼怀不肯招认，仍命收入监内，随即差马荣到六里墩，提孔万德到案。马荣领命去后，次日将胡德并王仇氏一干原告，与孔万德一同进城。狄公随即升堂，先带孔万德问道："本县为你这命案，费了许多周折，始将凶手缉获。唯是他忍苦挨刑，坚不吐实，以此难以定案，但此人果否是正凶不是，此时也不能遽定，特提汝前来。究竟当日那姓邵同姓徐两人，到你店中投宿时，你应该与他见过面了，规模形象，谅皆晓得。这姓邵的约有多大年纪，身材长短，你且供来。"孔万德听了这话，战战兢兢地禀道："此事已隔有数日，虽十分记忆不清，但他身形年貌，却还记得。此人约有三十上下的年纪，中等身材，黑面长瘦。最记得一件，那天晚间，令小人的伙计出去沽酒回来，在灯光之下，见他饮食，他口中牙齿，好像是黑色。大人昨日公差，将他缉获来案，小人并不知道在先，又未与他见，并非有意误栽，请大人提出，当堂验看。如果是个黑齿，这人不必问供，那是一定无疑了。且小人还记得了那形样，一看未有不知的。"狄公见他指出实在证据，暗说："天下事，可以谎说的，这牙齿是他生成的样子，且将他提出看视。"

当时在堂上，标了监签，禁子提牌，将邵礼怀带到案前，当中跪下。狄公道："你这厮昨日苦苦不肯招认，今有一人在此，你可认得他么？"说着用手指着孔万德令他记识。邵礼怀一惊，复又心头一横，道："你与我未曾识面，何故串通赵万全挟仇害我？"孔万德不等他说完，一见了面，不禁放声哭道："邵客人你害得我好苦呀！老汉在六里墩开设有数十年客店，来往客人，无不信实，被你害了这事，几乎送了性命。不是这青天太爷，哪里还想活么？当时进店时节，可是你命我接那包裹的，晚间又饮酒的么。次日天明，给我房钱，皆是你一人干的，临走又招呼我开门。哪知你心地不良，出了镇门，就将那徐相公害死。一个不足，又添上一个车夫。我看你不必抵赖了，这青天太爷，也不知断了许多疑难案件，你想搪塞，也是徒然。”后向狄公道：“小人方才说他牙齿是黑色，请太爷看视，他还从哪里辩白！”

狄公听了此言，抬头将邵礼怀一望，果与他所说无疑，当时拍案叫道：“你这狗头，分明确有证据，还敢如此乱言，不用重刑，谅难定案。”随即命左右取了一条铁索，用火烧得飞红，在丹墀下铺好，左右两人将凶犯提起，走到下面，将磕膝露出，对定那通红的链子纳了跪下。只听“哎哟”一声，一阵清烟，痴痴地作响，真是痛入骨髓，把个邵礼怀早已昏迷过去；再将他两腿一望，皮肉已是焦枯，腥味四起。只见执刑的差役将火炉移到阶下，命人取过一碗酒醋，向炉中一泼，登时醋烟四起，透入脑门。约有半盏茶时，邵礼怀沉吟一声，渐渐地苏醒。

狄公道：“你是招与不招？若再迟延，本县就另换了刑法了。”邵礼怀到了此时，实是受刑不过，只得向上禀道：“小人自幼在湖州县行生理，每年在此坐庄，只因去年结识了一个女人，花费了许多本钱，回乡之后，负债累累。今年有一徐姓小官，名叫光启，也是当地的同行，约同到此买卖。小人见他有二三百金现银外，七八百两丝货，不觉陡起歹意，想将他治死，得了钱财，与这妇女安居乐业。一路之间虽有此意，只是未逢其便。这日路过治下六里墩地方，见该处行人尚少，因此投在孔家客店。晚间用酒将他灌醉，次日五更动身，彼时他还未醒，勉强催他行路，走出了镇门，背后一刀，将他砍倒。正拟取他身边银两，突来过路的车夫，瞥眼看见，说我拦街劫盗，当时就欲声张。小人唯恐惊动民居，也就将他砍死，得了他的车辆，推着包裹物件，得路奔逃。谁知心下越走越怕，过了两站路程，却巧遇了这赵万全，谎言请他售货，得了他几百银子，将车子与他推载。此皆小人一派实供，小人情知罪重，只求大人开恩。我尚有老母！”狄公冷笑道：“你还记得念着家乡，徐光启难道没有老小吗？”说着命那刑房，录了口供，入监羁禁，以便申详上宪。当时书役，将口供录好，高声诵念一遍，命邵礼怀盖了指印，收下监牢。

狄公方要退堂，忽然衙前一片哭声，许多妇女男幼，揪着二十四五岁的后生，由头门喊起，直叫申冤，后面跟着个四五十岁的妇人，哭得更是悲苦。见狄公正坐堂，当时一齐跪下案前，各人哭诉。狄公不解其意，只得令赵万全先行退下，然后向值差言道：“你去问这干人，为何而来，不许多人，单叫原告上来问话。其余暂且退下，免得审听不清。”值日差领命，将一群人推到班房外面，将狄公吩咐的话说了一遍，当时有两个原告，跟他进来。

狄公向下一望，一个中年妇人，一个是白发老者，两人到了案前，左右分开跪下。狄公问道：“汝两人是何姓名，有什么冤抑，前来扭控？”只听那妇人先开口道：“小妇人姓李，娘家王氏，丈夫名唤在工，本是县学增生，只因早年已亡故，小妇人苦守柏舟①，食贫茹苦。膝下只有一女，名唤黎姑，今年十九岁，去年经同邑史清来为媒，聘本地孝廉华国祥之子文俊为妻，前日彩舆吉日，甫咏于归，未及三朝，昨日忽然身死。小妇人得信，如同天塌一般，赶着前去观望，哪知我女儿全身青肿，七孔流血，眼见身死不明，为他家谋害。可怜小妇人，只此一女，满望半子②收成，似此苦楚，求青天申雪呢！”说毕放声大哭，在堂下乱滚不止。狄公忙命媒婆，将她扶起，然后向那老者问道：“你这人可是华国祥么？”老者禀道：“便是国祥。”狄公道：“佳儿佳妇，本是人生乐事，为何娶媳三朝，即行谋害？还是汝等翁姑凌虐，抑是汝家教不严，儿子做出这非礼

① 柏舟：指妇女丧夫后守节不嫁，亦作“柏舟之节”。《诗·鄘风·柏舟序》：“柏舟，共姜自誓也。卫世子共伯早死，其妻守义，父母欲夺而嫁之，誓而弗许，故作是诗以绝之。”

② 半子：女婿的别称。宋·欧阳修《新唐书·回鹘传上》：“昔为兄弟，今婿，半子也。”

之事？从实供来，本县好前去登场相验。”

狄公还未说毕，国祥已是泪流满面，说道：“举人乃诗礼之家，岂敢肆行凌虐。儿子文俊，虽未功名上达，也是应试的童生，而且新婚宴尔，夫妇和谐，何忍下此毒手！只因前日佳期，晚间儿媳交拜之后，那时正宾客盈堂，有许多少年亲友，欲闹新房，举人因他们取笑之事，不便过于相阻。谁知内中有一胡作宾，乃是县学生员，与小儿同窗契友，平日最喜嬉戏，当时见儿媳有几分姿色，生了妒忌之心，评脚论头，闹个不了。举人见夜静更深，恐误了吉时，便请他们到书房饮酒，无奈众人异口同声，定欲在新房取闹。后来有人转圜，命新人饮酒三杯，以此讨饶。众人俱已首肯，唯他执意不从，后来举人怒斥他几句，他就恼羞成怒，说取闹新房，金吾不禁[①]，你这老头似此可恼，三朝内定叫你知我的利害便了。众人当时以为他是戏言，次日并复行请酒，谁料他心地狭窄，怀恨前仇，不知怎样，将毒药放在新房茶壶里面，昨晚文俊幸而未曾饮喝，故而未曾同死。媳妇不知何时饮茶，服下毒药，未及三鼓，便腹痛非常，登时合家起身看视，连忙请医来救，约有四鼓，一命呜呼。可怜一个如花似玉的美人，竟为这胡作宾害死。举人身列缙绅[②]，遽遭此祸，务求父台申雪。”说着也是痛哭不止。

狄公听他们各执一词，乃道：“据你两造所言，这命案名是胡作宾肇祸，此人但不知可曾逃逸？”华国祥道：“现已扭禀来辕，在衙前伺候。”狄公当时命带胡作宾到案。

一声传命，早见仪门外也是个四五十岁的妇人，领着一个后生，哭喊连声，到案跪下。狄公问道：“你就是胡作宾么？”下面答道：“生员是胡作宾。”狄公向他高声喝道：“还亏你自称生员，你既身列

① 金吾不禁：金吾，秦汉时执掌京城卫戍的地方官。本指古时元宵及前后各一日，终夜观灯，地方官取消夜禁。后也泛指没有夜禁，通宵出入无阻。

② 缙绅：原意是插笏（古代朝会时官宦所执的手板，有事就写在上面，以备遗忘）于带，旧时官宦的装束。转用为官宦的代称。缙（jìn），也写作“搢”，插。绅，束在衣服外面的大带子。

胶痒[①]，岂不达周公之事，冠婚丧祭，事有定义，为何越分而行，无理取闹？华文俊又与你同窗契友，夫妇乃人之大伦，为何见美生嫌，因嫌生妒，暗中遗害？人命关天，看你这一领青衫，也是辜负了。今日他两造具控，本县明察如神，汝当日为何起意，如何下毒，从速供来。本县或可略分言情，从轻拟罪，若为你是赞门秀士，恃为护符，不能得刑拷问，就那是自寻苦恼了。莫说本县也是科第出身，十载寒窗，做了这地方官宰，即是那不肖贪婪之子，遇了这重大的案件，也有个国法人情，不容袒护，而且本县是言出法随的么！”

狄公说了一番，不知胡作宾如何，且看下回分解。

---

① 胶痒：周代学校名，胶为大学，庠为小学。后世通称学校为“胶庠”。

第二十回　胡秀士戏言招祸　狄县令度情审案

却说狄公将胡作宾申斥一番，命他从实供来，只见他含泪供言，匍匐在地，口称："父台暂息雷霆，容生员细禀。前日闹房之事，虽有生员从中取闹，也不过少年豪气，随众笑言。那时诸亲友在他家中，不下有三四十人，生员见华国祥独不与旁人求免，唯向我一人拦阻，因恐当时便允，扫众人之兴，是以未答应。谁知忽然长者面斥生员，因一时面面相觑，遭其驳斥，似乎难以为情，因此无意说了一句戏言，教他三日内防备，不过借此转圜之法。而且次日，华国祥复设酒相请，即有嫌隙，已言归于好，岂肯为此不法之事，谋毒人命。生员身列士林，岂不知国法昭彰，疏而不漏，况家中现有老母妻儿，皆赖生员舌耕度日，何忍作此非礼之事，累及一家？如谓生员有妒忌之心，他人妻室虽妒，亦何济于事？即使妒忌，应该谋占谋奸，方是不法的人奸计，断不至将她毒死。若说生员不应嬉戏，越礼犯规，生员受责无辞；若说生员谋害人命，生员是冤枉。求父台还要明察。"说毕，那个妇人直是叩头呼冤，痛苦不已。狄公问她两句，乃是胡作宾的母亲，自幼孀居，抚养这儿子成人，今因戏言，遭了这横事，深怕在堂上受苦，因此同来，求太爷体察。

狄公听了三人言词，心下狐疑不定，暗道："华、李两家见女儿身死，自然是情急具控，唯是牵涉这胡作宾在内，说他因妒谋害，这事大有疑惑。莫说从来闹新房之人，断无害新人性命之理，即以他为人论，那种风度儒雅，不是谋害命的人，而且他方才所禀的言词，甚是人情人理。此事倒不可造次，误信供词。"停了一晌，乃问李王氏道："你女儿出嫁，未及三朝，遽尔身死，虽则身死不明，据华国祥所言，也非他家所害；若因闹新房所见，胡作宾下毒伤人，这是何人为凭？本县也不能听一面之词，信为定谳。汝等姑且退回具禀补词，明日亲临相验，那时方辨得真假。胡作宾无端起哄，指为祸首，着发看管，明日验毕再核。"李王氏本是世家妇女，知道公门的规矩，理应验后拷供，当时与国祥退下堂来，乘轿回去，专等明日相验。唯有胡作宾的母亲赵氏，见儿子发交县学，不由得一阵心酸，号陶大哭，无奈是本官吩咐的，直待望他走去，方才回家。预备临场判白，这也不在话下。

但说华国祥回家之后，知道相验之事，闲人拥挤，只得含着眼泪，命人将庭堂及前后的物件搬运一空，新房门前搭了芦席，虽知房屋遭其损坏，无奈这案情重大，不得不如此办法。所幸他尚是一榜人员，地方上差役不敢啰唣，当时忙了一夜。唯有他儿子见了这个美貌娇妻，两夜恩情，忽遭大故，直哭得死去活来。李王氏痛女情深，也是前来痛哭，这一场祸事真叫神鬼不安。

到了次日，当坊地甲，先同值日差前来布置，在庭前设了公案，将屏门大开，以便在上房院落验尸，好与公案相对，所有那动用物件，无不各式齐全。华国祥当时又请了一妥实的亲戚备了一口棺木，以及装殓的服饰，预备验后收尸。各事办毕，已到巳正时候。

只听门外锣声响亮，知是狄公登场，华国祥赶急具了衣冠，同儿子出去迎接。李王氏也就哭向后堂。狄公在福祠下轿，步入厅前，国祥邀了坐下，家人送上茶来。文俊上前叩礼已毕，狄公知是他儿子，上下打量了一番，也是个读书儒雅的士子，心下实实委决不下，只得向他问道："你妻子到家，甫经三天，你前晚是何时进房的呢？进房之时，她是若何模样，随后何以知茶壶有毒，他误服身亡？"文俊道："童生因喜期请亲前来拜贺，因奉家父之命，往各家走谢。一路回来，已是身子困倦，适值家中补请众客，复命之后，不得不与周旋。客散之后，已是时交二鼓，当即又至父母膝前，稍事定省，然后方至房中。彼时妻子正在床沿下面坐，见童生回来，特命伴姑倒了两杯浓茶，彼此饮吃。童生因酒后，已在书房同父母房中饮过，故而未曾入口。妻子即将那一杯吃下，然后入寝。不料时交三鼓，童生正要熟睡，听她隐隐的呼痛，童生方疑她是积寒所致，谁知越痛越紧，叫喊不止，正欲命人请医生，到了四鼓之时，已是魂归地下。后来追本寻源，方知她腹痛的缘由，乃是吃茶所致，随将茶壶看视，已变成赤黑的颜色，岂非下毒所致？”狄公道：“照此说来，那胡作宾前日吵闹之时，可曾进房么？”文俊道：“童生午前即出门谢客，未能知悉。”华国祥随即说道：“此人是午前与大众进房的。”狄公道：“既是午前进房的，这茶壶设于何地，午后你媳妇可曾吃茶么，泡茶又是谁人？”

华国祥被狄公问了这两句，一时反回答不来，直急得跌足哭道：“举人早知道有这祸事，那时就各事留心了。且是新娶的媳妇，这琐屑事，也不必过问，哪里知道的清楚？总之这胡作宾素来嬉戏，前日一天，也是时出时进的，他有心毒害，自然不把人看见了。况他至二更时候，方与众人回去，难保午后灯前背人下毒。这是但求父台拷问他，自然招认了。”狄公道：“此事非比儿戏，人命重案，岂可据一己偏见，深信不疑。即今胡作宾素来嬉戏，这两日有伴姑在旁，他亦岂能下手。这事另有别故，且请将伴姑交出，让本县问她一问。”

华国祥见他代胡作宾辩驳，疑他有心袒护，不禁作急起来，说道：“父台乃民之父母，居官食禄，理合为民申冤，难道举人有心牵害这胡作宾不成？即如父台所言，不定是他毒害，就此含糊了事么？举人身尚在缙绅，出了这案，尚且如此怠慢，那百姓岂不是冤沉海底么？若照这样，平日也尽是虚名了。”狄公见他说起浑话，因他是苦家，当时也不便发作，只得说道：“本县也不是不办这案，此时追寻，正为代你媳妇申冤的意思。若听你一面之词，将胡作宾问抵，设若他也是个冤枉，又谁人代他伸这冤呢？凡事具有个理解，而此时尚未相验，何以就如此焦急。这伴姑本县是要讯问的。”当时命差役入内提人。华国祥被他一番话，也是无言可对，只得听他所为。转眼之间，伴姑已俯伏在地。

狄公道：“你便是伴姑么？还是李府陪嫁过来，还是此地年老仆妇？连日新房里面出入人多，你为何不小心照应呢？”那妇人见狄公一派恶言厉声的话，吓得战战兢兢，低头禀道：“老奴姓高，娘家陈氏，自幼蒙李夫人恩典，叫留养在家，作为婢女。后来蒙恩发嫁，与高起为妻，历来夫妇皆在李家为役。近来因老夫人与老爷相继物故，夫人以小姐出嫁，见老奴是个旧仆，特命前来为伴，不意前晚即出了这祸事了。小姐身死不明，叩求太爷将胡作宾拷问。”

狄公初时疑惑是伴姑作弊，因她是贴身的佣人，又恐是华国祥嫌贫爱富，另有别项情事，命伴姑从中暗害，故立意要提伴姑审问。此时听她所说，乃是李家的旧仆人，而且是她携着大的小姐，断无忽然毒害之理，心下反没了主意，只得向她问道：“你既由李府陪嫁过来，这连日泡茶取水，皆是汝一人照应的了。临晚那茶壶，是何时泡的呢？”高陈氏道：“午后泡了一次，上灯以后，又泡了一次，夜间所吃，是第二次泡的。”狄公又道：“泡茶之后，你可离房没有，那时书房曾开酒席？”伴姑道：“老奴就吃夜饭出来一次，余下并未出来。那时书房酒席，姑少爷同胡少爷，也在那里吃酒。但是胡少爷认真晚间愤愤而走，且说了恨言，这药肯定是他下的。”狄公道：“据你说来，也不过是疑猜的意思，但问你午后所泡的一壶可有人吃么？”伴姑想了一会，也是记忆不清，狄公只得入内相验尸骸。不知后事如何，且看下回分解。

第二十一回　善开导免验尸骸　审口供升堂讯问

却说狄公听了高陈氏之言，更是委决不下，向华国祥说道：“据汝众人之言，皆是独挟己见。茶是饭后泡的，其时胡作宾又在书房饮酒；伴姑除了吃晚饭，又未出来，不能新人自下毒物，即可就伴姑身上追寻了。午后有无人进房，她又记忆不清，这案何能臆断？且待本县勘验之后，再为审断罢。”说着即起身到了里面。此时李王氏以及华家大小眷口，无不哭声震耳，说好个温柔美貌的新娘，忽然遭此惨变。狄公来至上房院落，先命女眷暂避一避，在各处看视一遭，然后与华国祥走到房内，见箱笼物件，俱已搬去，唯有那把茶壶并一个红漆筒子，放在一扇四仙桌子上，许多仆妇，在床前看守。狄公问道：“这茶壶可是本在这桌上的么？你们取了碗来，待本县试它一试。”说着当差的早已递过一个茶杯，狄公亲自取在手中，将壶内的茶倒了一杯，果见颜色与众不同，紫黑色如同那糖水相似，一阵阵还闻得那派腥气。

狄公看了一回，命人唤了一只狗来，复着人放了些食物在内，将它泼在地下，那狗也是送死，低头哼了一两声，一气吃下，霎时之间，乱咬乱叫，约有顿饭时节，那狗已一命呜呼。狄公更是诧异，先命差役上了封标，以免闲人误食，随即走到床前，看视一遍。只见死者口内，漫漫的流血，浑身上下青肿非常，知是毒气无疑。转身到院落站下，命人将李王氏带来，向着华国祥与她说道：“此人身死，是中毒无疑，但汝等男女两家，皆是书香门第，今日遭了这事，已是不幸之至，既具控请本县究办，断无不来相验之理。但是死者因毒身亡，已非意料所及，若再翻尸相验，就更苦不堪言了。此乃本县怜惜之意，特地命汝两造前来说明缘故，若不忍死者吃苦，便具免验结来，以免日后反悔。”

华国祥还未开言，李王氏向狄公哭道：“青天老爷，小妇人只此一女，因她身死不明，故而据情报控。既老爷如此定案，免得她死后受苦，小妇人情愿免验了。”华文俊见岳母如此，总因夫妇情深，不忍她遭众人摆布，也就向国祥说道：“父亲且免了这事吧，孩儿见媳妇死了太惨，难得老父台成全其事，以中毒定案。此时且依他收殓。”华国祥见儿子与死尸的母亲皆如此说，也不过于苛求，只得退下，同李王氏具了免验的甘结，然后与狄公说道：“父台，今举人免验，虽是顾恤体面之意，但儿媳中毒身亡，此事皆众目所见，唯求父台总要拷问这胡作宾，照例惩办。若以盖棺之后，具有甘结，一味收殓，那时老父台反为不美了。”狄公点点首，将结取过，命刑役皂隶退出堂后，心下实是踌躇，一时不便回去，坐在上房，专看他们出去之时，有什么动静。

此时里里外外，自然闹个不清，仆众亲朋俱在那里办事，所幸棺木一切，昨日俱已办齐。李王氏与华文俊，自然痛入肝肠，泪流不止。狄公等外面棺木设好，欲代死者穿衣，他也随着众人来到房内，但闻床前一阵阵腥气，吹入脑髓，心下直是悟不出个理来。暗道：“古来奇案甚多，即便中毒所致，这茶壶之内，无非被那砒霜信石服在腹中，纵然七孔流血，立时毙命，何以有这腥秽之气？你看尸身虽然青肿，皮肤却未破烂，而且胸前膨胀如瓜，显见另有别故。真非床下有什么毒物么？”一人暗自揣度，忽有一人喊道：“不好了，怎么死了两日，腹中还是掀动？莫非作怪么？”说着登时跑下床来，吓得颜色都改变了。观看那些人，见他如此说，有大着胆子到他那地方观看，复又没有动静，以致众人俱说他疑心。当时七上八下，赶将衣服穿齐，只听阴阳生招呼入殓，众人一拥下床，将尸升起，抬出房间入殡。

唯有狄公，等众人出去之后，自己走到床前，细细观看一回，复又在地下瞧了一瞧，见有许多血水点子，里面带着些黑丝，好像活动的样子。狄公看在眼内，出了后堂，在厅前坐下，心下想："此事定非胡作宾所为，内中必有奇怪的事件，华国祥虽一口咬定，不肯放松，若不如此办法，他必不能依断。"主意想定，却好收殓已毕。狄公命人将华国祥请出说道："此事似有可疑，本县断无不办之理。胡作宾虽是个被告，高陈氏乃是伴姑，也不能置身事外，请即交出，一齐归案讯办，以昭公允。若一味在胡作宾身上苛求，岂不致招物议？本县决不刻待尊仆便了。"华国祥见他如此说法，总因他是地方上的父母官，案件要他判断，只得命高陈氏出来，当堂申辩，狄公随即起身乘轿回衙。此时唯胡作宾的母亲，感激万分，知道狄公另有一番美意，暗中买属差役，传信与他儿子，不在话下。

单说狄公回到署中，也不升堂理件，但转命将高陈氏交官媒看管，其余案件，全行不问，一连数日皆是如此。华国祥这日发急起来，向着儿子怨道："此事皆汝畜生误事，你岳母答应免验，她乃是个女流，不知公事的利弊。从来做官的人，皆是省事为是，只求将他自己的脚步站稳，别人的冤抑，他便不问了。前日你定要请我免验，你看这狗官，至今未曾发落。他所恃者，我们已具甘结，虽然中毒是真，那胡作宾毒害是无凭无据，他就借此迟延，意在袒护那狗头，岂不是为你所误！我今日倒要前去催审，看他如何对我，不然上控的状子，是免不了的。"说着命人带了冠带，径向昌平县而来。

你道狄公为何不将这事审问，奈他是个好官，从不肯诬害平人。他看这案件，非胡作宾所为，也非高陈氏陷害，虽然知道这缘故，只是思不出个缘由，毒物是何时下入，因此不便发落。这日午后，正与马荣将赵万全送走，给了他一百两路费，说他心地明直，于邵礼怀这案勇于为力。赵万全称谢一番，将银两璧还，分手而去。然后向马荣说道："六里墩那案，本县起初就知易办，但须将姓邵的缉获就可断结。唯是毕顺验不出伤痕，自己已经检举，哪知一波未平，一波又起，华国祥媳妇又出了这件疑案。若要注意在胡作宾身上，未免于心不忍，前日你在他家，也曾看见各样案情，皆是不能拟定。虽将高陈氏带来，也不过是阻饰华国祥催案的意思。你手下办的案件，已是不少，可帮着本县想想，再访邻封地方，有什么好手差役，前去问他，或者得些眉目。”

两人正在书房议论，执贴上进来回道：“华举人现在堂上，要面见太爷，问太爷那案子是如何办法。”狄公道：“本县知他必来催案，汝且出去请会，一面招呼大堂伺候。”那人答应退去，顷刻之间，果见华国祥衣冠整齐，走了进来。狄公只得迎出书房，分宾主坐下。华国祥开言问道：“前日老父台将女仆带来，这数日之间，想必这案情判白了，究竟谁人下毒，请父台示下，感激非浅。”狄公答道：“本县于此事思之已久，乃一时未得其由，故未曾审问。今尊驾来得甚巧，且请稍坐，待本县究问如何。”说着外堂已伺候齐备，狄公随即更衣升堂问案。先命将胡作宾带来，原差答应一声，到了堂口，将他传入。胡作宾在案前跪下。

狄公道：“华文俊之妻，本县已登场验毕，显系中毒身亡。众口一词，皆谓汝一人毒害，你且从实招来，这毒物是何时下入？”胡作宾道：“生员前日已经申明，嬉戏则有之，毒害实是冤枉，使生员从何说起？”狄公道：“汝也不必抵赖，现有他家伴姑为证。当日请酒之时，华文俊出门谢客，你与众人时常出入新房，乘隙将毒投下。汝还巧言辩赖么？”胡作宾听毕忙道：“父台明见。既她说与众人时常出入，显见非生员一人进房，既非一人进房，则众目昭彰，又从何时乘隙？即使生员下入，则一日之中，为何甚久，岂无一人向茶壶倒茶？何以别人皆未身死，独新人吃下，就有毒物？此茶是何人倒给，何时所泡，求父台总要寻这根底。生员虽不明指其人，但伴姑责有攸归，除亲友进房外，家中妇女仆妇，并无一人进去，若父台不在这上面追问，虽将生员详革用刑拷死，也是无口供招认。叩求父台明察！”

未知狄公如何办理，且看下回分解。

第二十二回　想案情猛然省悟　听哑语细观行踪

却说狄公听胡作宾一番申辩，故意怒道："你这无知劣生，自己心地不良，酿成人命，已是情法难容，到了这赫赫公堂，便应据实陈词，好好供说，何故又牵涉他人，妄图开脱？可知本县是明见万里的官员，岂容你巧言置辩！若再游词抵赖，国法俱在，便借夏楚[①]施威了。"胡作宾听了这些话，不禁叩头禀道："生员实是冤枉，父台如不将华家女仆提案，虽将生员治死，这事也不能明白。且父台从来审案，断无偏听一面的道理，若国祥抗不遵提，其中显有别故，还求父台三思。"狄公听罢，向他喊道："胡作宾，本县见你是个县学生员，不忍苦苦刻责与你，今日如此巧辩，本县若不将他女仆提质，谅你心也不甘。"随即命人提高陈氏。

两旁威武一声，早将伴姑提到，在案前跪下。狄公言道："本县据你家主所控，实系胡作宾毒害人命，奈他矢口不认。汝且将此前日如何在新房取闹，何时乘隙下毒，一一供来，与他对质。"高陈氏道："喜期吉日，那晚间所闹之事，家主已声明在前，总因家主面斥恶言，以致他心怀不善，临走之时，令我等三日之内，小心提防。当时尚以为戏言，谁知那日前来，乘间便下了毒物，约计其时，总在上灯前后。那时里外正摆酒席，老奴虽在房中，黄昏之际，也辨不出来，而且出入的人又多。即以他一人来往，由午时至午后，已不下数次，多半那时借倒茶为名，来此放下。只求青天老爷先将他功名详革，用刑

---

① 夏楚：夏，读 jiǎ，同"槚"，指楸树或茶树。楚，荆条。汉·戴圣《礼记·学记》"夏楚二物，收其威也。"

拷问，那就不怕他不供认了”。狄公还未开言，胡作宾向他辩道：“你这老狗才，岂非信口雌黄，害我性命！前日新房取闹，也非我一人之事，只因你家老爷独向我申斥，故说了一句戏话，关顾面目，以便好出来回去，岂能便以此为凭证？若说我在上灯前后，到来下毒，此话便是诬陷。从午前与众亲朋在新房说笑了一回，随后不独我不曾进去，即别人也未曾进去；上灯前后，正你公子谢客回家之后，连他皆未至上房，同大众在书房饮酒。这岂不是无中生有，有意害人！彼时而况离睡觉尚远，那时岂无别人倒茶，何以他人不死，单是你家小姐身死？此必是汝等平时嫌小姐夫人刻薄，或心头不遂，因此下这些毒手，害她性命，一则报了前仇，二则想趁仓促之时，掳掠些财物。不然即是华家父子通向谋害，以便另娶高门。这事无论如何，皆不关我事！汝且想来，由午前与众人进房去后，汝就是陪嫁的伴姑，自不能离她左右，曾见我复进房去过么？”

高氏被他这一番辩驳，回想那日，实未留意，不知那毒物从何时而来；况且晚间那壶茶，既自己去泡，想来心下实在害怕，到了此时，难以强词辩白，全推倒在胡作宾身上，无奈为他这番穷辩。又见狄公在上那样威严，一时畏怯，说不出来。狄公见了这样情形，乃道：“汝说胡作宾午后进房，他说未曾进去，而且你先前所供，汝出来吃晚饭时，胡作宾正同你家少爷在书房饮酒，你家老爷，也说胡作宾是午前进房，据此看来，这显见非他所害。你若不从实招来，定用大刑伺候。”

高陈氏见了这样，不敢开言。狄公又道：“汝既是多年仆妇，便皆各事留心，而且那茶壶又是汝自己所泡，岂能诬害与他！本县度理准情，此案皆从你所干出来，早早供来，免得受刑。”高陈氏跪在堂下，闻狄公所言，吓得战战兢兢，叩头不止，说道：“青天大老爷息怒，老奴何敢生此坏心，有负李家老夫人大德，而且这小姐是老奴携抱长大的，何忍一朝下此毒手。这事总要青天大老爷究寻根底。”狄公见高陈氏说毕，心中想道：这案甚是奇怪，他两造如此供说，连本县皆为他迷惑。一个是儒雅书生，一个是多年的老仆，断无谋害之理。此案不能判结，还算什么为民之父母！照此看来，只好在这茶壶上面追究了。一人坐在堂上，寂静无声，思想不出个道理。

忽然值堂的家人，送上一碗茶来，家人因他审案的时候已久，恐他口中作渴。狄公见他献上，当时盖子掀开，只见上面有几点黑灰浮于茶上，狄公向那人问道："你等何以如此粗心。茶房献茶，也不用洁净水来煎饮，这上面许多黑灰，是哪里来的？"那家人赶着回道："此事与茶夫无涉，小的在旁边看到，正泡茶时，那檐口屋上忽飘一块灰尘下来，落于里面，以致未能清除。"狄公听了这话，猛然醒悟，向着高陈氏说道："你既说到那茶壶内茶，是你所泡，这茶水还是在外面茶坊内买来，还是家中烹烧的呢？"高陈氏道："华老爷因连日喜事，众客纷纷，恐外面买水不能应用，自那日喜事起，皆自家中亲烧的。"狄公道："既是自家烧的，可是你烧的么？"高陈氏道："老奴是用现成开水，另有别人专管此事。"狄公道："汝既未烧，这烧水的地方，是在何处呢？"高陈氏道："在厨房下首间屋内。"狄公一一听毕，向着下面说道："此案本县已知道了，汝两人权且退下，分别看管，本县明日揭了此案，再行释放。"当时起身，退入后堂。

此时华国祥在后面听他审问，在先专代胡作宾说话，恨不得挺身到堂，向他辱骂一番，只因是国家的法堂，不敢造次；此时又听他假想沉吟，分不出个皂白，忽然令两造退下，心下更是不悦。见狄公进来，怒颜问道："父台从来听案，就如此审事的么？不敢用刑拷问，何以连申斥驳诘，皆不肯开口呢？照此看来，到明年此日，也不能断明白了。不知这里州府衙门，未曾封闭，天外有天，到那时莫怪举人越控。"说着大气不止，即要起身出去。狄公见了笑道："尊府之事，本县现已明白，且请少安毋躁，明日午后，定在尊府分个明白。此乃本县分内之事，何劳上宪控告？若明日不能明白，那时不必尊驾上控，本县自己也无颜作这官宰了。此时且请回去吧。"华国祥听他如此说来，也是疑信参半，只得答道："非是举人如此焦急，实因案出多日，死者含冤，于心不忍。既老父台看出端倪来，明日在家定当恭候了。"说完起身告辞，回到家内。

这里狄公来至书房，马荣向前问道："太爷今日升堂，何以定明日判结?"狄公道："凡事无非是个理字，你看胡作宾那人，可是个害人的奸匪么?无非是少年豪气，一味嬉戏，误说了那句戏言，却巧次日生出这件祸事，便一口咬定于他。若本县再附和随声，详革拷问，他乃是世家子弟，现已遭了此事，母子二人，已是痛苦非常，若竟深信不疑，令他供认，那时不等本县究辨，他母子此时，必寻短见，岂非此案未结，又出一冤枉案件?至于高陈氏，听她那个言语，这李家乃是她的恩人，更不忍为害可知。所以本县这数日，思前想后，寻不出这条案情缘由，故此不肯升堂。今日华国祥特来催审，本县也只得敷衍其事，总知道这茶壶为害。不料今日坐堂时候，本县正在思索此案，无法可破，忽值茶房献茶与本县，上面有许多浮灰，乃是屋上落下。他家那烧茶的地方，却在厨下木屋里面，如此这般的推求，这案岂不可明白吗?"马荣听毕说："这太爷的神鉴，真是无微不至。但是如此追求，若再不能断结，则案情比那皇华镇毕顺的事，更难辨了。"

正说之间，洪亮同陶干也由外面进来，向狄公面前请安已毕，站立一边。狄公问道："汝等已去多日，究竟看出什么破绽，早晚查访如何?"洪亮道："小人奉命之后，日间在那何恺里边居住，每至定更以后，以及五更时间，即到毕家察访，一连数日，皆无形影。昨晚小人着急，急同陶干两人施展夜行工夫，跳在那房上细听。但闻周氏先在外面，向那婆婆叫骂了一回，抱怨她将太爷带至家中医病，小人以为是她的惯伎。后来那哑子忽然在房中叫了一声，周氏听了骂道：'小贱货，又造反了，老鼠吵闹，有什么大惊小怪!'说着只听扑通一声，将门关起。当时小人就有点疑惑，她女儿虽是个哑子，不能见老鼠就会叫起来。小人只得伏在屋上细听，好像里面有男人说话，欲想下去，又未明见进出的地方，不敢造次。后来陶干将瓦屋揭去，望下细看，又不见什么形迹。因此小人回来禀明太爷，请太爷示下。"

狄公听毕问道："何恺这连日查访那姓徐的，想已清楚。他家左近可有这个人么?"不知洪亮如何回答，且看下回分解。

第二十三回 访凶人闻声报信 见毒蛇开释无辜

却说洪亮见狄公问何恺这连日访查那姓徐的，可有着落，洪亮道："何恺俱已访竣了，皆是本地良民，虽管下有十六家姓徐，离镇的倒有大半，其余不是年老之人，在镇开张店面，便是些小孩子，与这案皆牵涉不来，是以未曾具禀。"狄公道："据你两人意见，现在若何办法呢？"洪亮道："小人虽属听有声音，因不见进出的所在，是以未敢冒昧下去。此时禀明太爷，欲想在那邻居家披缉披缉。因毕家那后墙，与间壁的人家公共的，或此墙内有什么缘故。这人家小人已查访明白，虽在乡村居住，却是本地有名的人家，姓汤名叫汤得忠。他父亲曾做过江西万载县，自己也是个落第举子，目下闲居在家课读，小人见他是个绅衿，不敢冒昧从事前去。"

狄公听了想道："这事也未必不的确，这墙岂是出入地方？"当时也不开口，想了一会，复又问道："你说这墙是公共之墙，还是在她床后，还是在两边呢？"洪亮道："小人当时揭屋细看，因两边全是空空的，只有床后靠着那墙，却为床帐张盖，看不清楚。除却在这上面推求，再无别项破绽。"狄公拍案叫道："此事得了，你且持我名帖，赶今晚到皇华镇上，明早同何恺到这汤家，说我因地方上公事，请汤举人前来相商。看他是何形景言语，前来回禀。本县明早同差役，到华家办案。"洪亮答应一声下来，当时领了名帖，转身退去，不在话下。

次日一早，狄公青衣小帽，带了两名值日差役，并马荣、乔太，行至华国祥家内，一径来至厅前。彼时华国祥正令人在厅上打扫，见县官狄公已进里面，只得逊同入座，命人取自己的冠带。狄公笑道："本县尚不拘形迹，尊驾何必劳动。但是令媳之事，今日总可分明。且请命那烧茶的仆妇前来，本县有话动问。"华国祥不解何意，见他绝早而来，不便相阻，只得将那烧茶的丫头唤出。狄公见是一个十八九岁的丫头，走到前面，叩头跪下。狄公说道："这处也不是公堂，何须如此。你叫什么名字，向来是专烧火的么?"那个丫头禀道："小女子名叫彩姑，向来伏伺夫人，只因近日娶少奶奶，便命专司茶水。"狄公道："那日高陈氏午后倒茶，你可在厨房里面么?"彩姑说道："正在那里烧水。后来上灯时分，回到上房，因有事情，高奶奶来了去泡茶，却未看见。及小女子有事之后，回到那烧茶的处在，炉内的茶水已泼在地下。随后小女子进来，询问其事，方知高奶奶泡茶时，炉子已没有开水，她将炉子取下，放在檐口，后加火炭，用火烧了一壶开水，只用了一半，那一半正拟到院落，添加冷水，不料左脚绊了一跤，以致将水泼于地下。随后小女子另行添水，她方走去。此是那日泡茶的原委，至别项事件，小女子一概不知。"

狄公听毕，随即命马荣回衙，立将高陈氏带上来。狄公一见，大声喝道："你这女狗头，如此狡猾行为！前日当堂口供，说那日向晚泡茶，取的是现成开水，今日彩姑供说，乃是你将火炉移在檐口，将冷水浇开，只倒了一半，那水又在檐前没去一半，显见你所供真正不实，你尚有何辩?"高陈氏被这番驳斥，吓得叩头不止，但说："求太爷开恩，老奴因在堂上惧怕，一时心乱，胡口所供，以太爷恐有它问，其实老奴毫无别项缘故。"狄公怒道："可知你只图一时狡猾，你那小姐的冤枉，为你耽搁了许多时日了，若非本县明白，岂不又冤枉那胡作宾?早能如此实供，何致令本县费心索虑，这总想不出个缘故。此时暂缓掌颊，俟这案明白后，定行责罚。"当时起身向华国祥道："本县且同尊驾到厨房一行，以便令人办事。"华国祥到了此时，也只得随他而去。

当时狄公到了里面，见朝东三间正屋，是锅灶的所在，南北两间，共是四个厢房。狄公问彩姑道："你等那日烧茶，可是这朝北厢房里么？”彩姑道：“正是这个厢房，现在泥炉子，还在里面呢。”狄公走进里面，果然不错，但见那厨房的房屋，古旧不堪，瓦木已多半朽坏，随向高陈氏问道：“你那晚将火炉子移在何处檐口？”高陈氏向前指道：“便在这青石上面。”狄公依着他指点的所在，细心向檐口望去，只见那椽子已坍下半截，瓦檐俱已破损，随向高陈氏说道：“你前所供不实，本应掌你两颊，姑念你年老昏聩，罚你仍在原处烧一天开水，以便本县在此饮茶。”

华国祥见狄公看了一回，也说不出这个道理，此时忽然命高陈氏烧茶，实不是审案的道理，不禁暗怒起来，向着狄公说道：“父台到此踏勘，理应敬备茶点，若等这老狗才烧水，恐已迟迟不及。既她所供不实，理合带回严惩，以便水落石出。若这样胡闹，岂不反成戏谑么？”狄公冷笑道：“在尊驾看来似近戏谑，可知本县正要在这上寻究此事。自有本县专主，阁下且勿多言。”随即命人取了两张桌椅，在厨房内坐下，与那些厨子仆妇混说些闲话，停一会，便催高陈氏添火，或而掀扇，或而倒茶，闹个不了。及至将水烧开，泡了茶来，他又不吃，如此有十数次光景。

高陈氏正在那里烧火，忽然檐口落下几点碎泥，在她颈头上面，赶紧用手在上面拂去。狄公早已经看见，随即喊道：“你且过来！”高陈氏见他叫唤，也只得走过，到了他面前。狄公道：“你且在此稍等一等，那害你小姐的毒物，顷刻便见了。”高陈氏直是不敢开口，华国祥更不以为然，起身反向上房而去。狄公也不阻他，坐在那椅上，两眼直望着檐口。又过了有盏茶时，果然见那落泥的地方露出一线红光，闪闪的在那檐口，或现或隐，但不知是什么物件。狄公心下已是大喜，赶着向马荣道：“你们看见什么？”马荣道：“看是看见了，还是就趁此时取出如何？”狄公忙道：“且勿动手，既有这个物件，先将他主人请来，一同观看，究竟那毒物是怎么样下入，方令他信服。从来本县断案，不肯冤屈于人。若不彻底根究，岂得为民之父母？”当时彩姑见了这样，赶紧跑到上房，报于华国祥知道。里面众人一听，真是意外之事，无不惊服狄公的神明。狄公也着华家家人去请华国祥出来观看。华国祥也随即出来瞧望。狄公道："这案庶可明白了，且请稍坐片刻，看这物究竟怎样。"

当时华国祥抬头细瞧，但只见火炉内一股热气冲入上面，那条红光被烟抽得蠕蠕欲动，忽然伸出一个蛇头，四下观望，口中流着浓涎，仅对火炉内滴下。那蛇见有人在此，顷刻又缩进里去。此时众人无不凝神展气，吓得口不敢开。狄公向华国祥道："原来令媳之故，是为这毒物所伤，这是尊驾亲目所见，非是本县袒护胡作宾了。尊处房屋既坏，历久不修，已至生此毒物，不如趁此将它拆毁。"说完命那些闲杂人等，一概走开，令马荣与值日的差人，以及华家打杂的人，各执器具，先拥入室内，将檐口所有的椽子拖下。只见上面响了一声，砖瓦连泥滚下，内有二尺多长的一条火赤炼，由泥瓦中游出，窜入院落巷里，要想逃走。早被马荣看见，正欲上前去提，乔太手内早取了一把火叉，对定那蛇头打了一下，那蛇登时不得走动，复又一叉将它打死。众人还恐里面仍有小蛇，一齐上前把那一间房子拆毁了，干干净净。狄公命人将蛇带着到了厅前。此时里面得信，早将李王氏接来。

狄公坐下向华国祥言道："此案本县初来相验，便知令媳非人毒害。无论胡作宾是个儒雅书生，断不致干这非礼之事。唯进房之前，闻有一派骚腥气，那时便好生疑惑。后来临验之时，又有人说他肚内掀动。本县思想，用毒害人，无非是砒霜信石，即便服下，但七窍流血而已，岂有腥秽的气味？因此本县未敢遽断。日来思虑万分，审讯高陈氏的口供，她但说茶是自己所泡，泡茶之后，胡作宾又未进房；除她吃晚饭出来，其余又未离原处；又见无别人进去，难道新人自己毒害？今日听彩姑之言，这明是当日高陈氏烧茶之时，在檐口添火，那烟冲入上面，蛇涎滴下。其时高陈氏未曾知觉，便将开水倒入茶壶，其余一半，却巧为她没去，以致未害别人。缘由知端，仍是高陈氏自不小心，以致令媳误服其毒。理应将她治罪，唯是她事出无心，老年可悯，且从轻办理。令媳无端身死，亦属天命使然，仍请尊驾延唤高僧诵忏悔，超度亡魂。胡作宾无辜受屈，本应释放，奈他嬉戏性成，殊非士林的正品，着发学派老师威饬，以儆下次。”说完又向李王氏道：“你女儿身死的缘由，今已明白，本县如此断结，你等可服么?”李王氏哭道：“照此看来，却是误毒所致，这皆是我女儿命苦，太爷如此讯结，也是秉公而论，还有何说呢?”狄公见李王氏应允。当即命众人销案具结。

不知后事如何，且看下回分解。

第二十四回 假消息假言请客 为盗贼大意惊人

却说狄公见众人应允，命他们结具销案。华国祥自无话说，唯有李王氏，见那条毒蛇在狄公面前，不禁放声大哭。狄公又命人将蛇烧灰，以作治罪。就此一来，已是午后，当即起身回衙，将胡作宾由学内提来申斥一番，令他下次务要诚实谨言，免招外祸。此时胡作宾母子，自然感激万分，申冤活命，在堂上叩头不止。狄公发落已毕，退入后堂。

且说洪亮昨日领了名帖，赶到皇华镇与何恺说明缘故，次日一早，便来到汤家门首。先命何恺进去，向里面问道："汤先生在家么?"里面见人询问，出来一个老头子，答道："你是哪里来的，问我家先生何干?"何恺笑道："原来是朱老爷。地方上的公食人，皆不认得了?"那人将何恺一望，也就笑道："你问他何事，现在还未起身呢。"何恺听了这句话，转身就向洪亮去丢个眼色，两人信步到了里面，在书房门口站定。洪亮向何恺道："你办事何以这懈怠，既然汤先生在家，现在何处睡觉，好请他起来讲话。"那老家人见洪亮是公门中的打扮，赶着问道："你这公差有何话说，可告知我，进去通知他。"何恺答道："他是县太爷差来的，现有名片在此。因地方上事，请你家先生，进太爷衙门有事相商，不能稍缓。"那老人在洪亮手内，将名片接过，进了书房，穿过了一小小天井，朝南正宅三间两厢。此时何恺也跟那人到了他里面，心下想到：知他住在这上首房内，便是毕家那墙相连了。正想之间，忽见那人走到下首房门，何恺心下好不自在，暗道："这个想头，又完了，人尚不在房内居住，墙上还有何说？”

一人暗暗的说话，忽然上首房内出来一人，年约二十五六岁，生得眉目清秀，仪表非凡，好个极美的男子。见老家人一进来，赶着问道：“是谁来请先生？”老人道：“这事也奇怪，我们先生虽是个举子，平日除在家课读，外面的事，一概不管。不知县里狄太爷，为着何事，命人前来请他？说地方上有公事，同他商酌，你看这不是奇怪吗？恐先生也未必肯前去。”那少年听他说狄太爷，不禁面色一变，神情慌张，说道：“你何不回却他，说先生不与外事便了，为何将人领入里面来呢？”何恺听了这话，将那人上下一看，却巧这人的房间，便在毕家的墙后，心下甚是疑惑，赶紧接话问道：“你公子尊姓，可是在这里寄馆的么？我们太爷，非为别事，因有一处善举，没有人办，访闻汤先生是个用心公正的君子，故命差人持片来请。”说着，见老人已走到房内，高声喊了两声。只听里头那人醒来，问道：“我昨日一夜，代众学生清理积课，直至天明方睡，你难道未曾知道，何故此时便来叫喊？”只听老者回答道：“非是我等不知，因知县太爷，差人来请，现有公差立等回话。”汤得忠道：“你为什么不代我回报他？此时且去将我名片取来，向来人传说，拜他上贵县太爷，说我是牖下书生，闭户授徒，不理闲事。虽属善举，地方上绅士甚多，请他太爷另请别人办公罢。”老人听了这话，只得出来对何恺回复了一遍。

当时洪亮在书房，早已听见了，见何恺出来说道：“汤先生不肯进城，在我看来，唯有回去禀知太爷，请太爷自己前来吧。此事倒不可懈怠，莫要误事方好。你此时照原话赶速进城去吧。”说着两人出了大门，那老人将门关上。彼此到了街上，何恺向洪亮说道：“你可看见那人没有？”洪亮道：“这事也是徒然，汤得忠是在那边房间居住，有什么看见？”何恺说道：“你还不知道呢，这头房内有人，同老者说话的，你未看见么？是个少年男子，见我们说县里差来的，他那脸上神色就不如先前。我所以出来，叫你赶速回去，这句话，乃是看他的动静的。他如惧怕，你我出门，他必到别处去了。你此时便可赶速回城，禀明太爷，请太爷自己前来，姑作拜汤先生的话说到了里面，借话问话，再为察看。我此时便在这左近等候，看他可出来否，顺便打听他姓甚名谁。”彼此计议停当，已是辰牌时候。洪亮随即来至城中，将方才的话禀了。狄太爷心下甚是欢喜，当时传齐差役，带同马荣、乔太、陶干三人，乘轿而来，一路之上，不敢怠慢。到了上灯时分，方至镇上，先命马荣仍在从前那个客寓内住下，所有衙役，皆不许出去走漏风声，说本县到此客寓；主人也是如此吩咐。众人自领命而行，当时将行李卸下，净面用茶。

饮食已毕，狄公向马荣道：“你们四人，今夜分班前去，洪亮同汝在毕家屋上等候，若有动静，便可即喊拿贼，看他下面如何；乔太同陶干在汤家门前守候，若有人夜半出来，便将他拿获住。本县此时不去，正恐夜晚办事不成，令凶人走去。”四人领命下来，各自前去不提。

且说马荣同洪亮两人，出了店门，洪亮道：“我近来为这事吃了许多辛苦，方有这点眉目，今夜若再不破案，随后更难办了。我想你这身本事，何事不可行？现有一计在此，不知你肯行不肯行？”马荣道：“你我皆是为主人办事，只要能做，何处不可去？你且说与我听。”洪亮道：“汤家那个后生，实是令人可疑，为恐识破机关于他，一连数日安分守己，不与那周氏往来，我们虽在屋上，再听数日，也不能下去。莫若你扮作窃贼，由房上蹿入他里面，在他房中偷看动静，是不比外面，较有把握。恐你早经洗手，不干此事，现在请你做这买卖，怕你见怪，故而不便说出。你意下究竟如何？”马荣笑道：“我道何事，不过由来是我旧业，此计甚是高明，今夜便去如何？”说着二人到了何恺家内，坐谈了一会。

约有二鼓之后，街上行人已静，马荣命洪亮竟在毕家巷口等候，自己一人先到了汤家门口，脱去外衣，蹿身上屋，顺着那屋脊，过了书房将身倒挂在檐口，身向里面观望。见书房内灯光明亮，当中坐着一个四十多岁的先生，两旁约有五六个门徒，在那里讲说。马荣暗道：“这样人家岂是个提案的地方？我且到后边住宅内再瞧一瞧。”照样运动蛇行法，转过小院落，挨着墙头，到了朝南的屋上。举头见毕家那里，也伏着一人，猛然吃了一惊，再定神一看，却是洪亮，两人打了一个暗哨，马荣依旧伏在檐口。见上首房内，也有一盏灯，里面果然有个二十余岁的后生，面貌与洪亮所说一点不错，但见那人不言不语，一人坐在那椅上，若有所思的神情。停了一会，起身向书房望了一望，然后又望望墙屋，好像一人自言自语的神情。

马荣正在偷看，忽听前面格扇一响，出来一人，向房内喊道："徐师兄，先生有话问你。"马荣在上面听见一个徐字，心下好不欢喜，赶即将身躯收转，只在檐瓦上面伏定。但见那少年也就应了一声，低低说道："你怎么今夜偏偏乱喊乱叫的！"说着出了房门，到书屋而去。马荣见他已去，知这房内无人，赶着用了个蝴蝶穿花形势，由檐口飞身下来到了院落，由院落直蹿到正宅中间，四下一望，见有一个老者伏在桌上，打盹睡的模样。马荣趁此时候，到了房内，先将那张灯吹熄，然后顺着墙壁，细听了一回，直是没有响动，心下委决不下，复用指头敲了一阵，声音也是着实的样子。

马荣着急起来，将身子一横，走到那张客床前面，将帐幔掀起，攒身到了床下，两脚在地下蹬了两脚，却是个空洞的声音。马荣道："分明是这地下的尴尬了。"当时将几块方砖，全行试过，只有当中的两块与众不同，因在黑暗之中，瞧不清楚，只得将两手在地下摸了一摸，却是一踏平阳，绝无一点高下。心下想道："就要将这方砖取起，下面的门路，方可知道。它这样牢固，教我如何想法？"正在为难之际，两手一摸，忽然一条绳子，系于床柱上。马荣以为它扣着什么铁器，以便撬那方砖，当时以为得计，顺手将绳一拖，只听"豁啦"一声，早将床帐拖倒了下来。当时马荣这一惊不小，正想逃走，书房里头，早来数人，高喊有贼。走到院落，忽见灯光已灭，众人恐有暗算，不敢进去，唯有叫喊，绝无一人上前捉拿。马荣此时跳在房上，见已脱身，索性也不回去，伏在屋瓦脊上，细听下面动静，如何举止。

不知那少年公子，若何进房，所作所为，且看下回分解。

第二十五回　以假弄真何恺捉贼　依计行事马荣擒人

却说马荣躲在屋上，听下面的动静，只听得那少年跑到书房，忙忙地点了个烛台，转身到了正宅，向着那老人喊道："你也不是死人，有贼人走你面前经过，一点也不知道，难道睡死过去了？"那老人被他骂了两句，直是不敢开口。众人拥进房中，唯听那少年人，走到床前高声说道："这瘟贼，也不过将床帐拖倒下来，我道你偷取不计外，还见什么要紧地方呢。"众人说道："你的物件未曾偷去，已是幸事，还说什么戏谑话。现在先生尚坐在书房，吓得不敢出来，我们且去告知他一声。"说着，大众在里面照了一番，又回书房而去。马荣在屋上，听得清楚，随即心生一计，爬过墙头，招呼洪亮，两人蹿身下来，来至何恺家内，三人一齐到了客寓，将以上的话禀明了狄公。如此如此，议论了一会，狄公心下大喜，随命何恺，依计而行。

三人复行到了汤家门口，何恺敲门喊道："里面朱老爷快来开门，你家可是闹贼么？现在已被我们捉住了，快来帮我捆他。"里面听了这话，正是贼走之后，未曾睡觉，听是何恺敲门，众学生甚是得意，也不告知汤得忠，早将大门开了。

只见何恺揪着一人骂道："你这厮也不访问，这地方是谁人的管下，他家是何等之人？不是为我看见，你得手走去，明日汤先生报官究治，我便为你吃苦了。今朝县里狄太爷还来请他老人家办地方的善举，汤先生方且不去，明日早上太爷便亲自来此。若是知道这窃案，我这屁股还不是板子山倒下来么？"何恺在门外揪骂，众学生不知是计，赶着里面报与汤得忠知道。汤得忠随即出来，果见何恺还揪那人在门口乱骂，见了汤先生出来，连忙说道："其人现在已获到了，你先生如何发落？这是我们的责任，明早县太爷还要到此，请你老人家要方便一句，小人这行当方站得稳。"汤得忠见何恺如此说项，也是信以为真，取了烛台，将马荣周身一看，骂道："你这狗强盗，看你这身材高大，相貌魁梧，便该做出一番事业，何事不可吃饭，偏要做这偷儿，岂不可恨。我今积点阴功，放你去吧。"何恺见汤得忠如此说项，乃道："你老人家是个好心，将他放走，他又随即到别处去作案了，这事断不能。若要放这贼，等县太爷来放，今夜权且扭在这门口，以见我们做保甲的，平时尚不松懈怠。但有一件，才在哪里惊走的地方，请你们带我进去看一看。"说着向马荣道："你跟我进来，好好实说，由什么地方进门，走哪里出去的？"一面说，一手扭着马荣，向门里走来，他的意思，就想趁此混进里面，好寻那床下的着落。

哪知道里面听了这话，赶着出来一个少年人，马荣将他一看，正是那个姓徐的，向着何恺阻道："你这人，也太固执了，我们先生尚且叫你放他，你哪不行这方便，一定要惊官动府，以见你的能为。若说县太爷明日前来，我家又未报案，要他县太爷来踏勘何事。若说你的责任，汤先生已知道了，即便在县太爷面前保举你两次，也不过得点儿犒赏，这贼人就吃了大亏，何必如此！我同先生说，譬如为他偷去，失了钱财，给你二两银子，吃酒去。这事可以算罢了。"

马荣听了暗暗骂道："你这狗头，不是你有欺心之事，你肯这样慷慨！"只见何恺问道："你这位相公尊姓，还是在此宿馆，还是府上的住宅？请汤先生在家教读呢？"这人还未开口，旁边学生笑道："你这毛贼，到会捉当地人家，还不知他姓徐，这房子便是他家的，近因家眷不在此，故请本地汤先生来此教馆。他一人在此附从，所以门口单帖汤家板条。此时既徐相公如此说项，你们可便将这人放去了吧。"何恺笑道："原来他相公姓徐，这就是了。听说县里出了一条人命案子，也是姓徐的。今日无论是与不是，且请你同我去一趟。"说着脸色一变，向汤得忠说道："汤先生，我实对你说，你道他真是窃贼，我真是送贼来的么？你老人家虽是个举子，何以育化不严，令学生做出这非礼之事？间壁巷内，毕顺的案子至今未曾明白，官令自己请到上宪的处分，现已摘去顶戴，我们为这事，也不知受了多少苦楚。日前太爷宿庙，说凶手是个姓徐的，密令我们访查，方知在你家内。请你二人前去一见，辩个明白，便不关我们的事了。”说毕，将马荣一松，向前一把，将那少年相公，上前揪住，马荣一同也就上去，拖了汤得忠。那先生汤得忠，正欲分辩，只见何恺高喊一声，外面早有乔太、洪亮二人，一齐进来迎接，不由分说，簇拥着汤先生、徐相公二人，向街前走去。到了客店，狄公正恐他二人维持不住，已带着许多差役，执着灯球，前来接应。见已将人拿到，随命差役，同洪亮分身前往，将毕周氏立刻提来，以免她逃走。洪亮领命而去，暂且不提。

单说何恺揪着那个少年，前来见了狄公，回禀了各节，狄公即道：“此人乃是要犯，汝同乔太、马荣，先行将他管押，明早俟踏勘之后，再行拷问。”何恺答应下来，马荣、乔太随即取出刑具，将他套上。汤得忠是一榜人员，不敢遽然上刑，狄公命将他一人，带入店内，先行询问。马荣只得将汤得忠交与值日原差。自己与乔太到何恺家内管押正凶。狄公就趁此到了汤得忠家，在书房坐下。所有众学生，见先生皆被地甲捉去，以免牵涉在案内，留下几个远处寄馆的学生，一时未能逃走，只得坐在里面，心胆悬悬，不知竟为何故。忽然见许多高竿的灯笼，走了进来，一个个穿的号衣，嘴里说道：“我们太爷来了，你等可要直说，他如何同周氏同谋？”众人也不知何事，听了这话，俱皆哑口无声。

但见一人当中坐下，青衣小帽，儒服儒巾，向着上首那个学生问道：“你姓什么，从汤先生有几年了？那个姓徐何方人氏，叫什么名字？你等从实说来，不关你事。”那学生道：“我姓杜，名叫杜俊夫，是今岁春间方来的。那姓徐的名叫德泰，乃是这里的学长，先生最喜欢他，与先生对书房住。我等就住在这书房旁边那间屋内。”狄公当时点点首，起身说道：“既为本县将他捉下，你等且同我到他房内看视一番，好作凭证。”众人不敢有违，当即在前引路。

到了房内，狄公命差人将床架子移到别处，低身向前一看，果是方砖砌成。在地下，床下四角有四条麻绳，扣于下面。狄公有意将绳子一绊，早见床前两根床柱，应手而倒，“扑通”一声，磕在地下。再仔细一看，方知那绳子系在柱脚之上，柱脚平摆在床架上面，以至将绳子轻轻一绊，便倒了下来。狄公看毕，复取了烛台命人找觅了一柄铁扒，对着中间那两块方砖，拼力地撬起。忽听下面铜铃一响，早已现出一方洞，如地穴相仿。再向下面望去，向着陶干道：“里头黑漆漆的，辨不出个道理，本县恐下面另有埋伏，不敢命人下去。地下既有这个暗道，这人犯就是不错了。你且在此看守，待天明再来察看。”说毕将所有的学生，开了名单。只见众学生无不目瞪口呆，彼此呆望，不知房内何以有这个所在。狄公一一问毕，命众学生，兼服侍人等：“与你们无涉。”吩咐之后，回转店内。

此时已转四鼓，乔太上前禀道：“太爷走了半时，小人将汤得忠盘问了一番，他实不知此事。看他那样，倒是个古道君子。此刻已是夜深，太爷请安歇一会。好在奸人已缉获，拿齐再问不迟。”狄公说道：“本县已知道了，但是洪亮已去多时，毕周氏何以仍未提来？莫非毕周氏闻风逃走不成？”两人正在客店闲谈，早听门外人声喧哗，洪亮匆忙进来说道：“毕周氏已是提到。请太爷示下，还是暂交官媒，还是小人带回衙门？”

不知狄太爷后来如何发落，且看下回发解。

第二十六回　见县官书生迂腐　揭地窖邑宰精明

却说狄公听得毕周氏已是提到，命洪亮先在客店内里看押，俟明早带回衙内，讯问奸情。洪亮领命下来。狄公已是困倦，当时进房，和衣而睡。次日辰牌时分，起身净面。诸事已毕，先令陶干，将汤得忠带来。

狄公将他一看，却是一个迂腐拘谨之人，因为他是一个举人，不敢过于怠慢，当时起身问道："先生可是姓汤名叫得忠么？"汤得忠说道："举人正是姓汤名叫得忠，不知父台夤夜差提，究竟为何缘故？举人自乡荐之后，闭户读书，授徒乐业，虽不敢自谓非礼勿言、非礼勿动，那逾矩犯规之事，从不敢开试其端。若举人之为人，仍欲公差提押、官吏入门，正不知那刁监劣生，流氓奸宄，更何以处治？举人不明其故，尚求父台明示。"

狄公听他说了这派迂腐之言，确是个诚实的举子。乃道："你先生品学兼优，久为本处钦敬。可知薰莸异类，玉石殊形，教化不齐，便是自己的过失。先生所授的门生，其品学行为，也与先生一样吗？"汤得忠听道："父台之言，虽是合理，但所教之学生，俱属世家子弟，日无暇暮，夜读尤严，功课之深，无过于此。且从来足不出户，哪里有意外之事？莫非是父台误听人言么？"狄公笑道："本县莅任以来，皆实事求是，若不访有确证，从不鲁莽从事。你先生说所授门徒，皆世家弟子，难道世家的子弟，就是循规蹈矩的么？且问你姓徐的学生从你先生几载了？他的所作所为，皆关系人命案件，那等行为，不法已极点了，你先生可否知道？"汤得忠回说道："这更奇了，别人或者可疑，唯徐学生断无此事，不能因他姓徐便说他是命案的凶手。方才贵差说那姓徐的命案，父台宿庙，有一姓徐的在内，此乃梦幻离奇之事，何足为凭？而且此事实是父台孟浪，绝无形影之案。遽行开棺检验，以至身遭反坐，误了前程，此时不能够顾全自己，便指姓徐的，就为凶手。莫说他父台是在籍的缙绅，即以举子而论，地方有此殃民之官，也不能置之不理了。”

狄公见汤得忠矢口不移，代那徐德泰抵赖，不禁大怒道：“本县因你是个举子，究竟是诗文骨肉，不肯牵涉无辜，你还不知，自己糊涂，疏以防察，反敢顶撞本县。若不指明实证，教你这昏愦的腐儒岂能心服！”说完，命人仍将他看管，即带徐德泰奸夫上来审问。陶干答应一声，随命值日差人，到何恺家内，将人犯带来。差人奉命前去，不多一刻，人已带到。

狄公见他跪在地下，细细将他一看，那副面目，却是一个极美的好男子。心下思道：“无怪那淫妇看中于他。可恨他这人，一表人才，不归于正，做了这犯罪之事，本县也只得尽法惩治了。”当即大声喝道：“你就是徐德泰么？本县访得你已久，今日既已缉获，你且将如何同毕周氏通奸，如何谋害毕顺，一一从实供来，免致受刑吃苦。可知本县立法最严，既已前次开棺，自行请处，若不将这事水落石出，于心也不肯罢休！你且细细供来，本县或可施法外之恩，超豁你命；如若不然，那真凭实证，也不容你抵赖的！”

徐德泰见狄公正言厉色，虽是心下惧怕，当此一时审问，总不肯承认，乃回答说道：“学生乃世家子弟，先祖生父，皆作外官。家法森严，岂敢越礼？而况有汤先生朝夕相处，饮食同居，此便是学生的明证。父台无故黑夜提质，牵涉奸情，这事无论不敢胡行。连目观耳闻，皆未经过。还求父台再为明察侦访，开释无辜，实为德便。”狄公笑道：“你这派巧语胡供，只能欺你那个昏愦的先生，本县明察秋毫，岂容你饰词狡赖？此案若不用刑拷问，定难供认。且同你前去，将地窖揭起，究竟通于何处，那时众目昭彰，虽你百喙千言，也不容你辩赖。”说完即忙起身，令马荣同众差役，带回汤得忠，并徐德泰两人，前去起案。

众人出去之后，忽然外面哭喊连声，一路骂入里头，只听那妇人言道："你这狗官，将我媳妇儿放回，还未曾有多日，果曾是缉获凶手，提来对质，倒也罢了，忽又无影无形的，牵涉好人，半夜更深，有许多男子，拥入家内来。这是什么缘故？提人是你，放人也是你！今日不将这些事办明，莫说我年老无用之人，定与你到兖州扭控，预备当这忤逆官长的罪名，横竖也不能活命了。"一头哭着向里面走来。

狄公知是唐氏，赶着说道："你来得正好，可将你一起带去，免致你不知这暧昧的地方。"又命人役，到何恺家中，将毕周氏提来。吩咐已毕，然后众人出了店门，来至汤得忠家内。

此时皇华镇上无不知道这事，前来看破此案，纷纷拥挤，站在门前。狄公先走进去，在书房坐定，等群人到齐，随后来至徐德泰房中，指着那个地窖问道："你既是读书世家子弟，理应安分守己，为何在卧房床架之下，挖这一个地窖，有何用处？下面还有什么害人之物么？"徐德泰到了此时，全不开口。马荣上前禀道："太爷既已将那方砖挖起，下面无非是个暗门，通于别处。小人且再去探一探。"说着向乔太手中取了烛台，到里面一照。只见有二三尺深，一个深塘直通那墙壁，上下皆是木板切成，并无泥土。见那个铜铃唯在空中，知是个暗号，便将铃绳一抽，响亮一声。见前面有块木板，忽然开下，却是一个小小的圆洞，有四五层坡台。马荣举步由坡台上去，约有四尺见方一个所在。四面俱看不出门路，不知由何处通着隔壁。正在各处观看，将头一抬，早见上面有块方砖为头顶起，心下好不欢喜，随将烛台递与乔太，两手举过头顶，将那方砖取过。隐隐的上面射进亮光，再伸头向洞外看去，正是那毕顺房中床柱之上。马荣见案已破，自己站在房内，命乔太开了房门，由毕家大门，绕至街上，到了汤家大门口。

众人见他由外面进来，心下无不诧异，只见他向唐氏说道："尊府的后门，已经瞻仰了。请你前来观看吧。"狄公正在房中，等下面的消息，正在静坐之下，忽听乔太在面前进来说话，知已通到间壁，有意如此，特使众人观望。当即问道："乔太上来。可是通到那边？"乔太回道："正在那床脚之下，且请太爷下去一看。"狄公道："你且将汤先生同毕唐氏带来，陪本县一齐下去，方令他两人心下折服。"说着众差人役，已将两人提到，陆续地由床脚原处，到了毕家房中。

此时汤得忠，直急得目瞪口呆，恨不能立刻身死。狄公向他说道："这事你先生亲目所观见么？不必出门，可是干了那人命案件，岂不是你知道故昧，教化不严？"复向毕唐氏道："你儿子仇人，今已拿获，这个所在，你媳妇房中寻出，怪不得她终日在家，闭门不出，却是另有道路。岂非你二人心地糊涂，使毕顺遭了弥天大害？"毕唐氏到了此时，方知为媳妇蒙混，回想儿子身死，不由痛入骨髓，大叫一声，昏于地下。

汤得忠见徐德泰这个学生，做出不法极顶之事，自己终日同处，不知这件隐情，明知罪无可诿，也是急得两眼流泪，向着狄公说道："此事举人实在不知，若早知有此事件，断不能有意酿成。现在既经父台揭晓，举人教化无方，也只得甘心认罪，请父台将徐德泰究办就是了。"

狄公见他这样情景，反去安慰两句，然后命人用姜汤将唐氏灌醒。见他咬牙切齿，爬起身来要去她媳妇找徐德泰拼命，狄公连忙阻道："你这人何以如此昏昧，从前本县为你儿子申冤，那样向你解说，你竟执迷不悟，此案现已揭晓，人已获得，正是你儿子报仇之日，便该静候本县拷问明白，然后治刑抵罪，为何又无理取闹，有误本县的正事。"毕唐氏听了这句话，只得向狄太爷面前哭说道："非是老妇人当太爷面前取闹，只因被这贱货害得我儿子大毒。先前不知道，还以为太爷是仇人，现在彰明昭著，恨不得食她淫货之肉。若非太爷明察秋毫，是个清官，我儿子的冤孽，真是深沉海底。"说话未完，当见眼泪直流，痛哭不已。狄公命差人将毕唐氏扶出，吩咐汤得忠将所有的学生，概行解馆，房屋暂行发封，地窖命人填塞，毕唐氏无须带案，俟审明定罪后，再行到堂。

吩咐已完，早有马荣、何恺，将闲人等一概驱逐出去，所有的人犯，俱皆提来，将奸妇交与官媒看押，奸夫收监。

不知后事如何，且看下回分解。

第二十七回　少年郎供认不讳　淫泼妇忍辱熬刑

却说狄公将地窖填满，将一干人犯，带回衙门，到了下昼，已至城内。众差人同进衙，狄公先命将汤得忠交捕厅看管，奸夫淫妇，分别监禁，以便明早升堂拷问，自己到了书房静心歇息。一心想道：我前日那梦，前半截俱灵验了，上联是“寻孺子遗踪，下榻空传千古事”，哪知这凶手便是姓徐，破案的缘由，又在这“榻下”二字上，若不是马荣扮贼进房，到他床下搜寻，哪里知道？还隔着墙壁，就是通奸之理，由这个地窖，确是在他床柱之下，此真所谓神灵有感应了。一人思想了一会，然后安寝。

到了次日，一早升堂，知毕周氏是个狡猾的妇人，暂时必不肯承认，先命人将徐德泰提出。众差答应一声，即将徐德泰提来，当堂跪下。狄公问道：“本县昨日已将那通奸的地方搜出，看你是年幼书生，不能受那匪刑的器具。这事从何时起意，是何物害死了毕顺的，你且照实供来，本县或可网开三面，罪拟从轻，格外施恩。”徐德泰道：“此事学生实未知情，不知道这地窖从何而有，推原其故，或者是从前地主为埋藏金银起见，以致遗留至今。只因学生先祖出仕为官，告老回家，便在这镇上居住，买下这房屋。起初毕家的房子，同这里房子，是一时共起，皆为上首房主赵姓执业。自从先祖买来，以人少屋多，复又转卖了数间，将偏宅与毕家居住，这地窖之门，因将此而有，亦未可知。若说学生为通奸之所，学生实冤枉，叩求父台格外施恩。”狄公听了冷笑道：“看你这少年后生人，竟有如此的巧辩，众目所睹的事件，你偏洗得干干净净，归罪在前人身上。无怪你有此本领，不出大门，便将人害死了，可知本县也是个精明的官吏！你说这地窖是从前埋藏金银，这数十年来，里面应该尘垢堆满，晦气难闻，为何里面木板一块未损，灰尘也一处没有呢？”徐德泰道：“从前既用木板砌于四面，后来又无人开用，自然未能损坏。”狄公道：“便算作他是为埋藏金银，何以又用那响铃呢？这种事情，不用大刑，谅你断不招认。”吩咐左右，用藤鞭笞背！

两旁一声吆喝，早将他衣服褫去，一五一十直望背脊打下，未有五六十下，已是皮开肉绽，鲜血直流，喊叫不止。狄公见他仍不招认，命人住手，推他上来，勃然怒道：“这也是天网恢恢，疏而不漏，备受刑惨。你既如此狡猾，且令你受了大刑，方知国法森严，不可以人命为儿戏。”随即命人将天平架子移来。顷刻之间，众差人已安排妥当。只见众人将徐德泰发辫扭于横木上面，两手背绑在背后，前面有两个圆洞，里面接好的碗底，将徐德泰的两个膝头直对在那碗底上跪下，脚尖在地，脚跟朝上，等他跪好，另用一根极粗极圆的木棍，在两腿押定，一头一个公差，站定两头，向下乱踩。可怜徐德泰也是一个世家子弟，哪里受得这个苦楚，初跪之时，还可咬牙忍痛，此刻直听得喊叫连声，汗流不止，没有一盏茶时，即渐渐地忍不住疼痛，两眼一昏，晕迷过去。狄公命手下差人止刑，用火醋慢慢地抽醒，将徐德泰搀扶起来，在堂上走了数次，渐渐的可以言语，然后复到狄公台前跪下。狄公问道：“本县这三尺法堂，虽江洋大盗，也不能熬这酷刑逃过，况你是年少书生，岂能受此苦楚。可知害人性命，天理难容，据实供来，免致受苦。本县准情料理，或非你一人起意，你且细细供来，避重就轻，未为不可。”

徐德泰到了此时，已知抵赖不去，只得向上禀道：“学生悔不当初，生了邪念。只因毕顺在时日子，开了一个绒线店面，学生那日至他店中买货，他妻子周氏坐在里面，见了学生进去，不禁眉目送情。初时尚不在意，数次之后，凡学生前去买货，她便喜笑颜开，自己交易，因此趁毕顺那日出去，彼此苟合其事。后来周氏设法命毕顺居住店中，自己移住家内，心想学生可以时常前去。谁知他母亲终日在家，并无漏空，以此命学生趁先生年终放学之后，暗赂一匠人，开了这一个地道，由此便可时常往来，除匠人外，无一人知觉。无奈毕周氏心地太毒，常说这暗去暗来，终非常久之计，一心要谋害她的丈夫。学生屡屡执意不肯，不料那日端阳之后，不知如何将她丈夫害死。其时学生并不知，到次日这边哭闹起来，方才知道，虽晓得是她害死，哪里还敢开口。迨毕顺棺柩埋后，她见学生数日未至，那日夜间忽然前来，向学生道：'你这冤家，奴将结发丈夫结果，你反将我置之脑后，不如我趁此时出首，说你主谋行事。你若依我主见，做了长久夫妻，只要一两年后，便可设法明嫁与你。'学生那时成了骑虎之势，只得满口应允，从此无夜不到她那里。至前父台到门首破案，开棺检验，学生已吓得日夜不安，不料开棺检验无伤，复将周氏释放。连日正同学生算计，要择日逃走，不意父台访问明白，将学生提案。以上所供，实无虚词半句。至如何周氏将毕顺害死，学生虽屡次问她，毕周氏终不肯说，只好请求父台再行拷问。此皆学生一时之误，致遭此祸，只求父台破格施恩，苟全性命。"说完在地下叩头不止。

狄公命刑房录了口供，命他在堂上对质，随即又提毕周氏，差人取监牌，在女监将毕周氏提出，当堂跪下。狄公向毕周氏说道："你前说你丈夫毕顺暴病身亡，丈夫死后，足不出户，可见你是个节烈女人，但是这地窖直通你床下，奸夫已供认在此，你还有何辩说呢？今日若再不招供，本县就不像前日摆布你了。"毕周氏见徐德泰背脊流红，皮开肉绽，两腿亦是流血不止，知是受了大刑，乃道："小妇人的丈夫身死，谁人不知暴病，又经太爷开棺检验，未有伤痕，已经自行请处。现在上宪来文，摘去顶戴，反又爱惜自己前程，忽思平反，岂不是以人命为儿戏？若说以地窖为凭，本是毕家向徐家所买，徐姓施这所在，后人岂能得知？从来屈打成招，本非信谳[①]，徐德泰是个读书子弟，何曾受过这些重刑？鞭背踩棍，两件齐施，他岂有不信口

① 信谳：审判定罪的确凿证据。谳（yān），审判定罪。

胡言之理。此事小妇人实是冤枉。若太爷爱惜前程，但求延请高僧，将我先生超度，以赎那开棺之咎，小妇人或可看点情面，不到上宪衙门控告；太爷的公事，也可从轻禀复，彼此含糊了事。如想故意苛求，便行残害，莫说德泰是世家子弟，不肯干休，即小妇人受了血海冤仇，亦难瞑目。生不能寝汝之皮，死必欲食汝之肉，这事曲直，全凭太爷自主，小妇人已置生死于度外不问了。"

狄公听毕周氏这番话头，不禁怒气冲天，大声喝道："汝这贱淫妇，现已天地昭彰，还敢在这法堂上巧辩，本县如无把握，何已知这徐德泰是汝奸夫！可知本县日作阳官，夜为阴官，日前神明指示，方得了这段隐情。你既任意游词，本县也不能姑惜于你了。"说毕，命人照前次上了夹棒，登时将她拖下，两腿套入眼内，绳子一抽，横木插上，只听得"哎哟"一声，两眼一翻，昏了过去。狄公在上面看见，向着徐德泰说道："此乃她罪恶多端，刑狱未满，以故矢口不移，受此国法。当日毕周氏究竟如何谋害，你且代她说出。即便你未同谋，事后未有不与你言及，你岂有不知之理。"徐德泰到了此时，已是受苦不住，见狄公又来追问，深恐复用大刑，不禁流下泪来，向狄公说道："学生此事实不知情，现已悔之无及，若果同谋置害，这法堂上面，也不敢不供，何敢再肯以身试法？求父台再向毕周氏拷问，就明白了。"狄公见徐德泰如此模样，知非有意做作，只得命人将周氏松下，用凉水当头喷醒。过了好一会的工夫，方才转过来，慵卧地下，两腿的鲜血，已是淌满脚面。

徐德泰站立旁边，心下实是不忍，只得开言说道："我看你如此苦刑，不如实供吧。虽是你为我，若当日听信我的言语，虽然不能长久，也不至今日遭此大祸。你既将他害死，这也是冤冤相报，免不得个将命抵偿，何必又熬刑受苦？"周氏听他言语，恨不得向前将他恶打一番，足见得男子情意刻薄，到了此时，反来逼我招认，你既要我性命，我就要你肝肠，也怪不得，反言栽害你了。当时"哼"了一声，开言骂道："你这无谋的死狗，你诬我同你通奸，毕顺身死之时，你应该全行知道，何以此时又说不知呢？若说你未同谋，既言苟合在先，事后岂有不问不知的道理？显见你受刑不过，任意胡言，以图目前免受酷刑。不然便受此狗官的买托，有意诬害我了。若问我的口供，使毕顺丈夫如何谋害身死，也是半句没有的。”这番言语，不知狄公如何审问，且看下回分解。

第二十八回　真县令扮作阎王　假阴官审明奸妇

却说周氏在堂上，任意熬刑，反将徐德泰骂了一回，说他受了狄公买托，有意诬害，这番言词，说得狄公怒不可遏，即命差人当下打了数十嘴掌，仍是一味胡言。狄公心下想道："这淫妇如此熬刑，不肯招认，现已受了多少夹棒，如再用非刑处治，仍恐无济于事，不若如此恐吓一番，看她怎样。"想毕，向着毕周氏道："本县今日苦苦问你，你竟矢口不移，若再用刑，深恐目前送你狗命，特念你丈夫毕顺已死，不能复生，且有老母在堂，若竟将你抵偿，你那老人无依无靠。你若将实情说出，虽是罪无可逭，本县或援亲老留养之例，苟全你的性命。你且仔细思量，是与不是，今日权且监禁，明日早堂，再为供说。"言毕，命人仍将奸夫淫妇带去，各自收入监禁，然后退入后堂。

到了书房坐定，传唤马荣、乔太等四人，一齐进来。当时到了里面，狄公向马荣等说道："这案久不得供，开验又无伤痕之处，望着奸夫淫妇，一时不能定案，岂不令人可恼。现有一计在此，必须如此如此，这般这般，方可行事。唯有毕顺在日的身影，你等未经见过，不知是何模样，若能访问清楚，到了那时，也不怕她不肯招认。"马荣道："这事何难，虽然未曾见过，那日开棺之日，面孔也曾看见。若照样寻貌，不过难十分酷肖，若依样葫芦，这倒是一条好计。"狄公道："你既说不难，此时可便寻找，虽不十分恰肖，那一时更深之际，也可冒充得来。"马荣等答应下去，自来办理。狄公又命乔太、陶干、洪亮三人，分头办事，二更之后一律办齐，以便狄公审讯，众人各自前去不提。

且说毕周氏在堂上，见狄公无礼可谕，复用这几句骗言，以便退堂，心下暗想道："可恨这徐德泰无情无义，为他受了多少苦刑，未曾将他半字提出，他今日初次到堂，便直认不讳，而且还教我招供，岂非我误做这场春梦么？"又道："你虽不是有心害我，因为熬刑不过，心悔起来，拼作一死以便抵命，不知你的罪轻，我的罪重；你既招出我来，横竖那动手之时，你不知道，无论他如何用刑，没有实供，没有伤处，他总不能治定我何罪。"一人在牢禁中胡思乱想。

哪知到了二鼓之后，忽然听得鬼叫一声，一阵阴风飒飒吹到里面来，周氏不禁毛发倒竖，颤抖起来，心下实在害怕。谁知正怕之间，忽然牢门一开，进来一个蓬头黑面的，到了前面，一个恶鬼，将周氏头一把揪住，高声骂道："你这淫妇将丈夫害死，拼受苦刑，不肯招认，可知你丈夫告了阴状，现在立等你到阎王台前对质，赶速随我前去。"说着伸出极冷极冰的手来，拖着就走。周氏到了此时，已吓得魂魄出窍，昏昏沉沉，不由自主地，随那恶鬼前去。只见走了些黑暗的所在，到了个有些殿阁的地方，许多青面獠牙的人站在阶下，堂口设了多少刑具，刀山油锅炮烙铁磨，无件没有。当中设了一张大大的公案，中间也无高照等物，唯有一对烛台上点着绿豆大的绿蜡烛，光芒隐隐，实在怕人。

周氏到了此时，知是森罗殿上，不可翻供，心下一阵阵地同小鹿一般，目瞪口呆，半句皆不敢言语。再将上面一望，见当中坐着一个青面的阎王，纱帽黄须，满脸怒色；上首一人，左手执着一本案卷，右手执定一枝笔，眼似铜铃，面如黑漆，直对自己观望；下面侍立着许多牛头马面，各执刀枪棍棒，周氏只得在堂口跪下。见那提她的阴差，走上去，到案前便落膝禀道："奉阎王差遣，因毕顺身死不明，冤仇未报，特在案下控告他妻周氏女谋害身亡。今奉命差提被告，现在周氏已经到案，特请阎王究办。"只见中间那个阎王开言怒道："这淫妇既已提到前来，且将她叉下油锅受熬阴刑，再与她丈夫毕顺对质。"

话犹未了，那些牛头马面，舞刀动枪，直从下面跑来，到了周氏面前，一阵阴风忽然又过，周氏才要叫喊，肩背上早已中了一枪，顷刻之间，血流不止。两旁正要齐来动手，忽听那执笔的官吏喊道："大王且请息怒，周氏纵难逃阴谴，且将毕顺提来，到案问讯一番，再为定罪。"那阎王听完，遂向下面喊道："毕顺何在？将他带来！"两旁一声答应，但见阴风飒飒，灯火昏昏，殿后走出一个少年恶鬼，面目狰狞，七孔流血，走到周氏面前，一手将周氏拖住，吼叫两声："还我命来！"周氏即抬头一望，正是她的丈夫毕顺前来，不禁向后一栽，跌倒在地下，复听上面喊道："毕顺你且过来。你妻子既已在此，这森罗殿上，还怕她不肯招认么，为何在殿前索命？你且将当日临死时，是何景象，复述一遍，以便向周氏质证。"

毕顺听了这话，伏于案前，将头一甩，两眼如铜铃大，口中伸出那舌头，有一尺多长，直向上面禀道："王爷不必再问，说起更是凄凉，那犯词上面尽是实情，求王爷照状词上面问她便了。"那阎王听了这话，随在案上翻了一会，寻出一个呈状，展开看了一会，不禁拍案怒道："天下有如此淫妇，谋害计策，真是想入非非，设非她丈夫前来控告，何能晓得她的这恶计？左右，与我引油锅伺候！若是周氏有半句迟疑，心想狡赖，即将周氏叉入油锅里面，令她永世不转轮回。"两旁答应一声，早有许多恶鬼阴差，纷纷而下，加油的加油，添火的添火。专等周氏说了口供，即将她叉入。

周氏看了这样光景，心下自必分死，唯有不顾性命，自认谋害事情，上前供道："我丈夫平日在皇华镇上开设绒线店面，自从小妇人进门后，生意日渐淡薄，终日三餐，饮食维艰。加之婆婆日夜不安，无端吵闹，小妇人不该因此生了邪念，想别嫁他人。这日徐德泰忽至店内买物，见他年少美貌，一时淫念忽生，遂有爱他之意。后来又访知他家财产富有，尚未娶妻，以致他每次前来，尽情挑引，遂至乘间苟合。且搬至家中之后，却巧与徐家仅隔一墙，复又生出地窖心思，以便时常出入。总之日甚一日，情意坚深。但觉不是长久之计，平日只可处暂，未可处常，以此生了毒害之心，想置毕顺丈夫于死地。却巧那日端阳佳节，大闹龙舟，他带女儿玩耍回来，晚饭之后，又带了几分酒意。当时小妇人变了心肠，等他昏然睡熟之后，用了一根纳鞋底的钢针，直对他头心下去，他便一声大叫，气绝而亡。以上是小妇人一派实供，实无半句虚言。”只见上面喝道：“你这狠心淫妇，为何不害他的别处，独用这个钢针钉在他的头心上呢？”周氏道：“小妇人因别处伤痕治命，皆显而易见，这针乃是极细之物，针入里面，外有头发蒙护，死后再有灰泥堆积，难再开棺检验，一时检验不出伤痕。此乃恐日后破案的意思。”上面复又喝道：“你丈夫说你与徐德泰同谋，你为何不将他吐出，而且又同他将你女儿药哑？这状呈上，写得清清楚楚，你为何不据实供来？显见你在我森罗殿上，尚敢如此狡猾！”

周氏见了阎罗王如此动怒，深恐又一声吆喝，顿下油锅，赶紧在下面叩头道：“此事徐德泰实不知情，因他屡次问我，皆未同他说明。至将女儿药哑，此乃那日徐德泰来房时，为她看见，恐她在外旁混说，此事露了风声。因此想出主意，用耳屎将她药哑。别事一概不有，求王爷饶命。”周氏供罢，只听上面喝道：“你一妇人，也不能逃这阴曹刑具。今且将你仍然放还阳世，待禀了十殿阎王，那时且将要你命来，受那刀山油锅之苦。”说毕仍然有两个蓬头散发的恶鬼，将她提起，下了殿前，如风走相似，提入牢内，复代她将刑具套好。周氏等那恶鬼走后，吓出一身冷汗，抖战非常，心下糊糊涂涂，疑惑不止：若说是阴曹地府，何以两眼圆睁；又未熟睡，哪里便会鬼迷？若说不是，这些牛头马面恶鬼阴差，又何从哪里而来？一人心思，心下实是害怕，遥想这性命难保。

看官，你道这阎王是谁人做的，真是个阴曹地府么？乃是狄公因这案件审不出口供，难再用刑，无奈验不出伤痕，终是不能定谳，以故想出这条计来，命马荣在各差里面，找了一人有点与毕顺相同，便令他装作死鬼毕顺。马荣装了判官，乔太同洪亮装了牛头马面，陶干同值日差，装了阴差，其余那些刀山油锅，皆是纸扎而成。狄公在上面，又用黑烟将脸涂黑，半夜三更，又无月色，上面又别无灯光，只有一点绿豆似的蜡烛，那种凄惨的样子，岂不像个阴曹地府么？此时狄公既得了口供，心下甚是欢悦，当时退入后堂，以便明日复审。

不知后事如何，且看下回分解。

第二十九回　狄梁公审明奸案 阎立本保奏贤臣

却说狄公扮作阎罗天子，将周氏口供吓出，得了实情，然后退入后堂，向马荣道："此事可算明白，唯恐她仍是不承认，便又要开棺检验，那时岂不又多此周折。你明日天明，骑马出城，将唐氏同那哑子，一并带来。本县曾记得古本医方，有耳屎药哑子，用黄连三钱，入黄钱五分，可以治哑。因此二物乃是凉性，耳屎乃是热性，以凉治热，故能见效。且将她女儿治好，方令她心下惧怕，信以为真，日间在堂下供认。"马荣答应下来，便在街中安歇一会，等至天明，便出城而去。狄公当时也不坐堂，先将夜间周氏的口供，看了一会。

直至下昼时分，马荣将唐氏同她孙女二人带回，来至后堂。狄公先向毕顺的母亲说道："你儿子的伤处治命，皆知道了，你且在此稍等一刻，先将这孩子哑病治好，再升堂对质。唯恨你这老妇，是个糊涂人，儿子在日，终日里无端吵闹，儿子死后，又不知其中隐情，反说你媳妇是个好人。"当时便命刑房，将徐德泰的口供，念与她听。

老妇人听完，不禁痛哭起来："媳妇终日静坐闺房，是件好事，谁知她有此事多月，另有出入的暗门呢。若非太爷清正，我儿子虽一百世也无人代他伸之冤仇。"狄公道："此时既然知道，则不必啰嗦了。"随即命人去买药煎好，命那哑子服了。约有一二个时辰，只见那哑子作呕非凡，大吐不止，一连数次，吐出许多淡红鲜血在地下。狄公又令人将她扶睡在炕，此时如同害病相似，只是吁喘。睡了一会，旁边差人送上一杯浓茶，使她吃下，那女孩如梦初醒，向着唐氏哭道："奶奶，我们何以来至此地？把我急坏了！"老妇人见孙女能开言说话，正是悲喜交集，反而说不出话来。狄公走到她面前，向女孩说道："你不许害怕，是我命你来的。我且问你，那个徐德泰徐相公，你可认得他么？"女孩见问这话，不禁大哭起来，说道："自从我爹死后，他天天晚间前来。先前我妈令我莫告诉我奶奶，后来我说不出话来，她也不瞒我了。你们这近来的事，虽是心里明白，却是不能分辩。现在我妈到哪里去了？我要找妈去呢。"狄公听了这话，究竟是个小孩子，也不同她说什么，但道："你既要见你妈，我带你去。"随即取出衣冠，传命："大堂伺候！"

当时传令出去，顷刻之间，差役俱已齐备。狄公升了公堂，将周氏提出，才到堂口跪下，那个小女孩，早已看见，不无总有天性，上前喊道："妈呀，我几天不见你了！"周氏忽见她女儿前来，能够言语，就这一惊，实是不小，暗道昨夜阎罗王审问口供，今日她何以便会说话？这事我今日不能抵赖了。只见狄公问道："周氏，你女儿本是一个哑子，你道本县何能将她治好？"周氏故意说道："此乃太老爷的功德。毕顺只有一女，能令她言语通灵，不成残废，不但小妇人感激，谅毕顺在九泉之下，也是感激的。"狄公听了笑道："你这利口，甚是灵敏，可知非本县的功劳，乃是神灵指示。因你丈夫身死不安，控了阴状，阎罗天子，准了阴状，审得你女儿为耳屎所哑，故指示本县，用药医治。照此看来，还是你丈夫的灵验。但是他遭汝所害，你既在阴曹吐了口供，阳官堂上，自然无从辩赖。既有阴府牒文在此，汝且从实供来，免得再用刑拷问。"

周氏到了此时，心下已是如冷水一般，向着上面禀道："太爷又用这无稽之言，前来哄骗。女儿本不是生来就哑，此时能会说话，也是意中之事。或说我阴曹认供，我又未曾死去，焉能得到阴间？"狄公听毕，不禁连声喝叫，拍案骂道："掌嘴！"众差役答应一声，当时数一数十打毕。狄公复又怒道："本县一秉至公，神明感应，已将细情明白指示。难道你独怕阎王，当殿供认，到了这县官堂上，便任意胡言么？我且将实据说来，看你尚有何说！你丈夫身死伤处，是头顶上面；女儿药哑，可是用的耳屎？这两件本县何从知道？皆是阴曹来的移文，申明上面，故本县依法行事，将这小女孩子治好。你若再不承认，则目下要用官刑，恐不能半夜三更，难逃那阴谴了。不如此时照前供认，本县或可从轻治罚。”这派话早已将周氏吓得魂飞天外，自分抵赖不过，只得将如何谋害，如何起意，如何成奸，以及如何药哑女儿的话头，前后在堂上供认了一遍。狄公命刑房将口供录就，盖了手印，仍命入监收禁。

当时将汤得忠由捕厅内提出，申斥一番，说他固执不通，疏于访察，“因你是个一榜，不忍株连，仍着回家中教读。徐德泰虽未与周氏同谋，究属因奸起见，拟定徐德泰绞监候的罪名。毕顺的母亲，同那个小女孩子，赏了五十千钱，以资度活。”吩咐已完，然后退堂，令他三人回去，这也不在话下。

单表狄公回转书房，备了四柱公文，将原案的情节，以及各犯人的口供，申文上宪。毕周氏拟了凌迟的重罪，直等回批下来，便明正典刑。

谁知这案件讯明，一个昌平县内无不议论纷纷，街谈巷议，说：“这位县太爷，真是自古及今，有一无二，这样疑难的案情，竟被他审出真供，把死鬼伸了冤枉。此乃是我们的福气，地方上有这如此的好清正官。”那一个说：“毕顺的事，你可晓得么？”这一个说：“胡作宾为华国祥一口咬定，说他毒害新人，那件事，格外难呢！若是别的个县官，在这姓胡的身上，必要用刑拷问，狄太爷便知道不是他，岂不是有先见之明么？而且六里墩那案，宿庙烧香，得了梦兆，就把那个姓邵的寻获，诸如这几件疑案，断得毫发无讹。听说等公文下来，这毕周氏还要凌迟呢，那时我们倒要往法场去看。”

谁知这百姓私自议论，从此便你传我，我传你，不到半月之久，狄公的公文未到山东，那山东巡抚已知这事。 此人乃姓阎名立本[①]，生平正直无私，自莅任以来，专门访问民情，观察僚吏。一月之前，狄公因开棺验毕顺的身尸，未得毕顺的致命伤处，当时自请处分，这件事上去，阎公展看之后心下想道："此案甚属离奇，岂能无影无踪地便开棺相验，无非他苛索贫民，所欲不遂，找出这事，恐吓那百姓的钱财。后来遇到地方上的绅士，逼令开棺，以致弄巧成拙，只得自请处分。"正拟用批申斥，饬令革职离任，复又想道："纵或他是因贪起见，若无把握，虽有人唆使，他亦何敢开棺相验，岂不知道开验无伤，罪干反坐？照此看来，倒是令人可疑，或者是个好官，实心为民理事雪冤。你看，他来文上面，说私访知情，因而开棺相验。究或闻风有什么事件，要实事求是办理的，以致反缠扰在自己身上。这一件公事，这人一生好丑，便可在这上分辨。我且批：'革职留任，务究根底，以便水落石出。俟凶手缉获，讯出案件，仍复具情禀复。'"这批批毕，回文到了昌平，狄公遂日夜私访，得了实情，现已例供实情详复。

这日阎立本得了这件的公事，将前后的口供推鞫一番，不禁拍案叫道："天下真有如此的好官，不能为朝廷大用，但在这偏州小县，做个邑宰，岂不可惜！我阎某不知便罢，今日既然晓得，若是知而不举，岂非我蔽塞贤路！"随起了一道保举奏稿，八百里马递，先将案情叙上，然后保举狄公乃宰相之才，不可屈于下位。

此时当今天子，乃是唐高宗晏驾之后，中宗接位，被贬房州，武则天娘娘坐朝理政。这武后乃是太宗的才人，赐号武媚，太宗驾崩，大放宫娥，她便削发为尼，做了佛门弟子。谁知性情阴险，品貌颇佳，及高宗即位之后，这日出外拈香，见了这个女尼，心上甚是喜悦。其时王皇后知道高宗之意，阴令她复行蓄发，纳入后宫，不上数年，高宗宠信，封为昭仪。由此她便生不良之心，反将王皇后同萧皇后害死，她居了正宫之位。以后便宣淫无道，秽乱春宫。高宗崩后，

---

① 阎立本（约601—673），字立本，一字行。唐初著名画家。京兆万年（今西安市）人，唐太宗贞观年间曾任吏部郎中，高宗显庆年间任过将作大匠，曾代其兄阎立德任工部尚书。总章初年（668）升任右丞相，封爵博陵县男。咸亨元年（670）升任中书令。

她便将中宗贬至房州，降为卢陵王，不称天子。所有武则天娘娘家中的内侄，如承嗣[①]、三思[②]等人，皆封为极品之职，执掌朝政；而将前头先皇的旧臣诸人，即如徐敬业、骆宾王[③]这一班顾命的诸大臣子，托孤的元老三公，皆置之不用。其时武则天娘娘，日夜荒淫无道，中外骚然，把一个唐室的江山，几乎改为姓武。而且武则天娘娘，自立国号，称为后周……种种恶习，一笔总难尽述。所幸者有一好处，凡是在朝有才有学之人，她还肯敬重十分。阎立本知道这武后娘娘为人敬贤爱士，阎立本虽想欲整理朝纲，无奈一人力薄，此时见昌平县知县狄仁杰如此清正，兼有才学，随即具了一奏本，申奏朝廷之上。特请武则天娘娘，不同资格，升狄仁杰的官职。

不知武则天可听所奏，且看下回分解。

---

① 承嗣：武承嗣（649—698），字奉先，并州文水（今山西省文水）人，武则天侄。历官秘书监，袭周国公。光宅元年（684），授礼部尚书、同中书门下三品。垂拱元年（685），同凤阁鸾台三品。月余后罢。载初元年（689），授纳言。天授元年（690）进文昌左相。武则天专权，他建议诛杀皇室及大臣中不附者，立武氏宗庙，并要求武则天立他为太子，遭到狄仁杰等人反对。

② 三思：武三思（649—707），武则天的侄子。官右卫将军累进至兵部、礼部尚书，并监修国史。天授元年（690）武则天称帝，大封武氏宗族为王。武三思为梁王。神龙三年（707），谋废太子李重俊，却在重俊之变时被李重俊所杀。

③ 骆宾王（约619—?），字观光，婺州义乌（今浙江义乌）人，唐代诗人，与王勃、杨炯、卢照邻合称“初唐四杰”。又与富嘉谟并称“富骆”。高宗永徽中，为道王李元庆府属，历武功、长安主簿。仪凤三年（678），入为侍御史，因事下狱，次年遇赦。调露二年（680），除临海丞，不得志，辞官。骆宾王于武则天光宅元年（684），为起兵扬州反武则天的徐敬业作《为徐敬业讨武曌檄》，徐敬业失败后，“亡命不知所之，或云被杀，或云为僧。”

第三十回　赴杀场三犯施刑　入山东二臣议事

话说阎立本将狄仁杰的人才，并一切的案件，具本申奏。这日武后娘娘临朝，启事官将山东巡抚阎立本原折呈上，武后娘娘展开看毕，乃说道："狄仁杰乃是山西太原人氏，高宗在位，曾举明经。此人本是先皇臣子，应该早经大用，此时既已阎立本保奏，着升汴州参军之职。邵礼怀、毕周氏两案，分别斩首凌迟。俟此案完结，立即克赴新任。"这圣旨一下，未到一月，已由山东巡抚转饬到昌平。狄公得着这信，当即在大堂上设了香案，望阙谢恩。

次日传齐合县的差役，置了一架异样的物件，名叫木驴——此乃狄公创造之始，独出其奇，后来许多官吏，凡是谋杀亲夫的案件，屡用这套刑具，以儆百姓中的妇人。你道狄公置这样的器具，是何用意，为这毕周氏将毕顺害死了，乃是极隐微极秘密之事，除去奸夫徐德泰、淫妇毕周氏二人外，并无一人知道，尚且天网恢恢，疏而不漏，将无作有，审出真情，可见世上的男子妇人，皆不可生了邪念。狄公要警戒世俗，怕的合城百姓不得周知，虽然听人传说，总不若目见为真，因此想出这主意，置出这个木驴。其形有三尺多高，矮如同板凳相仿，四只脚向下，脚下有四个滚路的车轮，上面有四尺多长、六寸宽一个横木。面子中间，造有一个柳木驴鞍，上系了一根圆头的木杵，却是可上可下，只要车轮一走，这杵就鼓动起来。前后两头造了一个驴头驴尾，差人领了式样，连夜打造成了。

等到了三日上，狄公绝早起来，换了元服，披了大红披肩，传齐了差役，以及刽子手等，皆在大堂伺候。然后发了三梆，升了公堂。

标毕监牌，捆绑手先进监内，将那邵礼怀提出，当堂验明正身，赐了斩酒杀肉，捆绑已毕，插好标旗，命人四下围护。随即又将徐德泰由监内提出，可怜他本是一个世家子弟，日前在堂上受刑，已是万分痛苦，此日坐在监内，忽见两个公差，一个执了牌，一人上前，将他肩头一拍说道："恭喜你喜日到了！"说着两手一分，早将红衣撕去，随即揪着发辫，拖出监来。徐德泰到了此时，知是要我身首异处，回想父母坐在家中，无人侍奉，只为我一时顿生邪念，送至今日正法典刑，一阵心酸，悔之已晚，不禁大哭连天。到了堂上，狄公也就命捆绑起来，标了"绞犯"二字，着人看守。然后方标明女犯，到了女监，将毕周氏提出，两手绑于背后，插了标子，两人将木驴牵过，在堂口将她抬坐上去，和好鞍缰，两腿紧缚在凳上，将木杵向下。此时周氏已是神魂出窍，吓得如死人一般，雪白的面目，变作了灰黑的骷髅，听人摆布。

狄公见她上木驴之上，先命两人执着拖绳在前，旁边两人，左右照应，然后命城守营守备兵卒，并本衙门的小队，排齐队伍，在前面开路，随后众差役执着破锣破鼓，敲打向前而行。狄公等这许多人去后，方命人先将邵礼怀推走，中间便是徐德泰，末后是那只木驴，两人牵着出了衙门。狄公坐在轿内，押着众犯，刽子手举着大刀，排立轿前，后面许多武官，骑马前进。

此时城里城外，无论老少妇女，皆拥挤得满街满巷，争先观看，无不恨这周氏说："你这淫恶的妇人，也有今日。这样的出丑，我料她提出监时，已经吓死；那日谋害之时，何以忍心下手！到了此时，依然落空，受了凌迟的重罪。你看这面无人色的样子，如死一般，若是有气，被这木驴子一阵乱拖，木杵一阵乱顶，岂不将尿屎全行撒下。"旁边一人听他们这话，不禁哈哈大笑起来，说道："你们倒说得好，真是她今日极快活煞了，不知她此时即便欲撒尿屎，也撒不出来了。不然那旁边的两个人，岂不遭污秽么？"他两人正是谈笑，此时后面有一个老者说道："他们已是悔之不及了，你们还是取笑呢。古人说得好：'天作孽，犹可违；自作孽，不可活。'

她这个人，也是自找的死门。可知人生在世，无论富贵贫贱，皆不可犯法。她如安分守己，同毕顺耐心劳苦，虽是一时穷困，却是一夫一妻的同偕到老呢，安见得不转贫为富？她偏生出这一个邪念，不但害了毕顺，而且害了那徐德泰，不独害了那徐德泰，竟是害了自己。这就说个祸恶到头终有报，只争来早与来迟。你们只可以她为戒，不可以她取笑。”众人在此议论，早见三个犯人，已走过去，内中有多少些豪兴的人，跟他在后面，看他们三犯人临刑，纷纷拥挤不堪，直至西门城外。

到了法场之中，所有的兵丁列排四面，当中设了两个公案，上首知县狄公，下首城守营守备。狄公下轿入座，只见刽子手先将邵礼怀推倒于地下，向那两块土堆跪好，前面一人，拖了头发，旁边刽子手执了大刀，只听阴阳生到了案前，报了午时，四面炮声一响，人头早已落地。刽子手随即一腿推倒尸首，提起人头，到了狄公案前，请县太爷验头。狄公用朱笔点了一下，然后将那颗人头，摔去多远。复行到了徐德泰面前，也照着那样跪下，取出一条绵软的麻绳，打了一个圈子，在徐德泰头颈上套好，前后各一人，用两根小木棍，系在绳上，彼此对绞起来。可怜一个世家子弟，又兼文人书生，只因误入邪途，送至遭此刑死。只见三绞三放，他早已身死过去，那个舌头伸出，倒有五六寸长，拖于外面，至于眼睛突出，实令人可怕。刽子手见他气绝，方才住手放下。这才许多人将周氏推于地下，先割去首级，依着凌迟处治。此时法场上面，那片声音，犹如人山人海相似，枪炮之声，不绝于耳。约有半个时辰，方才完事。除邵礼怀外，皆有人来收尸，那两家的家属，俱备了棺木，预备入殓，唯有德泰的父母，同汤得忠先生，乃痛哭不已。

狄公见施刑完竣，同城守营守备回城中，到郡庙拈香后，回至署中。升堂座，门役进来报道：“现到有抚院差官，在大堂伺候，说道：奉抚宪台命，特奉圣旨前来，请大爷到大堂接旨。”狄公听了这话，心中甚是诧异，不知是何缘故，只得命人摆设了香案，自己换了朝服，来至大堂，行了三跪九拜礼。那个差官，站立在一旁，打开一黄布包袱，里面有个黄皮匣子，内中请出圣旨一道，在案前供奉，等他行礼已毕，方才请出开读。乃是武则天娘娘，爱才器使，不等狄公赴并州新任，便升为河南巡抚，转同平章事。狄公接了此旨，当时望阙谢恩，即将圣旨在大堂上供好，然后邀那差官，到书房入座，献茶已毕，安歇一宵。

次日早晨，新任已到，当即交代印绶，择了日子起行。所有合郡的绅士，以及男女父老，无不攀辕遮道，涕泪交流，狄公安慰了一番，方才出城而去。

在路上非止一日，这一日到了山东，禀知卸任。阎立本巡抚见他前来，随即命人开了中门，迎于阶下，狄公连忙上前见礼。已毕，向阎立本言道："大人乃上宪衙门，何劳迎接！如此谦逊待下，令卑职狄某，殊抱不安。"阎立本道："阁下乃宰相之才，他日旋转乾坤，当在我辈之上。且在官言官，日前分为僚属，今日是河南抚台，已是政体平行，岂容稍失礼貌。"狄公谦逊了一回，然后入座献茶。叙了一会寒暄，狄公方才问道："下官自举明经之后，放了昌平县宰，只因官卑职小，不敢妄言，现虽受国厚恩，当此重任，不知目今朝政如何，在廷诸臣谁邪谁正？"阎立本见他问了这话，不禁长叹一声，见左右无人，当即垂泪言道："目今武后临朝，秽乱春宫，不可言喻。中宗遭贬，远谪房州，天子之尊，降为王爵。武承嗣、武三思，皆是出身微贱之人，居然言听计从，干预朝政，还有那张昌宗①等这班狐群狗党，伤心逆理，出入宫闱，丑迹秽言，非我等为臣下所敢言，亦非我等为臣下所敢禁。目前如骆宾王、张

① 张昌宗（？—705），定州义丰（今河北省安国）人，排行第六。美姿容，人称六郎美如莲花。万岁通天二年（697），张昌宗经太平公主推荐入宫侍奉武则天，张昌宗向武则天推荐了哥哥张易之，兄弟一起入寝宫侍奉。朝内高官、宗室并称易之、昌宗二人为五郎、六郎。张昌宗官至春官侍郎，封为邺国公。圣历二年（699），武则天敕张昌宗和李峤、张说等学士编撰《三教珠英》。武周晚年，与其兄张易之把持朝政，败坏朝纲。神龙元年（705）正月十二日，张柬之、敬晖、桓彦范、崔玄暐、袁恕己、李多祚等大臣趁武则天病重发动神龙政变，迎李显复辟，诛杀张昌宗、张易之。

柬之[①]这班老臣宿将，皆是心欲效忠，无能为力之人。眼见得唐室江山，送与这妇人之手，下官前日思前想后，唯有大人，可以立朝廷，故因此竭力保举，想望同心合力，补弊救偏，保得江山一统。那时不独先皇感激，即上天百姓，也是感激的。”说着眼眶里不禁流下泪来。狄公听完言道：“大人暂且放心，古人有言：‘君辱臣死。’目前武后临朝，中宗贬谪，既迁下官为平章之职，正我尽忠报国之秋。此去不将那武三思、张昌宗等人，尽治施行，也不能对皇天后土。”说着，也不是从前颜色，闷闷不已。

谁知狄公存了此意，入京之前，适值张昌宗出了一件祸事，他便照例而行，受了一番窘辱，未知后事如何，且看下回分解。

① 张柬之（625—706），字孟将，襄州襄阳人。中进士后任清源丞。689 年以贤良征试，擢为监察御史。忤武后旨，出为合、蜀二州刺史。狄仁杰荐其有宰相才。武后召为司刑少卿，拜同平章事。诛张昌宗、张易之，复唐社稷，柬之首发其谋，以功封汉阳郡王。后为武三思所诬，流泷州，忧愤而卒。

第三十一回　大巡抚访问恶棍　小黄门贪索赃银

却说狄公听了阎立本一番言语，心下也是不平，当时在巡抚衙门，住宿一宵，杯酒谈心，自必格外许多亲近。次日狄公一早起程，辞别阎公，只带了马荣诸人，几个随身的仆众，长亭一揖，径直登程。渡过黄河，已到河南境内。只因唐朝承晋隋之后，建都在汴梁，河南一省，乃畿辅要地。武后虽荒淫无道，也知都城一带，非有一个人才出众、德望素著的人，不能坐镇，因此命狄公仁杰为河南巡抚。

这一日，狄公车马行李，已到境内，当时不便声张，深恐沿路的各官效劳迎送，那时不但供应耗费，且各地知新巡抚前来，那些奸宄流氓，土豪恶棍，以及贪官污吏，反而敛迹藏形，访问不出。因此只带有仆众数人，在客店中住下。当时住宿一宵，次日命众人在寓所守候，自己只带了马荣一人，出门而去，沿乡各镇，私访一回。

一日来至清河县内，此县在汉朝时名为孟津县，晋朝改为富平县，唐朝改为清河县。这县地界在洛阳偃师，两县毗连，皆是河南府属下。当时清河县令姓周，名卜成，乃是张昌宗家的家奴，平日作奸犯科，迎合主人的意思，谋了这县令的实缺。到任之后，无恶不作，平日专与那地方上的劣绅、刁监狼狈为奸。百姓遭他的横暴，恨不能寝其皮，而食其肉，虽经列名具禀，到上宪衙门控告，总以他朝内有人，不敢理论，反而苛求责备，批驳了不准。

狄公到了境内，正自察访，忽到一个乡庄地方，许多人拥着一个五十余岁的老人，在那里谈论。当时不知何故，同马荣到了，只听众人说道：“你这个人，也不知其利害，前月王小三子，为妻子的事件，被他家的人打了个半死，后来还是不得不回来。胡大经的女儿，现在被他抢去，连寻死也不得漏空。你这媳妇，被他抢去，谅你这人，有多大的本领，能将这个瘟官告动了？这不是鸡蛋向石卵上碰么！我们劝你省一点力气，直当没有这个媳妇罢了。横竖你儿子又没了，你这小儿子还小，即使你不顾这老命，又有谁人问你？”

狄公听了这话，心下已知大半，乃向前问道：“你这老头儿姓甚名谁，何故如此短见，哭得这样如此利害？”旁边一人说道：“你先生是个过路的客人，听你这口音，不是本地人氏，故不妨告诉你听听，谅你们听了，也是要怄气的。这县内有个富户人家，姓曾，名叫有才，虽是出身微贱，却是很有门路……”遂低声问道：“你们想该听见现在武后荒淫，把张昌宗做了散骑常侍，张易之做了司卫少卿。因他二人少年美貌，太平公主荐入宫中，武后十分喜悦，每日令他二人更衣傅粉，封作东宫，这武承嗣、武三思诸人，皆听他的指挥，代他执鞭牵蹬。现在只听见称张易之为张五郎，张昌宗为张六郎，皆是承顺武后的意旨。因此文武大臣，恭维为王子王孙，还胜十倍。这个姓曾的乃是张家的三等丫头的儿子，不知怎样，得了许多钱财，来这地方居住。加之这县官周卜成，又是张家的出身，故此首尾相应，以故曾有才便目无法纪，平日霸占田产，抢夺妇女，也说不尽的恶迹。这位老人家姓郝名干庭，乃是本地良民，生有两个儿子，长子名叫有霖，次子名叫有霁。这有霖于去年七月间病故，留下那吴明川之女。这郝吴氏，虽是乡户人家，倒还申明大义，立志在家，侍养翁姑，清贫守节。谁知曾有才前日到东庄收租，走此经过，见她有几分姿色，喝令佃户将她抢去，现在已两日。虽经他到县里喊冤，反说他无理诬栽，砌词控诉。他只道这县官同他一样，还欲去告府状。若是别人做出这不法事来，纵然他老而无能，我们这邻舍人家也要代他公禀申冤，无奈此时世道朝纲，俱已大变，即便到府衙去告状，吃苦花钱，告了还是个不准，虽控了京控，有张昌宗在武后面前，一言之下，无论你的血海冤仇，也是无用。现在中宗太子尚且无辜的遭贬谪呢，何况这些百姓，自然受这班狐群狗党的祸害了。你客人虽是外路的人，当今时事，未有不知道理的。我们不能报复此事，也只好劝他息事，落得过两天安静日子，以终余年，免得再自寻苦吃。所以我们这合村的人，在此苦劝。”

狄公听了此话，不由得忿气填胸，心下道：“国家无道，一至于此，民不聊生，小人在朝，君子失位。你听这班人的言语，虽是纯民的口吻，心中已是恨如切骨了。我狄某不知此事便罢，既然亲目所观，亲耳所闻，何能置之不问?”乃向那老人说道：“你既受了这冤枉，地方官又如此狼狈，朋比为奸，我指你一条明路，目下且忍耐几天，可知道本省的巡抚，现在放的狄大人了。此人脾气，惯同这班奸臣作对，专代百姓申冤，特为国家除害。目下他已经由昌平到山东，渡黄河到京，不过半月光景，便可到任。那时你可到他衙门控告，包你将这状子告准，一定不疑。方才听你众人所言，还有两个人家，也受了他的害处，一个女儿，一个儿子，也为他抢去，你最好约同这两人，一齐前去，包你有济。我不过是行路的人，见你们如此苦恼，故告知你们听听。”众人忙问道：“这个人可是叫狄仁杰么?他乃是先皇帝的老臣，听说在昌平任上，断了不少疑难案件。若果是他前来，真是地方上的福气了。”狄公当时，又叮嘱了一番，同马荣走去。沿路上又访出无限的案情，皆是张昌宗这党类俱多。当时一一记在心上，然后回到客寓，歇了一日，这才到京。

先到了那黄门官那里挂号，预备宫门请安，听候召见。谁知各官自武后坐朝以来，无不贪淫背法。这黄门官乃是武三思的妻舅，姓朱名叫利人，也是武三思在武后面前，极力保奏。武则天因是娘家的亲戚，便令他做了这个差使，一则顺了武三思的意思，二则张昌宗这班人出入，便无阻隔。谁知朱利人莅事以来，无论在京在外，大小官员，若是启奏朝廷，入见武后，皆非送他的例银不可。自巡抚节度使起，以及道府州县，他皆有一定的例银。此时见狄公前来上号，知他是新简的巡抚，疑惑他也知道这个规矩，送些钱财与他。当时见门公前来禀过，随即命人去请见。狄公因他是朝廷的官员，定制虽是品级卑小，也只得进去，同他相见。

彼此见礼坐下，朱利人开言说道："日前武后传旨，命大人特授这个河南巡抚，此乃不次之拔擢，特别之恩典。莫非大人托舍亲保奏么?"狄公一听，心下早已不悦，明知他是武三思的妻舅，故意问道："足下令亲是谁，下官还求示知。"朱利人笑道："原来大人是初供京职，故而未知。本官虽当这个黄门差使，也添在国威之列，武三思乃是本官的姐丈，在京大员，无人不知，照此看来，岂不是国戚么？大人是几时有信到京，请他为力?"狄公听说，将脸色一变，乃道："下官乃是先皇的旧臣，由举明经授了昌平知县，虽然官卑职小，只知道尽忠效力，爱国为民，决不能同这一班误国的奸臣，欺君的贼子为伍。莫说书信贿赂，是下官切齿之恨，连与这类奸徒见了面，恨不能食其肉，而寝其皮，治以国法，以报先皇于九泉之下。至于升任缘由，乃是圣上的恩典，岂你等这班小人所知!"

朱利人见狄公这番正言厉色，知道是个冰炭不入的，心下暗想道："你也不访访，现在何人当国，说这派恶言，岂不是故意骂我么?可知你虽然公正，我这个规矩，是少不了的。"当时冷笑说道："大人原来是圣上简放，怪不得如此小视。下官这差使，也是朝廷所命，虽然有俸有禄，无奈所入甚少，不得不取润于清官。大人外任多年，一旦膺此重任，不知本官的例银，可曾带来?"狄公听了此言，不禁大声喝道："你这该死的匹夫，平日贪赃枉法，已是恶迹多端，本院因初入京中，未便骤然参奏，你道本院也同你们一类么?可知食君之禄，当报君恩，本院乃清廉忠正的大臣，哪有这银与你?你若稍知进退，从此革面洗心，乃心君国，本院或可宽其既往，免其追究。若以武三思为护符，可知本院只知道唐朝的国法，不知道误国的奸臣，无论他是太后的内任，也要尽法惩治的，而况汝等这班狗党乎?"

朱利人为狄公大骂一顿，彼一时转不过脸来了，不禁恼羞变成怒，乃道："我道你是个现在的巡抚，掌管天下的平章，故而与你相见，谁知你目无国戚，信口雌黄。这黄门官，也不是为你而设，受你的指挥的！你虽是个清正大员，也走不过我这条门径，你有本领去见太后便了。"说着怒气冲冲，两袖一拂而起，转入后堂而去。狄公此时，哪里容得下去，高声大骂了一番，乃即说道："本部院因你这地方乃是皇家的定制，故而前来，难道有了你阻隔，我便不能入见太后么？明日本院在金殿上，定与你这个狗畜生辨个是非！"说毕后，正是怒气不止，也是两袖一拂，冲冲出门而去，以便明日五鼓上朝见驾。

不知后事如何，且看下回分解。

第三十二回　元行冲奏参小吏　武三思怀恨大臣

话说狄公为朱利人抢白，口角了一番，家丁马荣上前问道："大人何故如此动怒?"狄公说道："罢了罢了，我狄某受国厚恩，升了这个封疆大臣，今日初次入京，便见了这许多不法的狗徒，贪婪无礼。无怪乎四方扰乱，朝政日非，将一统江山，败坏在女子妇人之手，原来这班无耻的匹夫，也要认皇恩国戚，岂不令人苦恼!"当时命马荣择了寓所，先将众人行李安排停妥，然后想道："目今先王驾崩，女后临朝，所有年老的旧臣，不是罢职归田，便是依附权贵。明日若不能入朝见驾，不但被这狗头见笑，他必谎奏于我，陷害大臣。"自己想了一会，唯有通事舍人元行冲，这人尚在京中不与这班狗党为伍，此时何不前去访拜一回，同他商议个良策，以便将朱利人惩治。想毕仍然带了马荣，问明路径，直到元行冲衙门里来。到了前面，先命马荣递进名帖，家人见是新简放的巡抚，平日又闻他的名，不敢怠慢，进内禀明主人。

元行冲这连日正是为国忧勤，恨不能将张昌宗、武三思罢职出朝，复了中宗的正位，无奈势孤力薄，少个同力之人，因此在书房纳闷，长吁短叹。忽见家人来呈上名帖说道，现新任巡抚来拜。元行冲抬头一看，见是狄公仁杰名字，心下好不欢喜，随命人开了中门，自己迎接出来。彼此见礼已毕，携手同行，到了厅堂，相邀入座。元行冲开言说道："自从尊兄授了县令，至今倏忽光阴，已有数载。近日公车到此，访闻德政，真乃为国为民，古今良吏莫及我兄。目下圣心优渥，不次遴选，放了畿辅大臣，此乃君民之福，国家之幸。谁知这数年之内，先皇驾崩，母后临朝，国事日非，荒淫日甚，凡先皇的老成硕望，大半凋零。我等生不逢辰，遇了无道之世，虽欲除奸去佞，启悟后心，无奈职卑言轻，也只好腼颜人世了。”说到此处，不禁声悲呜咽，直流下泪来。狄公见他如此情形，乃说道：“下官今日虽受了这重任，可知职分愈大，则报效愈难。武后荒淫，皆由这一班小人在朝煽惑，下官此来奉拜，正有一事相商，不知大人果可能为力否？”当时就将朱利人的话，说了一遍。

元行冲听毕，说道：“此人就是武三思的妻舅，可恨在廷诸臣子，谄媚求荣，承顺他的命令。平时觐见不有一千，便要八百，日复一日，竟成了牢不可破之例，不然便谎君欺臣，阻挽觐见。前番虽有据实参奏，皆为武三思将本章抽下，由此各官，竟畏其权力，争相贿赂。京中除了下官、张柬之等四五人，没有这陋规赃款，其余诸人，无不奉承。我兄既欲除此弊端，下官无不欲成，必待下官明日入朝，然后大人如此如此，这般这般，方可令朝廷得悉其情，自后这狗头也可稍知敛迹。”当下商酌已定，便留狄公在衙内饮酒，杯盘肴核，备极殷勤。席中谈论，无非些乱臣贼子。到了二鼓之后，方才席散回寓，一宿无话。

到了次日五鼓起来，具了朝服，也不问朱利人带他启奏与否，公然到了朝房，专待入朝见驾。此时文武大臣，见他是新任的巡抚，无不欲同他接见。方未见完，忽然朱利人的小黄门进来一望，然后高声大叫：“今日太后有旨，诸臣入朝启奏，俱各按名而进。若无名次，不准擅入。违者斩首，以示将来。”说毕，当时在袖内取出一道旨意，上面写了许多人名，高声朗诵，从头至尾，念了一遍，其中独没有狄公的名字。狄公知他是假传圣旨，随上前问道：“你这小黄门，既然在此当差，本部院昨日前来挂号，为何不奏知圣上，宣命朝见？”那个小黄门将他一望，冷笑道：“这事你问我么？也不是我不令你进去，等有一日，你见了圣驾，那时在金殿上询问，方可明白。这旨意是朱国戚奏的，圣上谕的，你来问我，干我甚事！”狄公听了如此言语，恨不能立刻治死，只因圣驾尚未临朝，不便预先争论，但说道：“此话是你讲的，恐你看错了，本部院那时在圣驾面前，可不许抵赖。”说着，元行冲也来了朝房，众人也不言语。不多一会，忽听景阳钟①一响，武后临朝，众大臣皆起身入内。

狄公俟众人走毕，然后也起身，出了朝房，直向午门而去。那个小黄门看见，赶着上前喝道：“你是个新任的巡抚，难道朝廷统制，都不知道么？现有圣旨在此，若未名列，不准入见，何故忤逆圣旨，有意欺君！我等做此官儿，不能听你做主，还不为我出去！”说着抢上一步，伸手揪着狄公的衣襟，拖他出去。当时狄公大怒不止，举起朝笏②对小黄门手掌上，猛力一下，高声喝道：“汝这狗头，本院乃是朝廷的重臣，封疆大吏。圣上升官授职，理应入朝奏事，昨日前来挂号，那个朱狗头滥索例规，贪赃枉法，已是罪无可逭，今又假传圣旨，欺罔大臣，该当何罪！本部院预备领违旨之罪，先同你这狗头入朝见驾，然后同那个狗头朱利人分辩。”说着举起朝笏，直望小黄门打来。小黄门本朱利人命他前来，见狄公如此动怒，不禁有意诬栽，高声喝道：“此乃朝廷上的朝房，你这如此无礼，岂不欲前来行刺么！”里面值日的太监，听见外面喧嚷，不知为着何事，随即命人奏知武后，一面许多人出来询问。

此时元行冲与众大臣，正是山呼万岁已毕，侍立两旁，见武后在御案上，观各大臣的奏本。忽有值殿官上前奏道：“启奏我主万岁，不知何人紊乱朝纲，目无法纪，竟敢在朝房向小黄门揪打。似此欺君不法，理合查明议罪。请圣上旨下！”武后正要开言，早有元行冲俯伏金阶，向武后奏道：“请陛下先将朱利人斩首，然后再传旨查办。”武后道：“卿家何出此言？他乃黄门官之职，有人不法，闯入朝门，他岂有不阻之理，为何反欲将他斩首？”元行冲道：“臣奏陛下，新任河南巡抚，现是何人？封疆大吏入京陛见，可准其见驾么？”武后道：

① 景阳钟：始于南朝时期，齐武帝以宫深不闻端门鼓漏声，置钟于景阳楼上，宫人闻钟声，早起装饰，后人称之为“景阳钟”。每日景阳钟响，宣告早朝开始，群臣百官在钟声中上殿排列班次。

② 朝笏（hù）：古时大臣上朝时手中拿的手板，用玉、象牙或竹做成，上可记事，以防遗忘。

"孤家正思念此人，前山东巡抚阎立本保奏狄仁杰，在昌平县任内，慈道惠民，尽心为国，颇有宰相之才。朕思此人，虽为县令，乃是先皇旧臣，因此准奏。先授并州参军，未及至任，便越级升用，简了这河南巡抚同平章事。此旨传谕已久，计日此人也应到京。卿家为何询问？至于大臣由职进京，凡要宫门请安的人，皆须在黄门官处挂号，先日奏知，以便召见，此乃国家定例，卿家难道尚不知道么？"元行冲道："臣因晓得，所以请陛下将朱利人斩首。此时朝房喧嚷，正是简命大臣狄仁杰。因昨日往黄门官处挂号，朱利人滥索例规，挟仇阻挡，不许狄仁杰入朝，以故狄仁杰同他争论。朱利人乃是宫门小吏，便尔欺君枉法，侮辱大臣。倘在廷诸臣，皆相效尤，将置国法于何地？臣所以请陛下先斩朱利人首级，以警将来臣僚，然后追问从前保奏不实之人，尽法惩治，庶几朝政清而臣职尽。唯陛下察之。"

武后听元行冲之言，心下想道："朱利人乃武三思妻舅，即是我娘家的国戚。前次三思保奏，方将他派这件差事，此时若准他所奏，不但武三思颜面有关，孤家也觉得无什么体面，且令三思出去查问，好令他私下调处。"当即向下面说道："卿家所奏，虽属确实，朱利人乃当今的国戚，何至如此贪鄙？且令武三思往朝房查核。若果是狄卿家入朝见孤，就此带他引见。"武三思知道武后的意思，当时出班领旨，下了金阶，心下骂道："元行冲你这匹夫，朱利人同狄仁杰索规要费，干汝甚事！你同张柬之诸人，平日一毛不拔，已算你们是个狠手，为什么还帮着别人不交银两？众人全不开口，你偏要奏一本，不独参他，还要参我。若非这天子是我的姑母，见顾亲戚情分，我两人的性命，岂不为你送去！你既如此可恶，便不能怪我等心狠了。早迟定有一日，总要摘你短处，严参一本，方教你知道我的手段，随后不敢藐视于我。"一人心下思想，走了一会，已到朝房，果见一小黄门同一大员朝服朝冠，在那里争论。一面说道："我是钦命的大臣，理应带领引见，为何所欲不遂，便假传圣旨，使我为大臣的不得陛见？"一个说道："你要想见天子，必须先交例规，方可走这条门路，得见圣上。如不有这个例规交来，纵要欲面圣上，也是如登天向日之难。

我不妨说与你听听，你有本领，你见了圣上，我家老爷也不当这个差使了。你若不有银子孝敬，还如此在这里威武么，纵有天大的胆，终不能越此范围。”向前把狄公揪住。狄公只是举朝笏乱打，口中大叫大骂不止。此时武三思正来看见，连忙只得上前来问。

不知后事究竟如何了局，且看下回分解。

第三十三回　狄仁杰奏参污吏　洪如珍接见大员

却说武三思来至朝房，果见小黄门与狄仁杰喧嚷，走到面前，向着狄公奉了一个揖，乃说道："大人乃朝廷大臣，何故同朝廷的小吏争论，岂不失了大人的体面？若这班人有什么过失，尽可据实奏闻呢，若这样胡闹，还算什么封疆大吏？现在太后有旨，召汝入见，你且随我进来。"狄公对他一看，年纪甚是幼小，绿袍玉带，头戴乌纱，就知是武三思前来。当时故作不知，高声言道："我说朝廷主子，甚是清明，岂有新简放的大臣，不能朝观之礼！可恨被这班小人，欺君误国，将一统江山，败坏于小人之手。朱利人那厮以武三思为护符，此乃是狗党狐群，贪赃枉法，算什么皇家国戚？既然太后命你宣旨，还不知尊姓大名，现居何职？"

武三思听他骂了这一番，哪里还敢开口，心下暗道："此人非比寻常，若令他久在朝中，与我等甚为不便。此时当我的面，尚敢作不知，指桑骂槐，如此，背后更可想见了。"复又见问他的姓名，更不敢说出，乃即道："太后现在金殿上，立等观见，大人赶速前去见驾罢。你我同为一殿之臣，此时不知我的姓名，后来总可知道。"说着喝令小黄门退去，自己在前引路，狄公随后穿了几个偏殿，来至午门。武三思先命狄公在此稍待，自己进去，先在御驾前回奏，然后值殿官出来喊道："太后有旨，传河南巡抚狄仁杰朝见。"狄公随即趋进午门，俯伏金殿，向上奏道："臣河南巡抚狄仁杰见驾，愿吾皇万岁万万岁！"

武后在御案上，龙目观看，只见他跪拜从容，实是相臣的气度，当即问说道："卿家何日由昌平起程，沿途风俗，年成可否丰足？前者山东巡抚阎立本，保奏卿家，政声卓著，孤家怜才甚笃，故此越级而升。既然到了京中，何不先至黄门官处挂号，以便入朝见朕？"狄公当即奏道："臣愚昧之才，毫无知识，蒙思拔擢，深惧不称其职，只以圣眷优隆，唯有竭力报效。臣于前月由昌平赴京，沿途年岁，可卜丰收，唯贪官污吏太多，百姓自不聊生，诚为可虑。"

武后听了这话，连忙问道："孤家御极以来，屡下明诏，命地方官，各爱民勤慎。卿家见谁如此，且据实奏来。"狄公跪奏说道："现有河南府清河县周卜成，便贪赃枉法，害虐民生，平日专同恶棍土豪鱼肉百姓，境内有富户曾有才，霸占民田，奸占民女，诸般恶迹，道路宣传。百姓控告衙门，反说小民的不是。推原其故，皆这两个人是张昌宗的家奴，张昌宗是皇上的宠臣，以故目无法纪。若此贪官污吏，如不尽法惩治，则日甚一日，百姓受害无穷，必至激成大变，此乃外官的恶习。京官的窦弊，臣入京都未能尽悉。但是黄门官朱利人而言，臣是奉命的重臣，简放的巡抚，进京陛见，理合先赴该处挂号。黄门官朱利人，谓臣升任巡抚，是因请托武三思贿赂而来。他乃武三思的妻舅，自称是皇亲国戚，勒令臣下送他一千两例规，方肯带领引见。臣乃由县令荐升，平日清正廉明，除应得的俸禄，余皆一尘不染，哪里有这赃银送他？谁知他阻挠入观，令黄门假传圣旨，不准微臣入朝。设非陛下厚恩，传诏宣见，恐再迟一年，也难得再见圣上。这班小人，居官当国，皆是全仗武三思、张昌宗等人之力，若不将此等人罢斥，驱逐出京，恐官力不能整饬，百姓受害日深，天下大局，不堪设想！臣受国厚恩，故冒死渎奏，伏乞我主施行。"

武后听他奏毕，暗道："此人好大的胆量，张昌宗、武三思，皆我宠爱之人，他初入京中见朕，便如此参奏他们，可见他平日里是为民为国，不避权贵的人了。虽则此事你可奏明，教孤家如何发落？将他两人革职，于心实是不忍，况且宫中以后无人陪伴了；若是不问，狄仁杰乃是先皇的旧臣，百官更是不服了。"想了一会，乃说道："卿家所奏，足见革除弊政，殊堪嘉尚。着朱利人降二级调用，撤去黄门官的差使；周卜成误国殃民，着即行撤任。与曾有才并被害百姓，俟卿家赴任后，一并归案讯办，具奏治罪。张昌宗、武三思姑念事朕有功，可着毋庸置议。”狄公见有这道旨下，随即叩头谢恩。武后命他赴新任，然后卷帘退朝，百官分散。

元行冲出了朝房，向狄公说道：“大人今日这番口奏，也算得出人意表，虽不能将那两个狗贼处治其罪，从此谅也不敢小视你我了。但是一日不去，皆是国家的大患，还望大人竭力访察，互相究办，方得谓无负厥职。”狄公说道：“请大人但放宽心，我狄某不是那求荣慕富的小人，依附这班奸臣，到任之后，哪怕这武后有了过失，也要参她一本！”说着两个人分手而别。

狄公到了客寓，进了饮茶，因有圣命在身，不敢久留京中。午后出门，拜了一天的客，择了第五日接印。好在这抚巡衙门即在河南府境内。唐朝建都，在河南名为外任，仍与京官一般，每日也要上朝奏事，加之狄公又兼有同平章事这个官职，如同御史相仿，凡应奏事件又多，所以每日皆须见驾。自从朱利人降级之后，所有这班奸臣，皆知道这狄公的利害，不敢小视于他。众人私下议道：“武、张这两人如此的权势，尚且被他进京头一次陛见，便奏他的不法，圣上虽未准奏，已将三思的妻舅撤差。你我不是依草附木的人，设若为他参奏一本，也要同周卜成一样了。”

不说众人心里畏惧，单说狄公次日，先颁发红帖谕示，择定本月十三日辰刻接印，一面命马荣前去投递，一面自己先到巡抚衙门里，拜会旧任的巡抚。

此时旧任的巡抚正是洪如珍，此人乃是个市侩，同僧人怀义自幼交好，因怀义生得美貌超群，有一日被武后看见，便命他为白马寺的主持，凡武后到寺里拈香，皆住在寺里，淫乱之风，笔难尽述。僧人怀义得幸之后，更是娇贵非常，致尊王位，出入俱乘舆马，凡当朝臣子，皆匍匐道途，卑躬尽礼。武承嗣、武三思见武后宠爱于他，皆以童仆礼相见，呼他为师父。僧人怀义因一人力薄，恐武后不能尽其意中之欢悦，又聚了许多市井无赖之徒，度为僧徒，终日在白马寺里传了些秘法，然后送进宫中。这洪如珍知道这门径，他有个儿子，长得甚好，也就送在寺内，拜怀义为师父。此子生来灵巧，所传的秘法，比群人格外的活动。因此怀义非常喜欢他，进于太后，太后大为宠爱。由此在武后面前，求之再四，将洪如珍放了巡抚。这许多秽迹，狄公还未曾知道。当时到了衙门，将名帖投进号房，见是新任巡抚大人，赶紧送与执帖的家人到里头通报。此时洪如珍已经得他儿子的信息，说新任的巡抚到了，十分刚直，连武、张诸人，皆为他严参，朱利人已经撤差。如到衙门拜见，不可大意。

洪如珍看了这封书信后，心下笑道："张昌宗这厮，平日专妒忌怀义，说他占了他的地位，无奈他没有怀义许多的秘法，不过老实行事，现在仁杰再参了一本，格外要失宠了。那时我的儿子，能大得幸任，虽有这姓狄的在京，还怕什么？"当见家人来回，也只得命跟随家人，开了中门，花厅请会，自己也是换了冠带，在阶下候立。抬头见外面引进一人，纱帽乌靴，腰束玉带，年数五十以外，堂堂一表，人才颇觉威严，当即赶紧上前一步，高声说道："下官不知大人枉顾，有接来迟，望祈见谅。"狄公见他如此谦厚，也就言道："大人乃前任大员，何敢劳接！"说着彼此到了花厅，见礼已毕，分宾主坐下。家人送上茶来，寒温叙毕，各吐其怀抱。

洪如珍先问说道："大人由县令升阶，卓授此任，圣上优眷，可谓隆极了。但不知大人何时接印，尚祈示知，以便迁让衙门。"狄公道："下官知识毫无，深恐负此大任，只以圣上厚恩，命授封疆。昨日观见之时，圣命甚为匆促，现已择定本月十三日辰刻接印，红谕已经颁发，故特前来奉拜，藉达鄙忱。至地方上一切公牍，还望大人不吝箴言，授以针指。"哪知洪如珍见狄公如此谦卑，疑惑儿子所写的书信不实，此时反不以狄仁杰为意，乃道："大人是钦命的大臣，理合早为接印。至下官手里公牍案件，自莅任以来，无不整理有方，地方上无不官清民顺。纵有那寻常案件，皆无关紧要，俟下官交卸时，自然交代清楚的，此时无烦大人过虑。"

狄公见他言谈目中无人的气象，心下笑道："我只知道你是个我辈，谁知你也是个狂妄不经的小人，你既如此托大倨傲，本部院今日倒要当面驳你一驳。”乃即说道：“照此说来，大人在任上数年，真乃是小人之福了。但不知目下属下各员，可与大人所言相合否？下官自昌平由山东渡黄河，至清河县内，那个周卜成甚是殃民害国，下官昨日陛见圣上，在殿前一一据实参奏他的罪案。蒙圣上准奏，将他革职，不知大人耳目，可知道这班贪官污吏么？大人既自谓官清民顺，何以这等人员，姑容尚未究办呢？莫非是大人口不应心，察访不明的处在么？”

当时洪如珍听狄公的一番言语，明明有意讥讽，因我当他说了大话，即乃说道：“大人但知一面，可知周卜成是谁处出身？他的功名，乃是张昌宗所保奏，武后放的这县令，现在虽然革职，恐也是掩人耳目，常言道：识时务者为俊杰，大人虽有此直道，恐于此言不合呢，岂不有误自己的前程？”这一番的言语，说得狄公火从心起，大怒不止。

不知狄公后事如何，且看下回分解。

第三十四回　接印绶旧任受辱　发公文老民申冤

却说洪如珍这一番话，说得狄公大怒不止，乃即说道："我道你是个正人君子，谁知你也与这班狗徒鼠辈视同一类，但有一言问你，你这个官儿，是做的当今皇家里的官呢，还是做的张昌宗家的官呢？先皇升驾，虽为这一班奸党弄得朝政不清，弊端百出，若是你忠心报国，理合不避权贵，面折廷诤，才是为大臣的正理。而且这个周卜成乃是你的属下，若不知情，这防范不严的罪名，还可稍恕；你竟明明知道他害虐百姓，设若将民心激变，酿成大祸，那时张昌宗还能代你为力么？你识时务，乃是如此耶，岂不是欺君误国的奸臣么？有何面目，尚与本部院抗礼相见？可知做官，只知为国治民，不避艰险，即使为奸臣暗害，随后自有公论，何必贪这区区富贵，贻留万世骂名乎？本部院今日苦口劝你，以后务使革面洗心，致身君国，方是为大臣的气度，百年后史册流传，亦令人可敬。"

这一派话，说得洪如珍哑口无言，两耳飞红，过了一会，只得自己认错说道："下官明知不能胜任，因此屡经呈请开缺。目下大人前来，此乃万民之福也，下官岂有不遵之理？"狄公见洪如珍面有惭色，彼时也就起身告辞，上轿而去。

回至客寓，却巧元行冲前来回拜。狄仁杰便将方才这番言语，说了一回。乃即道："洪如珍这厮，不知自何出身，何以数年之间，便做了这个封疆大吏？看他举止动静，实是不学无术模样。"元行冲长叹了一声，说道："目今是绿衣变黄裳[①]，瓦台胜金玉[②]了。你道洪如珍是何等人物，说来也是可耻之甚。你我若非受先皇的厚恩，定要罢职归田，不问时局，落得个清白留遗，免得同这一班市侩为伍了。"当时就将洪如珍儿子，拜那僧人怀义为师，送入宫中，以及僧人怀义为白马寺的主持，圣驾常常临幸的话头，说了一遍。狄仁杰听说后，也就长叹不止，说道："我狄某若早在京数年，这一班狗群鼠党，何能容他等鸱张[③]如此！其初以为只张昌宗数人而已，谁知武后又有僧人邪道。但不知此人，现在宫中还在寺内呢？"元行冲说道："现在尚在寺中，若日久下来，难保不潜入宫内了。"狄公当时又谈论了一会，元行冲方才拜别，坐轿而去。

到了第十三日，这天狄公先入朝，请了圣恩，回至寓中，已是卯正之后。因自己的仆众无多，又无公馆，当时在寓中穿了朝服，乘坐大轿，遮前拥后，来至巡抚衙门，卸在大堂，升了公座，命巡抚差官，到里面请印。所有合署的书差，以及属下的各官员，如此见大人轻减非常，一个个也就具了冠带，在堂口两旁侍立。洪如珍见巡抚差官进来请印，知是狄公已到，随即将王命旗牌，以及书卷案续，同印一并送出去。只听得三声炮响，音乐齐鸣，暖阁门开，巡抚差官披着大红，将印放在公案桌上设好，狄公当时行了拜印礼，然后在堂下设了香案，谨敬叩头，三拜九叩首，望阙谢恩。升堂公坐，标了朱笔，写了"上任大吉"四个字，用印盖好，帖于暖阁上面，方才堂下各官，廷参礼毕，众书役叩贺任喜。

狄公随即在堂上起了公文，用六百里牌单，加紧命清河县周卜成迅速来省。所有遗缺，着该县县丞暂行代理，并传知郝干廷同胡大

---

① 绿衣变黄裳：绿衣寓意身份低贱，黄裳表示地位显贵。先秦·佚名《诗经·国风·邶风》："绿兮衣兮，绿衣黄裳。心之忧矣，曷维其亡？"该诗写了一位男子睹物伤心，感情缠绵地悼念亡妻。

② 瓦台胜金玉：指原本低廉的东西却变得昂贵的了，通常形容地位低下的人一下子变成了地位显赫的高官，含贬义。

③ 鸱（chi）张：亦作"鸮张"。像鸱鸟张翼一样。比喻嚣张，凶暴。西晋·陈寿《三国志·吴志·孙坚传》："卓不怖罪而鸱张大语，宜以召不时至，陈军法斩之。"

经，王小三子，并被告曾有才，着派差押解来辕，以便讯办。书办将案稿接过，心下甚是恐怕，各书吏暗道："真是狄巡抚大人，名不虚传，算得个有胆量的人，从未见过方才接印，便动公事。"提人之事，当即在堂上誊清已毕，盖了官印，由驿递去。这里狄公又阅城盘库，查狱点卯，一连数日，将这许多公文，列行办事。此时洪如珍已迁出衙门，入朝复命，这也不在话下。

且说周卜成自夤缘[①]了这清河县缺，心下好不欢喜，一人时常言道："古人说得好，将相本无种，男儿当自强。我看古时这两句话，或者有用；若在此时，无论你如何自强，也不能为官。我若非在张昌宗家作役，巴结了这许多年月，哪里能为一县之主？我倒要将这两句话，记挂了方好，又好改换了这两句的话：将相本无种，其权在武张。你看今日做官的人，无论京官外官，俱是这两家的党类居多。我现在既做了这个官儿，若不得些钱财，作些威福，岂不辜负了这个县令么？"他平日如此想法，到任以后，却巧又见曾有才居住在此地，更是喜出望外，两人表里为奸，凡自己不好出面的事情，皆令曾有才去。无论霸占田地，抢夺妇女，皆让他得个先分，等到有人来告控，皆是驳个不准。外人但知道他与曾有才一类，殊不知他比曾有才还坏更甚。那日将郝干廷的媳妇抢来，便与曾有才说道："此人我心下甚是喜悦，目下权听你受用，等事情办毕，还是归我做主的。"两人正议之间，适值郝干廷前来告诉，周卜成格外驳个干净，好令他绝不敢再告。谁知此时反被狄公进京，沿路中访问，未有数日，京中已有圣旨下来，着他撤任，彼此两人甚为诧异，不知这姓狄的是何出身，何以知道这县内案件。当时虽然疑惑，总倚着是张家的人，纵然有了风波，也未必有碍。当即写了一封书信，并许多金银礼物，遣人连夜进京，请张昌宗从中为力，以免撤任。谁料此才去，河南府里已接到巡抚狄公的公事，吓得府里的知府，手忙脚乱，随即专差专访下来，命县丞代理县印，立即传原被告等人，一并赴辕候审。周卜成接了这公

① 夤缘（yín yuán）：本指攀附上升，后喻攀附权贵，向上巴结。南朝梁·萧统《文选·左思〈吴都赋〉》："夤缘山岳之岊，幂历江海之流。"

事，心下方才着急，悔恨这件事不该胡闹，好容易夤缘这个县缺，忽然为上宪的来文撤任，已是悔之不及。虽想迟延，无奈公事紧急，次日便将印卷交代与县丞。县丞也随即出差，传知原告，准于后日赴巡抚辕门候讯。如此一来，早把郝干廷、胡大经、王小三子等人，弄得犹豫不定，听说巡抚亲提，遥想总非佳兆，当即到县内禀到，同曾有才等人，十分惧怕，唯恐在堂上吃苦。

谁知公文号房，见了这件公禀，知清河县已经到省，当即送入里面，请狄公示下。狄公命将被告，并将已革清河县交巡捕差官看管，明日早晨，郝干廷同胡大经、王小三子三人来辕门，伺候听审。当日狄公朝罢之后，随即升坐大堂，两旁巡捕差官，书吏皂役，站满阶下。只见狄公入了公坐，书办将案卷呈上，狄公展开看毕，用朱笔在花名册上，点了一下，旁边书办喊道："带原告郝干廷上来。"一声传命，仪门外面，听见喊带原告，差人等赶将原告郝干廷带进，高声报道："民人郝干廷告进。"堂上也吆喝一声，道了一个"进"字，早将郝老儿在案前跪下。

狄公望下面喊道："郝干廷，你抬起头来，可认得本部院么？"郝老头禀道："小人不敢抬头，小人身负大冤，媳妇被曾有才抢去，叩求大人公断。"狄公说道："汝这老头儿也太糊涂了，此乃本部院访闻得知，自然为你等讯结。汝且将抬头，向本部院一看，可在哪里看见过么？"郝干廷只得战战兢兢，抬头向上面一望，不觉吃了一惊：乃是前日为这事，要告府状，那个行路的客人。当时只在下面叩头说道："小人有眼不识泰山，原来大人私下里暗访，真正我等小人之幸。此事是大人亲目所睹，并无虚假的话头。可恨这清河县，不准民词，被书差勒索许多的银钱，反驳了诬栽两字，岂不有冤无处可伸么？可怜胡大经同王小三子，也是同小人如此苦恼，现在在辕门外伺候，总求大人从公问断，令他将人放回。其余别事，求大人也不必追问他便了。他有张昌宗在武太后娘娘面前袒护，大人若办得利害，虽然为我们百姓，恐于大人自己身上，有碍前程。小人们情愿花些钱，皆随他便了。"

狄公听了这话，暗暗感叹不已，自思目今未尝不有好百姓，你以慈爱待他，他便同父母敬你，本部院只将人取回，余皆不必深究，恐怕张昌宗暗中害我，这样百姓，尚有何说！可恨这班狗头，贪得无厌，鱼肉小民，以致国家的弊政，反为小人訾议[①]，岂不可恨！当时说道："你等不必多言，本部院既为朝廷大臣，贪官污吏，理合尽法惩治。汝等冤抑，本部院已尽知道了。已命胡大经、王小三子上堂对质。"这堂论一下，差役也就将这两个人带到案前。狄公随命跪在一旁，然后传犯官听审。堂上一声高喊，巡捕差官早已听见，将周卜成带到案下，将至仪门，报名而入。此时周卜成已心惊胆裂，心下说道："这狄仁杰是专与我们做对了。我虽是地方官，通同一类，抢劫皆是曾有才所作所为，何以不先提他，唯独先提我？这件事就不甚妙了。"心下一想越怕不止，将两双脚软软的就提不起来，面皮上自然而然地就变了颜色，一脸红来，又一脸白了。巡捕差官见他如此光景，就低声骂道："你这个狗头的囚犯，此时既知如此害怕，当日便不该以张昌宗家势力，欺虐清河县的百姓。昨日一天半夜未见你有一点儿孝敬老子。你这么在清河县的任上，会向人要钱的，到了此时还要装什么腔，做什么势？不代我快走！"

周卜成此时，也只好随他辱骂，到了案前跪下说道："已革清河县知县周卜成跪见。"

不知狄公如何治罪于周卜成，且看下回分解。

---

① 訾（zǐ）议：非议，说坏话。汉·桓宽《盐铁论·诏圣》："瞽师不知白黑而善闻言（音），儒者不知治世而善訾议。"

第三十五回 审恶奴受刑供认 辱奸贼设计讥嘲

却说周卜成到了堂口，向案前跪下说道："革员周卜成，为大人请安。"狄公将他下上一望，不禁冷笑说道："我道你身膺民社，相貌不凡，原来是个鼠眼猫头的种子，无怪乎心地不良，为百姓之害。本部院素来刚直，想你也有所闻，你且将如何同曾有才狼狈为奸，抢占良家妇女，从实供来。可知你乃革职人员，若有半句的支吾，国法森严，哪容你无所忌惮！"

周卜成此时见狄公这派威严，早已乱了方寸，只得向上禀道："革员莅任以来，从不敢越礼行事。曾有才抢占民间妇女，若果实有此事，革员岂不知悉。且该民人当时何不扭禀前来，乃竟事隔多年，控捏呈词，此事何能还信？而且曾有才是张昌宗家的旧仆，何敢行此不端之事？革员虽经革职，负屈良深，还求大人明察。"

狄公冷笑说道："你这个狗才倒辩得爽快，若临时扭控，能到县里去，他媳妇倒不至抢去了。你说他是张昌宗的旧仆，本部院便不问这案么？且带他进来，同你讯个明白。"当时一声招呼，也就将曾有才带到案前跪下。狄公见他跪在堂上，便将惊堂一拍，喝叫："左右！且将这狗奴才夹起来，然后再问他的口供。此案是本部院亲目所睹，亲耳所闻的，岂容你等抵赖。"两旁威武一声，早已大刑具取过上来，两个差役，将曾有才之衣撤去，套入圈内，只见将绳索一收，曾有才当时"哎哟"一声，早已昏死过去。

狄公命人止刑，随向周卜成言道："这刑具在清河县想你也曾用过，不知冤枉了多少民人。现在负罪非轻，若再不明白供来，便令你亲尝这刑滋味。你以本部院为何如人，以我平日依附那班奸贼么？从来王子犯法，与庶民同罪，即使张昌宗有了过失，本部院也不能饶恕于他，况你等是他的家奴出身，还在本部院面前巧言粉饰？”

周卜成到了此时，哪里还敢开口，只在地上叩头不止，连声说道：“革员知罪了，叩求大人格外施恩，完全革员体面。”狄公也不再说，复又命人将曾有才放在地上，用凉水喷醒过来。众差役如法行事，先将绳子松下，取了一碗冷水，当脑门喷去，约有半个把的时辰，只听得“哎哟”的一声，说道：“痛煞我也！”方才神魂入窍，渐渐苏醒过来。曾有才自己一望，两腿如同刀砍的一般，血流不止。早已上来两个差役，将曾有才扶起，勉强在地上拖走了两三步，复又命他跪下。

狄公问道：“你这狗才，他日视朝廷刑法如当儿戏，以为地方官通同一气，便可无恶不作。本部院问你这狗才，现在郝干廷老头的媳妇，究竟放在何处？王小三子的妻子，与胡大经的女儿，皆为你抢去，此皆本部院亲目所睹，亲耳所闻，若不立时供出，即传刀斧手来，斩你这个狗头，使你命不活了，到了阴里再作恶去吧。”曾有才此时已是痛不可言，深恐再上刑具，若不实说，那时性命难保，不如权且认供，再央请张昌宗从中为力便了。当时向上说道：“此事乃小人一时之错，不应将民人妻女，任意抢占。现在郝家媳妇在清河县衙中，其余两个人在小人家内。小人自知有罪，唯求大人开一线之恩，以全性命。”狄公骂道：“你这狗杀才，不到此时，也不肯实吐真情。你知道要保全性命，抢杀人家的妇女，便不顾人家的性命了？”随又命差役鞭背五十。登时差人拖了下来，一片声音，打得皮开肉破。刑房将口供录好，盖了花印，将他带去监禁。

然后又向周卜成说道“现在对证在此，显见曾有才所为，乃你所指使，你还有何赖？若不将你重责，还道本部院有偏重呢。左右，且将他打五十大棍！”两旁吆喝已毕，将他撕下裤子，拖下重打起来，叫喊之声，不绝于口，如同犬吠。好容易将大棍打毕，复行将周卜成推到案前。周卜成哪里吃过苦处，鲜血淋漓，勉强跪下，只得上前向狄公案前说道："大人权且息雷霆之怒，革员在下，照直供来便了。"随即在巡抚狄公大人堂上，当日如何夤缘张昌宗家，补了这清河县缺，如何同这曾有才计议霸占民产，如何看中郝干廷的媳妇，指使曾有才前去抢夺，前后事情，说了一遍。狄公大人令他画供已毕，跪在一旁，向着郝干廷说道："汝等三人可听见么？本部院现有公文一封，命差院同你等回去，着代理清河县知县，速将你媳妇并他两人妻女追回，当堂领去。俟后地方上再有不法官吏等情，准你等百姓前来辕门投诉，本部院绝不看情，姑容人面。若差役私下苛索，也须在呈上注册，毋得索要若干，亦毋许告状人同差役等私下授受；一经本部院访出，遂与受者同科治罪。"狄公说毕，郝干廷与胡大经、王小三子等，直是在公案地下磕头如捣蒜的一般，说道："大人如此厚恩厚德，小人们唯有犬马相报了。"当时书吏写好公文，狄公当堂又安慰他们一番，吩咐差人同去，不准私索盘费。又警戒了一回，然后将公文一封，交差奉去不提。

且说周卜成跪在堂上，狄公心下想道："若不在这公案上羞辱张昌宗一番，他也不知道我的利害。唯有如此这般，方可牵涉在他身上。即使他在宫中哭诉，谅武后也不能奈何我怎么样。"主意想定，向周卜成道："你这狗才，乃是清河县地方上的县令，谁知你知法犯法，加等问罪，以这案情而论，尚有余年。我且问你，你要死还是要活，好好照直说来。"周卜成当时听了这话，复又叩头不止说道："革员自知罪恶难容，蝼蚁尚且贪生，人生岂不要命，万求大人开恩，饶恕革员的性命。"狄公道："你既要命，本部院有一言在此，你若能行，便可免你一死，不然也不免了枭首示众。"周卜成听得狄公说到他可以活命，已是意想不到，还有什么不肯行的处在？只见周卜成在地下叩头请罪："望大人吩咐，革员遵命便了。"狄公说道："本部院也不苦你所难，因你等是张昌宗家里的出身，动辄以他为护符，若非本部院不畏避权贵，这他人家三个妇女，岂不为你等占定；则他三家，有冤也无处申了。虽有上宪衙门，也是告你等不准的。细想起来，你等罪恶皆是张昌宗为害。本院欲令你将何时卖入他家为奴何时为他重用，将何法术迎合张昌宗的意旨，张昌宗又如何保举你为官，以及你如何仗张昌宗的势力，做了这许多不法的事件，现在被本部院访实审问出来，奏参革职，仍然是个家奴的来头……将这话写在纸旗上，明明白白，今日在本部院大堂上练熟，明日同曾有才前去游街。凡到了一处街口，便停下一时，自己高声朗说一遍，晓喻军民人等知悉。你果能行此事，本部院便当法外施恩，稍全你的狗命；如其不然，刀下定不留情。”

周卜成听了狄公这番言语，心下实是为难，若说不行此事，眼见得皇命牌子供在上面，只要他一声说斩，顷刻推出辕门，人头落地，岂不是自己白送了自己的性命么？然若立即答应，我一人无什么碍事处，但在张昌宗那边，乃是武后的宠幸之子，显然见他失了体面了。设或张昌宗动了一时之怒，反过了脸来，奏知武后娘娘，那时我也是个没命的。心内正在踌躇，口中只不言语，狄公坐在上面，察景观情，也知道他的用意，故意催促他说道：“本部院已宽厚待人，你何为绝无回答，在你莫非怕张昌宗责罪你么？可知行此事，乃是本部院命你如此，如若张昌宗动怒，只能归咎于本部院，与你绝无相干涉。既你这样畏惧张昌宗，想必自知有罪，不愿在世为人了。左右上来，代我将这狗奴才，推出辕门外，斩首示众，以警目前为官不法者。”两旁听得狄公一说，当时吆喝一声，早将周卜成吓得魂飞天外，忙失声叩头哭道：“大人在上，权且息怒，革员情愿遵大人命令做了。”狄公见他已经答应，随即命巡捕差官，赶速造了一面纸旗，铺在地上。命书吏给了笔墨，使他在下面录写。周卜成此时也无可如何，且顾自己的性命，不问张昌宗的体面，当时就在地上，手中执笔，从头至尾，写了一遍，呈上与巡捕、狄公大人观看。狄公过了目之后，还用朱笔写了两行：“所写乃是已革清河县周卜成一名，因家奴出身，在张昌宗逢迎合意保举县令，食禄居位，抢占妇女。所作所为，在任不该如此，大失朝廷法度，有玷官箴，今遇狄公巡抚，私访察出，当堂口供，直言不讳，插标游街，以示警众。”底下一行所写的是：“河南巡抚部院狄示。”这两行字迹写毕，命巡捕差仍将他带去看管，然后退堂。

次日将近五鼓入朝，先在朝房见了元行冲，将这主意对他说明。元行冲听了这话，也是此意。谈话不多时间，忽听殿上钟鼓齐鸣，宫门大开，有值日内监，传宣朝房文武上殿，随班各奏其事。狄公随班上朝面奏，周卜成该如何讯究，如何结案，又当如何发落，武太后娘娘一一准奏。狄公然后随班出朝之后，回到巡抚衙门，将例行的公事办毕，然后升堂。先将曾有才从监中提出，将昨日周卜成的话，对他说明。又将那面旗子取出，令书吏在堂上念了一遍，与曾有才听毕，然后向他说道："他尚且是个知县人犯，犯了罪，还如此处治，你比他更贱一等，岂能无故开释？本部院因他已经宽恕，若仅治你死命，未免有点不公之处。命你也与他一同游街，凡他到了街巷，你先手中执着一个小铜锣，敲上数下，俟街坊的百姓拥来观看，命他高声朗念。此乃本部院法外施仁，你苦怕死，便在大堂上先演一番，以便周卜成前来，同汝一齐前去游街，不然本部院照例施行，令汝死而无怨。"曾有才当时听了这番话头，虽明知张昌宗面上难看，无奈被狄公如此逼迫，究竟是自己的性命要紧的，而且周卜成虽是革员，终是一个实缺的清河县知县，他今既能够答应，我又有何不可？当时也就答应一声下来。

狄公便命巡捕差官，取来了一面小铜锣，一个木锤子，交给曾有才手里，命他在堂上操演。曾有才接过手来，不知怎样敲法，两眼直望着。两个巡捕差官走上前来，不知说出什么话来，且看下回分解。

第三十六回　敲铜锣游街示众　执皮鞭押令念供

却说曾有才执着那个铜锣不知如何敲法，两眼望着那个巡捕，下面许多百姓、书差，望着那样，实是好笑，只见有巡捕上来说道："你这厮故作艰难，抢人家的妇女怎么会抢，此时望我们何用？我且传教你一遍。"说着复将铜锣取过敲了一阵，高声说道："军民人等听了，我乃张昌宗的家奴，只因犯法受刑，游街示众，汝等欲知底细，且听他念如何。"说毕，又将锣一阵乱敲，然后放下道："这也不是难事，你既要活命，便将这几句话，牢记在心中。还有一件在堂上说明，汝等前去游街，大人无论派谁人押去，不得有意迟挨；若是不敲，那时可用皮鞭抽打。现在先禀明大人，随后莫怨我们动手。"

狄公在上面听得清楚，向曾有才道："这番话你可听见么？他既经教传，为何还不演来与本院观看？"曾有才此时也是无法，只得照着巡捕的样子，先敲了一阵，才要喊尔军民人等听了，下面许多百姓，见他这种情形，不禁大笑起来。曾有才被众人一笑，复又住口，当时堂上的巡捕，也是好笑，上前骂道："你这厮在堂上尚且如此，随后上街还肯说么？还是请大人将汝斩首悬首示众，免得你如此艰难。"曾有才听这话，再望一望狄公，深恐果然斩首，赶着求道："巡捕老爷且请息怒，我说便了。"当时老着面皮又说一句："我乃张昌宗的家奴……"下面众人见他被巡捕吓了两句，把脸色吓得又红又白，那个样子实是难看，复又大笑起来，曾有才随又掩住。巡捕见了，取过皮鞭上前打了两下，骂道："你这混账种子，你能禁他们不笑么？

现在众人还少，稍刻在街上将这锣一敲，四处人皆拥来观看，那时笑的人还更多呢，你便故意不说么?”骂后复又抽了二下。曾有才被他逼得无法，只得将头低着照他所教的话说了一遍，堂下这片笑声，如同翻潮相似。

狄公心下也是好笑，暗想：“非如此不能令那张昌宗丢脸。”当即命巡捕将周卜成带上说道：“昨日你写的那个旗子，你可记得么?”周卜成道：“革员记得。”狄公道：“这便妙极了。本院恐你一人实无趣味，即使你高声朗念，不过街坊上人可以听见，那些内室的妇女，大小的幼孩，未必尽知。因此本院带你约个伙伴，命曾有才敲锣，等那百姓敲满了，那时再令你念供，岂非里外的人皆可听见么？方才他在堂上已经演过，汝再演一次与本院观看。”说毕，便命曾有才照方才的样子敲锣唱说，曾有才知道挨不过去，只得又敲念了一遍。

周卜成自己不忍再看，把头一低，恨没有地缝钻下去，这种丑态毕露，已非人类，哪里还肯再念。狄公道：“他已敲毕了，汝何故不往下念?”周卜成直不开口，旁边巡捕喝道：“你莫要如此装腔作势！且问你，方才在大人面前，所说何话？一经不念，这皮鞭在此，便望下打的。现在保全了你性命，还不知道感激，这嘴上的言语还不肯念吗。”周卜成见巡捕催逼，只在地下叩头，向案前说道：“求大人开恩到底，革员从此定然改过，若照如此施行，革员实是惭愧。求大人单令革员游街，将这口供免念罢。”狄公道：“本院不因你情愿念供，为何免汝的死罪？现复得陇望蜀，故意迟延，岂不是有心刁钻？若再不高念，定斩汝头。”

周卜成见了这样，心下虽是害怕，口里真念不出来，无意之中，向狄公说道：“大人与张昌宗也是一殿之臣，小人有罪，与他无涉，何故要探本求原，牵涉在他身上？求将他保举的话，并他的名字免去，小人方可前去。”狄公听了这话，哪里容得下去，登时将惊堂一拍，高声骂道：“汝这大胆的狗才，竟敢在本院堂上冲撞！昨日乃汝自己所供，亲手写录，一夜过来，复想出这主意，以张昌宗来挟制本院，可知本院命汝这样，正是羞辱与他，你敢如此翻供，该当何罪！左右，将他重打一百！"

两边差役，见狄公动了真气，哪里还敢怠慢，立即将他拖下，举起大棍，向两腿打下。但听那哭喊之声，不绝于耳，好容易将一百大棍打毕，周卜成已是瘫在地下，爬不起来。狄公命人将他扶起问道："你可情愿念么？若仍不行，本院便趁此将汝打死，好令曾有才一人前去。"周卜成究竟以性命为重，低声禀道："革员再不敢有违了。但是不得行走，求大人开恩。"狄公道："这事不难。"随命人取出一个大大的篾篮，命他坐在里面，旗子插在篮上，传了两名小队，将他抬起。许多院差，押着曾有才，两个巡捕骑马在后面弹压。百姓顷刻人众纷纷，出了巡捕的衙门，向街前面去。

到了街口，先命曾有才敲了一阵锣，说了那几句话，然后命周卜成，照旗上念了一遍。所有街坊的百姓，无不同声称快，大笑不止。这个说："目今张昌宗当道，手下的哪里是些家奴，如同虎狼一般，无风三尺浪，把百姓欺得如鸡犬的一样。"有的说："这个狄大人，虽办得痛快，我怕他太为过分。这不是办得周卜成，明是羞辱张昌宗，设若他在宫内哭奏一本，武后正爱他如命，未有不准之理。那时在别项事件上发作起来，将大人革职问罪呢，也是意中之事。"

这班人不过在旁边私论，唯有那班无业的流氓，以及幼童小孩，不知轻重，见了这两人如此，真是喜出望外，站在面前笑道："周卜成，你为何不高念，还是怕丑么？你既不念，我代你念了。"说着，许多小孩儿争先抢后，叫念一阵。回头见曾有才执着小锣，复又过来敲，在周卜成耳旁，没命的乱敲一阵，笑一阵，骂一阵，又念上两遍。满街的老少百姓，见这许多小孩无理取闹，真是忍不住地好笑。那些巡捕，正欲借此羞辱张昌宗，哪里还去拦阻。周卜成心下虽然羞恼，欲想起身拦阻，无奈两腿不能移动。一路而来，走了许多街坊，却巧离张昌宗家巷口不远。巡捕本来受了狄公的意旨，命他故意绕道前来，此时见到了巷口，随即命曾有才敲锣。曾有才道："你们诸位公差，可以容点情面。现在走了许多道路，加上这班小孩，不住的闹笑，我两手已敲得提不起来，可以将这巷子走过再敲吧！”巡捕骂道：“你这混账种子，倒会掩饰，前面可知到谁家门首了？别处街坊还可饶恕，若是这地方不敲，皮鞭子请你受用。”说着在身上乱打下来。那些小孩子，听巡捕这番话，知道到了张昌宗家，一声邀约，早在他家门首挤满。

里面家人不知何事，正要出来观望，众人望里面喊道：“你们快来，你们伙伴来了，快点帮着他念去！”家人见如此说项，赶着出来一看，谁不认得是曾有才！只见他被巡抚衙门的差官，押着行走，迫令他敲那小锣。曾有才见里面众人出来，心想代他讨个人情，谁知张家这班豪仆，因前日听了狄公在朝，将黄门官参去，武三思、张昌宗皆在其内。虽想为他讨情，无奈狄公不好说话，深恐牵连自己身上。再望着那竹篮坐的周卜成，知道是为的清河县之事，乃是奏参的案件，谁人敢来过问。只见巡捕官执着皮鞭，将曾有才乱打，嘴里说道：“你这厮故意迟延，可知不能怪我们不徇人情，大人耳风甚长，你不敲念，职任在我们身上。你若害羞，便不该犯法，此时想谁来救你？”

曾有才被他打得疼痛，见里面的人但望着自己，一个个一言不发，到了此时，迫于无奈，勉强的敲了两下，那些小孩子已喊说起来：“军民人等听了……”这句一说，遂又笑声震耳，哄闹在门前。曾有才此时也不能顾全脸面，硬着头皮，将那几句念毕。应该周卜成来念，周卜成哪里肯行，直是低头不语。巡捕官儿见他如此，一时怒气起来，复又举鞭要打。谁知众小孩在门外吵闹，那些家人再留神向纸旗上一看，那些口供，明是羞辱主子的，无不同生惭愧，向里面去，顷刻之间，已是一人没有。周卜成见众人已走，更是大失所望，只得照着旗上念了一遍。

谁料张昌宗此时由宫内回来，正在厅前谈论，听得门外喧嚷，忙令人出来询问。你道此人是谁，乃是周卜成弟周卜兴走出门来，见他哥哥如此，也不问是狄公的罚令，仗着张昌宗的势力，向前骂道：“你们这班狗头，是谁人命汝如此？他也没有乌珠，将我哥哥如此摆布，还不赶速代我放下！”那些公差，见出来一个后生，出此不逊言语，当时也就道：“你这厮，哪里来的？谁是你的哥哥？我等奉巡抚大人的差遣，你口内骂谁？”就此一来，周卜兴又闹出一桩大祸。

不知后事如何，请看下回分解。

第三十七回　众豪奴恃强图劫　好巡捕设计骗人

却说周卜兴见哥哥被院差押着游街，向巡捕恐吓了几句，那班人见他仗着张昌宗的势力，哪里能容他放肆。周卜兴见众人不放下来，心中着急，一时愤怒起来，上前骂道："你们这班狗养的，巡抚的差遣，前来吓谁？爷爷还是张六郎的管家！你能打得我哥哥，俺便打得你这班狗头。"当时奔到面前，就向那个抬箧篮的小队一掌，左手一起，把面纸旗抢在手内，摔在地下，一阵乱踹。众院差与巡捕见他如此，赶着上前喝道："你这狗才，也不要性命，这旗子是犯人口供，上面有狄大人印章，手批的告示，你敢前来撕抢！你拿张昌宗来吓谁？"说着上来许多人，将他乱打了一阵，揪着发辫，要带回行去。周卜兴本来年纪尚幼，不知国家的法度，见众人与他揪打，更是大骂不止，复又在地下将纸旗拾起，撕得粉碎。里面许多家人，本不前来过问，见周卜兴已闹出这事，即赶出来解劝。谁知周卜兴见自己的人多，格外闹个不了，内有几个好事的，帮着他揪打，早将一个巡捕拖进门来。

张昌宗在厅上正等回信，不知外面何事，只见看门的老者，吁吁进来，说道："不好了，这事闹得大了！请六郎赶快出去弹压。这个巡抚，非比寻常！"张昌宗见他如此慌张，忙道："你这人究为何事，外面是谁吵闹？"那人道："非是小人慌张，只因周卜成在清河县任内，与曾有才抢占民间妇女，为狄仁杰奏参革出，归案讯办，谁知他将这两人的出身，以及因何做官，在任上犯法的话，录了口供，写在一面纸旗上，令人押将出来，敲锣游街，晓谕大众。外面喧嚷，那是巡抚的院差，押着两人在此。周卜成因在我们门口，上面的话，牵涉主人体面，不肯再念，那班人便用皮鞭抽打。却巧周卜兴出去，见他哥哥为众人摆布，想令他们放下，因而彼此争闹，将那小队打了一掌，把那面旗子撕去。许多人揪在一处，欲将他带进衙去。我想别人做这巡抚，虽再争闹，也没有事，这个姓狄的甚是碍手。我们虽仗着六郎的势力，究是有个国法，何必因这事，又与他争较？即便求武后设法，这案乃是奉旨办的，听他如何发落，何能殴打他的差役？而且那旗子上面有印，此时毁去如何得了。所以请六郎赶快出去，能在门口弹压下来，免得为狄仁杰晓得最好。”

张昌宗听了这话，还未开言，旁边有个贴身的顽童，听说周卜兴被人揪打，登时怒道：“你这老糊涂，如此懦弱！狄仁杰虽是巡抚，总比不得我家六郎在宫中得宠。周卜成乃是六郎保举做官，现在将这细情写在旗上，满街的敲锣示众，这个脸面，置于何处？岂不为众百姓耻笑。此次若不与他些较量一番，随后还有脸出去么，无论何人皆可上门羞辱了。”

张昌宗被这人一阵唆弄，不禁怒气勃发，高声骂道：“这班狗才，胆敢狐假虎威，在我门前吵闹！狄仁杰虽是巡抚，他也能奈何我？前日在太后面前，无故参奏，此恨尚未消除，现又如此放肆！”随即起身，匆匆地到了门口，果见周卜兴躺在地下，口内虽是叫骂，无奈被那些院差已打了一顿，正要将他揪走。周卜成一眼见张昌宗由里面出来，赶着在篮内喊道：“六郎赶快救我，小人痛煞了！”张昌宗再向外一看，只见他两腿淋漓，尽是鲜血，早是自不忍视，向着众人喝道：“汝这班狗头，谁人命汝前来，在这门前取闹！此人乃是我的管家，现虽革职人员，不能用刑拷打，辱羞旁人！汝等在此放下，万事皆休，若再以狄仁杰为辞，月日早朝，定送汝等的狗命。”说着，喝令众人，将周卜兴扶起，然后来拖曾有才，想就此将他两人拦下，明日在太后上朝，求一道赦旨，便可无事。

此时众巡捕与院差见张昌宗出来，总因他是武后的幸臣，不敢十分拦阻，只得上前说道：“六郎权请息怒，可知我等也是上命差遣，六郎欲要这两人，最好到衙门与狄大人讨情，那时面面相觑，有六郎这样势力，未有不准之理。此时在半路拦下，六郎虽然不怕，就害得我们苦了。”周卜成见巡差换了口吻，一味地向张昌宗请商，知道是怕他势焰，当即说道：“六郎不要信他哄骗，为他带进衙门，小人便没有性命。他虽是上命差遣，为何在街道上任意毒打！”张昌宗听了这话，向着众人道：“汝等将这班狗头打散，管他什么差遣人，是我要留下！”这一声吩咐，许多如狼似虎的家人，便来与院差争夺。

彼此正欲相斗，谁知狄公久经料着，知道周卜成到张家门口，便欲求救，唯恐寡不敌众，暗令马荣、乔太两人，远远地接应。此时见张家已经动手，赶着奔到面前，分开众人，到里面喝道：“此乃奉旨的钦犯，遵的巡抚的号令，游街示众，汝等何人，敢在半途抢劫么？我乃狄大人的亲随，马荣、乔太的便是，似此目无法纪，那王命旗牌是无用之物了？还不快住手，将那个撕旗的交出！”张昌宗本不知什么利害，见马荣陡然上来，说了这派混话，更是气不可遏，随即喝道：“汝这大胆的野种，于汝甚事，敢在此乱道！尔等先将这厮打死，看有谁人出头！”马荣见他来骂，自己也不与他辩白，举起两手，向着那班豪奴，右三右四，打倒了六七个人。还有许多人站在后面，见他如此撒野，正想上来帮助，哪知乔太趁着空儿，早把周卜兴在地下提起，向前而去。张昌宗知道不好，还要命人去追，这里周卜成与曾有才，已经被那院差，抬上肩头，蜂拥回去。马荣见众人已走，拾起纸旗，向张昌宗道：“我劝你小心些儿，莫谓你出入宫闱，便毫无忌惮，可知也有个国法。狄大人也不是好说话的！”张昌宗见众人将周卜兴抢去，登时喊道：“罢了罢了，我张昌宗不把他置之死地，也不知我手段！明日早朝，在金殿上与他理论便了。”说毕气冲冲复向里面进来。所有那班豪奴见如此，哪还敢前来过问？也就退了进去。马荣见了甚好笑，当时回转衙门。

却巧众人已到堂上，两个巡捕先进去禀知狄公，狄公道：“我正要寻他的短处，如此岂不妙极？”随向巡捕如此如此说了一遍，然后穿了冠带，立即升堂，将周卜成跪在案下，高声喝道：“汝等方才在堂所供何事？本院命汝游街，已是万分之幸，还敢命人在半途抢劫本院的旗印，竟大胆地撕踹，还能做这大位吗？你兄弟现在何处，将他带来！”乔太答应一声，早将一人按跪在堂上，如此这般，把张昌宗的话回了一遍。狄公也不言语，但向周卜兴问道：“你哥哥所犯的何法，你可知道吗？本院是奉旨讯办，那旗上口供，是他自己缮录，本院又盖印在上面，如此慎重物件，你敢抢去撕踹，还有什么王法？左右将他推出斩了！”

两个巡捕到了此时，赶着向案前禀道：“此事卑职有情容禀，周卜成乃周卜兴的胞兄，虽然案情重大，不应撕去纸旗，奈他一时情急，加之张昌宗又出来吆喝，因此大胆妄为，求大人宽恕他初次，全其活命。”狄公听了这话，故意沉吟了一会，乃道：“照汝说来，虽觉其情可恕，但张昌宗不应过问此事，即便有心袒护，也该来本院当面求情，方是正理。而且家奴犯法，罪归其主。周卜成犯了这大罪，他已难免过失，何致再出来阻我功令？恐汝等造言搪塞。既然如此说项，暂恕一晚，看张昌宗来与不来，明日再为讯夺。”说毕，仍命巡捕将三人带去，分别收管，然后拂袖退堂，众人也就出了衙门。

且说巡捕将周卜成带到里面，向他说道：“你们先前只恨我们打你，无奈这大人过为认真，不关你我之事，谁人不想方便？只要力量得来，有何不可。方才不是我在大人面前求情，你那兄弟，已一命呜呼。但是只能保目前，若今晚张六郎不来，不但你们三人没命，连我总要带累。此人的名声，你们也该知道，怎样说项从来不会更改。在我看来，要赶快打算，能将张六郎请来方好，总而言之，现在是当道的为强，在京在外的官，谁人不仰仗武、张这两家的势力。虽僧人怀义现今得宠，他究竟是方外之人，与官场无涉，能将六郎来此一趟，那时面面相觑，莫说不得送命，打也不得打了。若他再下身分，说两句情商的话，还不把你们立时释放么？这是我方便之处，故将这话说与你听，你们倒要斟酌斟酌，可不要连累我便了。”这派话，说得周卜成破忧为喜。不知后事如何，且看下回分解。

第三十八回　投书信误投罗网　入衙门自入牢笼

话说周卜成听了巡捕这番话，心下暗道："昨日他们那样凶恶，虽再求与他，全不看一点情面，此时由外面回来，虽然狄大人仍恐吓，为他这两句话一说，便转过话来。看这蹊径，并非因他求情，实是方才巡捕将张六郎的话，告诉于他，他怕明日早朝，彼此会面，在金殿上理论起来，他虽是个大员，终不比六郎宠信，故而借话开门，使我们去求张六郎求情这事。虽如此说，设若他竟不来，那时狄仁杰老羞成怒，拼作与他辩论，一时转不过堂来，竟将我等治罪，那便如何是好？巡捕的话，虽不能尽信，倒也不可不听。"当时说道："你的好意，我岂不知道，但是我们之人，皆被押在此，张六郎但说在殿上理论，未曾说来我们求情。他处又无人打听，我们又无人去送信，他焉能知道？你有什么主见，还请代我想想。"巡捕道："这有何难，你既在他家多年，你的字迹，他应该认得，何不写一书信，我这里着人送去。他见了这信自然知道，岂有不来的道理。若再怕他固执不行，再另外写一信，托你们知己的人，在他面前求一求，也就完了。你想我这主意，可用得？你若以为然，我便前去喊人。此事可不能再迟了，若再迁延时刻，里面升堂讯问，便来不及再去。"

周卜成不知是计，随即请他取了笔砚，挨着痛苦，扶坐起身，勉强写好书信，递与巡捕道："谁人前去，但向那门公说声，请他在旁边帮助，断无不来之理，他乃六郎面前最相信之人。"巡捕答应，将信取出，转身来至衙门，回禀了狄公。狄公命陶干前去投信，若张昌宗果来，务必赶先回来，以便办事。陶干领命，将信揣在怀中，换了衣服，直向张家而来。

到了门口，止步向里面一望，但听众人说道："我家六郎，今日也算是初次动怒，平时皆是人来恭维，连句高声话皆未听过。自从那狄仁杰进京，第一次入朝，便参了许多人，今日又将周卜成，到门口羞辱，岂不是全无肝胆么？莫说六郎是个主子，面上难乎为情，我们同门的人也是害臊。此时他们兄弟，到了堂上，三人还是不知是打是夹，若能将今晚过去，明早六郎入朝，便可有望了。"陶干听了清楚，故意咳嗽两声，将脚步放实，走进里面，只见门房坐了许多人，在那里议论。陶干上前问道："请问门公，这可是张六郎府上么？"里面出来一人，将他一望，说道："你也不是外路的人，不知六郎的名望，故意前来乱问。你是哪里来的，到此何干？"陶干道："不是小人乱问，只因这是要秘密方好，露出风声，小人实担不住。日间巡抚衙门押人在门口取闹，被六郎骂了一顿，那些人将周老爷仍然抢去，禀知了狄大人。狄大人立即升堂，要将周卜兴斩首治罪，幸亏有位巡捕，竭力地求情，说他是六郎所用之人，一时情急，做出这事。狄大人见六郎出面，登时便改口说道：'汝等不许撒谎，张六郎既重他两人，理应到我们衙门求情，未见他来，显见搪塞本院。暂且收管，俟今晚不来，明早定尽法惩治。'因此周老爷写了一书信，请我送来，便命我代门公请安，若六郎不肯前去，务必在旁边帮助两句，方可有命。此乃犯法之事，小人因此地人多，不敢遽然说出，所以先问一声。此事必不能缓，我还要等到回信，才好回去呢。"说毕，在身边取出信来。众人见是周卜成的笔迹，知非假冒，赶着命陶干在门房等候，两三人取了书子，向里而去。

此时张昌宗正为这事，与那班顽童嬖女，互相私议，预借在这事上将狄公纳倒，方免随后之患，忽见家人送进一封书信，照着陶干的话说了一遍。张昌宗取开观看，与来人所说大略相同，下面但赘了几句："小人三人之命，皆系于六郎之手，六郎不来，则我命休矣！"张昌宗看毕道："这事如何行得？他虽是巡抚，我的身份也不在他之下，前去向他求情，岂不为他耻笑！谅他今夜也不敢十分究办，明日早朝，只要面求了武后，那时圣命下来，命他释放，还怕他违旨么？”众人见他不去，齐声说道：“六郎虽然势大，可知其权在他手中，人又为他押着，此时不敢处治，已是惧畏六郎，若再不给他点体面，那时恼羞变怒，竟将他三人处死，等到明天已来不及。此乃保全自家人的性命，与狄仁杰无涉。难得有此意见，何不趁此前去拜会，不但救了他三人，还可借释前怨，随后事件也好商议。常言冤家宜解不宜结，小人的意思，还是六郎去的妥当。”

张昌宗见众人如此说项，乃道：“不因周卜成是我重用之人，等他处治之后，自然有法报复，不过此去便宜他了。你们且命来人回去报信，说我们立刻就来。”众人见张昌宗肯去，当时出来对陶干说明：“令你赶速回去。”陶干口内答应，心下甚是好笑，暗道：“今番要在堂上吃苦了，不是这条妙计，你可肯自己送来？”当时忙忙地回转衙门，直至书房里面，回复了狄公。狄公也是得意，命人布置不提。

且说张昌宗打发来人去后，随即进去，换了一身簇新的衣服，乌纱玉带，粉底靴儿，灯光之下，越发显得他脸上如白雪一般。本来武后命他平时皆傅香粉，此时因为是拜会狄公，格外傅了许多，远远地望见，比那极美的女子，还标致几分。许多娈童玩仆，跟在后面，在厅前上了大轿，直向巡抚衙门而来。到了署内仪门住下，命家人投进名帖。号房见了张昌宗三字，心下甚是诧异道：“今日我们大人故意羞辱他一番，现在三个人犯，还捉在衙内。此时他忽来拜会，莫非他又来争论么？我看你主意打错了。这位大人，不比寻常的巡抚，设若争论不过，看你如何回去。你现在既来，也只好代你去通禀一声。”一面说着，已到了暖阁后面，进了巡抚房中，照来人的话说了一遍，将名帖递上。此时巡捕已经知道，当此起身，到了里面。狄公闻张昌宗已来，骂道：“这个狗才，居然便来拜会，岂非是自讨其辱！”随即传命，令大堂伺候，所有首领各官，以及巡捕书吏，皆在堂口站班。本来预备停妥，专等他来，此时一听招呼，无不齐来听命，顷刻间，已经站满。狄公换了冠带，犹恐张昌宗不循规矩，将供奉的那个万岁牌子，由后面请出，自己捧出大堂，在公堂上南面供好，然后命巡捕大开仪门，望见来人。

此时张昌宗坐在轿内，见号房内取了名帖，进里面去了多时，只不见他出来请会，心中甚是疑惑，忽见仪门大开，出来两个巡捕，到了轿前，抢三步，请了个安，高声禀道："狄大人现在大堂公干，请六郎就此相会。"张昌宗听了这话，疑惑狄公本来有事，忽见他来，就此请在后厅相会，总以为巡捕说话不清，当时命人住轿，走出轿来，再向堂上一望，那等威仪，实是令人可怕。只见狄公高坐在堂上，全不动身，心下已是疑惑，无奈已经下轿，也不好复行出去，只得移步，向堂上走来。绕到堂口，有个旗牌，上面喊道："大人有命，来人就此堂见。"张昌宗一听这话，晓得有个变卦，赶着上前，向狄公一揖道："狄大人请了，张某这旁有礼。"狄公也不起身，向下面问道："来人何人？至此皆须下跪，而况万岁的牌位，供奉在上面，何而立而不跪，干犯国法！左右，为我将他拉下！"

张昌宗见狄公以王命来压他，知道有意寻隙，一时不敢争论，当时向上笑道："大人莫非认错人么？此地虽是法堂，奈我不能跪你，不如后堂相见吧。"狄公将惊堂一拍，高声骂道："汝这狗才，竟如此不知礼法，可知道天无二日，民无二主，这公堂乃是国家的定制，无论何人到此，皆须下跪参见！汝既是张昌宗本人，为何不知国法，莫非冒充他前来么？左右还不将他纳下，打这狗头，以儆下次！"张昌宗见他如此吩咐，赶着走下堂来，欲转身就走，谁知下面上来四五个院差将他拦住。

不知张昌宗如何发落，且看下回分解。

第三十九回　求人情恶打张昌宗　施国法怒斩周卜成

却说张昌宗拜会狄公，狄公命他在本堂跪下，知道是有意寻衅，随即转身欲走，早经堂下走来四五个院差，将他拦阻道：“你这狗才，受谁人指使，竟敢冒充张六郎，穿插衙门，究是何故？现被有人看出真假，又想转身逃走，岂非梦想么！”说着上来将他纳下。

张昌宗早知中计，向堂上喝道：“狄仁杰，你敢计诳我！此时便跪立下来，也是跪的万岁，你能奈何我？可知迟早总要出这衙门，那时同你在金殿辩论便了。”狄公哪里能容，高声骂道：“你这厮，假扮禁臣，已为本院察觉，还矢口辩说！今日本院的巡捕，在他家门首，还有事件，也未听说他前来。你说是张昌宗本人，来到本院何事，可快说明！若果与案件相合，本院岂有不知之理，自然与汝相商，不然便冒充无疑。那时可尽法惩治！”张昌宗听了这话，恍然悟道：“人说他心道刁钻，实是可惧。难怪他如此做作，深恐不是本人，前来误做人情，不但与我不能释怨，还要为我耻笑，因此在堂上问问真假，然后等我说情；那时大众方知。他因我前来，如行释放，随后太后即便知道，他也可推倒在我身上。你既如此用意，我已经到堂，岂能不说出真话？”当时向狄公说道：“大人但放宽心，此乃我本人前来，只因周卜成冒犯虎威，案情难恕，虽是武后本旨讯办，也不过是官样文章，掩人耳目。听说实事求是，照例施行，故特趁晚前来，一则拜谒尊颜，二则为这家奴求情，求大人看张某薄面，就此释放，免予追究。随后复命之时，但含糊奏本，便可了事，谅武后也不致查问。”

狄公等他说毕，将惊堂一拍，在刑杖筒内摔下许多刑签，大声喝道："左右，还不将这厮恶打四十！显见这派言词，是胡乱捏造。本院今日将周卜成示众游街，张昌宗这狗头，还吆喝恶奴，图意抢劫。幸本院命亲随前去，将人犯押回，并将那个周卜兴带案讯办。张昌宗乃是他三人主子，已是难逃国法，他方且要哭诉太后，求免治罪。莫说他不敢前来，即不知利害，今日被本院羞辱一番，已是愧死，还有什么面目前来求情？据此看来，岂非冒充如何！左右快将这厮，重责四十大棍，然后再问他口供！"堂上那些院差，先前本不敢动手，此时见狄公连声叫打，横竖不关自己事件，并知他平日虐待小民，已是恨如切骨，趁此机会，便一声吆喝，将他拖下，顷刻之间，将腿打得血流满地。

张昌宗从未受过这苦楚，起初还喊叫辱骂，此时已是禁不出声。众院差虽因狄公吩咐，唯恐将他打坏，那时自己也脱身不得，当即将他扶起，取了一碗糖茶，命他吃下，定了一定疼，方才能够言语。张昌宗此时，只恨自己的家人不来抢获，到了此刻独受苦刑。你道他家人此时为何不问，只因自古及今，邪总不能胜正，虽然这班豪奴，平日仗着主子的势力，欺压小民，擅作威福，现在到法堂上面，见狄公那派有威可畏的气象，自然而然将平时的邪气压了下去；加之主人方且为狄公摆布，自己有多大胆量，敢来自讨苦吃？因此一个个吓得如死鸡一般，虽未全走，皆躲在那便门外面，向里张望。

狄公见他打毕，复又问道："汝可冒充张昌宗么？若仍然不肯认供，本院拼作一顶乌纱，将汝活活打死！可知张昌宗乃误国奸臣，本院与他势不两立，即便果真前来，也要参奏治罪，何况汝这狗头，换面装头！再不说出，便行大刑！"张昌宗到了此时，深恐再用刑具，那就性命不保，心下虽然愤恨，只得以真作假，向上说道："求大人开恩。某乃张昌宗的家奴王起，因同事周卜成犯罪，恐大人将他治罪，故此冒充主人，前来求情。此时自知有罪，求大人饶恕释放。"狄公听他供毕，心下实是暗笑："你这厮也受了狄某的摆布！现在不得汝一个手笔，明日汝又反害。"当时命刑书，录了口供，令他画了冒充的供押，心下想道："若是教你受毕，须得嘲笑你一番，方知本院的利害。”举眼见他满脸的泪痕，将他那脸上香粉流滴下来，当即喝道：“汝这厮好大胆量！本院道你是个男子，哪知你还是女流，可见你不法已极。”张昌宗正以画供之后，便可开恩释放，忽又听他问了这句，如同霹雳一般，吓得魂不附体，连忙求道：“小人实是男子，求大人免究。”狄公道：“汝还要抵赖？既是男人，何故面涂脂粉？此乃实在的痕迹，想巧辩么？”张昌宗无可置辩，只得忍心害理，乃向上回道：“小人因张昌宗平时入宫，皆涂脂粉？因冒他前来，也就涂了许多，以为掩饰。不料为大人即看破。”狄公冷笑道：“你倒想得周密，本院也不责汝。汝既要面皮生白，本院偏要令你涂了黑漆，好令你下次休生妄想！”遂命众差，在堂口阴沟里面取了许多臭秽的污泥，将他面皮涂上。

此时堂上堂下，差官巡捕，莫不掩口而笑，皆说狄公好个毒计。张昌宗见了如此，心内如急火一般，唯恐污了面目，无奈怕狄公用刑，不敢求饶，只得听众差摆布。登时将一面雪白如银的面脸，涂得如泥判官相似，臭秽的气味，直向鼻孔钻去，到此境界，真是哭笑不得。狄公见众人涂毕，复又说道：“本院今日开法外之仁，全汝的狗命。俟后若再仗张昌宗势力，挟制官长，一经访问，提案处治！”说毕也不发落，但将他口供，收入袖中，退入后堂。所有张昌宗的家人，见狄大人已走，方才赶着上来，也不问张昌宗如何，纳进轿内，抬起便走。

狄公在内堂，俟他走后，随即复又升堂，将周卜成弟兄，并曾有才三人提来，怒道：“汝等犯了这不赦之罪，还敢私自传书，令张昌宗前来求情？如此刁唆，岂能容恕！今日不将汝治罪，尽人皆可犯法了。”随即将王命牌请出，行礼已毕，将三人在堂上捆绑起来，推出辕门，将他斩首，然后将首级挂于旗杆上面示众。就此一来，所有在辕下听差各官，无不心惊胆怯。狄公本来无心将这三个处死，因张昌宗既出来阻止，现又受了如此窘辱，直要明日进官，必定就有赦旨，那时活全三人，还是小事，随后张昌宗便压服不住。故趁此时，猝不及防，将他三人治罪，明日太后问起，本是奉旨的钦犯，审出口供，理应斩首。而且张昌宗现在亲口供认在此，彼时奏明武后，便不好转口。当时发落已毕，到书房起了一道奏稿，以便明早上朝，这也不在话下。

且说张昌宗抬入家中，众人见了如此，无不咬牙切齿，恨狄公用这毒计。张昌宗骂道："你们这班狗才，方才本说不去，汝等定要说去，现在受了这苦恼，只是在此乱讲！我面孔上的污秽，你们看不见么，腿上鲜血，已是不止，还不代我熏洗？好让我进宫，哭诉太后。"那些人听他说了这话，再将他脸上一看，真是面无人色，心下虽是好笑，外面却不敢起齿，赶着轻轻地将下衣脱去，先用温水，将面孔洗毕，然后将两腿熏洗了一回，取了棒伤药代他敷好，勉强乘轿，由后宰门潜入宫中。

此时武后正与武三思计议秘事，忽闻张昌宗前来，心下大喜道："孤家正在寂寞，他来伴驾，岂不甚妙！"随即宣他进来。早有小太监禀道："六郎现在身受重伤，不便行走，现是乘轿入宫，请旨命人将他搀进。"武后不知何故，只得令武三思，带领四名值宫大监，将他扶入。张昌宗见了武后，随即放声大哭，说："微臣受陛下厚恩，起居宫院，谁知狄仁杰心怀不测，将臣打辱一番，几乎痛死。"说着将两腿卷起，与武则天观看。武则天忙道："孤家因他是先王旧臣，故命他做这河南巡抚。前日与黄门官争论，将他撤差，不过全他的体面。此时复与卿家作对，若不传旨追究，嗣后更无畏惧了。卿家此时权在宫中安歇一夜，明日早朝再为究办。"张昌宗见武则天如此安慰，也就谢恩起来，与武三思谈论各事。

一夜无话，次日五鼓武后临朝，文武大臣，两班侍立，值殿官上前喊道："有事出班奏朝，无事卷帘退驾！"文班中一人上前，俯伏奏道："臣狄仁杰有事启奏。"

不知狄公所奏如何，且看下回分解。

第四十回　入早朝直言面奏　遇良友细访奸僧

却说武则天临朝，狄公出班奏道："臣狄仁杰有事启奏。"武后心下正是不悦，忽见他出班奏事，乃道："卿家入京以来每日皆有启奏，今日有何事件？莫非又参劾大臣么？"狄公听了这话，知道张昌宗已入宫中，在武则天面前哭诉，当即叩头奏道："臣职任平章，官居巡抚，受恩深重，报答尤殷。若有事不言，是谓欺君，言之不尽，是谓误国。启奏之职，本臣专任，愿陛下垂听焉。只因前任清河县与曾有才抢占民间妇女，经臣据实奏参，奉旨革职，交臣讯办。此乃案情重大之事，臣回衙之后，提起原被两告，细为推鞫，该犯始以为张昌宗家奴，仰仗主子势力，一味胡供，不求承认。臣思此二人乃知法犯法之人，既经奉旨讯办，理合用刑拷问，当将曾有才上了夹棒，鞭背四十，方才直言不讳。原来曾有才所为，皆周卜成指使，郝千廷媳妇抢去之后，藏匿衙中，至胡、王两家妇女，则在曾有才家内。供认之后，复向周卜成拷问，彼以赞证在堂，无词抵赖，当即也认了口供。臣思该犯，始为县令，扰害民生，既经告发，又通势力，似此不法顽徒，若不严行治罪，嗣后效尤更多。且张昌宗虽属宠臣，国法森严，岂容干犯？若借他势力，为该犯护符，尽人皆能犯法，尽人不可管束了。因思作一儆百之计，命周卜成自录口供，与曾有才游街示众，俾小民官吏，咸知警畏。此乃臣下慎重国法之意，谁知张昌宗驭下不严，恶仆豪奴，不计其数，胆敢在半途图劫，将纸旗撕踹，殴辱公差。幸臣有亲随二名，临时将人犯夺回，始免逃逸。似此胆大妄为，已属不法已极，臣在衙门，正欲提审讯，谁料有豪奴王起冒充张昌宗本人，来衙拜会，借口求情，欲将该犯带去。当经臣察出真伪，讯实口供，方知冒充情事……”

说到此处，武则天问道：“卿家所奏，可是实情么？设若是张昌宗本人，那时也将他治罪不成吗？”狄公道：“若果张昌宗前来，此乃越分妄为，臣当奏知陛下，交刑部审问。此人乃是他的家奴，理合臣讯办。”武则天道：“汝既谓此人是冒充，可有实据么？”狄公道：“如何没有？现有口供在此，下面亲手执押，岂有错说。”说着在怀里取出口供，交值殿太监呈上。

武则天从头至尾，看了一遍，皆是张昌宗亲口所供，无处可以批驳，心下虽是不悦，直是不便施罪。乃道：“现在该犯，想仍在衙门，此人虽罪不可逭，但朕御极以来，无故不施杀戮，且将他交刑部监禁，俟秋间去斩。”狄公听了这话，心下喜道：“若非我先见之明，此事定为他翻过。”随即奏道：“臣有过分之举，求陛下究察。窃思此等小人，犯罪之后，还敢私通情节，命人求情，若再站留，设或与匪类相通，谋为不轨，那时为害不浅，防不胜防？因此问定口供，请王命在辕门外斩首。”

武则天听了这话，心下了吃了一惊：“此人胆量，可为巨擘！如此许多情节，竟敢按理独断，启奏寡人。似此圣才，虽碍张昌宗情面，也不能奈他怎样。”当时言道：“卿家有守有为，实堪嘉尚。但嗣后行事，不可如此决裂，须奏知寡人方可。”狄公当时也就说了一声遵旨，退朝出来。所有在廷大臣，见狄公如此刚直，连张昌宗俱受棒伤，依法惩治，无不心怀畏惧，不敢妄为。

谁知狄公退入朝房，却与元行冲相遇，彼此谈了一会，痛快非常。元行冲道：“大人如此严威，易于访查；唯有白马寺僧人怀义，秽乱春宫，有关风化。武则天不时以拈香为名驻跸在内，风声远播，耳不忍闻。大人能再整顿一番，便可清平世界。”狄公道：“下官此次进京，立志削奸除佞。白马寺僧人不法，我久经耳有所闻，只因行远自迩，登高自卑，若不先将这出入宫帏的幸臣，狐假虎威的国戚惩治数人，威名不能远振，这班鼠辈，也不能畏服。即便躐等[1]行事，他反有所阻拦，于事仍然无济，因此下官先就近处办起。但不知这白马寺离此有多远，里面房屋究竟有多少，其人有多大年纪？须访问清楚，方可前去。”元行冲道：“这事下官尽知，离京不过一二十里之遥，从前宰门迤北而行，一路俱有御道。将御道走毕，前面有一极大的松林，这寺便在松林后面。里面房屋，不下有四五十间。怀义住在那南北园内，离正殿行宫虽远，闻其中另有暗道，不过一两进房屋，便可相通。此人年纪约在三十以外，虽是佛门孽障，却是闺阁的美男。听说收了许多无赖少年，传教那春宫秘法。洪如珍发迹之始，便是由此而入。”

狄公一一听毕，记在心中。彼此分别回去。到了衙门，安歇了一会，将马荣、乔太喊来道：“本院在此为官，只因先皇晏驾，中宗远谪，万里江山，皆为武三思、张昌宗等人败坏。现又听说，将国号要改后周，将大统传于武三思继极，如此坏法乱纪，岂不将唐室江山，送于他人之手？目今虽有徐敬业、骆宾王，欲兴师讨贼，在朝大臣，唯有张柬之、元行冲等人是个忠臣，本院居心，欲想将这班奸贼除尽，然后以母子之情、国家之重，善言开导。这武后她也回心转意，传位于中宗。那时大统固然，丑事又不至外露，及君臣骨肉之间，皆可弥缝无事。此乃本院的一番苦心，可以对神明，可以对先皇于地下者。此时虽将张昌宗、武三思二人，小为挫抑，总不能削除净尽。方才适遇元行冲大人，又说有白马寺僧人，名叫什么怀义，武后每至寺中烧香住宿，里面秽行百出，丑态毕彰，因此本院欲想除此奸僧，又恐不知底细。此寺离此只有一二十里远近，从前宰门出去，将御道走毕，那个松树后面，便是这白马寺所在。你可同乔太前去访一访。闻他住在南花园内，教传那无赖少年的秘法。访有实信，赶快回来告禀。”

马荣道：“这事小人倒易查访，但有一件，不知大人可否知道？”

---

① 躐等：超越等级，不按程序。汉·戴圣《礼记·学记》：“幼者听而弗问，学不躐等也。”躐（liè）：超越。

狄公道："现有何事？本院不知，汝可原本说来。"马荣道："这个僧人，尚是居住在宫外，还有一姓薛的，名叫薛敖曹。此人专在宫里，与张昌宗相继为恶，所作所为，真乃悉数难尽。须将此人设法处治，不得令他在京，方可无事。小人因是宫中暗昧之事，不敢乱说，方才因大人言及，方敢告禀。"狄公叹了一声道："国家如此荒淫，天下安能太平！此事本院容为细访，汝等且去，将此事访明。"

马荣、乔太二人领命出来，当时先到街坊探问一趟，到了下昼时分，两人饱餐晚膳，穿了夜行衣服，各带暗器，出了大门，由前宰门出去，向大路一直而去。行了有一二十里，果见前面一个极大的树林，古柏苍松夹于两道，远远望去，好似一圈乌云盖住，涛声鼎沸，碧荫丛笼，倒是世外的仙境。马荣道："你看这派气概，实是仙人佳境，可惜为这淫僧居住，把个僻静山林，改为龌龊世界。究不知这松林过去，还有多远。"两人渐走渐近，已离林前不远，抬头一望，却巧左边露出一路红墙，墙角边一阵阵钟声，度于林表，但觉鲸铿两响，令人尘俗都消。两人见到了庙寺，便穿出松林，顺着月色，由小路向前而去。谁知走未多远，看见庙门，只是不得过去，因为门前一道长河，将周围环住。乔太道："不料这个地方，如此讲究，一带房屋，已是同宫殿仿佛，加上这个松林，这道护河，岂非是天生画境？那个木桥，已被寺内拉起，此时怎么过去？"马荣道："你为何故作艰难？别人到此无法可想，你我怕他怎样？却巧此时月光正上，一带又无旁人，此时正可前去寻访，若欲干那混账事件，此时正当其巧。"说罢两人看了地势，一先一后，在河岸上用了个燕子穿帘势，两脚在下面一垫，如飞相似，早就穿过护河。

到了那边岸上，乔太道："我且去得寺门口看一看，若是开着，就此掩将过去，不然还要蹿高，方能入内，"马荣也就与他一齐同来，顺着红墙转过几个斜路，但见前面有个极大的牌坊，高耸在半空，一派雕空的梅兰竹菊的花纹，当中上面，一块横额，上写着"天人福地"四个金字。牌坊过去两旁，四个石莲台，左右一对石狮子，三座寺门，当中门额上面有块石匾，刻就的"敕赐白马禅寺"六字。两扇朱漆山门，一对铜环，如赤金相似，钉于门上。

马荣向乔太低声说道："山门现已紧闭，我们还是蹿高上去。"乔太道："这个不行。虽然可以上屋，那时找他的花园，有好一会寻找方向。且推他一推。"说着乔太进前一步，将身子靠定了山门，两手将铜环抓住，用了悬劲，轻轻向上一提，复向里一推，幸喜一点未响，将门推开。当时招手喊了马荣，两人挨身进去，复向西下一望，但见黑漆三间门殿，当中有座神龛，大约供的是韦陀[1]。彼此捏着脚步，过了龛子，向二门走来，也就如法施行，将门推开。才欲进去，忽见左边有排板壁，隔着半间房屋，里面好像有人谈心。马荣知是看山门的僧人所在，当时将乔太衣袖一拉，乔太会意，彼此到了板壁前面。屏气凝神，在板缝内向里一看，却是一盏油灯，半明不灭的摆在条桌上首，一个四五十岁的僧人，坐在椅子上面，下首有个白发老者，是个乡间的粗人，坐在凳上，好像要打盹的神情。只见那个和尚，将他一推说道："天下事，总是不公平，你醒来，我同你谈心，免得这样昏迷。"那人被他推了两下，打了呵欠，睁眼问道："你问我有何话说？方要睡着，又为你推醒。现在已近三更，那人还未前来。"和尚道："想必她另有别人了。本来女流心肠，不能一定，直可怜那许多节烈的人，被他困在里面，真乃可恼。"马荣见他们话中有因，便向里面问道。那和尚又说出什么，且看下回分解。

---

① 韦陀：即佛教韦陀菩萨，是佛的护法神。相传他姓韦名琨，佛教把他作为驱除邪魔，保护佛法的天神。从宋代开始，中国寺庙中供奉韦陀，称为韦陀菩萨，常站在弥勒佛像背后，面向大雄宝殿，护持佛法，护助出家人。

第四十一回　入山门老衲说真情　寻暗室道婆行秽事

却说马荣、乔太两人，听那僧人说道："那人不来，许多贞节好人，为他困在里面，岂不是天下事太不公平？即如我，虽不敢说是真心修行，从前在这寺中为主持，从不敢一事苟且。来往的僧人，在此挂锡①，每日也有七八十人，虽然不比有势力，总是个清净道场。自他到此，干出这许多事来，怕我在里面看见，又怕我出去乱说，故意奏明武则天，令我在此做这看山门的僧人，岂不鹊巢鸠占么？而且那班戏子，虽是送进宫中，无不先为他受用。你看昨日那个女子，被他骗来，现在百般的强行。虽然那人不肯，特恐那个贱货，花言巧语，总要将她说成。"老者听了此言，不禁长叹一声说道："你也莫要怨恨，现在尼姑还做皇帝，和尚自然不法了。朝廷大臣，哪个不是武、张两党，连庐陵王还被他们谗间贬出房州。他母子之情，尚且不问，其余别人，还有何说？我看你，也只好各做各事罢。"马荣听得清楚，将乔太拖到房边，低声说道："我等此时，何不将此人喝住，令他把寺内的细情说明，然后令他在前引路，岂不是好。"乔太也以为然。

当时马荣拔出腰刀，使乔太在外防备，恐有出入的人来，自己抢上一步，左脚一起，将那扇门踢开，一把腰刀向桌上一拍，顺手将和尚的衣领，一把揪住，高声喝道："你这秃驴，要死还是要活？"那个和尚正在说话，忽然一个大汉冲了进来，手执钢刀，身穿短袄，满脸的露出杀气，疑惑他是怀义的党类，或是武则天手上宠人，命他来访

① 挂锡：禅林用语，又称留锡。即悬挂锡杖之意。旧时云水僧行脚时必携带锡杖，若允许安居时，则挂锡杖于壁上之钩，以表示住寺内。现特指禅僧至修行道场住宿。

事，方才的话，为他听见。此时早吓得神魄失散，两手护着袈裟，浑身发抖，嘴里急了一会，乃道："英、英、英雄，僧、僧、僧人不、不敢了，方才、才是大意之言，求、求英雄饶命，随后再不说他坏处。"马荣知他误认其人，喝道："汝这秃驴，当俺是谁？只因怀义这秃驴，积恶多端，强占人家妇女，俺路过此地，访知一件事，特来与他寻事。方才听汝之言，足见汝二人非他一党，好好将他细情，并那藏人的所在，细细说明，俺不但不肯杀你，且命你得个极大的好处。若是不说，便是与他一类，先将你这厮杀死，然后再寻怀义算账。"和尚听了此言方才明白，乃道："英雄既是怀义的仇家，且请松手，让僧人起来，慢慢地言讲。难得英雄如此仗义，若将这厮置之死地，不但救人的性命，国家大事，也要安静许多。且请英雄释手，僧人总说便了。"

马荣听了此言，将腰刀举在手内，说道："我便松开，看汝有何隐掩！"当时将手一放，只听"咕咚"一声，原来和尚身体极大，不防着马荣松手，一个筋斗栽倒在地。马荣见他如此模样，知道他害怕，乃道："你好好说来，俺定有好处与你。究竟这怀义住在何处？方才你两人说，那人未来，究是谁人？"和尚爬起来说道："僧人本是这寺中住持，十年前来了这怀义，在寺中挂锡，当时因他是个游方和尚，将他留下……"说到此时，复又低声说道："英雄千万莫要声张，我虽说出，可是关着人命，你若声张起来，我命就没有了。只因当今天下，武则天被太宗逐出宫闱，削发为尼，彼时见怀义品貌甚好，命老尼暗中勾引，成了苟且之事。后来高宗即位，武后收入宫中，不时到这庙中烧香，已是不甚干净。那时因关国体，虽知其事，却不敢说出。谁知高宗驾崩，她把太子贬至房州，登了大宝，竟封这怀义做了寺中主持，命我看这山门。从此奸淫妇女，无恶不作。前日见村前王员外家的媳妇，有几分姿色，他自己便假传圣旨，到他家化缘，说太后欲拜四百八十天黄仟，令他到王公大臣家募化福缘。王员外见他前去，知他来历不轻，当时给了五千银子。他又说银子虽然送出，还要合家前去看礼，若是不去，便是违旨。次日王员外只得领着合家大小男女，入庙烧香，他便令人将他媳妇分开，骗到暗室里面。随后王员外回去，不见他媳妇，前来寻找，他反说人家扰乱清规，污浊佛地，欲奏知朝廷，论法处治。王员外不敢与他争论，只得抱头鼠窜地回去。听说连日在家寻死觅活，说这冤情没处伸了。谁知怀义将他媳妇藏入暗室，面般强污。所幸这李氏竭力抗拒，终日痛骂，虽然进来数日，终是不能近身。现在怀义无法，将平时那个相好的王道婆找来，先行出火[①]，然后许她的钱财，命向李氏言劝。说若李氏答办，遂了心愿，遂将她两人作为东西夫人。昨日在此一夜，午前方走，约定今晚仍来，故此山门尚未关好。”

马荣道：“既有此事，你且带我进去，先将这厮杀死，岂不除了大患！”和尚忙道：“英雄切勿粗莽，此去岂不白送了性命？他自大殿起，直至他内室暗室，各处皆有关键，而且临室前面，有四人把守。听说这四人是绿林大盗，犯了弥天大罪，当该斩首，他同武则天讲明，宽他不杀之罪，命他在此把守暗室，以防外人入内。武则天视他如命，岂有不依之理。当时便派这四人前来，马上步下，明来暗去，无不皆精。只要进了大殿，无意碰上暗门，当即突陷下去，莫想活命。四人听见响动，立刻下来，杀成两段，游人在此，无故送命的，也不知多少，何能前去？我看你休生妄想，你这样虽有本领，恐不是他的对手。这是我一派直言。那个王道婆要来了，若是见有生人，你我一齐没命。我话虽说明，你可赶快出去吧！”马荣道：“你放心，包不累你，我去便了。”当时将腰刀插入了鞘内，出了房门，将门带好，然后与乔太说道：“你我且躲在龛内等候，且待道婆前来，随她进去，方访得明白。”两人计议已毕，一前一后，蹿上神台，在龛内藏躲。

未有一个更次，果然门外有人谈心，道：“今晚这个月色，正是明亮，怀义大约同热锅蚂蚁一般，在那里盼望呢。”后面一人又道：“本来你也太装腔作势的，人家昨日同你千恩万爱的，叫你今晚早来，你到此时，方才动身。我看你也是挨不过去了。”那人道：“你只道拿

---

① 出火：发泄性欲。清·曹雪芹《红楼梦》第二一回：“贾琏独寝了两夜，十分难熬，只得暂将小厮内清俊的选来出火。”

我垫闲！一经将那个好的代他说上，你抱着他，他也不问你的。今日总要叫他认得我，方才知我的利害。”说着咯咋一声，已将山门推下，高声问道：“净师父哪里去了？这半夜三更不在此看守，若有歹人钻了进来，岂不误了大事！”里面和尚赶着答道：“李婆婆来了！我方才进房有事，可巧你便来了。”马荣向外面一看，见是个四十上下的妇人，虽是大脚，却是满身的淫气。见和尚出来，向着后面那个女子说道：“你回去吧，明日不见得回去。本欲领你同我进去，那个馋猫见了你，又要动手动脚的了。随后有便，我再代你上卯，这几日先让我快活快活。”外面那人，啐了一声，果然回去。这里道婆命沙弥将山门关好，自己提着个灯笼，向大殿而去。

乔太听她这派言语，已是气不可遏，欲想上前就是一刀，结果她性命，马荣赶快拦住，低声说道：“正要随她进去，访明道路，此时杀死，岂不误事！”两人见他进入大殿，跳出神龛，蹑着脚步，随后赶来。只见在大殿口站定，左脚向门槛上两蹬，忽然一阵响声，顷刻之间，里面出来几人，见是道婆，齐声笑道：“你这老崽子，如此装腔！他在那里乱来了，前后不分，揪着人胡闹。”当时说笑着，向里面而去。马荣、乔太欲想随她而行，又恐众人转身为其看见，彼此没有退步，而且这班人，皆非善类。当时两人只得蹿身上了房屋，在上面随着灯光，一路而去。穿过几处偏殿，见前面有个极大的院落，院左边有个月洞门，并不推敲，但将门外那块方石一敲，两扇门自然开来，里面却是个花园，梅、兰、竹、菊、杨柳、梧桐，无不齐备。两人在墙头伏定，但见前面一带深竹，过了竹径，乃是三间方厅，众人到了厅内，道婆喊道：“秃子还不出来迎接！你再在里面，我便走了。”这话还未说完，好像一人道：“我的心肝，你再走，我便死过去了。”正说之间，众人哄然大笑。

马荣不知何事，当时蹿身下来，隐在竹园里面，向厅前一看。只见一个少年和尚，精赤条条，站立在前面。因道婆说要回去，他来不及穿衣服，便这样出来，所以引得众人大笑不止。马荣虽是气愤，只得耐着性子，向里面望去，见怀义同那道婆手搀手，到了那上首房间里去，众人顷刻间，全然不见。遥想此时，这奸僧干那苟且之事，不忍听那淫秽之声，只得又等了一会。约计干毕之后，走到窗下侧耳细听，闻得道婆说道："你这没良心的种子，现在无人，竟拿我垫闲，今日火自出了，日后怎样说法？我们是下贱人，比不得你上至武后，下至官人，皆可亲热的。今日不允我个神福，那件事你也莫想上手，我这利口，你也应该知道。"怀义道："你莫要这样说，昨晚已允过你了，若把她说妥，这两个房间，一东一西，为你两人居住。若武则天前来，横竖她也不在这里，另有那个地方。听说我们的那班戏子，无不个个如意，加之薛敖曹又入宫中，她已是乐不可支，一时也未必想起我来。即便我间或进宫，也是躲躲藏藏，焉能同你们如此忘形。你看我这小怀义，又怒起来了，你可再救我一救。"说着便搂抱起来。马荣听到此时，实在忍耐不住，拔出腰刀便想进去动手，忽听里面隐隐的露出哭声，知是李氏困在里面，复又按着性子，想道："我此时进去，就要将这狗男女杀死，设若误入暗室，岂不反误了大事！"只得转身到了院内，命乔太在竹园等候，自己顺着声音暗暗听去，却是在地窖里面，走了两趟，只不见有门路。

忽然奸僧与道婆一阵笑声，出了厅门，马荣反吃了一惊，深恐被他看见，正要躲避，复又铃声一响，许多男子齐行出来，向道婆说道："李婆婆，我们下面说了两天，为他骂了无限，只是不依。你现在人浆也吃过了，火已平了，可以将此事办成，免我们寻人乱闹。"道婆道："你们这许多人垫垫工，也不为过，若再向我取笑，便显个手段你看。"众人道："我等如此说，须也是为的你日后做二夫人，岂不快活。"说着，道婆一笑，将那门槛一踹，众人顷刻复又不见。马荣甚是诧异。

不知后事如何，且看下回分解。

第四十二回　王虔婆花言骗烈妇　狄巡抚妙计遣公差

却说马荣见怀义同众人忽然不见，知是下入地窖，见四下无人，当即走身出来，与乔太并在一处，侧耳细听。但听道婆到了里面说道："王家娘子，还在这里么？我看你们这些人，为什不打盆面水来，快为娘子净面？就是想娘子在此，也该殷勤殷勤些，令人心下舒服。常言道，不怕千金体，三个小殷勤。人心是肉做的，她看你这温柔苦求，自然生那怜爱的心了，而况怀义有这样品貌，这样人物，还有这样声势富贵，旁人还想不到呢。目下虽是个和尚，可知这个和尚，不比等闲，连武后也是来往的，王公大臣，哪个不来恭维？只要武则天一道旨意，顷刻便官至极品，那时做了正夫人，岂不是人间少有，天上无双。到那时我们求夫人让两夜，赏我们沾点光，恐也不肯了。总是你们不会劝说。你看哭得这可怜样子，把我们这一位都疼痛死了。你们快去，取盆水来，好让我为娘子揩脸。凡事总不出情理二字，你情到理到，她看看这好处，岂有不情愿之理？"

正说之间，忽听铃声一响，马荣两人吃了一惊，赶着用了个蝴蝶穿花势，蹿至竹园里面隐身。向原处一望，早有两个人来，捧着一个瓷盆，向东而去。马荣道："你听虔婆这张利口，说得如此温柔，想必取水之后，便要动手了，你我索性在此听个明白。"两人在私下议论。未有一会工夫，那人已取了水来，依然铃声响动，入内而去。马荣复又出来，但听道婆又道："娘子且请净面，即便要去，如此夜深，也不好出庙，我们再为商议。还有一句不知进退的话，娘子既来此地，就是此时出去，也未必有干净名声，若是清洁，最好不来。现在至此，你想怀义的事情，谁不知道？那时落个坏名，同谁辩白？我看不如成了好事，两人皆有益处。这样一块美玉似的人，还不情愿，尚要想谁？我知道你的意思，昨日进来，羞答答的不好意思，故此说了几句满话，现在又转脸不过来，其实心下早已动情了。只总是怀义不好，不能体察人的意思，我来代你收拾好，让你两人亲热亲热地在一处。”说着好像上前去代她揩脸解衣的神情。

马荣正是怒气填胸，只听得“咣”一声，打了一个巴掌，一个人高声骂道：“你这贱货，当着我是谁，敢用这派花言巧语？可知我乃金玉之体，松柏之姿，怎比得你这蝇蛆逐臭的烂物！今日既为他困在此地，拼作一死，到阴曹地府，同他在阎王前算账。若想苟且，也是梦话。他虽是武则天来往，可知国家也有个兴败！何况这秃厮罪不容诛，等到恶贯满盈，那时也要碎骨粉身，以暴此恶！你这贱货，若再动手，先与你拼了死活。打量我不知你的事情？半夜三更，乱入僧寺，你也不怕羞煞！”乔太向马荣耳边说道：“这个女子，实是贞烈，若果这虔婆与怀义硬行，也只好冒险的前去了。”马荣道：“怕的怀义到别处去了，这半时不闻他言语。且再听一会，看是如何。”乔太只得将腰刀拔出，专候厮杀。

谁知虔婆被她这一顿痛骂，并不动气，反哈哈笑道：“娘子你也太古怪了，我说的是好话，反将我骂这一顿。我就不回手，看你这要死不死，要活不活的样子，几时是了。我且出去，免得你生气。”说罢向众人道：“你们在此看守，我去回信。遥想秃驴，不知怎样急法呢！”当时又听铃声一响，马荣两人疑惑里面有人出来，复又隐入竹内，谁知听了一会，并不见有动静。马荣道：“这下面地方，想必宽大。方才怀义下去，不听他的言语，此时铃声一响，虔婆又不出来，想是另有道路，到别处去了。你我此时，且到后面寻觅一番，看那里有什么所在。现已打四更了，去后也可回城通报。你我两人在此，虽知其事，终于无益。”二人言定，由竹园内穿出院墙，蹿上厅房向后而去。但见瓦屋重重，四面八方皆有围墙护着，欲想寻个门路，也是登天向日之难。看了一会，知是他的暗室，当时只得出来，蹿过护河，向城内而去。

到了衙前，却巧天色已亮，自己吃了饮食，正值狄公起身，当即到了书房，狄公问道："汝等去了一夜，可曾访出什么？"马荣道："大人听了此事，也要气煞！世上有这等事件，岂非是君不成君，臣不成臣。"当时两人便把白马寺的话，从头至尾说了一遍。狄公自是气不可遏，忙道："今夜汝等可如此如此，先将这老虔婆杀死，本院一面命陶干前去，将王家的原主唤来，本院自有章程。"马荣领命出来。登时狄公将陶干喊进，又将刚才的话诉说了一番，命他立刻出城，如此如此。

陶干当即出了衙门，飞马向城外而来，一路问了乡人，约至辰牌之后，已到了王员外庄上。赶紧下马，在树上挂好，自己走到庄前，见有四五个庄丁，在那里交头接耳，不知说什么。陶干上前问道："你这庄可是姓王？你且进去通报一声，说是有个陶干，特由城内而来，同他有机密商议。从速前去，迟则误事矣。"

却说那些庄丁，见他是公门中打扮，不知是好是歹，乃说："天差到此，虽是正事，可巧我主人现卧病在床不要见客，且请改日来罢。"陶干知他是推诿，乃道："你主人的病由，我是知道的，若能见我，不但可以治病，而且可以申冤。这句话，你可明白吗？近日你家庄上，出了何事，你主人的病，就因此事而起。是与不是，快去快去，莫再误事。这个地方，非谈心的所在，到了里面，你们便知我来历了。"众人见了他如此说法，明明指着白马寺之事，当时只得说道："且请天差稍待一刻，我进去通报一声，看是如何。"说着那人走了进去，稍停一回出来，向着陶干道："我主人问你是何处衙门的天差？"陶干道："俺乃巡抚衙门的狄大人那里前来，还不知道吗？"那人听了此言，遂说道："既然是巡抚衙门，我主人现在厅前，就此请见吧。"

陶干当即跟他进去，穿过了几处院落，来至厅前。只见一个五六十岁的中年老者，站在厅前，见那陶干来，赶着说道："天差光降，老朽适抱微恙，未克远迎，且请坐奉茶。"陶干当即说道："小人奉命前来，闻得尊处现有意外之事，且请说明，敝上或可代为理恤。但不知员外是何名号?”王员外道:“老朽姓王名毓书,曾举进士,只因钝朽无能,家中有些薄产,可以度日,因此不愿为官,居于是乡。然村庄田户,见老朽有些薄产,妄为称谓;此庄唤王家庄,遂称老朽为员外,其实万不敢当。但狄大人雷厉风行,居官清正,实是令人钦慕。此时天差前来,有何见教?”陶干见他不肯说出真情,乃道:“当今朝廷大臣,半皆张、武两党,狄大人削除奸佞,日前已将两人惩办。小人前来,正为白马寺之事,何故员外见外,尚不言明?岂不有负来意!”王毓书听了此事,不禁流下泪来,忙道:“非是老朽隐瞒,只因此事关着朝廷统制,若是走漏风声,性命难保。目下哪一个不是奸党的爪牙,独恐冒充前来,探听虚实,以致未敢直言。其实老朽这冤枉,无处申诉的了。”说罢流泪不止。

陶干道:“员外且莫悲伤,这其中细情,俺俱已知悉,幸而令媳此时并未受污。”当时将马荣、乔太昨夜去访的话,说了一遍,然后道:“大人命我来此授意员外,请员外如此这般,大人定将此事办明,所有沉重,皆在大人身上。外面耳目众多,实是要紧,千万勿误。小人不能在此久待,回衙还有别的差遣。”说毕,起身告辞而去。王毓书听毕,心下万分感激,虽然犹豫不决,不敢就行,复又想了一会道:“我家不幸出了此事,难得狄公为我出力,若再畏首畏尾,岂不是自取其辱么?”当时千恩万谢,将陶干送出大门之外,依议办事。

且说陶干回转城中,禀见狄公,各人在辕门伺候。到了下半天,忽然堂上人声鼎沸,有许多乡人,拥在大堂之上,狂喊申冤。一个中年老者,执着一个鼓槌,在堂上乱敲不已。当时文武巡捕,不知为何事,赶紧出来问道:“你这老人家有何冤抑事,为何带这许多人前来喊冤?明日堂期,可以呈递控状,此时谁人代你回禀?”那老者听了此言,抓着鼓槌,向巡捕拼命说:“来击鼓鸣冤。”说是白马寺僧人,将他媳妇骗入寺内,现在死活存亡,全未知悉,特来请大人申冤。狄公道:“白马寺乃怀义住持,是武后常临之地,岂得有此不法之事!他的犯词何在?”巡捕道:“小人向他索取,他说请大人升堂,方才呈递,不然就要轰进来了。”狄公假意怒道:“天下哪有这样事件?若果没有此事，本院定将这干人从重处治；若是怀义果真不法，本院也不怕他是敕赐[1]僧人，也要依律问罪。既这原告如此，且传大堂伺候。"巡捕领命出来，招呼了一声，早见许多书差皂役，由外进来，在堂上两旁侍立。顷刻之间，暖阁门开，威武一声，狄公升堂公座，值日差在旁伺候。狄公问道："且将击鼓人传来。"下面听了这句言语，如海潮相似，异口同声，八九十人，一齐跪下，口称大人申冤。为首一个老者，穿着进士的冠带，在案下跪下，身边取出呈子，两手递上。

狄公展开看了一遍，与马荣回来说那山门的和尚所说的话无异，然后问道："汝叫王毓书么？"老者道："进士正是王毓书。"狄公道："你呈上所控之人，可是实事么？怀义乃当今敕赐的住持，他既是修行之人，又是武后所封，岂不知天理国法？何故假传圣旨，到汝家化缘，勒令你出五千两银子？又命你合家入庙烧香，将你媳妇骗入在里面，此是罪不容诛之事，若控不实，那个反坐的罪名，可是不轻。汝且从实供来。"

王毓书听了此言，说道："进士若有一句虚言，情甘加等问罪。只求大人不畏权势，此事定可明白。"说罢放声大哭。

不知狄公如何发落，且看下回分解。

① 敕赐：皇帝的赏赐。敕（chì）：帝王的诏书、命令；赐（cì）：给，旧时指地位高的人给地位低的人或长辈给小辈的财物：赐予、赐死、赏赐、恩赐。

第四十三回　王进士击鼓鸣冤　老奸妇受刀身死

却说狄公见王毓书说，大人如能不畏权贵，决可将此事明白，当时拍案怒道："汝虽不入仕途，也是科名之士，岂不知国家立官，为达民隐？本院莅任以来，凡事皆秉公评断，汝何故出此不逊之言？且将汝交巡捕看管，本院访明再核。若果不实，便将汝重处！余人一律开释。"说罢拂袖退堂。所有那些百姓，听见此事，无不切齿痛骂，说怀义这秃驴，平日干的事件，已是杀不胜杀，只因有关国体，朝廷大臣，无奈何他，近又将王毓书媳妇，骗入里面，还敢假传圣旨，这样大罪还可容得么？可惜这老人家，只控了一番，这狄公但问他是虚是实，那个意思，也不敢办，这岂非有心袒护么？你言我语，私下议论不了。当时王毓书随巡捕而去，众农户见狄公如此发落，齐向王员外道："员外在此，且耐心两日，若大人再不肯办，我们明日再来。"说罢，齐声而散。

你道狄公何故说这松懈的话，只因怀义党类甚多，就要今晚马荣、乔太两人事情办成，明日方可奏知武后，严加惩办，若此时在堂上过于决裂，满口要办怀义，设或有人与怀义一党，当时前去报信，走漏风声，反为不美。因此但将控告的原因，在堂上细问了一遍，使百姓知道，又见自己不肯替王毓书申冤，此乃他禁止人通报信息的意思。此时退堂之后，将控告收好，已是上灯时候，命陶干去喊马荣，说他二人已经前去，当晚也不安寝，专等马荣的回信。

谁知马荣与乔太，早就吃了晚饭，出衙门，由原路向白马寺来，约至二鼓左右，已到面前。两人走的是熟路，直至寺口，依旧将山门轻轻一推，幸喜又未掩着。两人挨身进去，复又掩好，来至和尚房内。那个和尚见他又来，忙道："昨晚你们几时出去？里面的事情，曾访明白？"马荣道："全晓得了，但问你昨晚山门不关，是等那个道婆，昨日听得说今晚不回去，为何此时仍将山门开着？"和尚道："英雄不知，她每日皆如此说法，到了次日，便自回去。因她那个庵中，也是个龌龊世界，所有的尼姑，把持京城中少年公子，不知坑害了多少。她每日回去，仍要办那些牵马打龙等事。今日巳正之后，方才出去，言定三更复来。英雄此时又来何干？"马荣道："可真来么？"和尚道："僧人岂敢说诳？"马荣当即说道："你且在里面静坐，若山门外有什么声响，千万莫出来询问，切记切记！"说毕，仍然与乔太出寺，在牌坊口站定。

看看天色尚早，复又在周围一带游玩了一回，约致三鼓，月色已是当头，心下正是盼望，远远地见松林外面，有团亮光，一闪一闪的。马荣招呼乔太道："你看对面可是来了么？"乔太说："这树枝挡住看不清楚，且待我前去看明白了。"当时蹑着脚步，向松林内走来，定睛一看，却是一个少年女子，提着个灯笼，照着那道婆前来。乔太赶忙出了树林，来至牌坊前面，低声向马荣道："这贱货来是来了，你我在哪里动手？"马荣道："就在这山门前结果她性命。"当时背着月光，倚着牌坊的柱子，掩住身躯。只听树林二人说道："王道婆婆，你何以认知怀义？听说他与别人不同，浑身全瘫在身上，唯有那件东西，如铁棍子相似，两下一来，便令人筋骨苏麻，可是真的么？你天天如此受用，可惜我未尝过这滋味，你哪一天也松松手，给点好处与我。每天送你来，便不许我进去，岂不令人想煞？不听这妙事，也就罢了，既然晓得，不能身入其境，你想可怪难受的。"王道婆听了笑道："你这骚货，每日两三个男人上下，还要得陇望蜀，想这神仙肉吃。可知他虽是如此，也要逢迎的人有那种本领，软在一处，瘫在一堆，方有趣味。不然独角戏唱得来，也无意味。"两人一头走着，嘴里只顾混说这邪话，不防着已到了牌坊前面，马荣将腰刀一举，蹿身出来，高声喝道："老虔婆，做得好事，今日逢着俺了！"说着左右将头发揪住，随手一拖，早跌倒地下。那个少年女子，正要叫喊，乔太早踢了一脚，将灯笼踢去，露出明晃晃钢刀，向着两人说道："你们如喊叫一声，顷刻就送你的狗命。"

虔婆见是两个大汉，皆是手执钢刀，疑是劫路的贼盗，早已唬得魂不附体，当时说道："大王饶命，我身边没有银钱，且放我进寺，定送钱财与你。"马荣两人，也不开口，每人提着一人，直向松林而来。到了里面，咕咚摔下，乔太向马荣道："大哥，我们就此开刀，先将她那个残货剥下，究竟看她什么形象，就如此淫贱。就后挖出她心来，就挂在这树上，让鸟雀吃了吧。再将头割下，为那烈妇报仇。"马荣故意止住说道："这不是怪她一人，总是怀义这狗头秃驴造的这淫孽。若是这虔婆肯将那地窖的暗门，何处是关键，何处是埋伏，何处是怀义淫秽的地方，共有几个所在，她能说明，常言道，冤有头，债有主，我们仍寻怀义算账，与她二人无涉。"

乔太听了此言，向着王道婆说道："你这虔婆可听见么？爷爷本欲结果你们的性命，这位大哥替你们讨情，饶你狗命，你还不赶快说么？"王道婆听了此言，心下想道："这两人是何处而来，为何与怀义有这仇恨？我且谎他一谎，只要将此时过去，告知怀义，命他明日进宫奏知武后传出圣旨，捉拿这两个盗匪，还怕他逃上天去么？"当时说道："大王要问他地窖，此乃是自己的埋伏，外人焉能知道？我不过偶然到此烧支香，哪里知道他的暗室？"马荣冷笑道："你这刁钻的贱婆，死在头上，还来骗人，打量爷爷们不知道？昨日夜间打洗脸水是谁叫的，东西夫人是谁要做的，我不说明，你道我未曾看见么？你既偏护着孤老，爷爷就要得你性命，先送点滋味你尝尝。"说着刀尖一起，在虔婆背臂上，戳了一下，登时"哎哟"一声，满地的乱滚，鲜血直流，嘴里喊道："王爷千万饶命，我说便了。"马荣说："爷爷叫你说，你偏要谎我，现在不要你说，你又求饶。要说快说，不说就下手了！"当时将钢刀竖起，刀背子靠在颈项上，命她直说。

王道婆到了此时，已是身不由己，欲待不说，眼见得性命不保，只得说道："他那个厅口的门槛，两面皆有口子，在外边一碰，便陷入地窖，下面皆是梅花桩、鱼鳞网等物，陷了下去，纵不送命，已是半死。由里一得脚，那门槛下面有两块砖头，铺嵌在木板上面，用铁索子系在槛上，只要一碰铁索子，便落了下来，当时两块石板，左右分开，下面露出坡屋。由此下去，底下有十数间房屋，各是各的用处。我那日在那里是第二间房内，李氏娘子是第五间，其余皆是他娈童顽童的所在。将这房屋走尽，另有五大间极精美的所在，便是武后的寝宫了。这全是真实的言语，并无半句虚词，求大王饶命吧。"

马荣听完，乃道："爷爷倒想饶你，奈我伙伴不肯。"王道婆疑惑地看乔太，也就向乔太求道："是这位大王，也高抬贵手，饶我一命。"乔太笑道："他有伙计，俺也有伙计，只问我伙伴肯饶你，便没有事。"王道婆道："大王不要作耍，统只有你两人，哪里再有伙计？"乔太将刀一起喝道："就是这伙计，饶你不得！"王道婆哎哟一声，早已人头两处。那个少年女子，见道婆被杀，自分也是必死，只得求道："大王如不杀我，我便把身上这金镯与你两人。"马荣骂道："你这骚货，也饶你不得！你且说来，庵在何处，里面共有多少尼姑？"女子道："此去三里远近，有座兴隆庵，便是武后从前为尼之所。这道婆与怀义是多年的情人。现在共有三四十间暗房，此三四十个尼姑，专门招引王公大臣、少年子弟在内顽笑。凡有人家暧昧之事，不得遂心的，也来此处商议。我是去年方才进庵，专随这道婆出入，有时她迎接不上，便命我替代，因此知道这里面的滋味。不料今日此处遇见大王，但求大王饶命。"马荣听了骂道："汝这贱货，留着你也非好事！你既同她前来，一齐再同她前去。"当时也是一刀，把那女子杀死。马荣道："你我此事是干毕了，明日怀义出来，自必奏知武后，捉拿凶手。尸骸山门前面，岂不有累这看门的和尚？你且进去，对他说知，我这两颗人头，送到怀义那个厅上去，先把点惊吓与他。"说着起手在地下将两颗首级提起，一路蹿房过屋，向那竹园而来。

到了里面，见了下面有人说道："这个老东西，此时又不来了。

每日夜间，总不得令人早早安歇，她不来，这一个便逢人胡闹。”马荣见四下无人，蹑着脚步，顺着道婆所说的身径，走到里面，轻轻把两颗首级，一里一外在那开键处摆好，随即蹿身上房，连蹿带纵到了山门口，向里喊道：“乔太，你我快点回去。顷刻里面警觉，便走不去了。”乔太正值里面出来，两人一齐向城内而去。半路之间，马荣问道：“你如何同他说？”乔太道：“我同他说明，是巡抚衙门来，若是怀义在他身上追寻凶手，命他到辕门控告，但说怀义骗奸人家妇女，致杀两人。他见我是狄大人差来，感激不尽，说代他出了冤气。虽是他的私意，遥想也不甚有误。”当时两人赶急入城，已是四更以后。

进了衙门，却巧狄公正拟上朝，见他两人回来，知是事情办妥，问明原委，上车来至朝房。此时文武大臣，尚未前来，幸喜元行冲已到，狄公当将王毓书的事，告知与他。行冲道：“此事唯恐碍武后情面，难以依律惩办，只得切实争奏，方可处治。”狄公道：“本院思之已及，稍停金殿上如有违拂之处，尚望大人同为申奏。”元行冲道：“大人不必烦虑，除武后传旨免议，那时无法可想，若是武三思、张昌宗等人阻挠，下官定然伏阙力争。”

二人计议已毕，众臣陆续已来。稍待，景阳钟响，武后临朝，文武两旁侍立，早有值殿官上前喊道：“有事出班奏驾，无事卷帘退朝。”只见狄公俯伏金阶，上前奏道：“臣狄仁杰有事启奏。兹因进士王毓书昨投臣衙门击鼓呼冤，说有媳妇李氏为白马寺僧人怀义骗入寺内中，肆行强占，目下不知生死如何。臣因该地是敕赐的所在，恐其所控不实，当即在堂申驳。谁知此事合境皆知，听审百姓齐齐鼓噪，声言此案不办，便欲酿成大祸。臣思若果王毓书诬告，何以百姓众口一词，如再不奏明严办，不但有污佛地，于国体有关，且恐激成民变。求陛下传旨，将白马寺封禁，俾臣率领差役，前去搜查一番，方可水落石出。若果没有此事，这王毓书诬控僧人，扰乱清规，也须一律惩办。”

武则天听了此言，不禁吃惊道：“怀义是寡人的宠人，准是因薛敖曹现入宫中，他不能前来，加之寡人久不前去，因此忍耐不住，做出这不法事来。但此事有碍我的情义，设若被他审出，如何是好？”当时要想阻止他不办，一时又不好启齿。

武后想来……不知所说如何，且看下回分解。

第四十四回　金銮殿狄仁杰直言　白马寺武三思受窘

却说武后听狄公奏怀义骗诱王毓书媳妇，请传旨交他查办，心下难以决断：欲待不行，显见碍于私情，恐招物议，而且狄公非他人可比；若是他前去搜出实据，那时更难挽回。若遽然准旨，此去怀义定然吃苦，那种如花似玉的男人，设若用刑拷问，我心下何以能忍？况此事也不能怪怀义，总因薛敖曹、张昌宗等人，日在宫中，便令我将他忘却，以致他心火上炎，难以遏止。此事唯有推诿在别人身上。若果他实事求是地认真起来，那时也只好如此这般，传道旨意，开赦便了。当时答道："狄卿家所奏，王毓书击鼓呼冤，孤家虽不知怀义果有此事，但此寺乃是先皇敕建，加以寡人允了神愿，偶往烧香，见怀义苦志修行，不愧佛门子弟，因此命他为这寺中住持。此时既有此事，固不能因他是敕封的僧人，违例不办，但也要访明，唯恐别处僧人，冒充其事，那时坏了佛地是小，坏了国体是大。卿家是明白之人，也应知寡人的意见。此去但将王毓书媳妇查访清楚，令其交出便了。余下若能宽恕，看他是出家之人，容饶一二。"狄公心下骂道："这个无道昏君，金殿上面，竟命我违例饶恕他，明是袒护的怀义，我且不问如何，你既命我去，当时也不怕你有什么私意，也要奏上一本，不然全没有天理国法。"随即奏道："臣定仰体圣意！若怀义果真不法，也只好临时再看轻重了。"

当时正要退朝，忽然黄门官奏道："现有白马寺住持怀义报道，山门前不知何人杀死两口女尸，首级不知去向。特命人来报官，转请代奏。"武则天听了此言，心下疑道："莫非怀义真是个妄为！两个女子是他骗来行奸不从，致将他杀死，反来奏朕发落？现在狄仁杰在朝，如何遮掩得过来？”当即怒道：“白马寺乃敕建的寺院，何人敢在此行凶？若不严办，法律安在！且山门有人看守，僧人静慧，岂不听见！莫非他干出不端之事，抵赖在怀义身上？”狄公心下明白，当时并不再奏，领旨下来，退朝而去。

且说怀义何以知山门前有了死尸？只因他与众娈童，在暗室内胡闹了半夜，轮流更替，皆不得王道婆那件顺意。一看玉杵如钢炭一般，真是无处安放。等到三更，仍是不来，欲想与毓书媳妇勾当，见她那样哭骂，深恐她拼命寻死，反而断了妄想。直到四更，疑惑道婆真是不来，不得已揪着了极小的道童，硬行干了一会，勉强出了点火，心下终不舒服，向着众人道：“这个老崽子骗得我好苦！她明知我熬不过去，偏是不来。此去她庵中不远，你们带我寻她，究竟看她去那里何事。莫非又遇见个妙人儿，舍不得前来？”那些娈童，皆是百说百依的，随即三四个人，由暗室出来。才将铜铃一抽，将那暗门开下，忽然一个滚圆的物件，如西瓜一般，骨碌碌地由台坡上直滚下来，把众人吃了一惊。皆定神向前一看，叱咤一声，未曾喊得出口，早又咕咚栽倒在地。怀义忙道：“你们怎样了。”那人早已吓僵，但听说道：“人、人、人头！”怀义再仔细一望，正是血淋淋一颗首级，当时亦魂飞天外，忙喊道：“前面英雄赶快出来，此地出了命案了。”

原来门槛外面那个陷人坑，四面有四个绿林大盗在那里把守，日间无事，夜间专在此处，恐有人来陷入坑中，他四人便一齐上前乱刀砍死。此时听见怀义叫喊，知又出了事了，也就将铜铃抽起，开下暗门，依然一样，早有个如西瓜大小东西，从上面滚了下来。为首一人正望上走，不防着正滚在自己头上，吃了一惊，也不知何物，顺手一摔滚了过去。但觉头额冰凉，再用手一抹，不看犹可，再举手一看，乃是鲜红的人血，忙呼道：“这事奇了，此地哪里有人头。”四人不解其故，只得一起攒身上来，过了门槛，复到里面暗室，见那边一人，已吓昏在地下，忙道：“你等不要慌，此事必仇家所为，而且是个好汉，方有胆量，干得出这事。且取个灯台来照一照，看是何人。”怀义连忙移过烛光，这一吓，非同小可，忙道："不、不、不好了，就是王道婆，为人杀了！我的心肝，你死得好苦，这来我怎么得过？"大汉道："你们莫要大惊小怪的，可知我那边还有个人头。一同看清楚了，再想这凶手是谁。"说着过去，两人把那颗首级取来，众人一看，正是道婆的伙伴。怀义道："这明是她两人前来，行至半路，被仇人所杀。这事如何得了？"

正闹之间，忽听前面又叫喊起来，说道："你们里面快点出来，现在山门口，杀死两人尸骸，不知由何处而来。这事不是儿戏，有关人命哪！"怀义听道："不好了！这分明是静慧狂叫，莫非赵老儿也被人杀死？"四个伙伴听得此言，忙道："只要凶手在此，也不怕他逃上天去，我等且去将他擒获。"说毕四人如飞一般，穿蹿纵跳到了前面。见静慧面如土色，还在那里叫喊，忙问道："净师父，凶手在哪里？"静慧道："我与赵老儿在山门内等候道婆，直不见她前来。因是天色不早，正要小解，一人出去瞧望，见有一个大汉，肩头上背着两件东西，向牌楼前一摔。我正要上前去问，那人大喝一声：'你来便送汝狗命！'我见他手中执着一把亮刀，一吓一个筋斗，昏了过去。过了半会，方才醒来，那人已不知去向。因此前来喊叫，不知我们里面如何？"四人齐道："这事奇了，里面只有两颗人头，莫非与山门前那个尸骸是一人？我们赶快追去。"四人各执兵器，蹿出山门，果见牌房前，两口尸骸，横在下面。向脚下一望，却是两个女尸，知是身首两分。四人在左近追寻了一回，不见有人影，只得依旧回寺，来到里面，告知怀义。

怀义道："这事如何是好？若他今夜再来，哪里有这许多人防备？可见这人本领非常，一人杀死两人，还敢将人头送至里面，竟无人知觉，遥想我们这内里的事，他皆知道了。似此若何办法？"四人道："你何必这样惧怕？此时赶快命人至武三思衙门，报知此事。现在天已将亮，请他立刻上朝，奏明武后，传旨刑部衙门九门提督，一体严拿凶手。如此雷厉风行，还怕他逃脱么？这个人头，从速在后面掩埋灭迹。就说是无头的命案，在别处杀人之后，将尸身移在寺前，有意掩害。武后听了此奏，岂有不办之理!”怀义听了此言，甚有主见，随即命人赶快入城。谁知到了城内，武三思已去上朝，那人只得到黄门官处，禀知此事，请他随即代奏。

此时武后退朝，赶命武三思入宫，说道：“怀义干出此事，现为狄仁杰奏明寡人，他乃先皇的老臣，而且孤家见他便有三分惧怯。这事若被他审出真情，为祸不浅。王毓书控告之事，还未明白，复又闹出命案，岂非叠床架屋①，令人难救。你此时赶先到白马寺去，命他将所有的罪名，移卸在净慧身上，孤家便可转圜了。”武三思本是他们一类，听说狄仁杰承办此事，也是为怀义担心，当时领旨，由后宰门出去，骑马出城，由小路飞奔白马寺来了。

下了牲口，果见山门前横着两口女人的尸首，地甲等人，在那里看守，仍有许多百姓，来来往往，拥在那里观看。武三思恐有议论，当时进了山门，直向内厅而去。正是怀义与众人谈论，说命人前去，何以仍未回来，不知武后如何发落。忽见武三思匆匆而进，正是喜出望外，忙道：“皇亲请坐！寺中闹出这项事件，如何是好?”三思笑道：“本来你们也太乐极了，日夜的在此快活，可知有人告了师父?”怀义道：“这是何说？有谁告我?”三思正色道：“此来正奉武后的密旨。现在王毓书在老狄辕门击鼓鸣冤，说你将他的媳妇李氏骗困在里房内面，而且假传圣旨，勒令出五千两饷。方才老狄上朝，奏明武后，武后正如此这般，为你掩饰，谁知黄门官又启奏说，寺前杀死两人。这明是你因奸不从，下这毒手。少顷老狄便来相验，武后特命我来，命你推在净慧身上，随后方好转圜。”

怀义听了此言，也是吃惊不小，忙道：“这不是冤煞人了？王毓书所控，虽有此事，只因我久不进宫，故一时妄为，可知杀死的人，并非什么百姓，乃兴隆庵的王道婆。她与我的事件，你也晓得，何忍将她杀死？这定是仇家所为。现在老狄前来，唯恐这事不能掩饰，却是如何是好?”武三思道：“横竖有武后做主，尚无大碍，但不可与他

---

① 叠床架屋：床上搁床，屋上架屋。比喻重复、累赘。北齐·颜之推《颜氏家训·序致》：“魏晋以来，所著诸子，理重事复，递相模学，犹屋下架屋，床上施床耳。”

硬辩。从前我与张昌宗尚吃他大苦，何况你是出家之人。虽看这私情在内，可知外面说不出口。我还不能在此久坐，设若他来两下对面，反为不美。他来后怎样，只赶快命人到我那里送信，好进宫复奏。这个地方，也不能久坐，他进来径在前殿上请他起坐，免得露行迹。”说着匆匆起身而去，就出了山门，正望小路上走来。

谁知前面鸣锣开道，纷纷而来，许多百姓，齐声让开，说道：“巡抚狄仁杰大人来了，少顷便要相验。”武三思见狄公已来，只好站立一旁，挤在人丛里面。谁知狄公在轿内，早经看见，心下骂道：“这厮前来，必有什么密旨传教怀义，我且将他拘在此地，令他亲目所睹，方无更变。”随即命人住轿，走出轿来，高声喊道：“武大人在此何干？莫非怕下官徇情，相验不实，从旁监视么？”武三思被他喊了两声，彼此转不过脸来，只得上前答道：“下官因有己事上乡，路过此地，特来一瞧。大人乃清正之官，何必生疑？大人且请办公，下官即告退了。”

狄公见他如此，心下笑道：“你也大乖巧了，既来如何能去！”忙道：“下官正恐一人照应不到，欲请一位亲信大人，同办此事。既然大人在此，且请同为查验，稍缓一刻何妨。”武三思心下正是着急，明知他是有意缠缚，忙道：“大人乃奉旨而来，下官未奉主命，何敢越分行事。”狄公正色道：“汝未奉命办此案件，难道私下至此，便行得么？此乃案情重大之事，你此时前来，非通消息而何？食君之禄，理合报君之恩，为何徇私废公，不办国家之事？今日虽未奉旨，且越分一次，所有罪名，老夫奏知圣上，自请处分便了。若不在此同办这案，便是汝有意欺君！”武三思被他抢白了一顿，只是回答不来，只道：“下官何敢如此？奉陪大人便了。”当时两人一齐进了山门。早有人通信，告知怀义。

怀义平时妄自尊大，任凭你何人，也不出来迎接，此时有亏心的事件，加以狄公清正刚直，无人不知，早已心中惧怕，迎接出来，在大殿前侍立。见了狄公，待行礼已毕，邀入前厅上坐下，怀义也就入座。狄公当时喝道：“汝是何人，竟敢与钦差对坐？即此一端，可知目无法纪。平日汝是敕建的住持，稍为宽待，胆敢将良家妇女，骗困寺中！本院奉旨查办，汝是为首的钦犯，还不向我跪下，从实供来！王毓书的媳妇现在何处？山门外两人，汝何时所杀？”这番话早将怀义吓得满身乱战。

不知后事如何，且看下回分解。

第四十五回　搜地窖李氏尽节　升大堂怀义拷供

却说怀义见狄公说了一番言语，吓得浑身乱抖，乃道：“僧人奉圣命在此住持，何得谓之钦犯？王毓书媳妇，是谁骗来，大人何能听一面之词，以为信谳？”武三思在旁道：“大人且待相验之后，再为讯审。此时未分皂白，也不能命御赐僧人，便尔下跪。”狄公道：“不然。王毓书也是个进士，断无不顾羞耻，捏控于他人之理。以命案看来，在他寺前，无论他是谋与否，杀人之时，未有不呼救之理。他既为寺中住侍，为何闻听不救？照此论来，也不能置身事外。而况王毓书所控，又是被告，虽未讯质，也须下跪。本院又是奉旨的钦差，他虽是敕赐住持，乃敕赐他在这寺中修行，非敕赐他在此犯法，或以‘敕赐’二字，便为护符，难道他杀人也不治罪么？可知王毓书之事，合境皆知，若不严审明白，设若激成民变，大人可担当得住？”这番话，把武三思说得不敢开口。

狄公又向怀义大喝道：“汝这奸僧，所作所为，本院尽所知悉。今日奉旨前来，还想恃宠不跪么？若再有违，本院便将万岁牌请来，用刑处治！”怀义见此时武三思已为他抢白得口不出言，只得双膝跪下。狄公道：“汝犯重罪，谅也难逃。且将大概说来，这两口尸骸是谁家妇女，为何因奸不从，将她杀死？”怀义忙道：“这事僧人实是冤屈。若谓我见死不救，这个寺院，不下有二三十进房屋，山门口之事，里面焉能听见？此事显系看山门的僧人净慧所为。自从僧人奉旨住持，便命他在山门看守，平日挟仇怀义，已非一朝一夕。近闻他奸骗妇女，在山门前胡行，僧人恐所闻不确，每日晚间，方自去探访。

谁知昨夜三更，便闹出此事，只求大人将他传来，问明此事。”狄公道：“汝既知有此事，为何不早为奏明，将他驱逐出寺？可见是汝朋比为奸，事前同谋，事后推卸在他身上。本院且待相验之后，再向汝询问。”说着起身，与武三思同出了山门。

早见仵作书差，在那里伺候，当时升了公座。仵作如法验毕，喝报是刀伤身死，填明尸格，复又进入庙中。狄公命将净慧带来，净慧到了厅前，早已跪了下去。狄公喝道：“汝这狗秃，圣上命汝看守山门，乃是慎重出入之意，汝何故挟仇怀义，胆大妄为，做出这不法之事！此两人是谁家妇女，因何起意将她杀害？”净慧本受了乔太的意思，乃道：“大人明见！僧人自从入庙，皆是小心谨慎，从不敢越礼而行。昨日三鼓时分，山门尚未关闭，当时出去小解，忽见有此死尸，明是仇人所为。求大人明察。”狄公当时怒道：“汝这狗秃，还说不关己事，为何半夜三更，尚不关闭？此言便有破绽，还不从实招来！”净慧道：“这事仍不关我事，求大人追问怀义。”狄公道：“怀义你听见么？庵观寺院，乃洁静地方，理合下昼将寺门关闭，何故夜静更深，听其出入？”怀义听了此言，深恐净慧说出真情，连忙道：“净师父，你不可混说。现在狄大人同武皇亲，同在此间，乃是奉旨而来，你可知道吗？你管的山门，自不关闭，为何推在我身上？”

狄公知他递话与他，说武三思由宫中出来，叫他先行任过的道理，连忙喝道：“净慧，你是招与不招？若再不说，本院定用严刑！”净慧道：“大人明见！这事虽僧人尽知，却不敢自行说出，所有的缘故，全在前面厅口。请大人追查便知。”狄公听了此言，向着武三思道：“本院还不知他有许多暗室，既然净慧如此说法，且同大人前去查明。”说着便命马荣、乔太，并众差役，一齐前去。

此时武三思心下着急，乃道：“里面是圣上进香之所，若不奏明，何能擅自入内？这事还望大人三思。”狄公冷笑道：“贵皇亲不言，下官岂不知道？可知历来寺院，皆有驾临之地，设若他在内谋为不轨，不去追查，何能水落石出？此事本院情甘认罪，此时不查，尚待何时！”武三思道：“既然大人立意要行，也不能凭净慧一面之词，扰乱禁地。设若无什么破绽，那时如何？”狄公道：“既皇亲如此认真，先命净慧具了甘结，再行追究。”当时书差将结写好，命净慧画押已毕，随即穿过大殿，由月洞门，抽铃进去。净慧本是寺内的僧人，岂不知道他暗室？况平时为怀义挟制，正是怀恨万分，此时难得有此干系，拼作性命不要，与他作这对头。当将月洞门抽开，怀义已吓得魂不附体，心下想道：“若能他陷入坑内，送了性命，那时死无对证，武后也不能将我治罪。”谁知马荣早已知道这暗门，先命净慧进去，自己与众人，站在竹林里面。只见净慧将门槛一碰，铃声响亮，早将两扇石门开下，向外喊道：“皇亲大人，此便是怀义不法的所在，现在李氏还在里面痛哭呢！”

狄公凝神，果然一派哭声，隐隐的由地窖内送出，随向武三思道：“贵皇亲曾听见么？若因禁地不来，岂不令妇女冤沉海底。”武三思直急得无可回答。只见狄公向怀义怒道：“你这贼秃，竟敢如此不法！且引我等入内。究竟里面有多少暗室，骗人家多少妇女？”怀义欲想不去，早被马荣揪着左手，向前拖来，此时身不由己，只得同马荣在前引路，由坡台而下。

狄公入了地窖，但见下面如房屋一般，也是一间一间的排列在四面，所有陈设物件，无不精美。狄公道：“清净道场，变作个污秽世界了。李氏现在哪间房内，还不为我指出！”怀义到了此时，也是无可隐瞒，只得指着第二间屋内说道：“这便是她的所在。”当时狄公命马荣同净慧，将门开了，果见里面一个极美的女子，年约二十以外，真乃是沉鱼落雁之容，闭月羞花之貌。见有男子进去，当时骂道：“你这混账种子，又前来何事！我终究拼作一死，与怀义这贼秃，到阎罗殿前算账。”马荣道：“娘子你错认人了。我等奉狄大人之命，前来追查这事。只因王毓书在巡抚衙门控告，说怀义假传圣旨，骗奸娘子，因此狄大人奏明圣上，前来查办。此时钦差在此，赶快随我出去。”

李氏听了此言，真是喜出望外，忙道：“狄青天来了么？今日我死得清白了。”说着放声大哭。走出房来，抬头见两位顶冠束带的大臣，也不知谁是狄公，随即随身下拜道："小妇人王李氏，为怀义这奸僧假传圣旨，骗我家公公合家入庙烧香，将奴家骗入此处，强行苦逼，虽然抗拒，未得成奸，小妇人遭此羞辱，也无颜回去见父母翁姑。今日大人前来，正奴家清白之日。一死不惜，留得好名声。"说罢对那根铁柱子，拼命地碰去。早把狄公吃了一惊，赶命马荣前去救护，谁知又是一下，脑浆迸裂，一命呜呼。把个武三思同怀义，直吓得浑身的抖战，狄公也是叹惜不已，又向武三思道："此是贵皇亲亲目所睹，切勿以人命为儿戏。"当时命差役将怀义锁起，然后各处又查了一番。所有那里娈童顽仆，以及四个大盗，早由地道内逃走个干净。

狄公查了一会，明知前去还有房屋，因碍于武后的国体，不便深追，正要出来，忽见坡台下许多鲜血，随向怀义喝道："汝这没王法的秃贼，奸盗邪淫，杀人放火，这八字皆为你做尽了！现有形迹在此，还想哪里抵赖！人是汝所杀，首级弃在何处?"怀义急道："此事僧人实系不知。现已自知犯法，但求大人开一线之恩，俯念敕赐的寺院，免予深追，僧人从此改过，决不再犯！"狄公哪里容他置辩，随命先将怀义同净慧一齐带回衙署，自己与武三思回转头来，所有寺内僧众，全行驱入偏殿，将月洞门各处发封。

到了辕门，先传巡捕，将王毓书带来，向他说道："汝先前控告之人，本院已经带来了，依例严办便了。但是汝媳妇节烈可嘉，自裁而死，汝且赶速回去，自行收殓，明日午堂前来听审。"王毓书听了此言，不禁放声大哭道："可怜我媳妇，硬为这奸僧逼死！若非青天追究，水落石出，岂不冤沉海底！"当时叩头不止，起身退出。此时王家庄早已得信，毓书的儿子已在辕门等候，父子抱头大哭。当时回家，备了棺木，连夜又来辕请起标封。次日一早，大殡已毕，抬回庄上不表。

且说狄公将武三思留在衙门，当时命人摆了酒饭，与武三思吃毕，然后说道："下官即将怀义带回，又是彰明实据之事，非得先审一堂，问实口供，明日奏明圣上不可。"武三思此时恨不能立刻出衙，好急往宫中送信，无奈被他困住，不得脱身，心下甚觉着急。现又见他要审，格外着忙道："大人虽是为民申冤，可知他乃是御赐的住持，若过于认真，恐圣上面上，稍有关碍。还望大人三思。"狄公道："有圣明之君，始有刚正之臣，下官今日追究此事，正欲为国家驱除奸恶。贵皇亲所言，也只看了一面。"当时命人在大堂伺候。顷刻间书差皂役，排列两班。狄公犹恐怀义刁猾，当时又将万岁牌位供在大堂，然后升堂公座，传命将净慧带来。

两边威武一声，早将净慧带至堂上。狄公问道："汝且将怀义的事，悉数供来，好在这堂上对证。"净慧道："僧人本在这寺内住持，自从看这山门，凡里面的细情，虽不知悉，至他奸淫妇女，却日有所闻。久已思想前来控告，总因他势力浩大，若是不准，反送了自己的性命。现在大人既究出这根底，其余之事，已自包罗在内。唯山门前这两口尸骸，没有事主，求大人将怀义带来，交出人头，好收殓掩埋。如此残暴寺前，实于佛地有碍。"

狄公听罢，明知他隐藏武后的事件，不敢直说，当时也不过问，但提出怀义对质。巡捕答应一声，将奸僧带到。狄公喝道："汝这秃厮，胆敢在寺内立而不跪，若非本院寻出这暗室，随后更是目无王法了。现在当今牌位供奉于此，汝且跪下，从实供来。究竟那两颗首级，藏置何处？"怀义道："这事僧人实不知情，总求大人开恩，追问净慧。昨夜是他开门小解，叫喊起来方才知道，当时便没有人头了。这是他亲口所说。"净慧道："昨夜是你们哄闹出来，我方才开门出去。彼时你等众人，怎么说杀人了，人头滚到地窖去了，安知你们已将人杀过，故意哄闹出来，不然为何说有人头呢？"狄公听罢，将惊堂一拍，喝道："你这秃囚，至此还敢抵赖！可知王子犯法与庶民同罪，何况汝是个僧人，难道本院不能用刑审问？左右，先将他重打六十，然后再问他口供。"

你道狄公是命马荣将王道婆杀死，除了兴隆庵之患，为何反有意在怀义身上拷问，岂不是狄公冤人么？殊不知狄公除恶，正是务尽的意思，若不将道婆杀死，虽然搜寻出这事，王道婆定要出入宫闹，随通消息，将怀义救了出去。而且兴隆庵又是武则天出家之所，若再如白马寺这样严办，于武后面上，万下不去，因此暗中除了此恶，随后再办那三四十房的尼姑。现令怀义招供，也是恐武后赦罪，故意将此事推到他身上，好令武后转不过口来。有这件道理，所以命人拷打。

不知怀义肯招与否，且看下回分解。

第四十六回　金銮殿两臣争奏 刑部府奸贼徇私

却说狄公见怀义不肯招认，命人重打六十大板，当时威武一声，拖了下去，顷刻间吆五喝六，将六十板打毕。可怜怀义虽是个僧人，自从到白马寺以来，为武后朝亲夕爱，住的高房大厦，吃的珍肴百味，与公主大臣一般，十数年来，皆是居移气养移体①的，哪里受过这样的苦恼大刑？受打之后，早是皮开肉绽，鲜血淋漓，哼声不止。狄公命人将他拖起，仍到公案跪下，喝道："汝这狗头，妄自尊大，哪里将国法摆在心上，一味地奸盗邪淫，无恶不作。除了本院，谁还敢同你如此?！你究竟招与不招？不然本院便用大刑夹起。"此时怀义也是无法，忙道："大人乃堂堂大臣，何故有意刻薄，苛责僧人？大人欲我招供不难，先将我敕赐白马寺主持，这几个字奏销，那时再想我认供。你说我国无法纪，我看你也目无君上呢。皇上御封的僧人，擅敢用刑拷问，今日受汝摆布，明日金殿上，再与汝谈论！"狄公听了此言，哪里忍耐得住，大声喝道："汝这派胡言，前来吓谁！可知本院执法无私，欲想依阿权贵，坏那国家的法纪，也非本院的秉性。汝既是御赐的主持，知法犯法，理合加等问罪。本院情愿领受那擅专的罪名，定欲将汝拷问！"当时把惊堂拍了数下，命左右取夹棍伺候。

马荣、乔太知道狄公的性情，随即连声答应，扑通一响，摔了下来。武三思连忙说道："怀义之罪，固不可恕。且求大人宽恕一日，

---

① 居移气养移体：指地位和环境可以改变人的气质，奉养可以改变人的体质。意为人随着地位待遇的变化而变化。战国·孟轲《孟子·尽心上》："居移气养移体，大哉居乎！"

俟明日奏明圣上，再行拷问。”狄公怒道：“贵皇亲也是朝廷命官，本院办这案件，情真确实，尚有何赖！这秃僧胆敢顶撞大臣，种种不法，该当何罪！乱臣贼子，人人得而诛之，本院已将这万岁牌供奉在上面，今日审问，正是为国家办事。若有罪名，本院一人承任。”说着连连命人将他夹起。下面众役，见狄公动了真怒，赶着上来数人，将怀义拉下，脱出僧鞋，将两腿放入圆眼里面，一声吆喝，将绳索一收。只听怀义喊叫连天，大叫没命。狄公冷笑道：“你平时不知王法，令你受些苦楚，以后方不敢为非。”随命再行收紧。下面又一声威武，绳子一收，只听怀义“哎哟”两声，昏了过去。众差役赶着止刑，上来回报，狄公命人将他扶起，用火酸醋缓缓抽醒。众人如法炮制，未有顿饭工夫，复听怀义忽叫一声：“痛煞我也!”方才醒转过来。

狄公命人扶着怀义，在当堂两边走了数下，此时怀义已痛入骨髓，只是哼声不止。狄公命人推跪在案前，喝道：“这刑具谅汝还可勉强挨受，若再不招，本院使用极刑了!”怀义听了此言，不禁哭道：“求大人勿用刑，僧人情愿招了。两颗人头，现在竹林下墙根底下。此人乃兴隆庵两个道婆，不知为何人杀死在寺前，致将两颗首级，送在暗室外面。僧人昨夜开门，忽然一个人头滚入地窖，已是诧异万分，谁知外面地窖，也有一个人头。再命人提起一看，方知王道婆同庵中使用的那个女子，因此叫喊起来。此乃实情，全无一句虚言，求大人再为探访。僧人这苦刑，实受不下去了。”狄公道：“只要有了首级，便是实在的形迹。谁教你埋在下面。”当时命招房录了口供，命他在上面画押已毕，仍交巡捕看管，然后退堂。到了书房，向三思说道：“方才供认之事，非本院一人私行，贵皇亲亲目看见。明日早朝，请大人一同面圣。”武三思满口应允，见他审问已毕，随即告辞。

出了辕门，天色将晚，当时并不回府，直由后宰门到了宫内。虽说天色夜晚，所幸那些太监，无不认得三思，每每的穿宫入内。这时到了武则天宫中，却巧张昌宗为则天洗足，只听则天问道：“你两人自入宫中，你封为东宫，薛敖曹封为西宫如意君，每日无忧无虑，在此快乐。可怜怀义是孤家的旧交，许多时日，未尝亲近。今日上朝，为狄仁杰奏他一本，说有进士王毓书，控告怀义将他媳妇骗入庙中，意在强行，死活存亡，不知如何。狄仁杰奏知寡人，委他亲自入寺搜查。你看那个人的性情，甚是刚直，若去查出破绽，狄仁杰非别人所比，一点不看情面，此去唯恐他总要吃苦。孤家已命武三思前去报信，不知何故此时尚未回来。”

三思在外听见，忙道：“姑母不必过虑，臣儿已回来了。”当时便将在山门前如何会过狄公，如何为他围困在寺内，以及搜出暗室，李氏寻死，怀义带回衙门，用刑拷问，前前后后的说了一遍。武则天听毕，吃了一惊，忙道：“怀义那种雪白如玉的皮肉，焉能受这重刑！如将他拷死，如何是好？狄仁杰又不比他人，明日早朝，定有一番辩论，令孤家如何处治？”武三思道：“现有计在此，王道婆被人杀死，此案未有凶手，怀义亦未认供，明日圣上说他二人各执一词，难以定谳，着交刑部问讯。刑部大堂，乃是武承业管理，他是臣儿的兄弟，又是圣上的侄儿，岂有不偏护怀义之理？”张昌宗在旁奏道：“这老狄在朝中，终不是好，不但与我们作对，专与圣上怒言怒色。即如怀义这事，明知朝廷敕赐的地方，可恨他偏要寻出暗室。似此办理，国体岂不有亏！陛下说是刚直，我等看他，明是瞧不起陛下，故意如此。若不将他革职退朝，我等诸人，何能久在宫内？陛下隆恩万分亲爱，奈他只是不容，岂不令陛下日后冷清，无人在宫中陪伴？”武则天道：“汝等所言，朕岂不知。只因狄仁杰乃先皇旧臣，平日又无过处，何能轻易革职。而且你我在此，尽是私情，他办的乃是公事，何能因私废公。且待明日上朝，再行定夺。”

不说众人在宫中私议，单言狄公当晚退堂后，随至书房，写了一道极长极细的表章，将怀义的恶迹，全叙在上面，预备早朝奏驾。灯下写毕，次日五鼓，来至朝房，却巧景阳钟响，当即入朝，俯伏金阶。山呼已毕，狄公出班奏道：“臣狄仁杰，昨日奉旨查办白马寺案件，所有恶迹，诛不胜诛，当时在暗室里面，将王毓书媳妇搜出，该媳节烈可嘉，触柱而死。山门前两口尸骸，也是怀义所杀，首级被他埋藏在地窖里面。此两案皆臣与武三思二人亲目所睹，又有净慧僧人为证。似此奸僧，显违王法，动以敕赐的住持恃为护符，将天理公法全行不惧，岂不有坏国体，有污佛地，百姓遭其奸害。臣于昨日回辕之时，升堂讯问，胆敢恶言顶撞，有辱大臣。此时因他不吐实情，以故将他重打六十大板。此虽臣擅责御僧，却是为国体之故，依法处治。强逼一妇，杀害两人，又是御赐的僧人，知法犯法，理合凌迟处死。今特奏明圣上，请旨发落。”

武后听毕，将他奏折细看了一遍，乃道：“卿家所奏，固是实情合理将他问罪。但阅原奏，怀义虽将人头掩埋，并非是他所杀。这事恐尚有别情，何能遽行定谳。”武三思也出班奏道：“昨日臣在狄仁杰衙门，也恐此事另有别故，只因狄仁杰立意独行，他乃奉旨的大臣，故不敢过问。但恐怀义为仇家所害。”狄仁杰听了此言，忙道：“姑作这两人非他所杀，人头何以在地窖里面？白马寺清净地方，何故造这地窖暗室？显见平日无恶不作。即以王毓书媳妇而论，这事乃武大人亲目所睹。强逼良家妇女，须当何罪？而况此妇人尽节而死，就此而言，也该斩首，岂得因他所供不清，便尔宽恕？于国体何在，于法律又何在！从来国家大患，皆汝等这班党类，怙恶欺君，迭至酿成大祸，今日不将怀义斩首，恐王家庄那许多百姓，激成大变。臣实担忧不起，且请陛下三思。”

武三思直不开口，等他言毕，乃言道：“狄大人，你虽痛恨这怀义，在我看来，说他骗困李氏有之，若说强逼她，又未尝成奸，那李氏自己触柱而死，于怀义何涉？”狄公听了此言，愈加怒道：“汝这欺君附恶的狗头，李氏不为他强逼，为何自己寻死？她死正为怀义啰唣，此事不依例论斩，且请圣上将国法注销，免得徒有虚文。罪轻者无辜受杀，罪重者反逃法外，何能令百姓心服！”武则天见他两人争辩不已，乃道：“此案情重大之事，两人各持一见，一人疑难偏信，且将怀义发交刑部审问。问实口供，再行论罪。”狄公还要再奏，武则天早卷帘退朝。

狄公闷闷不已，出了朝堂，高声骂道：“武三思，汝这狗头，庇护奸僧，如此妄奏！你仗武承业是你兄弟，将此案驳轻，可知法律俱在，哪怕你有心袒护，本院也要在金殿申奏!”武三思只是淡笑不言，各自回去。狄公到了辕门，早有刑部差役，前来提人。当时狄公又大骂不止，只得命巡捕将怀义交出，一人进了书房。心下暗想：“不将武承业这狗头痛辱一番，也不能将怀义除去。今日武承业必不讯问，准是将他送入宫中，哭诉武后，若不如此如此，何以除这班奸党!”

却巧王毓书来辕探信，听说怀义为武承业要去，不禁大哭不止，说此血海冤仇，不能报复了。当时便在堂痛不欲生，恨不能立刻寻个自尽。狄公在里面听见，命马荣如此这般对王毓书说了，叫他赶快回去。马荣依命，出来将王毓书拉在旁，将方才的话说了一遍，毓书自是感激不尽，遵命而去。这里狄公换了便服，带了马荣、乔太，以及亲身的差役，来至刑部衙门左近，等候动静。

约至午后，忽然一乘大轿，由衙门抬出，如飞似的向东而去。马荣远远看见，赶着上前喊道：“汝这轿内抬的何人?也不是上杀场去的，这样飞跑，将我肩头碰伤，如何说法?”那人认不得马荣，大声骂道：“你这厮也没有神魂，访访再来胡缠。俺们在刑部当差，抬的是皇亲国戚，莫说未曾碰你，便将你这厮打死，看有谁出头敢说个闹字?!你这厮敢来阻挡，这轿内乃是武皇亲的夫人，现在武后召见，立刻进宫，若得误了时候，你这狗头莫想牢固。爷爷今日积德，不与你作对，为我赶快滚去吧。”马荣听了此言，心下实佩服狄公，当时怒道：“你这厮用大话吓谁，我也不是没来历的。你说抬的武皇亲的夫人，我还说你是抬的钦犯呢!莫要走，现在巡抚衙门，来了许多百姓，闹得不了，说武承业卖法，将怀义放走。我们大人还说不信，特地命我前来探信，究竟刑部可曾审讯。哪知你们通同作弊，竟将怀义抬走。我等且看一看，若果是他的夫人，情甘认罪，若是怀义，此乃重大的钦犯，为何将他释放?且带将抚院，请狄大人定夺。”说着走了上来便掀轿帘。

那轿夫听了此言，吓得魂不附体，赶紧前来阻止。

不知后事如何，且看下回分解。

第四十七回　众百姓大闹法堂　武三思哀求巡抚

却说马荣正要掀那轿帘，那几个轿夫听了此言，赶着喝道："你这人没眼量，皇亲国戚，汝等可乱看的么！莫要动手，你冒充抚院的差人，先将你打个半死。"马荣哪里睬他，见他来阻止，随即高声喊道："你们众人前来，这轿内明是怀义！"此时乔太、陶干，以及抚院皂役，全围将上来。狄公也就上前喝道："汝这两人受谁指使，里面究是何人？本院的声名，汝等也该知道？且从实说来！"四人见是狄大人亲自前来，这一吓魂不附体，也不答应，赶着便转身逃走。早有差役并陶干等人，每人上前揪住一个。马荣把轿帘掀起一看，正是怀义，随即命人将原轿抬起，回转衙门。狄公随即来至辕门，升堂审讯。此时王毓书早带了许多百姓，在衙门哄闹，说："怀义如此不法，小民受害不堪，若今日不将他斩首，我等拼死在此处，看巡抚大人如何发落。不然我等到午门去了。"

当时正闹个不了，忽见狄公回来，许多人揪了轿夫，抬了一乘轿子。狄公在大堂坐下，命人先将轿夫提案，陶干一声答应，早将四人在案前跪下。狄公喝道："汝四人好大胆量，敢在刑部衙门去劫钦犯！左右先将他们重责一百，然后斩首示众。"轿夫听了，无不魂飞天外，连忙在下面叩头不止道："此事非小人之意，大人若将小人等斩首示众，皆有老小，那就活活饿死了。此皆刑部武皇亲，命我等将怀义抬出，送入宫中。若半途有人询问，便说是他夫人，因此小人方敢如此。现在大人若将小人们治死，岂不冤煞！"狄公道："胡说！武皇亲乃是朝廷的大臣，奉旨承办此案，未经审讯，何故把他送入宫中？这明是汝等不法！”那些百姓，听了此言，无不齐声说道：“世上有如此坏官，一味偏护情面，不照顾百姓！我们也是民不聊生，不如到刑部将武承业揪出打死，拚作死罪。”说着，一哄而去，皆到了刑部衙门。

此时武承业正命人将怀义送入宫中，预备哭诉武则天，商议个善策，将这事完结。去了好一会，直不见原人回来。忽听门外如鼎沸相似，无限人声，蜂拥而来。正是诧异，命人出去探问，早已外面有人来报道：“现在许多百姓，将大堂挤满，说大人将怀义放去，半路为百姓拦住，逼令狄大人带了回去。说大人徇私卖法，不将怀义治罪，他们便要哄堂到宅门内来，与大人讲论。”武承业听了惊道：“我将怀义送入宫中，正是想他躲藏，请武后传旨释放，哪怕狄仁杰再为认真，也便无事。谁知又为众百姓知道，现在带至抚院衙门吃苦，明日老狄定与我有一番纠缠，这便如何是好？”

正说之间，忽听喧嚷一声，早将暖阁门挤倒。只听百姓喊道：“他是刑部，理该为民申冤，何故私放怀义？他既徇得私，我等便打得他！横竖民不聊生，打出祸来，拼得将我百姓杀尽了，好让和尚为皇帝。”说着已来了四五十人，见了武承业齐声叫抓住。承业见动了众怒，不敢出去禁止，正要由旁边逃走，早为一人抓住。接着上来五六人，你打一拳，他踢一脚，早把武承业打得头青脸肿。承业深恐送了性命，只在地下求道：“诸位百姓，我定将怀义严办便了，你们意下如何？千万不可再打！”内有几个做好做歹的人说道：“你们权且住手，等我向他说话。”众人都道：“还同他说什么？他不顾我们百姓，百姓要这狗官何用！”武承业忙道：“这位百姓，要说何话，武承业总遵命如何？”那人复又将众人止住道：“你既为朝廷大臣，昨日白马寺的暗室，以及李氏碰死，皆是你哥哥亲目所睹。你也不是狼心狗肺，何故因一个和尚，如此枉法？今日你要活命，除非你将狄大人请来，在此公同审讯，定成死罪，所有白马寺的暗室，一概拆毁，我众人等便随时散去。若非如此，我等逃不了殴辱大臣的死罪，你也休想活命！”武承业见众人汹汹，不敢答应，忙道：“我随汝等所言，立刻请狄大人去。”随即命人拿帖子，到巡抚衙门。一面命人到各衙门送信，以便带兵前来，将这干人驱逐，为首的治成死罪。那些众家人，领命出来，分头而去。

先说狄公见众百姓到了刑部，当时他就退堂，仍将怀义交巡捕看管，四个轿夫录了口供，交差役带去，自己在书房静候。过了一刻，忽见巡捕带进一人，到了书房，取出一个帖子，向着狄公道："刑部武大人，特命着差官，请大人赶速前去。现在百姓闹堂，万不得了，若再不去，便有大祸！"狄公故意说道："此乃武皇亲自不小心，干犯众怒，我现为他已受累。自从圣上将怀义交他审讯，此事已是不干我事，忽然百姓闹至辕门，说武皇亲徇私枉法，把怀义释放，逼令我提获，只得同他前去。遥想断无此事，谁知走到半途，百姓已将轿子掀开，将怀义抱出。彼时面面相觑，只得将人带回，虚问一堂；谁知轿夫说明真情，乃是武皇亲将他释放，所以动了众怒，到刑部衙门而去。此时来请本院，本院何能前去？又未奉旨会审，若皇亲不能制度百姓，反说本院有意把持，越俎[①]行事。此欺君之罪，如何能当？"

那个差官见狄公不肯前去，赶着说道："此事武大人亲命来请，现有名帖在此，岂能致累大人？务恳大人前去一趟，不然百姓闹出祸来，在京皆遭其累。"狄公道："本院未曾奉旨，万不能去。汝何不到武三思处那里去报信，请他去排解，不然便将怀义请你带去，看百姓如何说项。"那个差官，怎敢答应将怀义带回，岂不为众人打死，只得退了出来，飞奔回衙。早见合城官员，带着许多官兵，拥在门口，随即分开众人，挤入里面。只见百姓高声喊道："武承业，你这狗头，还调兵来恐吓我们！"说着许多人上前，将武承业举起，向外说道："汝等若进这门来，便将他请你开刀！"众官员见了如此，哪个还敢动手，连忙说道："汝等权且放下，命兵丁退去便了。"武承业已吓得尿滚屎流，满口喊道："诸位大臣不必进来，且等狄大人来发落。"

正是扰乱一堆，那个差官只得说道："狄大人不肯前来，说此事不关己事，又未奉旨，不能越俎而谋，现在已经为大人受累。说为众

① 越俎：越：跨过；俎（zǔ）：古代祭祀时摆祭品的礼器。成语越俎代庖的省略语。

百姓在辕门争闹，并拟将怀义送来，仍听大人审讯。”武承业还未开言，只见许多百姓说道：“巡抚大人如此偏护？他如送来，一齐将他治罪。”说着复又争闹不已。武承业赶忙喊道：“此乃他不肯前来，非关下官之事。诸位百姓，便将下官治死，也无好处，何不仍到巡抚衙门去，向怀义理论。”众人骂道：“汝这奸贼倒会推诿，狄大人不来，乃是怕你谎奏朝廷，此时这许多官员在此，为何不令他们前去同请，用这些兵丁来吓我何事？若再不去，我等爽性不畏王法了。”说着两人将武承业倒举起来，头朝下脚朝上，如同摔流星一般，摔来摔去，把个武承业摔得头晕眼花，如猪喊相似，直是乱叫。众官见了如此，真是进退两难，欲想上前阻止，反怕送了性命；若待不去，武承业又乱叫。适武三思此时已来，只得高声叫道：“我与众大人一同前去，汝等可勿动手。”众人道：“限你三刻，不来便摔。”说罢，咕咚一声，摔于地下。

武三思只得领着众人，飞奔而去。到了巡抚衙门，也等不及巡捕通报，直至书房而来。狄公见众人到此，知是乃为怀义的事件，不等武三思开口，忙道：“这事叫下官怎样？众怒难犯，这许多百姓，来辕门哄闹，设若激出大变，下官怎担任得住？令弟乃承审大臣，为何又将怀义释放？四名轿夫，异口同声，皆说刑部大人指使的。不是下官虚张声势，怀义几为百姓治死。现在贵皇亲前来，下官适巧得以解脱，好者是圣上命令弟承审，将人犯请贵皇亲带去，免后百姓又来此地乱闹。”武三思见狄公用这封门的言语，忙道：“大人乃是先皇的老臣，久为小民信服。现在舍弟命在顷刻，务请大人前去一行，先将怀义的罪名定下，好让众人散去。随后若开活怀义，再为计议。此时且看一殿之臣的情面，免得酿成大祸。”狄公连忙言道：“贵皇亲岂不害杀老夫！令弟审讯，乃奉旨而行的，老夫前去，乃是越分。设若圣上说我多事，那欺君专擅的罪名，那还了得？贵皇亲尚要原谅，此事万不能越。”武三思道：“大人此去，救我兄弟之命，圣上知道，一正要加恩，岂有问罪之理？”狄公道：“任凭诸公言语，老夫不敢遵命。可知人心总难问，现为此事，已受累不浅，设事后奸臣妄奏一本，说我唆令百姓，大闹法堂，将怀义抢回，那时圣怒之下，如可辨别？岂不反送了性命？诸位如果要下官前去，且请在此立一凭单，将武承业如何私自放怀义，为众百姓哄闹法堂，以致来请的话，写成凭单，各位签字在上面，老夫或可前往。不然事不关己，何必多管。”武三思明知狄公有心推辞，只得依他，匆匆忙忙写毕，许多官员皆是武氏奸党，全行执押在上面的，然后狄公同众人乘轿坐至刑部。

百姓正在那里说：“武三思未曾去请，大约也躲避去了，不然此时也该来了。他把我们作叛民看，待用兵来挟制我等，便摔死他再说。”说罢一齐呐喊，如潮水涌来的一般，顷刻又把武承业头朝下，脚朝上，当流星摔。狄公赶着上前，抢到里面，高声说道：“汝等在此，还要为王李氏申冤，还是趁此作乱？”众人见狄公前来，齐声道：“率土之滨，莫非王臣。谁人没有身家性命，何敢作乱？只因平日为这般奸党，虐害生民，奸淫妇女，已是民不聊生。昨日王毓书媳妇在白马寺自尽，乃是大人同武三思搜查，彰明昭著，罪无可逃，为何不将他问罪，反交刑部里来，被这狗官，将他私放！不是我等闻风前来，岂不又漏法网？如此发落，百姓焉能安处？此时既大人前来，只求将王氏冤枉申雪，怀义治罪，我等情愿认大闹公堂之罪。若不这样，断难散去。”狄公道：“本院既到此地，汝等尚有何虑！立刻会提怀义，汝等且将武皇亲放下，方成体统。似此哄乱在一处，尚有什么上下？”百姓道：“此地万不能审！怀义到了此间，我等不能时时看守，若他晚间仍然放去，至何处与他要人？若要审问，仍到巡抚衙门去方妥当。”狄公听了此言，故意说道：“汝等为何如此横暴？武大人乃奉旨的钦差，岂能到巡抚衙门审问？如此次再行私放，汝等皆向本院要人便了。”随向武承业道：“贵皇亲，今日下官前来，可知要将怀义的罪名拟定，不然，下官也承任不起。”武承业此时只想众人走散，无不满口应允，说：“大人为下官做主，无论如何，一同奏知圣上便了。”当时百姓听了他如此说定，方将他放下。

狄公命人去提怀义，不知后事如何，且看下回分解。

第四十八回 武承业罪定奸僧 薛敖曹夜行秽事

却说狄公命人回辕，去提怀义，顷刻之间，人已提到。狄公命武承业公服升堂，自己坐在一旁，听他审讯。承业道："众百姓请大人前来，本望从公拟罪，此时大人何以一言不发?"狄公笑道："怀义之罪，列有明条，贵皇亲也非不知法律之人，他所犯何罪，依何律处治，百姓尚有何言?下官此来，不过替大人解和，何敢越俎审问。"武承业此时逼得前后为难，若不审问，堂下这许多百姓，断不答应；一经定了罪名，怀义便无生路了。想来想去，实在为难。谁知他还未开口，众百姓早将怀义纳跪下来，向上面说道："狄大人如不定了罪?我等又要动手了。"狄公复向武承业道："皇亲呀，事已到临头了，若再存私袒护，下官便不好在此。圣上命你承审，为何此时还不开口?"武承业恐又干众怒，只得向怀义问道："那两人究竟是否汝所杀?可知下官为汝之事，也是情非得已，乃汝亲目所睹，现在实逼处此，权且供来，你可明白吗?"狄公听了此言，心下骂道："这个奸贼，几乎送了性命，现又递话与怀义。打量我不知你心下的话，教他权且认供，将此时挨了过去，便可哭诉武后，赦他重罪。岂非是梦想！你是乘的拼将吃苦，直不审问，百姓当真不知王法，将汝治死么?你既害怕，只要说定罪名，哪怕你再依仗武后，欲想更改，也是登天向日之难。"

只见怀义见武承业如此说法，知不说也不得过去，当时只得供道："所杀两人，乃是兴隆庵道婆，平日时常入寺，四下搜寻，恐她将暗室看破，走漏风声，因此起这不良之心。昨夜在半路等候，却巧她路过此地，将她杀死。又恐日后追寻凶手，因此将人头带入寺中，埋于竹林墙脚下面灭迹。不料为狄大人看出破绽，故而败露。以上所供，悉是实话，求大人从宽发落。僧人自知有罪，总求俯念是敕建的地方，免致有伤国体。”武承业听毕，向狄公道：“例载挟仇杀害，本身拟抵，怀义杀毙二人，罪加一等，加以王李氏受逼身死，此乃凌迟重罪。唯念他是敕封的住持，恐于圣上情面有关，且拟一斩监候罪名。嗣后入秋，再为施刑，此时权行收入天牢。在大人意下如何？”狄公道：“贵皇亲所拟得当之至，但怀义虽然供认，却未画供；贵皇亲拟定罪名，且未立案，何能成为定谳？且命书差录供，使怀义印模，那时下官命众百姓退散。”

武承业听毕，心下恨道：“老狄你也太狠了，定然欲做得无可挽回，将怀义置之死地，这是何苦！也罢，这时便如你心愿，随后一道圣旨，将怀义赦去，看你究有何说？”当时便命书差，将怀义的口供录下。画供已毕，狄公道：“汝等众百姓，本为王毓书媳妇申冤而来，现在已蒙武大人，定成斩监候罪名，实是依例严办。汝等此时还不退去，又是何干？可知未定罪之先，将人私放，乃武大人一时之误。既定罪之后，汝等仍在此地取闹，并不为死者申冤，乃是有意叛逆，挟制大臣。似此叛民，国家岂能容恕？便调兵前来，将汝等一律处死，看汝等能成何事？还不赶快回去，各人各勤农事！将王毓书带来，好备此案。”那许多百姓，见狄公如此吩咐，随即一哄而散，出衙回去。

顷刻功夫，将王毓书带进来，见怀义跪在下面，当时也不问是法堂上面，抢上来将怀义揪住，对定背心一口咬着。只听怀义“哎呀”一声，众差役忙上来拦阻，已咬下一块肉来，嘴里还是骂道：“汝这秃驴，月前怎样说项？说武后命你前来化五千银子，要拜黄仟。你假圣旨，骗去银两，这事还小，何故起那不良之心，致将我媳妇逼死？若不是狄青天审问，这冤枉何时得伸？此时还要哀求奸人，私行释放，岂不是无法无天么！”说罢大哭不止，怒气填胸，又要上来揪闹。狄公连忙喝道：“王毓书，你既是进士出身，为何不早来听审？现已发办依例定罪，汝此时无理取闹，全不听官解说，天下哪有这糊涂书生？”说罢命人将怀义录的口供，念与王毓书听毕，他也在原呈上执了押，随后命他回去听信。王毓书千恩万谢，回头下来。然后狄公将案件原呈，一并收好，两人退堂，将怀义带了进去。

狄公向武承业道：“贵皇亲今日受辱，实是自取其咎，岂有要紧的钦犯，私下释放之理？国家以民为本，大兵调来，难道全将他们杀死不成？从来得天下者，得民心，失天下者，失民心。小民无知，岂能干犯众怒？今日下官若是不来，岂不将贵皇亲任性乱捽的，虽不致身死，那头晕眼昏，肚肠作呕，这些丑态，无不百出。朝廷的大员，皇家的国戚，为徇私存人，致被这羞辱，岂不愧煞！照此看来，我等虽不能算好官，也不落坏名，被人笑骂。”这番话把武承业说得满面通红，无言可答，只说道：“似大人之言，何尝不是，只因碍于圣上的国体，故此稍存私见。谁知百姓竟不能容，还是大人来禁阻，实是感激不尽了。”狄公知道他是嘴上的春风，冷笑道：“同是为国为民之事，有什么感激。在人居心而已，百姓也是人，岂没有个知意感激的？你待他不好，他自向你作对。下官此时，也要紧回转，怀义现在堂上，贵皇亲可莫私心妄想，这许多蠢民，照常仍在左近访问，若再为他们知悉，本院虽再来，恐亦无济了。”说罢起身，告辞回辕而去。

不说武承业与怀义私下议论，单表狄公来至书房，做了一道奏稿，次日五鼓上朝，好奏明武后。

谁知武承业见众人散去，心虽放下，浑身已为众人捽得寸骨寸伤，动弹不得，向着怀义哭道：“下官为汝之事，几乎送了性命，现在如何是好？狄仁杰不比他人，明日早朝，定有一番辩论，叫我如何袒护？他已将口供案件，全行带去。”怀义已知难活，不禁哭道：“现在唯有请大人私往宫中，请圣上设法，总求他看昔日之情，留我一命。”武承业忙道：“你这话，岂不送我性命？日间因送你入宫，为百姓半途揪获，我此时出去，设若再为他们碰见，黑夜之间，打个半死，有谁救我？我现在吃苦已经非浅，若再遭打，便顷刻呜呼。”怀义急道：“武皇亲，你我非一日之交，今日我死活，操之你手，除得圣上救我，更有何人挽回？你不肯去，如何是好？”武承业也是着急，只得向武三思说：“此事还是哥哥进宫一趟，将细情奏明圣上，请她设法，只要将狄仁杰一人阻止，余下便可无事。”武三思因怀义是武后的宠人，恐怕伤了情面，当时说道：“愚兄此时姑作回衙之说，径入宫中，今夜却不能来回信，好歹总求武后为力便了。”随即乘轿出来，故意命轿夫说道：“汝等闲人让开，武大人回衙。”说罢如飞而去，由后宰门进去。

到了里面，小太监连忙止住道：“武后现在宫中，与如意君饮酒呢，连我们皆不进去。请皇亲在此稍待罢。”武三思知薛敖曹在里干事，只得站在纱窗外面等候。耳边但听薛敖曹吁吁呼呼的，武后也是那种沉吟的声音，把个武三思听得忍耐不住，只得移步走远过去。停了一回再来，仍然如此情形，如是两三次，方听武后说道：“我封你这‘如意君’三字，实是令我如意。可怜怀义，昨日受狄仁杰一顿恶打，两腿六十板，打得皮开肉绽，今日交我侄儿审讯，不知如何了结。”武三思在外听见，知他们事情完毕，故意咳了一声，里面武后问道：“是谁在此？”早有小太监走去，说是武三思在帘外听候多时了。武后道：“我道是谁，他还无碍。且令他进来。”武三思听了此言，随即进去，与薛敖曹见礼坐下，并将武承业如何送怀义，如何百姓哄闹，如何请狄仁杰定罪的话，说了一遍。武后吃惊道：“这事还当了得，狄仁杰是铁面御史，如此一来，岂得更改？端端的好怀义，将他送了性命，使孤家心下何忍。”武三思道：“臣等无法可想。怀义特命臣连夜进宫，求请陛下，看这昔日的恩情，传旨开赦。不然便难见陛下之面了。”武后踌躇半会，乃说道：“孤家早朝，也只好顺着狄仁杰的言语，如此这般发落，或可活命。汝且前去，命他安耐心思便了。”武三思见武后应允，只得出宫而去，回衙门。

到了五鼓上朝，早见狄仁杰坐在朝房里面，见武三思进来，连忙问道：“昨日之事，乃是贵皇亲众目所睹，本院乃事外之人，反又滥予其间了。”当时听景阳钟响，文武大臣，一齐入朝。三呼已毕，狄公出班奏道：“昨日武承业激成民变，陛下可曾知道吗？”武后见他用这重大的话启奏，忙道：“寡人深处宫中，又未得大臣启奏，哪里知道？”狄公道：“陛下既然不知，且请将武承业斩首，以免酿成大祸，然后再将怀义所犯所拟的罪名，照律使行。武承业乃是承审的人员，竟将钦犯徇私释放，致为百姓在半途拦截，送入臣衙，哄闹刑部。若非武三思同众大臣议，将臣请去压住，几乎京畿重地，倏起隙端。求陛下宸衷独断①，将徇私枉法之武承业治罪，于国家实有裨益。”武后道：“百姓哄闹法堂，此乃顽民不知王法，理该调兵剿斩，于武承业何涉？”狄公道：“陛下且不必问臣，兹有凭字，并各人手押，以及怀义所拟定的罪名，均誊录在此，请陛下阅后便知。”说罢将奏折递了上去。

武后展开细阅了一遍，欲想批驳，实无一处破绽，只得假意怒道：“外间有此大变，武承业并不奏闻，若非卿家启奏，朕从何处得悉？私释钦犯，该当何罪！本应斩首，姑念皇亲国戚，加恩开缺，从严议处。怀义拟定斩监候罪名，着照所请，交刑部监禁，俟秋决之期，枭首示众。王毓书之媳，节烈可嘉，准其旌表。”狄公复又奏道：“白马寺虽是敕建地方，既是怀义所污，神人共怒，此秽亵之所，谅陛下也未必前去。请陛下将厅院地窖，一律拆毁，佛殿斋室，一并封禁，所有寺中田产，着充公，永为善举。”武后见他如此办理，虽恨他过于严苛，只是说不出口，也就准了退朝。狄公回辕，分别措置，百姓自是感激不尽。

谁知武后进宫之后，薛敖曹上前奏道：“陛下今日升殿，怀义之事，究竟如何？”武后见问，闷闷不乐，乃道：“寡人同汝恩同夫妇，无事不可言说。自从早年在兴隆庵与怀义结识，至今一二十年。云雨之恩，不可胜数，今为狄仁杰拟定罪名，斩监候，虽俟秋间施行，此仍掩耳盗铃之意，随后传一道旨意，便可释放。唯恐不知寡人的用意，反误为寡人无情，岂不可恨！”敖曹道：“这事他岂不知道，可以不必过虑。唯是狄仁杰如此作对，我等何能安处？现有一计，与陛下相商，不知陛下可能准奏？”欲知后事如何，且看下回分解。

---

① 宸衷独断：宸（chén），深邃的房屋，也指北极星所在，借指帝王所居，又引申为帝王的代称。衷，指内心。意即帝王根据自己的心意独自决断。也说“宸断”。

第四十九回 薛敖曹半途遭擒 狄梁公一心除贼

却说薛敖曹道：“陛下莫虑怀义，他岂不知此事，而且昨日武三思又传言于他，谅他总可知道。但狄仁杰一日在京，我等一日不能安枕，陛下何不将他放了外任，或借作别事将他罢职，岂不去了眼前的肉刺？”武后叹道：“寡人岂不想如此，只因朝中现无能臣，所有的官僚，皆是寡人的私党，设若有意外之事，这干人皆不能办理，就以狄仁杰在朝中。一则是先皇的旧臣，外人也不议论，说我尽用私人；二则国家之事，他可掌理，因此不肯将他罢职。汝且勿多言，孤家今日心绪不佳，满心记挂着怀义，汝明日私自出宫，先到武三思家内，同他到刑部监内，安慰怀义，说孤家此举，也是迫于法律。一两月以后，等外间物议稍平后，开赦便了。”薛敖曹见他如此，当时也只得答应，随命小太监摆酒，将张昌宗复又请来，两人执杯把盏，代武则天解闷。武则天本天生的尤物，见他两人如此殷勤，不禁开怀畅饮，半酣之间，春兴高腾，薛敖曹便对坐舞动了一番，然后酒阑灯灺①，共寝宫中。

次日一早，武后上朝，敖曹换了太监的装束，便带了两名穿宫小太监，由后宰门出去，直向武三思家中而来。也是合当有事，却巧狄公昨日回转之后，将王毓书传来，圣旨旌表他媳妇，即定了怀义的罪名，秋间施行的话，说了一遍。王毓书当时即叩头不止，说朝廷大

① 酒阑灯灺：酒宴将结束，灯烛将熄灭。形容酒宴快散场的景象。清·梁绍壬《两般秋雨庵随笔》卷一：“每当酒阑灯灺，缕述旧情，未始不泪涔涔也。”阑（lán）：将尽；灺（xiè）：蜡烛的余烬。

臣，能全像大人如此忠直，小民自高枕无忧了。今日将此事说明，我媳妇在九泉之下，也要感激。狄公复行劝慰了一番，命他回去，准备今日早朝之后，便到白马寺拆毁地窖。谁知由朝房出来走至半途，忽见武三思家人，带领三个少年，向刑部衙门那条路上而去，心下甚是疑惑，暗道："前面那个少年，颇觉熟识，曾记在何处见过，何以与武家的人一路行走?"随即将马荣喊至轿前，低声问道："汝见前面几人可认识么?"马荣道："如何不认识?为首的是武家旺儿，后面三人，不便在街坊说明，且请大人回辕后再说。"狄公会意道："汝命乔太跟在他后面，看他究竟向何处而去，赶着回来禀报。"马荣答应，叫乔太前去。

这里狄公命人赶快抬回辕门，轿夫听了此言，不知何故，只得飞似的进了抚辕。狄公下轿，到了内书房后面，马荣已随了进来。狄公道："你方才见后面三人，究竟是谁?"马荣道："那个三十上下，雪白面皮的，此人便是这南门外一个无耻的流氓，叫作小薛，不知何时，为武三思所见，知他阳具肥大，送入宫中。日前所说的那个薛敖曹便是此人。"狄公听了此言，不禁起身，勃然大怒："这个无道昏君，自己亲身的太子，远贬房州，将这无赖的奸人收入宫中去。此必是到刑部私通消息，与怀义商议事件。今日遇见本院，也是他自投罗网！不将他治死，也令他成为废物。"正说之间，果见乔太匆匆跑来说："那少年正是薛敖曹，小人跟他在后面，见旺儿与他三人一齐到刑部去了。"狄公听了此言，随命差役伺候，说至白马寺拆毁地窖。外面许多皂役听说到白马寺去，无不高兴非常，想在寺中搜罗钱财，顷刻众人毕至。狄公带了人众，并马荣等人，出辕而来。当时坐在轿内，心下想到："如若这个狗头，能在半途碰见，便可如此这般的行事，若不能碰见，也只好借拆毁之名，到刑部前去提怀义。"

一路上正是思想，渐渐离刑部不远，忽见前面那个少年，又由对面而来，心下好不欢喜。正要命马荣前面去，谁知他早经会意，抢了几步，到了面前，故意在薛敖曹身边一撞，薛敖曹差点摔倒。心下不由一怒，当即骂道："汝这狗头，为何不带着眼睛，汝也不是瞎子，走在爷爷面前，还不看见！”马荣见他叫骂，也就喝道：“汝这厮，破口骂谁？这街坊上面，皆是皇上的土地，谁人不敢行走？也不是你要买的路途，为何不让我走路？说的我未带眼睛不看见，你何故不看见让我呢？你也不访探我是那个衙门而来，在此狐假虎威！”薛敖曹哪里忍得下去，随向小太监道：“汝等在此，还不将这厮捆起，送至九门提督处，活活将他打死！敢在此间与我抢白？”两人正闹之际，狄公轿子已到前面，忙令住轿，向外问道：“本院命汝先过去提怀义出刑部，好往白马寺拆毁地窖，何故在此与人争论？”马荣道：“此人乃是南门无赖，名叫小薛，往年为非作歹，地方官出差严拿，被他逃走，现又潜来都中。小人一路而来，因差事紧迫，行路匆匆。他撞在小人身上，反将小人乱骂。”狄公喝道：“胡说！他是个少年子弟，何以知他是无赖？且命众差役来询问。”

马荣当时将辕门的院差，一齐喊来，众人一望，一个个皆吃了一惊，不敢开口。狄公道：“汝等可认识此人么？若果是无赖小薛，或者前次犯法，现已改邪归正，本院但须略问数言，便可释放。若不是小薛，本院倒要彻底根究，是谁人如此横暴，胆敢殴辱院差，闯阻官道！本院定须严加重责。”武三思的家人见狄公前来，早吓得魂不附体，知道又出了祸事。见狄公如此言语，恨不得众人说是小薛，免得彻底根究，无奈众人知道薛敖曹之事，无一人开口。狄公怒道：“汝等想必与他同类，以至不敢言语？且将这厮带回本院，审讯一番，也就明白。”薛敖曹见了这样，已是心惊胆战，深恐自己吃苦，忙道：“我正是小薛，求大人宽恩免责。”狄公听了喝道：“狗头，从前已幸逃法网，深恐自己吃苦行凶！本院若不深究，汝必不肯供认。皇城禁地，岂容汝这奸民混迹！左右且将他锁了，送回辕门，交巡捕看管。俟本院由白马寺回来，再行发落。”乔太、陶干答应一声，不问青红皂白，锁了起来。后面两个小太监，不知利害，见薛敖曹被锁，忙上前拦道：“你们这班人胆子好大，他乃是宫中的人，敢用铁链锁他！圣上晓得，你们也不顾性命！”旺儿见小太监说出真情，心下实是着急，唯恐干累自己，赶着挤出人围，逃回去了。

这里狄公道："汝这两个小孩子，为何说出此话，难道你认得他么？汝是何人，赶快说来，本院放你回去。"小太监道："我两人是穿宫的太监，名叫汪喜，他名叫李顺，与他一齐前来。"狄公也怕他说出尴尬的话，连忙喝道："你两个小狗头毋得混说！他说是小薛，何敢往入宫中？此人大有疑窦，一并交差带去，俟本院回衙严讯。"说毕，乔太将三人锁回抚院。狄公便至刑部，将怀义提出，到白马寺毁了地窖，直至傍晚方才回来。

谁知旺儿见小太监说出真话，赶紧跑回家内与武三思说明，三思也是焦急万分，乃道："这事如何又为他碰见？他若认真地究办，薛敖曹说出真情，这如何是好？"当时也只得来至宫中，告知武后。武则天听了此言，更是羞惭无地，又愧又恨，忙道："汝等赶速前去，说我宫中逃走了三名太监，既为他拿获，令他送进宫中，听我发落。设若狄公审讯，千万传言薛敖曹，莫说出真情。那老狄非比别人！"

武三思只得遵命出来，着人到抚院，说武后有旨，将太监送去。早有巡捕回道："我等奉大人差遣，看管人犯，此时大人尚未回转，不敢擅自专主。不知圣旨是假是真，不能凭贵王亲口言，信以为实。"来人无可如何，只得回复三思。谁知狄公早料着有这次情事，故意到晚方回。进了辕门，已是上灯之后，当时巡捕将上项说话回明，狄公道："这明是假传圣旨，且待本院审问，俟明早奏明再核。"当时也就升堂，命人将仪门关闭，恐有人观审。先将太监传来喝道："小薛乃是地方上的无赖，汝等说他来往宫中，莫非他受人指使，欲想行刺么？此乃大逆无道之事，汝且从实供来。还是与他同谋，抑是遭他骗惑？本院审明口供，便将他斩首。"薛敖曹在旁听见，早已魂飞天外，深恐这性命不保，只见小太监供道："这小薛也与我等同类，为圣上的穿宫太监，实非行刺之人。适才圣上已经有旨，请大人将我等送进宫中。只因我等私自出宫，圣上未曾知悉，现在查出，已获罪不小，求大人开恩释放。"

狄公听了此言，不禁拍案大怒，命人用刑。

不知后事如何，且看下回分解。

第五十回　查旧案显出贺三太　记前仇阉割薛敖曹

却说狄公拍案喝道："汝这两个小狗头，纯是一派胡言！小薛自己已供认无赖，为何汝等反说他是穿宫太监？这事明有别情，若不直供，定将汝处死！"小太监道："小薛实是太监。方才圣上已经传旨，请大人送进宫中，与圣上发落，这事何敢撒谎？"狄公说："本院看小薛决非太监，汝等既矢口不移，且命那书差，查他旧案，若果确有实据，本院断不轻恕。"谁知众书差却不敢开口。内有一个刑部书办，姓贺名三太，此人自幼与薛敖曹为邻，凡敖曹的恶迹，无不尽知，早年有个女婢，为敖曹强占，俟后报官究办，正拟出差获案，忽为武承嗣送进宫中。因此他这般愤气，至今未出。现在见狄公如此追究，又值众人不敢开口，心下想道：小薛虽是入宫，权势浩大，既有本官招呼，我且将他陈案翻出，令他眼前受点枪棒。随即上前说道："此人实系无赖，串同太监，在外胡行，所有案件，书办尽知。"说着退了下来，将敖曹从前案牍，悉数查呈上堂来。狄公看了几件，尽是奸淫的案情，不禁拍案怒道："汝这狗头，犯了此等罪恶，尚敢在此串同太监，作恶胡行！左右，先将他重责百板，再行收禁。两名太监，交巡捕看管。"左右答应一声，早将薛敖曹拖下，一五一十，打得叫喊连天，然后将他收入禁中，以便明早上朝申奏。

谁知狄公退堂之后，贺三太心下想道：本官虽重办薛敖曹，终不能置之死地，一经武后传旨，送往宫中，虽狄大人也无法可想。他既自称是太监，方才受责之时，何以那浊物如作棍一般，不下有一二尺长短。这物件也不知犯了无限的罪名，我要报他前仇，拼得性命不保，方可为国家除害。主意想毕，等到二鼓之后，一人想着，暗暗到了监门。那个禁卒认得是贺三太，忙迎来问道："贺先生来此何干？"三太道："我同你商议一事，听说你从前为小薛累得很苦，可是不是？"那人道："提起来话长呢，恨不能食他之肉，寝他之皮。小可从前的家私，虽不能是丰富，也还小康，自从与他赌钱，被他赚了数千两银子，嗣后我将家产输得干净。再去找他，他不认我，因此无法可想，钻了门路，来当这禁卒。可怜每月落不上数吊钱，家中老小，仍是不能敷衍。他现在进了宫中，又有这般势力，自是心满意足，谁知天网恢恢，遇见了我们这大人，将他打了百板，收入禁中。现在想趁此报复他前仇，只是想不出主意。贺先生可有良策，我们商议商议。"

贺三太道："我从前之事，你也知道，此时前来，正想与你打点。你可知他在堂上供认的是穿宫的太监，太监哪有留着阳具的道理？方才为大人打了百板，见他那浊物，不下有一二尺长，取下来，改作敲鼓槌子或则敲锣，倒也别致。"禁卒道："你想得虽好，这一来送他性命，固报了前仇，明日狄大人要人，如何是好？"贺三太道："你不知道，这物件并不是致命，将他割下，依然可活。你看宫中太监，皆没有此物，但不可伤破他卵子，便可无碍。"禁卒道："能够这样就妙了，现在堂上明明供认了是太监，即便明日上堂，他不敢说出这物件。在别人身上是不可少的，在他身上，却是犯禁，这个暗苦，叫他受罪，如是却好。"两人商议妥当，禁卒取了一柄尖刀，取了两个酒杯，一包末药，就同贺三太两人来至狱内。

此时薛敖曹因棒伤打得利害，在那里哼声不止，心中只想武三思告知武后，命狄公释放。此时听见狱门响亮，抬头一望，见是三太，连忙喊道："贺三哥，你救我一救。我的事情，谅你知道，能在这事上周全与我，不出三日，定叫你富贵两全。"贺三太道："正是同你商议。你现得了好处，把我们旧邻居，旧朋友，皆忘却了，我家那个女婢，至今还在我家，你此时在此苦恼，命她前来服侍你好么？"禁卒也在旁道："你的女婢，虽可服侍，但是狱中没有钱财。我积得数十串钱在此，我们三人赌钱如何？"薛敖曹见他二人说了前仇，连忙道：

“二位老哥，千万莫记前仇，我已悔之莫及了。能够救我，将我放出辕门，逃回宫中，定然厚报如何？”贺三太冷笑道：“放你出去，这个沉重，倒可担得，但是要同你借一物件，不知可肯与不肯？”薛敖曹见他两人允从，甚是欢喜，忙道：“岂有不肯之理，只求你将我放出，无论金银珠宝，功名富贵，皆包在我身上。好朋友，我这棒疮实是疼痛不过了，可先代我取点水来，让我熏洗熏洗，然后同你们一同出去。”贺三太道：“你虽肯允，只是你所说的，我二人全用他不着。想在你身上借用一物。”薛敖曹道：“我由宫中出来，万不料遇着这事，此时我身上除随身衣服，另外哪有别物？”贺三太道：“你莫要装作聋子，故作不知，放爽快些，快点送出！”薛敖曹见他二人只不说明，心里急道：“好朋友，你明说吧，只要你能救我命，此处随你要什么总可。”禁卒上前骂道：“你这烂乌龟，老子看这禁狱的门，少一个敲门槌子，方才在堂上时，见你被打，露出那个怪物，又长又粗，取下来适当合用，就与你借这物件！”

薛敖曹听了此言，自是吓慌，忙道：“好朋友，我今日已在难中，从前虽有不是，我已自知，自今已往，定然酬报。现在何必取笑，哪里敲门用这肉槌头的道理？”禁卒不等他说完，当头啐了一口骂道：“谁同你这乌种子取笑！老子的家产，被你骗尽，同你借一二百银子，尚是不睬，还说什么酬报，功名富贵，包在你身上？即如贺三爷，同你做邻居，哪件事不周济你，你反恩将仇报，将他的婢女奸骗。你也不想想，是何人物，仗着这件长大怪物，便尔秽乱春宫，行出这无法无天之事。平日深居宫院，要想见你一面，也是登天向日之难，今日也是天网恢恢，冒充太监，到那刑部与怀义私论事件，独巧被大人看见。你既做了太监，哪里还有这物？长在你身上，也是作怪，不如交给我们，还成一样器具。老子的性情，你也晓得的，告诉你句实话，叫你受点疼痛，绝不至送命便了。”薛敖曹听了此言，自是魂不附体，连忙求道：“两位朋友，可高抬贵手，留我一条性命，以后再不敢放肆了。”禁卒道：“以后已迟，老子既到此地，你不依便可了么？难道还要我动手不成？”贺三太道：“同他说什么闲话，此时不报前仇，明日朝罢，又寻他不着！”说罢，禁卒抢了一步，将薛敖曹拖倒下来。

敖曹到此时，知道斗他们不过，只得喊叫连天，大呼救命。哪知禁卒晓得必定狂叫，逐取了一张宽凳，将他纳在上面，两手背绑在凳腿之上，上半截已是动弹不得。贺三太也就在旁边，将他两脚绑好。禁卒取出两张草纸，在酒内浸潮，向着薛敖曹骂道：“你这狗头，还想喊叫，老子请你吃酒，看你可能言语。”薛敖曹也不知道何故，正是狂叫连天，忽见禁卒将草纸在嘴边一蒙，只见薛敖曹将眼睛一闭，连连地闷咳了数声，复将眼睛睁开，满脸急得通红，欲想说半句言语，却也难乎其难。贺三太本是刑房，岂不知这私刑，赶着说道：“不可不可，如此一来，便送了他性命，随后反不好令他受罪了。”禁卒道：“哪里如此快法，我们快点动手，不再加草纸，便不至死去。免得他乱喊乱叫，取得不安静。”说着又跑了出去，取了簸箕，装上石灰，摆在板凳下面，然后将衣服袖卷起，取出一柄尖刀，向着贺三太说：“我今日干了此事，这两手必然污秽，只得事后浸浸[1]擦洗。”随后向薛敖曹骂道：“你这乌种子，可莫怪老子心狠，只恨你罪太大了。这件怪物，且待我留下！”只见一刀刺下，不知薛敖曹性命如何，且看下回分解。

---

① 浸浸：渐渐。形容程度深。汉·班固《汉书·酷吏传·严延年》：“宾客放为盗贼，发，辄入高氏，吏不敢追。浸浸日多，道路张弓拔刃，然后敢行，其乱如此。”

第五十一回　薛敖曹哭诉宫廷　武则天怒召奸党

却说禁卒取着尖刀对定薛敖曹阳具根上一刀下去，贺三太深恐伤了他卵蛋，赶着说道："小心一点，莫送了他的性命，那反不好。"禁卒道："你慌什么，前日我见人割那驴子，便是如此。"说着又见他将刀执定，由上而下，四围一旋，顷刻之间，只见薛敖曹在板凳上，半截身子跳上跳下，知是他疼痛万分，两眼不住的流泪，嘴里只说不出话来。贺三太又恐他身子肥大，将宽凳跳翻过来，赶着上前，将他纳住。又见禁卒将周围旋开，唯有中间那个溺管未断，尚挂在上面，此时两手血流不止，将一簸箕的石灰，全行染得鲜红。

贺三太虽是恨他前仇，到了此时，也觉有点不忍，赶着向禁卒说道："你用刀尖子，将他溺管割断，从速用末药，代他敷好了。遥想这厮，罪已受足，若耽延工夫，恐他昏死过去，那时便费了大事。"禁卒果然依他所言，将溺管割断，将阳具摔在地上，然后用末药在四下敷满，果神效非常，顷刻将血止住。又在贺三太衣襟上面，撕下一块绸子，将伤痕扎好，始行取过木盆，倒了冷水，将手上血迹洗去。贺三太方将薛敖曹脸上草纸一揭，只见他已不能言语，贺三太忙道："你手脚太慢，致将他闷死过去，只是如何是好？"禁卒道："你莫要慌乱，他如死去，我来偿命。"说着将他扶坐起来，禁卒出去取了一支返魂香燃着，送在他鼻孔前，抽了一会。没有顿饭工夫，但见薛敖曹有了进出的生气，又停了一会，忽然将脸一苦，将口一张，大叫一声："疼煞我也！"禁卒骂道："你这乌种子，早知有此疼痛，为何从前犯法？舒服得好，便叫你疼得厉害，以后看你还能放肆了！"说着在地下，将阳具拾起，用水洗了几次，抓在手中，向薛敖曹道："也不知你这狗头，如何生长的，你自己看看，可像个敲门的槌子？"说着摔起来，便在他头上打了一下。

薛敖曹此时，方疼痛稍定，低头向下身一望，一个威威武武的丈夫，变作了坑坑凹凹的女子！这一急非同小可，比送他的性命还格外伤心，高声骂道："你这两个伤心的杂种，下这毒手，我姓薛的与你誓不甘休！除非将我治死，不然叫你家破人亡。你把这长具取去，想必是送你老婆送你妹妹去了！"禁卒哪里容得他辱骂，他骂一句，便将那件怪物，在他嘴上打一下，于是你骂我打，愈骂愈打，两人闹作一团。贺三太实是好笑，赶着向禁卒拦住道："你我已报了前仇，既割下来了，也不能复行合上，骂自然要骂。我且问他的言语，你莫要在此胡闹。"禁卒道："我实气他不过，你有何话问他？"贺三太向薛敖曹道："我两人，虽然报自己前仇，可知为国家除了大患，也免得日后露出破绽，有那杀身之祸。可知你此时恨骂，没有益处，我两人既摆布你到此，还怕你怎么？你倚仗不过那个兴隆庵的尼姑，受你这怪物，封你为如意君，此时既已割去，成了废物，还能如从前得宠么？即使你进宫哭诉，将我俩治罪，我们也不是死的，难道不会逃走？告诉你句实话，顷刻与他逃走他方，看你有何本领害得我两家？莫说你借了太监，说不出，受我两人恶苦，便那个尼姑，也是不能彰明昭著的，奈何我两人？你要骂便骂，我们是出去了。"说着拖了禁卒，飞奔出狱。薛敖曹要想去追，他无奈两脚锁了铁镣，不得动弹，心下越想越气，看看下面，格外伤心。想贺三太所说的言语，也是不错，只恨自己不应出宫来看怀义，反送了自己的性命。一人只是在监中啼哭。

且说武三思到宫中，说明此事，武则天命人到辕门去要薛敖曹，反为巡捕回说狄大人尚未回家，不敢信以为实，将人交出。武则天接着此信，自己也悔恨不已，心下想道："薛敖曹为狄仁杰捉去，尚是小事，他两人为他擒去，设或露出破绽，彻底根究，岂不令人愧死！"一人在宫中翻来覆去，只是想不出主意，到了四鼓之时，只得上朝理事。众人齐在殿首，只见狄仁杰出班奏道："臣奉旨拆毁白马寺地窖，昨日已经完毕，特来复命。并奏明圣上，在半途寻获了两名穿宫太监，与那无赖小薛在外胡行，臣已带回辕门。查出小薛的案件，全是不法之事，理合依例处治。适因回辕之后，又闻传旨要此三人，不知真伪，特来启奏陛下。内侍阉宦，何能与无赖为伍，在外胡行，此中关系甚大，求陛下拟定罪名，如何究办，臣好遵旨施行。"武则天听了此言，心中不禁胆寒：此人实是铁面冰心！寡人之事，竟敢如此启奏，无奈你太认真了。若再为你说出实情，孤家颜面何在？乃道："卿家所奏，寡人已早尽知。但此三人，是孤家宫中内监，私逃出外，固罪不容宽，也不能令外官审问。卿家回衙，立刻押转宫中，寡人亲自发落。"狄公当时只得遵旨，心下暗道："我昨日若非赶先审问一堂，打了一百重板，岂不为他逃过！"说罢众人散朝。

狄公回转衙中，只得将监中薛敖曹提出，也不再审，命巡捕同着那个小太监，一齐押送宫中而去。此时武则天退朝入宫，正思念薛敖曹，不知何时方可回来。拟命人前去催促，忽见后宫太监，引着薛敖曹进来，登时放声大哭，向着武则天奏道："自沐重恩，情深似海，从此万不能如前了！"武则天见他如此凄惨，忙惊道："寡人已将你三人要回宫来，还有何事害怕？"薛敖曹道："此非说话之地，且请圣上入内。"武则天也不知何事，只得进入寝宫，薛敖曹便将贺三太与禁卒如何怀恨前仇，将自己阉割的话，说了一遍。

武则天本以此为命，这一听，真是又羞又恼，恨不得将贺三太等人，顷刻碎尸万段。当时说道："这也是寡家误你，不是命你去看怀义，何至有如此之事；也是情分圆满了。汝且住在后宫，陪伴寡人，以便调养。但是这贺姓的同那个禁卒，非将他处死，不泄心中之恨！"当时恼恨不已，只得将张昌宗招来。薛敖曹只痛哭不已，张昌宗闻知也是骇异之事，向着武则天说道："这事总是狄仁杰为祸！若非他与陛下作对，将薛敖曹带进衙门，追究前案，何至如此？照此看来，我等竟不能安处了。我看狄仁杰一人，也未必如此清楚，唯恐他手下另有秘党，访明宫中之事，想了最毒的主意，命他出头办事。现在陛下三人，已去其两，只有我一人在此，陛下若非访拿那班奸贼，将他党类减尽，随后日渐效尤，再将我等逼出宫中。我等送了性命，尚是小事，那时陛下一人在宫内，岂不冷清！”说着两眼流下泪来。

武则天见薛敖曹成了废物，已是恼闷不堪，此时见张昌宗说了这番，更是难忍，不禁怒道：“孤家因静处深宫，唯恐致滋物议，因此加恩，凡是老臣概行重用。不料他如此狠毒，竟与寡人暗中作对！不将这班奸人处治，这大宝①还要为他们夺去！”当时大发雷霆，命太监赶着召武承嗣到前，命彼说出这班奸人，以便按名拿问。

武承嗣在家，正与武三思谈薛敖曹，说老狄虽是心辣，只得害他一百大板，现为武后在金殿上，认为太监，命他送入宫中，他也别无想法。但是怀义常在刑部，恐武后心中不悦，必得没法将他放出，送入宫中，此事方妙。正在谈论，忽见有个内监，匆匆进来说道：“二位爷，就此进宫！陛下此时恼恨非常，薛敖曹如此这般，受了重苦。圣上因此大怒，命你进去，访拿这班奸人，好按名治罪呢。”武承嗣听了此言，心下大喜，向着武三思道：“我等可于此时报复这狗头了！唯恨狄仁杰、元行冲等人，平日全瞧不起我，今日进宫，如此如此，启奏一番，先叫几个狗头办去，随后老狄一人在京，便是一个独木难支，无能为力。”三思亦以为然，随即命他同太监，一齐同到了宫中。武则天见他前来，不禁怒道：“孤家因汝等是我娘家之人，因此重用。原想各事协心办理，凡外面所有事件，以及奸人为害，早奏朕知，现在薛敖曹、怀义等人，连连遭了此事，置朕颜面于何地？显有奸人与狄仁杰狼狈为奸。若不将这班人除尽，朝廷何能安处！召汝前来，可赶速暗访，将奸人名姓开单呈阅，好按次严办。”

武承嗣见武则天动怒，随即跪下奏道：“臣儿早知有此祸事，从前屡次奏明。自从庐陵王远贬房州，许多大臣心下不悦，意在谋反，废黜圣上，总因未得其便。现在这几件恶事，皆只是奸人唆出老狄先除了陛下的近宠左右，然后再将我等除尽，那时便带兵入禁，立拥庐

① 大宝：指皇位。

陵王。臣儿虽有所闻，欲奏明圣上，无奈圣上以狄仁杰为大臣，不肯深信，故不敢启奏。陛下再不严办，这天下恐非陛下所有了！”说罢痛哭不止。这番话将武则天听得深信不疑。

不知后事如何，且看下回分解。

第五十二回　怀宿怨诬奏忠良　出愤言挽回奸计

却说武承嗣奏了一番言语，武则天怒道："寡人从前也不过因先皇臣子，不肯尽行诛绝！明日早朝，汝候在金殿奏明，好立时拿问。"武承嗣道："陛下如此，则安居无事矣。"道罢复安慰了武后一番，薛敖曹安心在宫内陪伴，然后出来，与武三思计议了一晚。

次日五鼓进朝，山呼已毕，左右文武大臣，两班侍立。忽然武承嗣上前奏道："臣儿受陛下厚恩，正思报效，风闻有旁人怨恨，说陛下严贬亲子，废立明君，致将天下大权，归己掌握，不日便欲起兵讨逆，以辅立庐陵王为名，欲将臣等置之死地，逼陛下退位。臣等受国厚恩，不敢隐匿，求陛下俯念臣等身受无辜，群臣罢职，免得受此大逆之名，致将陛下有滥用私人之议。现在庐陵王还在房州，仍求陛下即日传旨，召进都中，复登大宝，以杜意外之祸。"

武承嗣奏了这番言语，两边文武大臣，无不大惊失色，彼此心中骇异，也不知是谁有此议论，致为武承嗣妄奏。只见武后怒道："此乃是寡人家事！前因太子昏弱，不胜大宝之任，因此朕临朝听政。是谁奸臣，妄议朝事，意在谋反，汝既闻风，未有不知此人之理，何故所奏不实，一味含糊？着即明白奏闻，以便按名拿办。"武承嗣道："此人正是昭文馆学士刘伟之，并苏安恒、元行冲、桓彦范等人，每日在刘伟之家中私议。求陛下先将刘伟之赐死，然后再将余党交刑部审问。"武则天听了此言，只见刘伟之现在金殿上，随即怒道："刘伟之，寡人待汝不薄，汝既受国厚恩，食朝廷俸禄，为何谋逆议反，离间宫廷？汝今尚有何说？"

刘伟之此时，自觉吃惊不小，赶着俯伏金阶，向上奏道："此乃武承嗣与臣挟仇，造此叛逆之言，诬惑圣听，陷害微臣。若谓臣等私议朝事，自从太子受屈，贬至房州，率土臣民，无不惋惜。臣等私心冀念，久欲启奏陛下，将太子召回，以全母子之情，以慰臣民之望。且陛下春秋高大，日忧万机，旰食宵衣[①]焦劳不逮。家有令子，理合临朝，国有明君，正宜禅位，随后优游宫院，以乐余年，含饴弄孙，天伦佳话。此不独与陛下母子有望，即普天率土臣民，亦莫不有益。如此一来，那些奸臣贼子，窥听神器，扰乱朝纲之小人，自然不生妄想，不惑君心。此皆臣等存志于心，未敢明言之想。若说臣等谋逆造反，实武承嗣诬害之言，求陛下明降谕旨，问武承嗣有何实据！"

武则天听了此言，格外怒道："汝说他乃诬奏，即以汝自己所奏，已自目无君上！太子远谪，乃是彼昏弱不明之故？为何说率土臣民，无不惋惜？此非明说寡人不是，为众怨恨？孤家年迈，岂不自知，要汝讟[②]奏，却是何故？依汝所言，方可有益，不依汝所言，便是无益，这叛逆情形，已见诸言表，汝尚有何说！左右，将刘伟之推出午门斩首！"

一声传旨，早有殿前侍卫，蜂拥上来，即便想动手。只见元行冲、苏安恒这一班人齐跪在阶下奏道："武承嗣奏臣等同谋，臣等之冤，无须辩白。但是武承嗣不能信口雌黄，乱惑君听！且请陛下将臣等衙门，概行查抄，若有实据，不独刘伟之一人斩首，即臣等亦愿认罪。"武则天哪肯准奏，喝道："汝等受国深恩，甘心为逆，朕今将刘伟之一人斩首，已是法外之仁慈，汝等尚敢续奏！"

狄仁杰此时见众人所奏不准，心下知是武则天心怀懊悔，欲借此出那些闷气，当时也就上前奏道："刘伟之妄议朝政，理当斩首，但

---

① 旰食宵衣：旰（gàn）：天已晚，宵：夜间。时间很晚才吃饭，天不亮就穿衣起来，形容为处理国事而辛勤地工作。也说宵衣旰食。南朝·陈·徐陵《陈文帝哀册文》："勤民听政，宵衣旰食。"

② 讟（dú）：怨言。

臣访问此事，实在不止此数人，尚有武三思、武承业等诸人在内，陛下欲斩刘伟之，须将二武处斩，方合公论。”武则天听了此言，忙说道：“狄卿家，不可胡乱害人！三思、承业皆是朕的内侄，岂有谋反之理，莫非是卿家诬奏么？”狄公道：“他两人何尝不想谋反？自从太子远贬，他便百计攒谋，逢迎陛下，思想陛下传位于他。近见陛下未曾传旨，他便怨恨在心，欲想带兵入宫，以弑君上，不料为刘伟之等人闻知，竭力禁止，方免此祸。故而武三思等人，恨他切骨，又因他奏知圣上，故今日先行诬奏，以报私仇。若不将他二人斩首，恐欲激成大变。”

武三思听了此言，吓得魄不附体，连忙与承业奏道：“臣儿何敢如此，实是狄仁杰有心诬奏，用这毫无影响之言欺蒙圣上。”狄公不等武后言语，忙道：“你说我毫无影响，刘伟之影响何在？陛下说汝是皇上的内侄，断不造反，刘伟之也是先皇的老臣，各人皆忠心义胆，更不至造反了。要斩刘伟之，连武氏兄弟一同斩首，随后连老臣也须斩首，方使朝廷无人，奸臣当道。若开恩不斩，须一概赦免，方得公允。”

武则天见狄公一派言语，明是袒护刘伟之，乃道：“狄卿家不可诬奏，寡人自己家的事，要他议论何干。方才在殿前所奏，已是满口叛逆，如此奸人，不令斩首，尚有何待？”狄公忙又奏道：“陛下之言，也失了意旨，天下者，乃天下之天下，刘伟之所言，正是为天下之公论，岂得谓陛下家事的？若因此斩杀忠臣，恐陛下圣明之君，反蒙以不美之名矣。太子远谪房州，岂不远望慈宫，夙夜思念，若因武承嗣诬奏，致将大臣论斩，恐天下之人，不说陛下为奸臣所惑，反说陛下之把持朝位，无退让太子之心。既灭母子之恩，又失君臣之义，千秋而后，以陛下为何如人？岂不因小人之言，误了自己的名分，误了国家的大事？武承嗣所奏，实有心诬害，请陛下另派大臣审明此事，方可水落石出，无党无偏。臣因国家大事，冒死直陈，祈陛下明鉴！”这番说得武则天无言可对，只得准奏，将刘伟之等人交刑部讯问，然后退朝。

不说那武三思恨狄公阻挠其事，且说刑部尚书，自从武承嗣开缺之后，武后恐别人接任，不能仰体己意，当即传旨命许敬宗补授。此人乃是杭州新城县人，高宗在时，举为著作郎之职，其后欲废王皇后，立武则天为正宫，众大臣齐力切谏，他说："田舍翁胜十斛麦，尚欲更新妇。天子富有四海，立后废一后，有何不可？"高宗了听了此言，便将武则天立为皇后。从此武后专权，十分宠任，凡朝廷大事，皆与敬宗商议。敬宗遂迎合意旨，平日与武张二党狼狈为奸，不知害了许多忠臣。此时为了刑部尚书，也是武后命他照应怀义的意思。现在将刘伟之发在他部内，当时回衙，便将武承嗣所奏一干人，带回部内，一时未敢审讯。等至晚间，私服出了衙门，来至武三思府内，家人传禀进去，顷刻在书房相会。

敬宗开言问道："贵皇亲，今日所奏，已是如愿所偿。将他斩首，又为这老狄无辜牵诬贵皇亲身上，致将此事挽回。但此事命下官承审，特来与皇亲商议，如何方令刘伟之供认？"武三思道："大人在上，已非一日，可知此事不怕钦犯狡赖，唯是狄仁杰阻挠太甚。必得如此如此，不与他知道，然后方得行事。"许敬宗道："此言虽是，但圣上面前，如何则行？"武三思道："圣上此时已是闷恨非常！早朝之事，正是舍弟昨晚进宫，说明缘故。大人能如下官办法，这事便无阻挠了。"当时又将薛敖曹之事，说了一番。许敬宗自是答应。

次日一早，敬宗也不上朝，天明便齐传书差，在大堂审案。将刘伟之、苏安恒一干人，分别监守，自己升了公座，先将刘伟之提来。伟之见是敬宗，知道这事定有苦吃，此时已将自己的性命置之度外，因是皇上的法堂，不能不跪。当时敬宗在上言道："刘大人，你也是先皇的旧臣，你我同事一君，同居一地，今日非下官自抗，高坐法堂，只因圣上旨意，不得不如此行事。所有同谋之事，且请大人从实供来，免得下官为难，伤了旧日之情。"刘伟之高声答道："在官言官，在朝言朝，大人是皇上钦差，审问此事，法堂上面，理宜下跪。但是命下官实供，除了一片忠心，保助唐皇的天下，以外没有半句的口供。那种诬害忠良，依附权贵，将一统江山，送与乱臣贼子，刘某恨不得将他碎尸万段，岂有谋反之理？大人既看旧日之情，但平心公论便了。”许敬宗笑道：“这事乃圣上发来，何能如此含糊复奏？昨日在朝，说圣上伤了母子之情，太子受屈，百姓怨望，这明是你心怀不忿，想带兵入宫，废君立嗣，不便出诸己口，故供旁人措辞。可知此乃大逆无道之事，若不审出实供，本部也有处分，那时可莫恨下官用刑了。”这番话，说得刘伟之大骂不止。

不知后事如何，且看下回分解。

第五十三回 用非刑敬宗行毒 传圣诏伟之尽忠

却说刘伟之听了许敬宗一派言语，高声骂道：“汝这欺君附贼的奸臣，汝敢用刑拷谁！先皇在日，为汝所欺蒙，致将王皇后废立，现在太子在外，圣上年高，不思天下为重，竟敢依附武党，陷辱大臣。我伟之未曾奉旨革职，汝何敢擅自用刑！”

许敬宗听了此言，登时怒道：“你道汝未经斥革，本部院因为同你一殿之臣，故而稍存汝面，既然如此，且将圣旨请出，使汝明白。”当即起身入内，果然捧出一道圣旨说：“刘伟之结党同谋，案情重大，虽经交许敬宗审讯，独恐他抗官不服，抵赖不供，着将原官革去。如不吐供，用刑严审。”刘伟之听他念毕，更是大骂不止。许敬宗在上怒道：“汝究竟供与不供？汝此时既经革职，便与小民无异。钦定非刑，俱在堂上。”刘伟之道：“误国的奸臣！我刘某也非是贪生之辈，今日生死虽难预知，若想刑求，为汝这班狗头，在宫献媚，忍那谋逆之名，虽刀锯鼎烹，也无半句言语！本学士忠心赤胆，举国皆知，汝等将唐室山河，断送在他人之手，一旦身首异处，恶贯满盈，有何面目见先皇于地下乎？”

许敬宗为他骂得无言可对，不禁恼羞成怒，也就喝道：“本部院奉旨承审，若想逃过此事，也不知道我的手段，左右快取刑来。”两边齐声答应，早将一个火盆，端在堂上，红光高起，火焰腾腾，一个人取了一个铁锅，顿在火上。敬宗道：“刘伟之，可知道这刑具不比寻常，若能认了口供，免却目前之苦。你看这里面，乃是锡质炼化，沾上身躯，顷刻浆流泡起。”刘伟之复又骂道：“本学士死且不惧，岂畏这私刑！但汝虐害忠良，须保武氏求掌大权，方得保全首领。一日新君嗣位，恐汝这孤群狗党，明正典刑，刀锯鼎烹，免不得万年遗臭。”许敬宗见他仍然不屈，忙命众人施刑。早有一班人，如狼似虎的恶差，将刘伟之的衣袍撕去，两手绑在背后，一人取了个小铁勺子，在铁锅子内取了一勺子的热锡，先在刘伟之肩背上倒去。只听见他大叫一声，那热锡自上至下，直流至谷道①前面，但见一股青烟飞起。在公案面前，再将伟之身上一望，那一路皮肉，已焦烂万分，鲜血淋漓，浆水外冒，刘伟之已烫昏过去。

许敬宗在上面看得清楚，向他笑道：“你平日与老狄同声附和，见我等众人如肉上之刺，眼中之钉，今日叫你知我利害。”随命人用醋汁倒于炭上，将刘伟之扶起，受了这酸醋的烟气，停了一回，依然大叫一声，复行苏醒。见许敬宗坐在堂上冷笑不言，伟之不禁丹田起怒，大骂喝道：“我刘某身受无辜，为这奸畜诬害，皇天后土，鉴我忠心！武后秽乱春宫，革命临朝，僭居大统，汝等不知羞耻，谄媚妇人，致令武氏党人，把持盘踞。本学士也不思活命，且同你拼个死活存亡，好见先皇于地下。”说着摔开众人，奋勇上前，来奔许敬宗揪打。许敬宗虽是文士，两膀却很有膂力，深恐遭其毒手，随即起身向后便走。哪知刘伟之拼命来斗，早将公堂上方砚台，抢在手内，对定许敬宗脑门一下打来，许敬宗不防用这物件，赶着偏转身躯，欲想避让，额角上早中了一下，登时一个窟窿，血流不止。所有堂下的差役，见本官为钦犯所伤，也不问伟之是好人是坏人，端起大锅，向伟之身上一泼。伟之正是想揪着许敬宗，同他扭结，猝不及防，浑身上下为热锡浇满，登时痛入骨髓，两脚在地下一阵乱跳，把个皮肉身躯，如在油锅之内，当时鲜血淋淋，露筋露骨，要想有一块好肉，也万难寻出。只见他大叫连声，倒在地下。

许敬宗见他倒栽地下，自己虽已受伤，也不好再摆布，命人将伟之抬往里面，自己将绸子扎好。命人先到武三思府中打听，问三思在

① 谷道：指肛门。

家与否，自己便在书房做了一张假供，使人誊清。那个打听的家人，已来回信，说武三思正在府上，候此地的信息。许敬宗听了此言，便乘了大轿，来到武三思府上，直入书房坐下。

此时武三思正与武承嗣相议，欲想借此事为词，便将狄仁杰诬害，听说许敬宗前来，兄弟二人，同至书房里面。忽见许敬宗面带损伤，当时笑道："老许今日是喜欢极了，连行路皆不留心，致将额角栽破。如此时升了宰相，岂不将头颅跌破？"许敬宗道："人家为了刘伟之之事，吃了如此重苦，你还是取笑。可知此事，须要令老狄不知。现在虽已将刘伟之用了非刑，已经离死不远，不趁此时商议良策，火速将刘伟之置死，不然，随后之祸，更不得了。因来此斟酌，你们二人之中，须得一人就此入宫，得一道圣旨出来，将刘伟之事完毕，明日早朝，狄仁杰晓得，那时已身首异处，他也无可如何。"武三思听了此言，说道："果然妙计，这事仍令承嗣前去。"当时便将许敬宗自拟的假供，取来放在身边，着便服入宫而去。

武后连日因各事烦集，皆不如心，只得与张昌宗饮酒为乐，听见小太监启奏说武承嗣前来奏事，忙召他进来问道："汝深夜前来有何事奏？"承嗣道："只因早朝，圣上将刘伟之等人交刑部审讯，虽知伟之实是谋逆不法，为敬宗用刑拷问，招了这供。自知罪无可赦，竟敢在法堂用武，将许敬宗头颅击伤，因此敬宗不能上朝，故请臣进宫入奏。请陛下独断施行，赶传密旨，将他正法。不然为狄仁杰知悉，势必酿成大变。"武则天听了此言，不禁怒道："狄仁杰自升巡抚，寡人因他是先皇老臣，性情刚直，凡事皆优容之，乃竟不知报效，结党横行，殊非意料所及。"当即传旨："先将刘伟之在刑部赐死，余党俟明日早朝再核。"武承嗣得着此言，随即出宫，飞马到了刑部。许敬宗已早回衙，在大堂等信，见武承嗣匆匆而来，口传接旨，许敬宗当即设香案，命人将刘伟之提出，将圣谕宣读已毕。刘伟之此时已如死人相仿，浑身无一处完肤，听得许敬宗宣明圣旨，不禁两眼圆睁，高声骂道："汝等这班误国的狗头，诬奏朝廷，害我本学士，刘某在九泉之下，待汝对质！"说罢大骂不止。许敬宗仍是一言不发，但命人取了一条白绫，递与伟之。伟之取在手中，自缢而死。武承嗣随命人传信报他家属，说他谋逆不轨，赐死天牢。本应暴尸示众，主上加恩，着令家属收尸。顷刻之间，伟之家得了此信，自是号啕痛哭，以便收拾呈报。

且说狄梁公正在衙中观书，忽见马荣匆匆进来说道："不好了，小人方才出去巡夜，听说刘大人为刑部私刑拷问，将周身用热锡浇烂，逼出口供。命武承嗣禀知武后，已将刘大人赐死，现在报知家属前去收尸。如此一来，不知苏安恒等人，若何处置。"狄公听了此言，不禁放声大哭道："刘学士，你心在朝廷，身罹刑戮，这也是唐室江山，应该败坏。总之有狄某一日在朝，定将汝这无妄之灾，申雪便了。"当时大堂上，听得已交三更，他也不去安歇，随在书房，将所有的公事办清，自己穿了朝服，上朝而去。

却说武承嗣在刑部见刘伟之已死，心下好不欢喜，向着许敬宗道："这厮自谓忠臣。平日将你我绝不放在眼里，私心妄想，欲请武后退位。昨日金殿上独敢如此说强，岂不是他自寻死路！但是他一人虽已除去，唯有老狄在朝，十分不妥，明日早晨能再将元行冲等人如此这般，奏明天子，那时一并送了性命，然后再摆布老狄。将这干人尽行除绝，嗣后将庐陵王废死，这一统江山，便可归我掌握了。大人能为我出力，随后为开国元勋，也不失公侯之位了。"许敬宗本是极不堪的小人，见他私心妄想，也就附会了一番，把武承嗣说得个不亦乐乎，如同自己做了皇帝一般。交到四更之后，但听见刘伟之的妻子等，又在大堂哭一番，骂一阵，皆说是许、武二人，残害忠良，有日恶贯满盈，等斩首之时，定将他五脏分开，为鸟兽争食。许敬宗虽听见，如耳聋一般，反而大笑不止。两人不知不觉，脱去官服，乐不可支，直至五更，方由衙门出来，上朝而去。到了朝房，见文武百官俱已齐集，许多人见他进来，皆起身出迎，齐声问道："许大人承审案件，闻已讯明，奉旨赐死。设非大人的高才，何能迅速如此！"

许敬宗当时并未见狄公在座，不知后事如何，且看下回分解。

第五十四回　狄仁杰掌颊武承嗣　许敬宗勾结李飞雄

却说许敬宗到了朝房，许多人说他高才，心下甚是得意，当时并未见狄公在座。武承嗣笑道："这些须小事，何足介意。只要有俺兄弟在朝，哪怕老狄再吹毛求疵，也要将他一班的党类削去。他也不知当今皇帝现是何人，欲想传位于谁，常将唐室天下谈论！"众人见他说出这话，知狄公在此，一个不敢回言。

狄公哪里忍得下去，忙起身推开众人问道。"贵皇亲乃圣上的内侄，圣上传位于谁，贵皇亲想必知道了。狄某居唐朝之官，为唐朝之臣，不视唐室江山为重，以何事为重？此言乃众公耳听，且请说明，俾大众知悉。"武承嗣见狄公前来问他，方知此言犯法，赶着笑道："此乃下官一时戏言，大人亦何必计较。"狄公当时喝道："汝此言，岂非胡说，朝房之内，国事攸关，岂容汝这班狗头妄议！目今武后临朝，太子远谪，并未明降谕旨，立嗣退朝，汝何敢大言议论？岂非扰乱臣民，欲想于中篡逆？刘伟之被汝等诬奏，滥用非刑，致令身死，现又牵涉在狄某身上。汝此时不将话讲明，与汝入朝，一齐剖个明白。唐皇天下，为汝这班奸臣，已败坏得不可收拾，还想陷害大臣，私心谋逆。老夫有何党类，有何实据。为我从快说来！"说着走上前来，直奔武承嗣。

武承嗣此时自知理屈，为他骂了一顿奸贼狗头，也就恼羞成怒，回声骂道："你这老死囚，圣上几次宽容，尚不知感，胆敢暗中作对，结党同谋。刘伟之现有口供，看汝从何抵赖！"狄公见他回言骂道，不禁左手一伸，将他衣领揪住喝道："老夫问你的圣上传位却与何人？

你反敢侮辱大臣，造言生事，如此情形，岂不要造反么？”武承嗣为他揪着衣领，格外愤怒起来，高声叫道：“狄仁杰，你在朝房放肆，还不是有心作乱！”这句话，尚未言毕，早为狄仁杰在脸上，分左右两旁，每处掌了两下，顷刻浮肿起来，满口流出鲜血。正闹之际，直听景阳钟声响，武后临朝。众位大臣，见他两人揪作一团，又未敢上前分解，只得各顾自己，起身入朝。

山呼已毕，许敬宗上前奏道：“现有叛臣狄仁杰，因逆党刘伟之，经臣审讯问出实供，奉旨赐死，不料狄仁杰因武承嗣启奏陛下，迁怒于他，竟守在朝房内，殴辱皇亲，实属不法已极。听陛下临朝，犹自肆行殴打，叛逆之状，已可想见。不将狄仁杰严加治罪，不能整率臣下，恐大局亦为败坏矣。”

武后听了此言，不禁大发雷霆，向下怒道：“狄仁杰乃朝廷大臣，竟至目无君上。着传旨，将狄仁杰锁拿前来，在此金殿审问！”所有殿前侍卫，皆是张、武二党的羽翼，赶着领旨下来，到朝房将狄公锁拿进去。武承嗣方知是许敬宗为他启奏，心下甚是得意，想趁此盛怒之下，将狄仁杰送了性命，报了前仇，免他在京阻拦各事。且说到了金殿，不等武后开言，狄公当时奏到：“微臣今日入朝，方知武承嗣与许敬宗等人谋权篡位，诬害大臣。胆敢在朝房宣言，说陛下传位有人，不以唐室江山为重。似此贼子乱臣，人人得而诛之，臣正拟扭解入朝，请陛下明正典刑，以除巨患，不知何人妄奏，致令侍卫传旨，释放逆臣！”武后听了此言，哪里相信，不禁怒道：“孤家听政以来，待汝不薄，刘伟之等人谋逆，理合按律施行，汝为朝廷大臣，虽未与谋，尚有何说！”狄公连忙奏道：“陛下所闻，乃许敬宗一人妄奏。微臣所奏，乃武承嗣在朝房所说，文武大臣，皆所共听。许敬宗与武承嗣一党，自然为他粉饰，陛下如不信武承嗣等人谋逆，且看他两人衣服，他既忠心报国，入朝面圣，理合朝衣朝冠，何故便衣前来见驾？此明是目无君上，欲趁便行刺，若非臣早至朝房，听所言，恐此时陛下已不能安坐朝廷矣。微臣一死，本不足惜，可惜庐陵王无故受屈，不能尽孝于陛下。先皇以天下为重，付托陛下，不能传位于太子。陛下身登九五，宠待武臣，但恐反开篡杀之谋，臣若不言，千秋而后，为巨谄谀耳。今日之事，决断全在陛下，且刘伟之等人，忠心赤胆，誓报陛下，竟被许敬宗热锡烧烫，身无完肤。如此非刑，虽桀纣[①]也无此酷虐，乃敢妄造口供，诬奏陛下，致当令赐死！”说罢放声大哭。

武则天听了狄公这番言语，反是哑口无言，一语不发。再看许敬宗与武承嗣两人，果是居常的便服。此时两人，将自己遍身一看，也就吓得魂不附体。原来昨夜刘伟之赐死之后，两人在书房议论，无意之间，将衣服脱去，到了入朝之时，尚在堂上，朝服未穿在身上即便前来。现在为狄公指为口实，深恐武后信以为真，究罪不赦，两人面面相觑，浑身流汗不止。武后停了半晌，向许敬宗问道：“汝是刑院大臣，为何妄奏朝廷，致说狄卿谋反？明是汝等浮躁性成，与武承嗣妄议军国之事。入朝见驾，如此不敬，已罪无可赦！即非谋反，也难胜刑部之任，着即离任议处。武承嗣姑念为孤家母属，亦着记大过一次，非召不准入朝。所有张柬之、元行冲等人，既经狄仁杰保奏，全行释放。余着无容置议。”狄公还要启奏，武后卷帘退朝，众官各散。狄公自是闷闷不乐，虽刘伟之冤屈未伸，所幸将元行冲等人赦免，只得回转衙中，一人感叹。

谁知武承嗣退朝出来，将许敬宗邀入自己府中，两人怒道：“不料老狄如此利害。今日满想将他治死，反为他如此妄奏，将我两人记过。幸圣恩宽大，不然我两人性命，岂不枉然送在他手内。而且在朝房里面，当着众人掌我两颊，这次羞辱，何能罢休，我等不能奈何他，怎样反为他将每人摆布？你想薛敖曹、怀义以及我兄弟二人，并张昌宗同你，无人不受他的挟制，虽圣上十分宠信，皆为他一番强辩，以至无可言语，随后总是如他心愿，将我等治罪。后日方长，此人一日不去，一日便不得安稳，还想得这唐皇的天下么？”许敬宗道：“下官倒有一计，不知贵皇亲果有胆量否？”三思在旁言道：“只怕大

① 桀纣：桀和纣，相传都是中国历史上的暴君。桀：名履癸，中国夏朝最后一个君王，中国历史上有名的暴虐、荒淫的国君之一。纣：帝辛名受，“天下谓之纣”，人称商纣王。中国商代最后一位君主。

事难成！随你天大的罪名，我三人皆可任肩。但不知你有何计？”许敬宗道：“目今老狄等人所希望者，不过想庐陵王入朝，请武后退位。虽我等众人屡次奏道，说庐陵王谋反，圣上总是个疑信参半。能得一人，领一支兵马，在房州一带攻打城池，冒称是庐陵王所使，那时如此这般，启奏一番，不怕圣上不肯相信。虽老狄再有本领，也令他无可置词。到了急迫之时，朝廷出兵征逆，到房州将太子灭去，这一座万里江山，还不是归汝兄弟掌握么？”

武承嗣与三思听了此言，两人如获珍宝一般，喜出望外，齐声说道：“此计实是大妙！但一时未得其人，如何是好？”许敬宗道：“此事不难。此去怀庆府，有座山头叫太行山，绵亘有数千里远近，其间峰谷岩洞，峻险非常。山内有一伙强人，为首的叫赛元霸，此人姓李名飞雄，手执一柄大刀，有万夫不当之勇。从前未入山时曾经破案，为地方官拿获，解入京城，下官见他相貌魁武，实是英雄气派，恐日后有用他之处，特地设法救了他性命。谁知逃生之后，路过太行山，为从前强人阻住去路，他杀上山寨，将头目杀死，自己为了寨主，因感下官活命之恩，每年皆命人私行送礼，以报前德。手下现有数万人马，兵精粮足，兴旺非常。若令此人干这事件，自然事事有济。”三思忙道：“既有此人，正是难得。此事万不宜迟，须命谁前去？”敬宗道：“这事务要机密，不可走漏风声，若为老狄访知，那便误事不浅。俟我回去，自有人前去，至迟来往，不过一月之久，便可命李飞雄亲自前来。”武承嗣弟兄听了此言，自是喜之不胜。

许敬宗随即回至刑部，因奉旨离职任，只得次日迁出衙门，听武后另行放人。到了晚间，将那个贴身家人喊来，此人名叫王魁，平日李飞雄来往的事件，皆是他经手，当时向他说道：“今日有一差事，命汝前去。若是干得妥当，不但回家随后提拔与你，连武大人皆要保你个大大的前程。不知你可有这个胆量？”王魁见问，也不知何事，忙道：“小人受大人厚恩，虽赴汤蹈火，也不敢辞。且请大人说明，究竟何往？”

不知许敬宗如何对他言语，且看下回分解。

第五十五回　太行山王魁送信　东京城敬宗定谋

却说许敬宗见王魁满口答应，乃道："目今朝廷之事，你也尽知。武大人想圣上传位于他，总因狄大人屡次阻挠，以致各人皆为他挟制。现在想出妙计一条，欲你到太行山一走，将李飞雄请来，与他商议要事。若武大人得了天下，我为开国的元勋，你也不失封侯之位。但此去关系甚大，设或走漏风声，性命不保，不但你一人受累，连我与武大人也不得过去。因此同你商量，赶速即日动身，限一个月便须来往。"王魁道："我道何事，这事也不费许多时日。此地离怀庆府只有千余里，小人的脚力，大人尽知，多则二十个日子，便可回京。李飞雄受过大人的厚恩，加之小人前去告知他，此事但见功名富贵之事，岂有不允之理。"

当时主仆计议停当，许敬宗便即取出了一千两银子，命他作为路费。王魁道："大人何须费此钱钞，只需一二十两，便可路用。其余皆存在府中，俟有功后，再行领赏。"自己带了包袱，次日天明，别了敬宗直向太行山而去。

在路非止一日，这日已到山脚边下面，正拟上山，命小喽啰通报，忽听一派锣声，一字排开，走出数百喽兵，各执刀枪，阻住去路。只听高声叫道："汝这人好大胆子，走到山前还不孝敬！快快送下买路钱来，方才好好放你过去。"王魁笑道："汝这班狗头，乌珠也未瞎去，敢向爷爷要钱，唯恐汝等反要送钱与我！"那些喽啰齐声骂道："汝这牛子，莫想胡缠，再不送了出来，我等便要动手！"王魁道："你要动手，恐你没有这胆量。快去通报李飞雄说，都中有个王魁前来相望，着他赶速下山见我。”那班喽兵见他说出寨主的名姓，知非外人，赶着四五个小头目，跑上山去，嘴里招呼道：“孩子们，招呼好了，这是自家人。”说着如飞而去。

顷刻工夫，只见山头上飞来一匹坐骑，远远地高声叫道：“来的莫非王兄弟么？愚兄接待来迟，孩子们冒犯虎威，多多得罪。”王魁抬头一看，正是李飞雄，赶着迎了上来，也就招呼道：“小弟相隔已久，特来宝山探望。”两人对面走来，行至半山，彼此相望，李飞雄欢喜非常，忙问道：“贤弟不在京中，特来荒山何干？大人精神可好吗？”王魁道：“小人此来，正是大人指使。此地非说话之所，且到山中再行叙议。”当时李飞雄牵过喽兵一匹马来，让他骑坐，自己在前领路，过了三道木城，方至聚议厅上。彼此见礼坐下，随即命人送上茶来，为王魁洗尘，然后摆了酒食，两人入座。

王魁道：“小弟此来，恭喜大哥，要官居极品了。”李飞雄不知何故，忙道：“贤弟何出此言？愚兄乃化外之人，罪恶滔天，为王法所不宥，设非大人成全，活了性命，久做刀头之鬼，哪里还想为官作宰，此不是贤弟取笑么？”王魁道：“小弟不言，老哥从何知道。只因太子远贬房州，武后欲想传位与承嗣，因狄仁杰在朝，各事阻格，特命小弟前来，请老哥进京商议此事。”

李飞雄本是个亡命之徒，听了此言，自是高兴非常。当时说道：“非是愚兄夸口，就是那一柄大刀，也算得出色惊人。既许大人如此提拔，岂有不去之理？明日便与贤弟动身。”当下两人，你斟我酌，痛饮一番，方才席散。随又带王魁到山前山后游玩一番，又将军械粮草，看视一周，果然兵精粮足。王魁道：“老哥既有此佳境，也算个化外诸侯，一人独占此山，无拘无束，岂不令人羡慕！若能成功之后，便得富贵功名，实不愧英雄一世。”

李飞雄见王魁如此称贺，格外喜笑眉开，十分得意。晚间将那总领头目喊来，此人名叫出洞虎赵林，本领虽较李飞雄稍逊一筹，两柄四方锤，也不在人之下，山中除了寨主，便以他为长。当时见王魁上山，知道有事，故随即到了聚议厅上。李飞雄道：“愚兄明日须往京都，因许、武两大人，有要事面商。上下的买卖，且请贤弟照管数日，嗣后愚兄回山，那时定有用贤弟之处。”说着便将王魁的来意告诉赵林。这辈强人，哪里知道王法，但听武承嗣得了天下，随后自己可以做官，便自欢喜非常。一夜已过，次早李飞雄带了盘川，暗藏兵器，与王魁一同下山，望京都而去。

两人本是好汉，脚力飞快，未有数日，已到京都。一直到了许敬宗府内，王魁先命他在内厅落座，自己来到书房，却巧许敬宗到武三思府上有事，只得命人安排了李飞雄，自己到了武三思府上，也不要人通报，径自进入书房。三人望见他回来，敬宗忙开言问道：“你前去如何，李飞雄可曾同来？”王魁道：“现已到了府中，只因大人在此，故而前来送信。”武三思听了此言，甚是欢喜，随即说道：“许大人且请回去，能将这李飞雄带来，待下官试验一番，就更妙了。”许敬宗道：“大人既要将他试验，但命他前来便了，下官府内正恐地方偏窄，易于走漏风声，住在这里，耳目较少许多。”随向王魁道：“你仍回去，将李飞雄带来，说武皇亲命他到府中居住。”王魁领命而去，少顷果带了大汉，走了进来。

武承嗣向外一望，此人身高九尺向外，紫红色面目，两道浓眉，一双虎目，大鼻梁阔口，年约四十，大踏步到了檐前，向着许敬宗说道：“小人李飞雄，为恩公请安！”说着叩头下去。武三思不禁赞道：“好一个英雄气概！你便是李飞雄么？”许敬宗道：“此乃皇亲武三思大人，汝且叩见。”当时李飞雄按次行礼已毕，侍立檐前。许敬宗先将王魁何日到山，在路行了几日的话，问了一遍，然后向李飞雄道：“本院喊汝前来，所有用汝之处，王魁想已言及，汝可敢行吗？”飞雄道：“小人蒙大人活命之恩，加之武皇亲如此提拔，焉有不行之理。但不知大人几时起事，一切如何布置，还须示下，方可遵行。”

武承嗣与三思两人，见他满口答应，急忙道：“汝能干成此事，定要封汝个大前程。但军装旗号，必须要照庐陵王而行，方命他地方官相信。不知汝山还有多少帮手，若欲下山开兵，先打何处城池？”李飞雄道：“小人初到此地，虽有一身本领，只能提刀开战，拼个你死我活。欲要定谋运略，须要大人指示。”武三思道：“既然如此，且到后面安歇一宵，明日依计而行。”

当下王魁将他带出书房，早有武府的家人，前来照应。三思又命厨下备上了上等的酒筵，款待飞雄。当晚便请许敬宗，计议了一番。先拟了一道檄，照庐陵王口气，说：“孤家乃高宗之长子，天下之储君，理合继统称尊，临朝听政，只以母后武氏，残虐不仁，信听谗言，致遭贬谪。抚躬自问，抱憾良深，兹特命太行山寨主李飞雄，带兵征叛，以复大统，以定名分。所过各府州县，理会望风归顺，纳款相迎，属在臣民，直尊君上。若与王师相抗，便为叛逆之臣，攻破城池，斩首不赦。将此通谕知之！”二人先拟了这道草檄，以便出兵之先，命人投递，好令地方官，以此为凭，通报武后。然后又拟了大旗的式样，用何号令，由何处进兵，何处屯扎。二人直至四鼓以后，方得议定。

次日朝罢回来，武三思向许敬宗说道：“李飞雄虽有这本领，但下官未曾目睹，深以为憾。欲想令他操演一番，不知他可应允？”许敬宗道：“此事何难，且命他前来便了。”当下将李飞雄喊到书房，一手指着院中一块峰石说道：“我大人命汝当此重任，若不在此开演一回，武皇亲何以知你手段？这峰石汝能举起否？”李飞雄听了此言，恨不能将通身本领，全卖与他，方可令他敬服，随向敬宗说道：“小人本领虽不高明，这一座峰石，也不难提起。”说着抢走几步，到了前面，将左右衣袖高卷，右手撑在腰间，两脚用了丁字步，伸开手抓，先把峰石向外一推，离了土地，只见身躯一弯，手掌往下一托，说声起，早已见一双手，将一人高的一块石，举了起来。前后走了一回，然后到了原处，又轻轻摆好。把个武承嗣倒伸不出舌来，忙道：“本领大的人，也曾见了许多，这样天神似的力气，实未尝见过。据此一端，便可知他的武艺了。”

两人称赞了一回，然后在书房摆了一席酒肴，自己把杯请李飞雄上坐。飞雄赶忙辞道：“小人何等之人，敢与皇亲对坐？这事万不敢当。所有差遣之处，小人定尽力便行。”武承嗣道：“此乃谋天下大事。昔汉高祖欲用韩信，尚且登坛拜将，今某请英雄出兵，此席也是这意思，何必固执谦让。”许敬宗也命他上坐。李飞雄见众人如此，只得谢罪告坐。酒至数巡，许敬宗便将所拟的旗号草檄，交代与他，然后武承嗣送出两万黄金，命他带回作为粮饷。

李飞雄次早回山，发兵起事，且看下回分解。

第五十六回　李飞雄兵下太行山　胡世经力守怀庆府

却说武三思如此厚待飞雄，次日将银两如数取出。飞雄扮作客商模样，雇了几辆大车，回转太行山而去。约期出月初间起事。在路非止一日，这日已到山头，喽兵见寨主回来，当即前来将牲口牵去，银两搬上山寨。李飞雄前到聚议厅上坐下，赵林忙上来问道："大哥都中去过，事情如何举办？"李飞雄即便将武三思兄弟，并许敬宗所议的话，说了一遍。然后洗了行尘，又问了山下的买卖，赵林交代已毕。

次日李飞雄便将合山的大小头目，并那喽兵的花名册籍，查阅一遍。选出几个头目，一名草上飞王怀，一名朱砂记洪亮，一名双枪手吴猛。这三人马上步下功夫，皆不在人之下。先命这三人，各带一万银两，采办生铁火药，并马匹旗幡之类，限本月办齐回山，以便打造军装。着郭泉、齐霖、陶石、王宝等四人，派为山头领将，专督喽兵操演等事，每日施枪放炮，威武非凡。

且说怀庆府离此太行山仅有百里之遥，怀庆太守姓胡名世经，乃是进士出身。其中虽迂拘腐儒，并不与张、武两家附和，武承嗣等人屡欲想撤他职任，无奈他深得民心，凡有离任消息，总是百姓到巡抚衙门挽留。又值狄公为河南巡抚，知道他的政声，也就屡次保奏，承嗣诸人，也不能怎样奈何他。近日闻太行山操兵，随命人前去打听，回来说，是庐陵王的党类，已命李飞雄带兵入京，以便复夺大位。胡世经吃了一惊，暗道："这事何能行得？武后虽无道，别人如此而行，还有所借口，他自己何能彰明昭著，欲夺江山。母子份上，如何解说?”

一人正是诧异,复又想到:“这里万分不实,恐是奸人诬害太子,以假弄真,串出人来,干出这事,好令武皇信以为实,究罪于他,以便从中篡逆。照此看来,不是张昌宗所为,定是武氏兄弟干的这事。庐陵王现在房州,彼此相离数千百里,即使他欲意复位房州,老臣宿将正自不少,徐敬业等人已干过此事,皆非出自他口。他要真意举行,何不由房州一路而来,反令这强寇做此大事,此事明是疑案。”一面写了一封细情,命人星夜往巡抚狄公衙门投递,请他在京中暗访,若有人直指太子,好请他面奏朝廷,挽回其事。一面将四门把守得铁桶相似,以备强人入境。

谁知胡世经在城内防备,李飞雄山上早已将军械粮草、号令旗幡,布置的如火如荼。择了初一下山,先取怀庆府城,然后相机前进。三日之前,便杀羊宰马,犒赏三军;分作四队,命赵林、王怀、洪亮、吴猛四人统带行兵。吉日一早,李飞雄披挂整齐,按着军礼,祭旗已毕,然后拔队登程。一路之间,浩浩荡荡而来,真是旌旗蔽日,刀甲如云。当日行了五六十里,安营下寨,次日一早登程,便向府城进发。

这日胡世经见探马来报,说战兵已离城不远,赶即登城遥望。但见对面如乌云盖地相仿,无限的兵马,向城下而来,当头一面大旗上书:“庐陵王驾下统领兵马复国将军李。”所有的旗旌,均是用的五彩颜色。胡世经看毕,心下实是疑惑,先令人将擂石滚木排列在城头上。但见贼兵渐走渐近,离城十里,扎下营寨。到了下午时分,忽然敌营一声炮响,当中显出一匹马来,为首一员大将,手执大刀,飞至城下,高声大叫道:“城上军兵听了,赶快飞报太守胡世经前来答话。”

胡世经见贼人会话,也就挺身上前,向下说道:“囚贼,汝是何人,敢冒太子之名,兴兵作乱,攻犯城池!是谁举谋,从实供来。本府详奏朝廷,罪在为首之人,或者可开恩免汝死罪。若是执迷不悟,天下皆皇上赤子,食毛土上,具有天良,谁敢甘心附逆?谁不知汝是冒名？庐陵王远在房州，岂有母后登朝，太子夺位之理！这明是奸臣诡计，离间宫廷。本府幼读诗书，岂不明伦常纲纪。从此速退兵丁，休生妄想，这座铁桶似的城地，汝焉能攻破！”

李飞雄听了此言，心中大惊不止，暗道：我等在京计议，原想冒名行事，使地方各官信以为实，好飞奏朝廷，以便暗中诬害。谁知初次出兵，便为这胡世经说明破绽，随后何如前进。现在进退两难，只得矢口不移，同他再辩论。当时向城上答道：“你既幼读诗书，为何不明事理？武后奸淫无道，秽乱春宫，杀妹屠兄，弑君鸩母，人神之所共殛，天地之所不容。庐陵王乃高宗长子，天下明君，岂能视母后奸淫，不顾社稷生民之理？只因前次徐敬业用未当之兵，猝致身亡，特命李某统领山寨大兵，入京兴复。汝乃唐朝臣子，何故甘事妇人？不开关迎师，已罪在不赦，还以真为伪，抗逆王师。汝既不信，且将通檄与汝观见。”说罢身旁再取公文一角，插上箭头，弓响一声，向城头射上。胡世经展开观了遍，向下骂道：“此乃汝这班逆贼，将骆宾王的讨诏，依学葫芦，造成这样通檄。天下人可欺，欲想欺我胡某，也是登天向日之难。要我开关，非得庐陵王亲自前来，方能相信。”说罢命人将擂石滚木打将下来。李飞雄见城上把守得十分严整，真是无隙可乘，当时只得拨马回营，以便次日攻打。

且说怀庆府城守姓金名城，是个无赖出身，平时与武三思的家奴联为一气，鱼肉乡民，不知怎样逢迎三思，保举了一个守备。自从狄仁杰进京之后，这班孤群狗党，不敢再如从前。却巧怀庆府守备出缺，他便求了武三思，补了此缺。武三思从李飞雄入京以后，知道太行山在怀庆属下，唯恐胡世经看出奸计，有所阻格，便私下写了一封书信，命人送至金城。等到兵临城下，请他见机而行，务必请胡世经通详具奏，便可成事。金城此时，见胡世经看出伪诏，心下也是吃惊，一人想道：“武三思日前致信于我，命我从中行事，不料他居然料着。无奈这个迂儒，甚为固执，必得如此，方可使他详奏。”自己想了一会，向着胡世经说道：“大人既知他冒名前来，末将有身本领，何不就此开关，杀他个大败亏输，然后申奏朝廷，岂不为美？若紧闭关自守，设或相持日久，粮草空虚，岂不难乎为继?”

胡世经知他是武三思一党，说此言语，明是诱他开城，好让贼人进城。当时喝道:“此地乃本府镇守，战守自有权衡，可容汝等多言!贼人此来，正想开城会敌，方可以伪乱真，借庐陵王之名，好遂奸贼之计。本府且严加防守，星夜命人到房州询问，如果庐陵王行出这不法之事，他自承认无辞，命我等开关迎接。若不然，他必有回文照复，或命人带兵前来征剿。那时真伪分明，圣上母子之间，也不至为人谗间。”金城听了此言，知他是个迂儒，说得出做得到，那时便误事不浅。当时急道:“大人之言，虽然想得周到，无乃缓不济急。你看他数万人马，如火如荼，不出几日，定将这城池破失。大人是个文官，固然有革职处分，末将是个武士，干戈扰乱，责任较大人尤重。设有不测，悔之晚矣。此事不据实申奏朝廷，请领大兵前来退敌，何能解这重围?且徐敬业与骆宾王之事，已行之在先，庐陵王既命他两人与兵犯境，不能勾结李飞雄进取么?此事毋庸疑惑，定是庐陵王指使。我看大人十载寒窗，方巴结了个进士出身，受了多少辛苦，始为怀庆的太守，若因此事误了功名，岂不可惜!”

胡世经见他如此辩白，明欲顺着这奸计，不禁大怒起来，乃道:“本府为此地的太守，虽由诗书而来，多年辛苦，到了为难之地，也须顾名思义，不能听那奸臣，信用私党，欺惑朝廷，致令唐室江山，送与无赖之手。”这番话把个金城说得满面羞惭，当时说道:“你我文武分曹，不相统属。你既迂谬固执，某不能随你而行，这座城池失去。各做各事便了。”当时也不再言了，怒气冲冲，回衙门而去。竟自起了一道详文，说庐陵王命李飞雄攻打城池，复取天下，并将伪檄抄录在上面，连夜命人飞马出城，向京中告急;并参胡世经匿情不报，隐与李飞雄勾通一气，势向谋反。未有数日，早至都中。先到兵部投递，请他奏明圣上，火速发兵。

武承嗣因怀义之事，将刑部尚书撤任，未有数月，便补了这兵部尚书。连日正与武三思、许敬宗诸人，盼望怀庆府的报紧，只是未见前来，心下甚是思想。这日接到金城的禀报，拆阅看毕，随即来三思府中商议了一会，众人只恨胡世经不肯通禀。武承业道："此事本应怀庆府通详巡抚，既是守城有告急文书，我为兵部大臣，也不怕朝廷不肯相信，明日早朝定可分晓。"说毕，回转自己部内，以便来朝启奏。

不知后事如何，且看下回分解。

第五十七回　安金藏剖心哭谏　狄仁杰奉命提兵

却说武承嗣回转了兵部衙门，次日五鼓入朝，俯伏金阶，上前奏道："目今庐陵王兵犯怀庆，势至猖狂，和贼首李飞雄带领数万大兵，直逼城下，心想攻破城池，向东京进发，复取天下。怀庆太守胡世经，与贼通同一气，匿报军情，幸有守备金城，单名飞报。现在告急文书，投递在臣部，请臣具情代奏。城本虚弱，危急万分，一经胡世经出城投降，以下州县，便势如破竹。并有庐陵王伪诏抄录前来，请圣上御览。"说着将金城的公文伪诏，一并由值殿将军呈上。武则天展开看了一遍，不禁叹道："前者寡人因太子懦弱不明，故而将他远贬房州，原期他阅历数年，借赎前愆，然后赦回，再登大宝，不料他天伦绝灭，与母为仇。前次徐敬业、骆宾王诸人，兴兵犯境，孤家以他为误听谗言，并未究罪，此时复勾结贼人，争取天下。如此不孝不义之人，何能身登九五，为天下人君！他既不孝，朕岂能慈，速发五万大兵，星夜赴怀庆剿灭。破贼之后，再赴房州，将太子锁拿来京，按律治罪！"两边文武，见武则天如此传旨，无不面如土色，圣怒之下，又不敢上前劝谏。

狄仁杰到了此时，明知是太子受冤，不得不上前阻谏道："圣上体伤母子之情，为天下臣民耻笑。此必奸人勾引强人，冒充庐陵王旗号，以伪乱真，使圣上相信，此乃军情事务。若果是太子作乱，为何不在房州起事，反在怀庆进兵？怀庆太守胡世经虽是文士出身，未有不知利害，如果城池危急，理合他飞禀到臣，请巡抚衙门代奏，何敢匿情不报，致令金城到兵部告急？兵部尚书，乃是武承业本任，日前他弟兄诬害刘伟之等人，蒙蔽朝廷，致令赐死，后经臣两番复奏，方才蒙恩开释。安知非他兄弟之言，发兵剿灭太子，随后嗣位无人，他便从中窥窃？这事断非庐陵王所为。请陛下发兵，但将李飞雄提入京中，交臣审讯，定有实供。”

那武三思听了狄公所奏，深恐他又将此事辩驳个干净，忙即复奏道：“这事求陛下善察其事，臣等在京供职，每日上朝，何忍辜负国恩，甘与贼人谋反！此明是狄仁杰勾通太子，擅动干戈，威吓陛下。日前伟之请陛下召太子还京，退朝让位，陛下未能准奏，反将伟之赐死；狄仁杰亦屡次请陛下将太子召还，因未能俯如所请，激成如此大变。臣等宁可奏明，听陛下裁夺，但恐陛下以慈爱待太子，太子不能以仁孝待陛下。到了兵犯阙廷，不妨将大恶大罪，推在李飞雄身上。那时复登朝位，不知将陛下置诸何地。若说是诬奏，天下事皆可冒充，唯这旗号伪诏，万万伪借不来，圣上何以不明其故？恐此次干戈，较之骆宾王尤甚了。”这番话把个则天说得深信不疑，向狄仁杰怒道：“汝这班误国奸臣，汝既身为巡抚，怀庆府又在汝属下，太行山有此强人，何不早为剿灭？此时养痈贻患，兵犯天朝，岂非汝等驭下不严之故！似此情节，与庐陵王同谋可知。逆叛奸臣，既伤我母子之情，复损汝君臣之谊，此番不将太子赐死，国法人伦，皆为汝等毁灭。等至水落石出之时，再与汝等究罪！”说罢便命武承业，发大兵五万，带领将士，先到怀庆，将李飞雄灭去，然后便往房州，捉拿庐陵王。

武承业奉了这道圣旨，心下好不欢喜，正要领旨退朝，忽见左班中走出一人来，身高九尺向外，两道浓眉，一双圆目，走上前高声奏道：“陛下如此而行，欲置太子于何地？前者太子贬谪，在廷臣工莫不知是冤抑。彼时有罢官归隐者，有痛哭流涕者，这干人皆忠心赤胆，日夜望陛下转心，复承大位。武承业乃不法小人，江洋大盗、绿林下人，无不暗中勾结。此事明是奸臣造成伪诏，令李飞雄冒名而来，使陛下堕其计中，好乘机为乱，掠夺江山。陛下何不顾母子情面，反听奸臣之言，恐唐朝非李家所有了！”说罢大哭不止，声震殿廷。

武后见他说不顾母子情面，愈加怒道："汝等食禄在朝，天下大事，漫不经心，凡朕有事举行，便尔纷纷饶舌。寡人乃天下之母，庐陵王不遵子道，若不再诛，何以御天下？如有人再奏，便先斩首！"众人听了此言，再将那人一望，乃是太常工人，姓安名金藏。只见他大哭一声，向着武后奏道："陛下不听臣言，诬屈太子，不忍目睹其事，请剖心以明太子不反。"说罢只见他拔出佩刀，将胸前玉带解下，一手撕开朝服，一手将刀望胸前一刺，登时大叫道："臣安金藏为太子明冤，陛下若再不信，恐江山失于奸贼了！"说罢复将刀往里一送，随又拔出，顷刻五脏皆出，鲜血直流，将众臣的衣服溅得满身红血。

当时两边文武，猝不及防，忽见他如此直谏，无不大惊失色，倒退了几步。武后此时也不料他竟尔不顾性命，见他倒于阶下，也就目不忍睹，龙袖一展，将两眼遮住，传旨说道："孤家母子之事，不能自明，致令汝出此下策，诚为可叹。"旋命人用车辇将安金藏送入宫中，命太医赶速医治，如能保全性命，定行论功加赏。这道旨下来，随有穿宫太监，将安金藏舁入辇中，已是不知人事，手中佩刀，依然未去。众大臣俟他去后，有元行冲、恒彦范一干人，齐声哭道："安金藏乃是太常工人，官卑职小，尚知太子之冤，以死直谏。陛下再不听臣等所奏，只好死于金銮殿上了。"当时众人有欲拔刀自刎的，有欲向金殿铁柱上撞死的，把个金銮殿前，当个寻死地府。

武则天见众人异口同声，皆说李飞雄冒名诬害，只得说道："众卿家如此苦谏，孤家岂好动干戈，汝众人所言若何处治？总之怀庆兵临城下，此是实情，无论是真是假，皆须带兵剿灭。"狄仁杰道："陛下若能委臣一旅之师，带同武将，前往征讨，定可将李飞雄活捉来京。一面命元行冲将敌人的伪诏，带往房州，与太子观看。太子见此逆书，岂不以朝廷为重，那时陛下虽不命他征剿贼人，太子也要奋力前驱，以明心迹。似此一举两得，陛下恩义俱全，那班奸贼，也无从施其伎俩。"武后此时骑虎之势，只得准奏，将武承业之兵，归狄公统带，听其挑选猛将百员，星夜往怀庆灭寇。复下一道御书，并李飞雄伪诏，一并交元行冲，带往房州而去。两人谢恩已毕，然后退朝。

单说狄公一早，便在教场点了五万大兵，带了十数员有名的上将，皆是忠心赤胆，公而忘私，一路浩浩荡荡，直向怀庆而来。此时胡世经早已得报，听说是狄公前来，不禁喜出望外，向着部下说道："本府自与金城争论之后，明知他飞檄到京，请兵告急，深恐张、武二党，带兵前往，便令太子衔冤莫解。现在狄公到此，诚为万岁之幸。"当时将城中所有的兵丁，齐行在城中把守，自己带领数名牙将，徒步出城，向大队迎来。到了前队，早有差官报明职名，到军中来见狄公。狄公见是怀庆府亲自前来，当即问道："贵府为一方领袖，兵临城下，镇静不移，深为可敬！日前接尊函，足证巨识。贵府现将何法退贼？"胡世经见狄公如此询问，乃道："下官明知金守备起文申报，但不肯迎合奸臣，致令太子受屈。此事定是李飞雄受人指使，冒名而行。若是庐陵王若有此举，为何不在起事之先，通行手诏，等到贼兵入境，方将伪诏投递？据此一端，可知伪冒。现已命人先到房州询问，俟真伪辨明，再行具报，免得有劳圣虑，致伤母子之情。此时大人前来，实为万幸。"当时与狄公到了城前，依城下寨。

次日狄公升座大帐，传金城前来问话。金城此时已是心大恐惧，满想将告急公文递到兵部，武氏兄弟带兵前来，便可合而为一，不料不能如愿，反命巡抚大人带兵到此。当时只得到大帐请安侍立。狄公道："本院在京接汝告急文书，说庐陵王与李飞雄勾通，兵犯怀庆，汝既身为武备，何故不开城迎敌，杀退贼兵？若说胡世经阻挠加意防守，此固迂儒见识，本院既已到此，且命汝就此去骂敌，若不得胜而回，提头来见！"金城听了此言，不禁心惊胆裂，领下令箭而来，上马而去。

不知后事如何，且看下回分解。

第五十八回　开战事金城送命　遇官兵吴猛亡身

却说金城见狄公命他出马，虽将令箭领下，心下甚是惧怕，一人想到："我虽是个武职人员，补了这怀庆守备，无奈我不是个绿林出身。平日与武氏家奴横行乡党，尽是虚张声势，狐假虎威，哪里有什么本领？这个功名也是武三思瞻徇情面，私自保奏。现在上阵交锋，岂不是自寻死路？"欲想不去，又知狄公法令森严，不容推诿。当时只得披挂整齐，上马提刀，来至阵上。李飞雄自从由太行山来此，虽则日夜攻打，因是胡世经严加防守，攻破不开。昨日听说京中大队前来，疑惑是武氏兄弟的党类，随命人到营中私探，回营报知，方知是狄公到此。正在诧异，现又见小军来报，说官兵阵前讨战。李飞雄听了此言，随即提刀上马，望众人说道："愚兄奉许大人之命，干此要事，今日狄仁杰到此开兵，务必胜他一阵，方破了他锐气。诸位贤弟，可到战场，一同看战！"所有那朱砂记洪亮、双枪将吴猛、草上飞王怀等强寇，无不齐声说道："我等在山杀人如草，绿林中谁不知我等威名？莫说狄仁杰是个懦弱书生，徒以哼文为上，他便是个三头六臂，亦将他杀得片甲不回。"说着众人上马，领命冲出本寨。

李飞雄抬头看见是金城，连日见他在城上与胡世经把守，早已认熟在眼中，忙将马头一领，上前喝道："来者莫非怀庆守备金城么？"金城见他道他姓名，疑是武三思曾与李飞雄言过，说他在这城中为守备，也就答道："老爷便是金城！汝既知名姓，谅知我来历。今奉狄抚之命，上马前来与汝决一死战。"李飞雄不知他说的暗话，连忙喝道："汝这无名小辈，既食君禄，当报君恩。唐室江山，乃庐陵王天下，现为武后荒乱朝纲，宠嬖小人，致将太子远谪，目下亟思复位，整理朝纲，特下血书，命本帅念社稷艰难，为此征讨。日前草诏在于兹，汝何不知顺逆，闭关自守，抗拒王师？此时大队前来，首先开战，来得好，本帅不将汝分为两段，也不知俺手段！”说着一个泰山压顶，当头劈来。金城见他认真杀来，枉是个无赖出身，从不知阵前利害，抬头一看，已吓得魂不附体，快将两手把单刀握定，迎了上来，碰上大刀如同火炭一般，早将虎口震得迸裂。一时抵挡不住，把个单刀飞在空中，正要拨转马头，落荒而走，措手不及，李飞雄一刀已砍于马下。贼兵一声呐喊，掩杀过来。幸得狄公手下人多，用乱箭将阵脚射住，难以上前。李飞雄得意洋洋，敲得胜鼓回营。

且说狄公派金城出马，因他与武氏一党，故用借刀杀人之计，命他身死。此时见已丧命，忙传令赵大成、方如海。只听两边齐声得令，出来两人，到案前站下。此两人乃是高宗御前都指挥，平时历著战功，封为永胜将军之职。赵大成身材短小，相貌粗豪，手执两柄六角锤，有万夫不当之勇。那个方如海，也与他一般职位，手执一杆烂银枪，如蛟龙出水相似。当时狄公说道：“汝两人就此出征，先将李飞雄获一胜仗，挫了锐气，本院自有退敌之策。”

两人得令下来，随即披挂上马，到了战场，见李飞雄已经收队，只得到敌营前面高声挑战。双枪将吴猛，正押着后队，向前退去，忽听后面又有人来骂战，当即拨转马头，双枪并起，迎将上来。赵大成见敌人来会战，上前喝道：“贼将通名，本将军锤下，不打无名之将！”吴猛道：“俺乃庐陵王麾下，复国大将军帐前偏将吴猛是也。汝是何人，快通名来！”赵大成喝道：“汝这叛贼，敢冒太子之名，暗行诬害，勾结奸党！本将军乃唐皇天子驾下巡抚麾下，永胜将军赵大成是也。”说着六角锤一分，用了个流星赶月，一先一后，相继打来。吴猛见他来得利害，双枪一举，用了平生之力拼力格来。

赵大成乃是能征惯战之人，比这山寨强人，自强胜百倍，两锤打下，如泰山一般，吴猛哪里架得过去？顷刻满脸震得绯红，虎口流血不止，晓得不好，赶着连招带拖，拖了过来，便想趁此逃回营内。谁知赵大成手段飞快，两锤见他招架不住，唯恐他逃走，赶将左手一起，飞起锤头，摔过马来。吴猛正向前走，不防着后面来了兵器，只听咕咚一声，早把吴猛栽倒马下，再望那颗头颅，已是脑浆迸裂。敌营见吴猛身死，众兵一声呐喊，各自逃生。赵大成仗着一身本领，邀动方如海，手提兵刃，杀入重围。两匹马如入无人之境，正是逢枪便死，遇锤即亡，顷刻之间，早已尸骸满地。

李飞雄自将金城杀死，正是得意非凡，忽听得前营有喊杀声音，赶着命人查问，谁知探军已到大帐，奉请主将出营御敌："现在官兵队里，来了两员猛将，一名赵大成，一名方如海。吴猛与他交战，已死在赵大成手下，今已杀进营来。主将再不出去，便到大帐了！"李飞雄听了此言，大叫一声："无名的小辈，杀了我山头将士！"只听他高叫数声，跃马提刀，冲出阵上，劈面见大成两人，也不答话，刀锤并举，二马相争，一来一往，杀了有数十个回合。李飞雄渐渐招架不住，方如海唯恐让他逃脱，也就拍马提枪，前后夹战。李飞雄自知不能相斗，两手将大刀一举，用个横扫千人的刀法，将赵大成双锤掀开，大叫一声："本将军战你不过，休得追来！"说着马一拎落荒而去。赵大成恐他另有暗算，也就不去赶他，回转本营。

此时，狄公正在营前观战，见赵大成杀退贼将，得胜而回，当时进入大帐，记上功劳。向着胡世经言道："此贼本领也甚平常，若能设法生擒，方令太子之冤水落石出。但不知贼营前后有小路通行，并往他山寨上有僻道可去？"胡世经还未开言，早有马荣上前说道："这事大人不必过虑。小人疑惑李飞雄是一个三头六臂异样的强人，谁知是从前那个白鹤林的小李，不知何人为他起这绰号，叫赛元霸。小人的出身，大人无不尽知，此人与小人早年是一党，陆道上买卖，彼此通行。明日待小人到他营中，如此这般，套出他的真话，然后里应外合，用计破他，易如反掌。"狄公听了此言，心下甚是欢喜，忙道："汝能干出这事，不但解了目前之危，俟太子还朝，也当加恩升赏。可知此事关系国家伦常之大务，必设法将主谋之人访出，那时本院便可启奏了。"马荣领命下来，一宿已过，次日改换装束，乃扮绿林的模样，由后营出去，绕上大道，然后向贼营而来。

且说李飞雄败回营中，闷闷不乐，与洪亮等人说道：“愚兄受许大人深恩，又奉武皇亲重托，着我干出这事。满想富贵功名，从此发达，谁知今日初次开兵，虽将金城杀死，我处亦伤一吴猛。愚兄又打了这败仗，官兵主将，又是狄仁杰前来。此人足智多谋，从前做县令时，并访出许多无头案件，此时掌这大权，手下有许多精兵猛将，我等何能与他对敌？虽承武、许两大人重用，设若事败，岂非是画虎反类犬！”洪亮道：“大哥何必多虑，胜败乃兵家常事。赵大成虽是勇猛，明日我等并马出营，用个车轮大战，哪怕他如天神的手段，也要大败亏输。”

众人正在帐中议论，忽见小军进来报道：“外面有一好汉，自称马荣，说与寨主从前在白鹤林交好，日前访问寨主，在太行山聚义，特地千里相投。到得山前，闻又提兵到此，因此来营求见，请寨主示下。”李飞雄只恐营中将少，没有能人，听说马荣前来，连忙道：“此人与俺自幼的好友，他此时前来，正好助我一臂。”随即起身，带领众人，接出营来。抬头向前一望，果见一人短领窄袖，玄色缎的短袄，排门密扣，铺列胸前，两腿玄色丢裆叉裤，铁尖快鞋，头戴一顶英雄巾，一朵红缨拖于脑后，肩头背着个小小包袱，腰间佩了一把单刀，气宇轩昂，正是马荣到此。

李飞雄高声叫道：“马大哥，几时到此？小弟接驾来迟，望祈恕罪！”马荣见他出营，也就上前答道：“贤弟名亨利达，掌此兵权，曾记白鹤林旧交么？”李飞雄哈哈大笑道：“自从别后，念念不忘，今日相逢，实为万幸！且请入营畅叙。”说着邀马荣进入营去，一同到了大帐，见礼坐下。

不知马荣此来，能否访出实情，且看下回分解。

第五十九回　访旧友计入敌营　获胜仗命攻大寨

却说马荣进了大帐，李飞雄开言问道："小弟自别尊颜，历经数载，从白鹤林劫夺官眷，得了财资，嗣后在何处得意？"马荣道："一言难尽！自那年分手，东奔西荡，卒无定程。近年在山东一带，干了捕快班头，无奈贪官污吏不识人才，反与绿林朋友结下许多仇恨，因此悔心，将卯名除退，依旧做往日生涯。日后方知贤弟在太行山聚义，不料到了宝山，又值临兵到此。不知贤弟有此大志，竟干此惊人出色之事。愚兄到此，不知可能委用么？"李飞雄听了此言，便将白鹤林劫夺之后，众人分散，不料地方缉捕，为快班擒获，解入京都，承许敬宗开活，以及在太行山聚义的话，说了一遍。当时命人摆酒，为马荣接风。

入席之后，马荣复又问道："贤弟所言皆是从前之事，现在攻打城池，还是欲夺唐室江山，称孤道寡，抑是另有别人主使？近日胜败若何，官兵是何人所带？"李飞雄见他问这话，忙道："小弟哪有如此妄想！设非有人命我如此，莫说本领不能取胜，便是粮草也不能接济。"马荣听了此言，心中实是暗喜，果不出大人所料，竟是有人暗中指受。乃道："此乃贤弟鸿运当头，故有如此机遇！方才来营，见大旗上面写的庐陵王名号，莫非是房州太子，复夺江山，命弟辅助？"

李飞雄哈哈笑道："老哥不是外人，此来正可助小弟一臂之力，不妨将这细情告知。哪里有什么庐陵王？说来大哥也可知道，目今武后临朝，将武三思兄弟皆封了大官，掌理朝政。将太子贬至房州，一心想将大统传与武承嗣接位，无奈狄仁杰一班忠臣将士，屡次阻挠，不但不能令武氏为天子，反请武后将庐陵王召回。因此武氏兄弟，想出这主意，命我冒充太子的旗号，攻打城池，使地方各官通报到京，说太子造反，好令武后伤了母子情，将太子赐死，这万里江山，便归入武氏兄弟之手。不料这怀庆太守胡世经闭关自守，攻打不开，目下狄仁杰又带兵前来，互相交战。不料他皆是能征惯战之将，昨日初次开兵，虽将守备金城杀死，本营中双枪将吴猛，亦为敌营伤命。小弟本领，大哥深知，这一座海大营盘，加上这许多精兵猛将，何能将他退去？幸得大哥前来，明日上阵交锋，助我一臂，倘能武承嗣得了天下，你我这功名富贵，还怕不得么？”马荣也装喜悦情形，满口应道：“贤弟有如此出路，若将此事办成，岂不比绿林买卖强似十倍！愚兄明日出马，定杀个大败亏输，以报昨日之恨。”

李飞雄见马荣如此应允，自是得意非常，又将王怀、洪亮这干人喊来相见，彼此通名道姓，开怀畅饮，直吃到下午之时，方才席散。马荣道：“贤弟这座营寨，虽是十分雄壮，但不知前后左右，可有小路通行？大凡扎营须要四通八达，方可进退自如。若是一面开兵，三面闭塞，若前队打败，无一退步，岂非是束手待毙？”李飞雄道：“小弟哪里知道什么兵法，横竖有武承嗣等人，暗中布置，只求将官兵打退，弄假成真，那时便功成名就。既是老哥讲究，此时便请去巡视，若有破绽的地方，不妨更改。”说着起身。

众人出了后营，四面察看一番，尽是依山带水，颇得地势。唯有左边一座高山，相离有一二里远近，若能在此伏兵，便可以高临下。随即问道：“这座山头，虽是险固，不知这山后通于何处？”李飞雄道：“山后乃是怀庆府西门大道。我这座大营，依他南门而扎，若非这高山阻隔，也不在此扎立营盘。”马荣巡视已毕，复行看了他粮草所在。天色已晚，李飞雄复命摆酒叙谈，直至二鼓频催，方才安寝。次日早李飞雄请他出战，将自己的马匹兵刃，让他使用。马荣道：“愚兄秉性，贤弟深知。这口佩刀，很好与人对敌，那马上工夫，反不能爽快。”说罢，仍旧是随身衣服，出了营门，到战场喊战。

官兵帐里见马荣讨战，众人无不诧异，赶着进帐，报与狄公知道。狄公随命乔太前去会敌，说道："马荣此来，必有消息，汝去只可诈败，看马荣有何话说。"乔太本欲步战，此时唯恐敌营生疑，只得坐马提刀，向阵前而去。马荣见乔太前来，故意喝道："来者何人，快通名纳命！俺家李大寨主，昨日为汝等杀败，命俺家报仇，不要走，吃我一刀！"说着左手一刀，劈面砍来。乔太见他故作惊人，心下实是好笑，也就举刀迎上，两人一来一往，杀了有二三合，乔太已是只能招架，不能还手；复又战了数合，拨转马头，落荒而走，马荣高声喝道："逆贼往哪里走，俺追来也！"当时连蹿带跳，紧紧追来，不下有十数里远近，左右皆是树林，后面贼兵，全行不见。乔太住马笑道："大哥，你做什么鬼脸，究竟营中怎样？"马荣道："若不如此，何能使他相信。"当即将敌营的话说了一遍，然后道："左边高山，可以伏兵，明日如此这般，由西门前进，那时便可一鼓成擒了。"乔太听罢大喜。两人正要回去，远远的贼兵追来，马荣道："你仍就败走前去，好令众人除疑！"乔太赶即伏在马头，盔斜甲卸，现出败的模样，没命向前逃走。

马荣见贼兵已到，高声喊道："汝等赶速拦阻去路，莫要被这厮逃走！"一声招呼，依旧紧紧地追来，乔太早已打定鞍马，越树穿林回转本营。那时贼兵，齐声叫道："李寨主有令，请将军就此回营。山路崎岖，恐遭敌人的暗计。"马荣见众人如此，反说道："汝等早来一步，也不至为这厮逃脱。且待明日开兵，再将这厮擒住。"当时同众贼一同回营。见李飞雄早出来迎道："老哥今日获此胜仗，虽未将敌人擒获，所幸尚未败回。有老哥如此本领，还怕不能取胜么？"马荣也就进入帐中。

李飞雄早已预备下酒席，两人入座畅饮。马荣道："愚兄到此，疑惑敌营很有能人，谁知今日到场，乃是无能之辈。本营有如此兵马，何不分成四队，将他那座营盘，团团围住，四面杀入，没有一日之久，定可将这狄仁杰擒获，何故在此久久相持，反长了他人志气！"李飞雄见如此言语，乃道："小弟营中虽有许多兵将，无奈操练未久，皆非能征惯战之将。若能老哥在此缓缓交锋，每日与小弟出营，皆获胜仗，将他几名妙手送了性命，然后四面夹攻，哪怕他逃奔天外！”马荣道：“贤弟此言差矣！天有不测风云，人有旦夕祸福，若不趁此锐气，一鼓而下，但凭愚兄一人每日出战，何能必定取胜？若敌营再添了新手，那时又如何说项？兵事宜速不宜迟，且营中旗号，尽以庐陵王为名，若太子在房州得信，带兵前来，前后夹攻，那时将这机关败露，又便如何？成败好丑，在此一举，贤弟幸勿自误。”

李飞雄本是个极粗莽的人，见马荣这番言语，不禁鼓舞起来：“大哥所言真是妙计，小弟何敢不依！但前进必须后退，明日一早先命人到京都送信，告知许敬宗大人说，狄仁杰到此，万分难破，现已四面攻打，请他赶紧设法接济，以便在太行山招兵救应；一面须斟酌一人在营看守，恐有敌兵前来冲寨。”马荣道：“贤弟如虑无人，愚兄在营，可万无一失。大队若得胜好极，否则愚兄领队出营，将贤弟接应出来，岂不好吗？”李飞雄听罢，当时依计而行。

次日先写了一封信，命人送往都中，到许敬宗衙门交递。然后命洪亮打东门，王怀打南门，自己打西门，其余将弁，选派数名攻打北门。所有粮草军械，皆在后营，并留下三千兵士，请马荣在营看守，仍不时到营前观战，若是官兵战败，便上前接应。诸事分派已定，只等次日开兵。

且说乔太回转本营，将马荣的话说了一遍。狄公听了此言大喜，次日一早便命赵大成、方如海各带精兵五千，由西门大道绕至高山，等到夜晚之间，率众登山，在树林内埋伏。但听得炮声响亮，一齐杀下山去，务必与马荣合为一队，将李飞雄生获过来，勿伤他性命，方可随后作证。两人领命下来，自去埋伏不提。再表李飞雄当日传令已毕，一宿已过，次日天明，各人带领兵丁，放炮开营，直向官兵前队围绕上来，顷刻之间，数万贼兵，把个很大的怀庆府，并一座大营，四面围住。李飞雄一马当先，上前喊道：“营内兵丁听了，前日本将军为那赵大成杀败，又伤我一员大将，此恨此仇，尚未报复，今日特来与汝等决一死战，好报庐陵王付托之意！汝等速去报狄仁杰知道，命他选派能人，前来会战，不然这四面兵将，拥挤上来，立刻将汝等营盘踏为平地。”官兵见贼兵围住上来，不知他受了马荣之惑，遂不禁大惊失色，飞报前来。

欲知后事如何，且看下回分解。

第六十回　四面出兵飞雄中计　两将身死马荣回营

却说李飞雄依着马荣之计，四面出兵，将唐营攻围，小兵不知何故，赶紧进帐报知。狄公命了四员偏将，一名裘万里，一名曹其荣，更有徐标、王泰，各带两千兵卒，分头会敌，四人得令起身。裘万里跨马提鞭，直向东门迎出，劈面遇见洪亮，举手一鞭，当头打下，洪亮提刀格架相迎，两人杀在一团，斗在一处，战有二三十个回合。洪亮杀得性急，大喊一声，直向裘万里拼力劈去，裘万里赶即两膀用足了劲，钢鞭飞舞，架去单刀，随手一鞭，已打中洪亮的顶门，翻于马下。后面军士见敌人落马，呐喊一声，上前冲杀。

裘万里见自己得了胜仗，当即下马取出佩刀，将洪亮首级割下，复跳上马匹，杀向南门而来。远远听到战鼓声音，震动山谷，赶着快马加鞭，飞到前面，但见曹其荣手执一杆长枪，却为王怀的双刀压住，气喘吁吁，几乎败下。裘万里见了吼一声，叫道："曹贤弟休得慌忙，有愚兄前来助你！"说着遂奔到阵上，用钢鞭往下一格，将王怀的双刀架格过去，让曹其荣冲出重围，随即一连几鞭，向那敌人打下。王怀虽然是一个草寇，但在太行山上，也算他是第一把好手，正想摆布敌将，忽见一人前来助战，不觉大喊连声，一手招架钢鞭，一面对准裘万里的要害，拼命刺去。那二人你想我死，我想你亡，刀去鞭来，好似在山猛虎；刀来鞭去，宛如出海飞龙，彼此竟杀不放手。霎时黄沙飞起，大约争战了有五六十合，早已日光当头，裘万里深恐战他不过，误了大事，赶着虚晃一鞭，诈败而去。

王怀正是杀得兴起，哪里肯舍不追，高声叫道："无能的匹夫，向哪里逃走，爷爷来也！”只见飞虎镫一挂，那马如腾空一般，在后紧紧追来。裘万里见他赶来，跑去有二三里远近，忽将裆劲一松，那马忽然停住。裘万里将脚尖在搭镫扣稳，一个跟斗，跌向马腹里面。王怀疑惑他是失足落马，心下大喜，高声叫道：“裘万里也是你性命该绝，落下马来，看刀！”说着一刀，在裘万里背心劈下。裘万里见他到了背后，脚尖在搭镫上一垫，一个转身，早在马上倒下，王怀正弯腰用刀来劈，措手不及，裘万里一鞭打中脑门，咕咚栽于马下。裘万里骂道：“你这狗头，方才那样英勇，此时英雄何在？且命汝身首异处！”当时就将王怀的刀取下，割下首级，复向城上奔来。

且说李飞雄自己攻打西门，一柄大刀逢人便杀，正遇徐标将他拦住，两人兵刀大举，各显生平。谁知徐标一柄三尖刀，较之李飞雄高出数倍，彼此刀来刀去，未有十数个回合，已杀得两膀酸麻，高抬不起，正想王怀等人前来接应，忽见劈面人声喧乱。鸾铃响处，裘万里早到前面，高声骂道：“贼囚，汝羽翼已去，还想在此逞能！你看这两颗首级是谁，还不下马受缚！”李飞雄正是危急，听了此言，抬头一望，却是洪亮、王怀两人的首级，晓得不好，赶将马头一领，斜刺里冲出重围，欲向本营而走。忽见本营烟雾连天，喊声大震，四面八方全是火起，李飞雄到了此时，已是心惊胆裂，知道有了内变。只见许多逃残兵士蜂拥而来，向着李飞雄说道：“寨主不好了，出兵之后，马将军并不到营前观战，忽自出了后营，放了几声大炮。顷刻左边山下，出来许多兵马，穿山越岭，向本营拥来。我等正请他退敌，谁知他反将敌兵带入营中，放火烧寨。现在军中粮饷，以及帐篷，皆为他焚烧殆尽，前面万不可去了。”

李飞雄听了此言，只得大叫一声：“马荣，我道你是旧日良朋，前来助我，谁知你是奸细，害得我瓦解冰消！今日俺也拼作一死，只与汝送了性命！”当时便想去寻马荣。后面裘万里追兵已到，高声叫道：“李飞雄，汝寨已失，还不下马投降！”飞雄正是忿火中烧，举起大刀向万里复战，彼此又交了五六回合，早见大兵如潮水相似，纷纷拥拥四面围来，将两匹坐骑困在核心，齐呼捉贼。李飞雄见大势已去，料想难以逃脱，狂叫数声，便想举刀自刎。裘万里早已看见，右手将钢鞭顺转，身躯一进，左手只在李飞雄腰间一把，说声带过，早把飞雄提离坐骑，复行向地下一掷。四面兵丁见贼首已得，一声呐喊，捆绑起来。裘万里因自己擒了贼首，心下得意非常，拨转马头，提鞭执辔，押着大队回营。

此时狄公在营，早已得着捷报，命乔太赶速到敌营，传令贼人，如愿投降，一概准予自新，放归回里，所有粮草器械，命赵大成、方如海两人收解回营，着马荣先回本寨，以便与李飞雄见面。乔太得令出营，走至半途，已与马荣相遇，彼此一同到了大帐。马荣将焚营事说了一遍，狄公命他先到后营安歇，然后升坐大帐。只见众兵将敲着得胜鼓而来，大队排列两旁，直至营门之外，随后许多人，捆缚着一个大汉，裘万里押在后面。到了帐前，报功已毕，将李飞雄推跪在阶下。飞雄此时大骂不止："汝等这班叛逆贼臣，庐陵王乃天下明君，命俺复夺江山，重兴天下！误中马荣贼狗头之计，使我大营焚掠，山寨难归。汝等要杀便杀，想投顺汝等叛国奸臣，也是三更梦想！"当下只是骂不绝口。

狄公见他到了此时，仍是矢口不移，冒充庐陵王旗号，暗道："这人颇有恒心，据他对马荣说来，因为许敬宗活命之恩，故而为这班奸臣干出这事。此时被擒，命在顷刻，仍然始终不一，不肯推赖他人。且待本院以恩待他，看他若何言语。"当即起身下堂，便将众人喝退，自己为他亲解其缚，向他言道："将军乃一世英雄，何苦受人之愚，不顾自己性命？本帅若想杀汝，何不在军前取汝首级？不日庐陵王便来营中，那时本院为你分辩如何？"说毕，也不问别事，命人将他送往后营，暗下命乔太、裘万里两人防守，每日好酒好肉，使他饮食。

一连数日，直不见狄公之面，所有服侍的兵丁，皆是你来我往，无一定之人。李飞雄初进营时，自分必死，此时见这样情形，反不知狄仁杰是何用意，又听他说庐陵王不日前来，疑惑等太子来时，再行斩首，果是如此，又不应这样款待，想来想去，实是委决不下。这日性急起来，却巧小军来送酒食，李飞雄将他揪住，横按磕前膝上面，露出腰刀，向他喝道："俺到此间是个贼首，狄大人为何不将我斩首，究竟是何用意？汝将他意思说明，俺就饶汝性命，不然先令凉风贯顶，与阎王相见！"那个小军为他按住，动弹不得，忙说道："狄大人命我等如此，哪晓得他有何用意？但听他与马将军说，这人误听人言，干出非礼之事，若欲天下太平，还须在他身上。其余的话虽将我杀死，也不知道了。"李飞雄听了此言，高声骂道："马荣你这狼心狗肺的死贼，俺好心待你，反遭汝毒手！此时又虚情假意，前来骗谁？汝今日除非不见俺面，一日相逢，定与汝誓不两立！"

正说之间，只见外面走来一人，向里说道："贤弟，愚兄这旁请罪了。可知此事，不能怪我，许敬宗乃误国奸臣，唐室江山，要入武氏之手。汝冒庐陵王之名，攻打怀庆，朝廷以伪乱真，竟将庐陵王赐死。若非众位忠臣，竭力保奏，早送了太子性命。从来误国奸臣，后来绝无好处，被万人唾骂，遗臭万年。目今武后临朝，春宫秽乱，以她一生而论，先是太宗的才女，后来削发为尼，勾引高宗，复又收入宫内，封为昭仪。高宗死后，又将张昌宗弟兄，并怀义这秃驴，以及薛敖曹等人宠爱，真是可谓天地间贱货。庐陵王是高宗的长子，理合传位于他，接承大统，反将他贬在房州，把那些奸淫的狗贼，灭伦的奸贼，宠用在身边。如此不仁不义，不慈不爱之人，何能母仪天下？你我皆是顶天立地的汉子，做事俱要正大光明，曾记在白鹤林聚义之先，立志专与贪官污吏、恶霸强豪作对。从前许敬宗虽有恩贤弟，可知他并非好意待你，想你代他干了这叛逆事件成功，他与武承嗣弟兄平分天下，那时他为君，你为臣，我们堂堂英雄，反屈膝在这班狗头之下，听他的指挥，岂不羞煞！事情不成，所有罪名，全赖在贤弟身上，与他无涉，我等虽是草寇，也该知个君臣父子、天理人情。武三思等人，乃是遗臭万年之人，恨不能食他之肉，寝他之皮，不料贤弟中他之计，反把国家的太子，天下的储君诬害！自己思量，岂不大错？前日来你营中，实是有心诱骗，想贤弟即改邪归正，做个好人。

贤弟如信我言，此时便同去见大人，以便日后临朝，对个明证。若不相信愚兄欲为好人，也不能有负贤弟，致受一刀之苦。不如先在你面前，寻个自尽。”说罢便要自刎。

不知马荣性命如何，且看下回分解。

第六十一回　李飞雄悔志投降　安金藏入朝报捷

却说马荣劝说了一会，便要自刎。李飞雄听了此言语，已是开口不得，心下暗想："实是惭愧。"见他如此情形，赶着上前把马荣的刀夺下，说道："大哥之言使我如梦方醒。但是我从前受过许敬宗之恩，照你说来，不过想我同狄大人到京，将太子冤屈辨明，好令武后母子如初，并将武三思等人处治。可知此事关系甚大，害了武、许两人，小弟依然没有活命。损人利己之事，固不可做，损人害己之事，更何必做。老哥既将我擒入营中，焚烧山寨，尚有何面目去到京中？不如请狄大人将我枭首，免得进退两难。"马荣道："愚兄若想杀你，进营之时何不动手？直因你我结义之时，立誓定盟同生同死，言犹在耳，今昔敢忘？你若能为太子辨明这冤情，狄大人自有救汝之策。设若我言不实，有累贤弟九泉之下，也无颜去见汝面。"

李飞雄见他说得如此恳切，心下总是狐疑不定。马荣道："贤弟，你莫要犹豫不决。今将实话告你，狄大人带兵来时，元行冲已到房州，此事你也知道。只等他来至此地，便一齐起队到京，那时措手不及，先将奸党拿获，然后奏明太子，救汝之死，与他对质，还有何惧？"马荣说罢，见他只不开口，知他心下已经应允。随即挽着李飞雄的手腕道："你我此时先见了大人，说明此意，好命人前去打听庐陵王曾否前来。"说毕，挽着飞雄便走。飞雄到了此时，为他这派劝说，又因他连日如此殷勤，自是感激，当时只得随他到了大帐。

马荣先进帐报知狄公，然后出来领他入内。李飞雄到了里面，向着狄公纳头便拜，说道："罪人李飞雄，蒙大人有不杀之恩。方才听马荣一派言词，如梦初醒，情愿投降，在营效力。俟后如有指挥，以及国家大事，我李某皆甘报效。"狄公见他归顺，赶着起身将他扶起，命小军端了一个座头，命他坐下。李飞雄谦逊了一会，方才敢坐。狄公道："本院看将军相貌，自是不凡。目今时事多艰，脱身落草，也是英雄末路之感。本院爱才如命，又值朝廷大事，唐室江山，皆想在将军身上挽回，岂有涉心杀害？本院已于前日派探前去，想日内当得房州消息。"

三人正在帐中谈论，只见中军进来说道："元大人行冲现有差官公文来营投递，说要面见大人，有活细禀。"狄公听了此言，赶命将原差带进。中军领命下去，果然带了一个年少差官，肩头背着个公文包袱，短衣窄袖，身佩腰刀，到帐前单落膝跪下，口中报道："房州节度使衙门差官刘豫，见大人请安。"狄公听他所言，不是元行冲派来之人，而且行冲出京时，只是主仆数人，那里有这多使用，赶着问道："汝方才说是元大人命汝前来投递公件，何以见了本院，又说是节度衙门呢？"那人道："小人虽是节度差官，这公文却是元大人差遣。大人看毕，便知这里面的细情了。"狄公听他所言，当时将来文命人取上。自己拆开看毕，不禁怒道："武承嗣，汝这个狗头，如此丧心害理。此地命李飞雄冒名作乱，幸得安金藏剖心自明，本院提兵到来，方将此事明白。汝恐此事不成，复又暗通刺客，奔到房州，若非节度衙门有如此能人，岂不送了庐陵王性命。本院不日定教你做个刀头之鬼便了。"看毕，向刘豫道："原来将军有救驾之功，实深可敬。且在本营安歇一宵，本院定派人与将军同去接驾。"

原来元行冲自奉旨到房州而去，武承嗣与许敬宗等人便恐他访出情形，又值狄公提兵来到怀庆，那时将李飞雄擒获，问出口供，两下夹攻，进京回奏，追出许、武两人同谋之故，自己吃罪不起。因此访了个有名的刺客，名叫千里眼王熊，赏他二万金银，命他到房州行刺。但将庐陵王送了性命，带了证件回京，再加二万。俟后等他登了大宝，封个大大前程。谁知王熊到了房州，访知庐陵王在节度衙门为行宫，这日夜间便去行刺。不料刘豫虽是差官，从前也是个绿林的好手，改邪归正，投在节度衙门当差，以图进身。这晚却巧是他值班，听见窗格微响一声，一个黑影蹿了进去，晓得不好，赶着随后而至。乃是一个山西胯汉，手执苗刀，已到床前。刘豫恐来不及上去，顺手取了一根格闩，打了过去。王熊正要下手，忽然后面有人，赶着转身来看，刘豫已到面前，拔出腰刀，在脊背砍了一下。王熊已措手不及，带了伤痕，复行蹿出院落，欲想逃走。刘豫一声高叫："拿刺客!"惊动了合衙门兵将，围绕上来，将他拿住。元行冲此时已到房州，审出口供，方知是武承嗣所使。随即枭首示众，将首级带回京中，以便使武承嗣知道。次日庐陵王知道，对元行冲哭道："本藩家庭多难，奸贼盈朝，致令遭贬至此。设非众卿家如此保奏，岂不冤沉海底。但是目今到怀庆剿贼，这房州又无精兵良将，设若半途再有贼人暗害，那便如何?"元行冲道："殿下此去，万不能不行。无论狄仁杰提兵前去胜负如何，须得前往，方可水落石出。若恐半途遭事，便命刘豫到怀庆送信，命狄仁杰派队来接。"因此刘豫到了狄公营内。此时狄公知道此事，随命裘万里、方如海两人，各带部下十名，与刘豫星夜迎接。

不说他两人前去，且说武承嗣自命王熊去后，次日朝罢，便到许敬宗衙门，向他说道："老狄日前带兵前去，不知连日胜负如何。我看他也无什么韬略，若能李飞雄将怀庆攻破，那时不怕老狄是什么老臣，这失守城池的罪名也逃不过去。连日李飞雄可有信前来?"许敬宗道："我也在此盼望，若得了信息，岂有不通知你的道理。老狄亦未有胜负禀报前来。心想明日早朝，如此这般，奏他一本。若圣上仍将狄调回，这事便万无一失了。"武承嗣听了此言，大喜道："这样三面夹攻，若有一处能成，倘王熊之事办妥，便省用许多心计。"二人谈了一会。

次日五鼓，各自临朝。山呼已毕，许敬宗出班奏道："臣位居兵部，任重盘查，理合上下一心，以国事为重。月前李飞雄奉庐陵王之命，兵犯怀庆。陛下遣狄仁杰带兵征剿，现已去有数日，胜负情形未有边报前来。设若狄仁杰与叛贼私通结兵之处，岂不是如虎添翼。拟请陛下传旨，勒令从速开兵，限日破贼。”武后见他如此启奏，尚未开言，见值殿官奏道：“太常工人安金藏，前因谏保太子剖腹自明，蒙圣上赐药救治，越日苏醒，现在午门候旨。并有狄仁杰报捷本章，请他代奏。”武后此时正因许敬宗启奏此事，随道：“既狄卿家有报捷的本章，且命安金藏入朝见孤。”

值殿官领旨下来，顷刻安金藏入朝，俯伏金阶，谢恩已毕，然后在怀中取出狄公的奏本，递上御案。武后看毕，不容不怒，向着许敬宗道：“汝这误国奸臣，害我母子。平日居官食禄，所为何事？李飞雄乃汝旧人，敢用这冒名顶替之计，诈称庐陵王谋反，并勾结武氏弟兄，使我皇亲国戚结怨于人，万里江山几为祸乱。若非安金藏、狄仁杰等人保奏阻止，此事何以自明？现在李飞雄身已遭擒，直认不讳。元行冲行抵房州，太子痛不欲生，号啕痛哭，立志单身独骑驰赴怀庆，与狄仁杰破贼擒王，以明心迹。现既将贼首拿获，以俟太子驾到，得胜回朝。孤家因汝屡有功劳，故每有奏章，皆曲如所请。今日辜恩负国，几将大统倾移，似此奸臣，本该斩首，且俟狄仁杰入朝，李飞雄对质明白，那时绝不宽容。”说毕，在御案亲笔写了一道谕旨，向安金藏道：“卿家保奏有功，太子既往怀庆，着卿家传旨前往，召庐陵王与狄仁杰一同入朝，以慰离别。”安金藏接了此旨，当即谢恩出朝。此时众文武大臣，见武后如此发落，忠心报国的无不欢喜异常，不日可复见太子，那些孤群狗党，见了这道旨意，无不大惊失色，为许敬宗、武承嗣担忧。

当下武后传旨已毕，卷帘退朝，百官各散。许敬宗到了武三思家内，告知此事，彼此皆吓得面如土色，说道：“这事如何是好？不料老狄手下有如此能人，竟将李飞雄生擒过马。若果太子还朝，我等还有什么望想？但不知王熊前去如何，现在也该回来了。圣上现已传旨，召令还京，安金藏这厮断不肯随我等指使，必得设法在半路结果了性命，方保无事。”

两人商议了一番，忽然武三思的家人在他耳边说了许多话，三思不禁大喜，命他赶速前去。

不知后事如何，且看下回分解。

第六十二回 庐陵王驾回怀庆 高县令行毒孟城

却说武三思听那家人之言，大喜道："汝能将这事办成，随后前程定与汝个出路。"许敬宗忙问何事，三思道："此去怀庆府有一孟县，现任知县乃是我门下家生子，提拔做了这县令，名叫高荣。这家人名叫高发，是他的弟兄。此时大兵前来，得胜还朝，非得如此这般，不能令老狄结果性命。既如此这般，岂不是件妙计。"许敬宗听了，也是欢喜。

不说高发前去行那毒计，回头再说刘豫同裘万里、方如海，带了偏将，赶至房州，次日庐陵王听说李飞雄已经擒拿，放心前往。一路乘太平车辇，直向怀庆进发。在路非止一日，这日到了怀庆府界内。探马报入营中，狄公带领前队沿路接来。离城一百余里，前面车驾已到，两下相遇，狄公赶着下马，到辇前行了军礼。君臣相见，悲喜交集，两边队伍鸣炮壮威，敬谨恭接。庐陵王见众官跪到两旁，传旨一概到营相谒，然后命狄公同行。直至下昼，方到怀庆城下。早有胡世经上前奏道："微臣恐太子一路辛苦，营中僻野，风雨频经，不免有伤龙体。现已将臣衙门概行让出，改为行宫，请太子进城驻马。"狄公见胡世经如此敬奏，也就请太子入城，并将李飞雄兵临城下，幸他闭城自守，不肯告急的话，说了一遍。庐陵王道："孤家命途多舛①，家事国事如此纷纭，今日前来，正宜与士卒同甘苦，以表寸心，挽回母意，何能再图安乐，广厦高居。"狄公道："殿下之言虽是切当，此

---

① 命途多舛：指一生坎坷，屡受挫折。唐·王勃《滕王阁饯别序》："时运不齐，命途多舛。"舛（chuǎn）：不顺，不幸。

时贼首已擒，两三日后俟指差回营，看圣旨如何发落，那时便可进京。”庐陵王见众人谆谆启奏，只得准旨，与元行冲、刘豫等人，在胡世经衙门住下。

次日一早，受百官叩谒，然后命驾出城，到营中巡视一番，又将敌营事问了一遍。狄公便将前事尽行告知，又将京中武氏弟兄、许敬宗诬害，亏得安金藏剖腹保奏的话，说了半日。庐陵王流泪道：“母子之间，岂有别故？皆是这班奸贼欺奏，以致使我容身不得，定省久疏，言之深堪痛恨。不知卿家报捷的本章入朝，如何处置。”君臣正在营中谈论，营门外忽有报马飞来，到了营前，飞身下骑，也不用人通报，走入大帐跪下报道：“禀大人，现在安金藏大人钦奉圣旨，前来召太子回京，钦差已离营不远了。”狄公听了喜道：“果是他来么？太子可从此无虑了。”赶着命人在大帐设了香案，同庐陵王接出营来。

未有一刻，前站州县派了差官护送前来。狄公因太子是国家的储君，不便去接钦差，但请在营前等候。自己上前，将安金藏迎接下马，邀请入了大帐，随着太子望阙行礼，恭请圣安。然后安金藏将圣旨开读，说：“狄仁杰讨贼有功，回京升赏。庐陵王无辜受屈，既已亲临怀庆，命狄仁杰护送回京，以慰慈望。钦此。”当时太子谢恩已毕。这日先命裘万里带同大队，先行起程，仅留一千兵丁保护太子。众将依令前往，马荣等人同着李飞雄，随着狄公等人一起而行。道路之间，欢声震耳，皆说太子还朝，接登大宝，不致再如从前荒乱。

君臣在路，行了未有两日，到了孟县界内。忽见前站差官，向前禀道：“现有孟县知县高荣，闻说太子还朝，特备行宫，请大子暂驻行旌，聊伸忠悃[①]。”此时庐陵王房州一路而来，未曾安歇便起程，连日在路甚觉疲困，只因狄公耐辛受苦，随马而行，不便自己安歇。现听高荣备了行宫，正是投其所欲，向着狄公道：“这高荣虽是个县令

---

① 忠悃：至忠至诚。悃（kǔn）：诚恳，诚挚。

出身，却还有忠君报国之心。现既备下行宫，且请卿家同孤家暂住一宵，明日再行如何？”狄公也知太子的意思，只得向差官道：“且命孟县知县前来接驾。”差官领命，将高荣带至驾前，只见俯伏道旁，口称：“孟县高荣接驾来迟，叩求殿下恩典。”庐陵王赐了平身，向他说道：“本藩耐寒触苦，远道而来，皆为奸臣所误。卿家服官此地，具有天良。本藩今日暂住一宵，一概供张概行节省。”

高荣当时领命起身，让车驾过去，方才随驾而来。狄公在旁将他一望，只见此人鹰鼻鼠眼，相貌奸刁，心下便疑惑道：“日前本院也由此经过，他果赤心为国，听见大兵前来，也该出城来接，为何寂静无声，不闻不问。现在虽太子到此，却竟如此周到，莫非是武氏一党，又用什么毒计？所幸胡世经随驾护送，现在后面，此地又是他属下，这高荣为人他总可知道。”此时也不言语。等太子进了行宫，果见一带搭盖彩篷，供张美备，也说不尽那种华丽。狄公见了这样，越觉疑惑不止。无论他是武氏一党与否，单就这行宫供应而论，平日也就不是好官，不是苛刻百姓得来赃银，那里有这许多银钱置办。当时与太子入内，所有的兵将概在城外驻扎，只留马荣、乔太、元行冲、胡世经等人在内。

传命已毕，狄公将胡世经喊至一旁，向他问道：“孟县乃贵府属下，这高荣是何出身，及平日居官声名，心术邪正，谅该知道，且请与本院说明，好禀明太子。”胡世经见问，忙道：“此人出身甚是微贱，乃武三思家生的奴婢。平日在此无恶不作，卑府屡次严参，皆为奸臣匿报不奏。现在如此接待，想必惧卑府奏明太子，故来献这殷勤。”狄公道：“既是如此，恐为这事起见，唯恐另有别故。”随命马荣、乔太加意防护，勿离太子左右。

且说高荣见庐陵王驻歇行旌，心下大喜，赶即回转衙门向高发说道：“此事可算办妥。但我不能在此耽搁，须到行旌伺候，乃不令人生疑，其余你照办便了。”高发更是喜出望外。当下高荣又到行旌，布置一切。到了上灯时分，县衙里送来一席上等酒肴。高荣向庐陵王奏道：“太子沿路而来，饮食起居自必不能妥善，微臣谨备粗肴一席，叩请太子赏收。”庐陵王也不知他心怀叵测，见他殷勤奉献，当时准奏收下。顷刻间设了位，山珍海馐摆满厅前。

庐陵王因自己尚在藩位，也就命狄公、元行冲两人陪食。此时狄仁杰早已看出破绽，只见高荣手执锡壶，满斟一盏，跪送在庐陵王面前，然后又斟了两杯，送狄、元两人。狄公见怀中酒色鲜明，香芬扑鼻，当时向庐陵王道：“微臣自提兵出京，历有数月，不知酒食为何物。今日高知县如此周到，敬饮酒肴，足征乃心君国。此酒色香味俱佳，可谓三绝，但太子此时虽是藩位，转瞬即为大君，外来酒食必当谨慎。古有君食臣尝之礼，殿下面前之酒，且请赐高荣先饮，以免他虞。”

庐陵王见狄公如此言语，心下暗道：“此事你也多疑，这不过县令报效的意思，那有为祸之处，要如此郑重。”一人虽这样说项，总因狄公是忠正的老臣，不能不准他所奏。当时向高荣道：“此酒权赐卿家代饮。”这句话一说，顷刻把个高荣吓得面如土色，恐惧情形见诸面上。当时又不敢不接，欲想饮下，明知这酒内有毒，何能送自己性命？便眉头一皱，计上心来，赶紧跪下谢恩。故作匆忙的情状，两手未曾接住，“当啷”一声，把个酒杯跌在地下，瓦片纷纷，酒已泼去，复又在下面叩头请罪。狄公知他的诡计，随时脸色一沉，怒容满面，向高荣喝道：“汝这狗头，诡计多端，疑惑本院不能知道。汝故意失手将酒泼去，便可掩饰此事么？武三思如何命汝设计，为我从实说来，本院或可求殿下开恩，免汝一死。不然，这锡壶美酒既汝所献，便在此当面饮毕，以解前疑。”

庐陵王听狄公如此言词，方知他的用意，也就命高荣饮酒。高荣此时见狄公说出心病，早是汗流不止，在下面叩头说：“微臣死罪，何敢异心。陛下既不赏收，便命人随时撤去。微臣素不善饮，设若熏醉失仪，领罪不起。”狄公听了，冷笑道：“你倒掩饰得爽快。本院不将此事辩白清楚，汝也不知利害。”随命到县署狱中，提出一个死罪的犯人，将酒命他饮下。顷刻之间，那人大叫不止，满地乱滚，喊哭连天，未有半个时辰，已是七孔流血而死。庐陵王见了这样，不禁怒道："狗贼如此丧心害理，毒害本藩，究是谁人指使？若不说明，将汝立刻枭首。"高荣到了此时，也无可置辩，只得将武三思的话说了一遍。庐陵王自是大发雷霆，命马荣到县署将高发捉来，一同枭首。随命刘豫做了这孟县知县，以赏房州救驾之功。

次早仍然拔队起程，向京都而进。行未数日，已到都城。裘万里先将前营各兵扎于城外，听候施行。此时各京官衙门得报，听说太子还朝，虽是奸贼居多，也只得出城迎接。

不知武三思等人接着此信，后事如何，且看下回分解。

第六十三回　见母后太子还朝　念老臣狄公病故

却说庐陵王到了京中，狄公命裘万里将大营扎在城外，与元行冲、安金藏三人来至黄门官处，请他赶速奏知武后，说太子回朝，午门候旨。黄门官何敢怠慢，却巧武后在偏殿理事，当即奏明。武则天听说是太子前来，虽是淫恶不堪的人，到了此时不无天性或发，随命入宫见驾。黄门官出来，将三人领至宫内。庐陵王见了武后，连忙俯伏金阶，泪流不止，说："臣儿久离膝下，寝食不安，定省久疏，罪躬难赦，只以奉命远贬，未敢自便来京。今获还朝，得瞻母后，求圣上宽恩赦罪，曲鉴下情。"奏毕，哭声不止。

武则天见了这样情形，明知他是负屈，又不好自己认过，只得说道："孤家由今返昔，往事不追。汝既由狄卿家保奏还朝，且安心居住东宫，以尽子职，孤家自有定夺。"庐陵王听了此言，只得谢恩侍立。狄公与元行冲、安金藏三人复命请安，将各事奏毕，然后齐声说道："目今太子回朝，圣心安慰。但奸贼不除，何以令天下诚服？设非臣等保奏，误听谗言，以假作真，适中奸计，那时江山有失，骨肉猜疑，是谁之咎？许敬宗、武三思等人，若不依罪处治，恐日后小人诬奏，尤甚于前。臣等冒死陈词，叩求陛下宸断。"武则天此时为三人启奏得名正理顺，心下虽想袒护，也不好启齿，当即传旨："命元行冲为刑部尚书，许敬宗立即拿问，与武承嗣等到案讯质，复奏施行。"三人当即谢恩出来。自是太子居住东宫。

且说武承嗣与许敬宗自命高发往怀庆去后，每日心惊胆裂，但想将此事办成便可无事。这日正在家中候信，忽听京都城外有号炮声音，吃了一惊，忙道："这是畿辅之地，哪里有这军械响声。"赶着命人出去查问。那人才出了大门，只见满街百姓不分老幼，无不欢天喜地，互相说道："这冤屈可申了。若不是这三人忠心为国，将李飞雄擒住，庐陵王此时也不能还朝。现在前队已抵城外扎营，顷刻工夫车驾便要入宫，我们且在此等候，好在两边跪接。"当时纷纷扰扰，忙摆香案，以备跪接。那人听说如此，心下仍不相信，远远地见有一匹马来，一个差官飞奔过去。众百姓拦阻马头，问道："你可由城外而来？庐陵王可进城么？"差官道："你们让开，后面随即到了。"那人知是实情，赶着分开众人，没命地跑回家内，气喘吁吁，向着武承嗣道："不好了，庐陵王已经入朝了。方才那个炮声，乃是狄仁杰大队扎营。想必高发弟兄未能成功，这事如何是好？唯恐狄仁杰等人不肯罢休，究寻起来获罪非轻。"

武承嗣听了此言，登时大叫一声道："狄仁杰，我与你何恨何仇，将我这锦绣江山得而复去。罢了罢了，今生不能奈何与你，来生狭路相逢同他算账。"说罢，自知难以活命，一人走进书房，仰药而死。当时武承业见了此事，也知获罪不起，随带了许多金银细软，由后门带领家眷，逃往他方。唯有武三思不肯逃走，心下想："这武后究是我姑母，即便追出实情，一切推到他两人身上，谅武后也要看娘家份上，不肯追求。"

正闹之间，外面已喧嚷进来，说巡抚衙门许多差官衙役，将前后门把守，说刑部现在放了元大人，许敬宗为李飞雄事革职归案审办。现在狄大人与元大人已经奉旨将许敬宗拿下，顷刻便来捉拿他弟兄。武三思听了此言，也不慌忙，一人坐在厅前等候。少顷，元、狄两人到了里面，先将旨意说明，便要命他同赴刑部。三思道："二位大人既奉旨前来，下官亦何敢逆旨。但此事下官实是不知，乃舍弟与许敬宗同谋。现已畏罪身死，且圣上只命二位大人审问，并未查封家产，舍弟身死，不能听他尸骸暴露、不用棺盛殓之理。权请宽一日，将此事办毕，定然投案待质。若恐下官逃逸，请派人在此防守便了。"

元行冲见他如此言语，明知武后断不至将他治死，此时见武承嗣已经自尽，大事无虑，落得做点人情，向着狄公说道：“武承嗣乃是要犯，既是畏罪服毒，且奏知圣上，请旨定夺。”当时两人依然回转刑部。这里武三思一面命人置办棺木等件，自己一面入宫。见了武后，哭奏一番，说：“前事皆武承嗣所为，现在已经身死。承业恐其波及，复又逃逸。武氏香火，只剩自己一人，如圣上俯念娘家之后，明日早朝赶速传旨开赦，不然前后皆是一死，便碰死在这宫中。”说罢，大哭不止。此时武后回想从前，悔之已晚，当时也只得准奏，命他回去收殓承嗣。

次日早朝，也就赦旨，说武承嗣虽犯大罪，死有余辜，姑念服毒而亡，着免戮尸示众。武承业在逃，沿途地方访拿解办。三思未与其谋，加恩免议。狄公听了此奏，知是奸臣不能诛绝干净，深以为恨。所幸庐陵王入京，奸焰已熄，目前想可无虑。当下退朝出来，随同元行冲到刑部，升堂将许敬宗审讯。敬宗知是抵赖不去，只得将前后备事直供一遍。随即录了口供，次日奏明朝廷，奉旨斩首。狄、元出朝，随将许敬宗绑赴市曹，所有在京各官，以及地方百姓，受过凌辱之人，无不齐赴法场，看他临刑。到了午时三刻，人犯已到，阴阳官报了时辰，刽役举起一刀，身首异处。百姓见他头已落地，无不拍掌叫快。许多人拥绕上来，你撕皮，他割肉，未有半个时辰，将尸骸弄得七零八落的，随后自有家属前来收殓。

且说狄公与元行冲监斩之后，入朝复命，武后封他为梁国公，同平章事，入阁拜相。所有元行冲、安金藏等人，皆论功行赏。李飞雄故念自己投城，误听奸计，着免其斩首，戴罪立功。众臣次日上朝谢恩。从此那班奸臣皆畏狄公威望，不敢再施诡计。庐陵王居住东宫，每日侍奉武后，曲尽孝恩。

谁知乐极悲来，狄公自入京以来，削奸除佞，整理朝纲，全无半刻闲暇，加以年岁高大，精力衰颓，以至积勤成疾。这年正交七十一岁，武后见他年迈，一日问道：“卿家百年归后，朕欲得一佳士为相，朝廷文武，可命谁人？”狄公道：“文武蕴藉，有苏味道、李峤两人。

若欲取卓荦奇林①，则有荆州司马张柬之。此人虽老，真宰相才也，臣死之后，以他继之，断无遗误。”武后见了如此保奏，次日便迁为洛州司马。那知狄公保奏之后，未有数日，便身体不爽。到了夜间三更，忽然无疾而逝。在朝各官得了此信，无不哭声震地，感念不忘。五鼓上朝，奏明武后，武后也是哭泣道：“狄卿家死后，朝堂空矣。朝廷大事，有谁能决？天夺吾国老，何太早耶！”随传旨户部尚书，发银万两，命庐陵王亲去叩奠，谥诰封为梁文惠公，御赐祭奠。回籍之日，沿途地方妥为照料。然后传旨命张柬之为相。

谁料那班奸臣，见狄公已死，心下无所畏惧，故态复萌，复思奸诈。张昌宗、张易之两人，愈复肆无忌惮。平日狐媚武则天，所有朝廷大臣，阁部宰相，一连数日皆不得见武后之面，庐陵王虽居东宫，依然为这般人把持挟制。张柬之一日叹道：“我受狄公知遇，由刺史荐升宰相，位高禄重，不能清理朝政，致将万里江山送与小人之手，他日身死地下，何颜去见狄公？”一人思想了一会，随命人将袁恕已、崔元暐、桓彦范等人请来，在密室商议。袁恕已道：“听说武后连日抱病，不能临朝，因此二张居中用事。设有不测，国事甚危，如何是好？”张柬之道：“欲除奸臣，必思妙计。现在羽林卫左将军李多祚，此人颇有忠心，每在朝房，凡遇奸贼前来，他便侧目而视。若能与他定谋，除去国贼，则庐陵王便无后虑。”众人齐声道好，说：“此人我等皆知，事不宜迟，可令人就此去请。”当下张柬之出来，命人取了名帖，请李将军立刻过来，有要事相商。

此时李多祚正因连日武后抱病，朝政纷纭，一人闷闷在家，长吁短叹，想不出一个善策可以将张昌宗两人除去，忽然家人来禀说：“张柬之命人请你去议事。”不禁心下一惊，复又暗喜道：“我与他虽职分文武，他这宰相乃是狄仁杰保举。此时请我，莫非有什么妙计？”当时回报，立刻过来。家人去后，随即乘轿来至张柬之相府。柬之先命袁恕已等人退避，一人穿了盛服在后书房接见。两人行礼已毕，叙

---

① 卓荦奇林：明显突出，罕见稀有。卓荦（luò）：卓越，突出。汉·班固《两都赋》：“卓荦诸夏，兼其所有”。

了寒暄。张柬之见他面带忧容，乃道："目今圣明在上，太子还朝，老将军重庆升平，可为人臣的快事，何故心中不乐，面带忧容？莫非因官职未迁，以致抱憾么？"李多祚见问，知道试探他的口气，乃道："老夫年已衰迈，还想什么迁官加爵，但能如大人所言重庆升平，虽死而无怨。若以毕生而论，除国事未能报效，其余也算得富贵两全了。"张柬之见他说了此言，也是同一心病，趁机便将除贼的话与他相商。

不知后事如何，且看下回分解。

第六十四回　张柬之用谋除贼　庐陵王复位登朝

却说张柬之见李多祚所言，也是同一心病，趁机说道："将军可谓富贵双全。但不知今日富贵，是谁所致？"多祚听了此言，不禁起身流泪道："老夫南征北讨，受先皇知遇之恩，以致荐居厥职。今日之富贵，先皇所赐也。"柬之道："将军既受先皇之赐，今日先皇之子为二竖①所危，何以不报先皇之德？"多祚到了此时，正是伤心不已，乃道："老夫久有此心，只因未得其便。大人乃朝廷宰相，社稷良臣，苟利国家，唯命是德。"柬之见他此言出于至诚，也就流泪道："此时请将军正为此事，刻下武后抱病，将军能率部下斩关而入，将张昌宗诛绝，然后请武后养病于上阳宫，则唐室江山岂不仍归李姓？"多祚当时哭拜于地道："宰相之言真国家之福，老夫何敢不从。"

当时议定，柬之又命袁恕已等人出来，彼此相见，议论了一番。多祚道："老夫依计而行，设若外有奸人闻风起乱，那时何能兼顾？必得再有一人，以靖外乱，方可万全。"柬之想了一会，起身道："此人已得之矣。下官在荆州之时，与长史杨元琰泛舟江中，偶谈国事，慨然有匡复之志。自张某入相，引为羽林卫右将军，与将军朝夕相见。其人赤心报国，具有肝胆，何不此时去邀来，共议此事。"李多祚忙道："此人实可与谋，设非宰相言及，几乎忘却。老夫此时便去。"说罢起身，来至杨元琰府内。元琰见是多祚前来，随即出见。看他面有泪痕，忙问道："将军从何而来？为何面色不乐？"多祚道："适自宰相府中至此，闻将军从前为荆州长史，与张公意气相投，不

① 二竖：指张昌宗、张易之兄弟二人。竖子，儿子，蔑称。

知可有此事么?”元琰道:“某一身知遇,唯张公一人,岂仅意气相投而已。”多祚道:“既然如此,张公立等,有言面商,特命老夫前来奉约。”

杨元琰听了此言,心下已猜着几分,因有家人侍立两旁,不便追问,随即乘轿同至相府。走入里面,见袁恕已这干人全在书房,无不忧形于色。入座问道:“相公呼我何来?若有用某之处,万死不辞。”柬之道:“将军曾记江中之言乎?此其时矣,不能再缓。”元琰道:“某亦久有此心,只因独力难支,未敢启齿。此正为臣报国之秋,何敢退避。”当下六人商议已毕,柬之道:“前议虽佳,究竟决裂。张昌宗虽在宫中,他家下未必无人。莫若用调虎离山之计,引他出来,将他诛杀,岂不是好。”众人道:“若能如此,便省无限周折,且免武后震恐。”众人直至三鼓以后,方才各散。

次日李多祚打听得张易之每日自回家中,将宫中禁物肆行搬运,至四鼓之时方进宫去。多祚访问清楚,当即选了五百亲信兵丁,到了二鼓之后,借巡夜为名,向张昌宗住宅而来。合当二张诛杀,却巧张易之带了许多宫禁之物,命两个小太监随着自己,由宫内回来。方欲进门,后面李多祚已至,上前喝道:“汝是谁人,竟敢犯夜。”张易之见是羽林卫的军兵,那里能受,骂道:“汝这许多狗头,不知此地是谁的府上,在此呼喝。”众兵本是李多祚指使,为捉他而来,当时上来数人,将他揪住道:“不问是谁的门前,我们李将军要将你带去。”说着也不问情由,早将两手背于后面。小太监想来帮助,无奈身边俱有要物,不敢动手,只得说:“汝等勿得啰唣,此乃西宫张六郎府前。若不放手,可获罪不浅。”李多祚见已将张易之拿住,心下好不欢喜,随即上前问道:“汝是谁人?可从实说明,本将军自有发落。”张易之连忙答道:“李将军,你我皆一殿之臣,我乃张易之,难道未曾见过么?”李多祚道:“误国的奸臣,汝既说出姓名,何故深夜不在家中,带着太监意欲何往?为我从实言明。”张易之道:“目今武后抱病,方才进宫看视病症。蒙武后龙恩,命小太监送我回来,你何得在门前拦阻?”李多祚道:“胡说!这太监身上明有宝物,显见汝偷盗禁物,潜运家中，该当何罪？”说着命人将小太监身上搜查。顷刻上来数人，搜出许多物件。多祚道：“汝这奸贼，此乃人赃两获，尚有何赖？显见家中私藏不少了。”随命兵丁分一半在门外把守，一半同自己入内起赃。

当时呐喊一声，众兵将太监并易之三人拥入里面。无论男女老少，见一名捆一个，见两名捆一双，上下里外，不下有四五百人，一名未能逃脱。然后将张易之捆倒在地，取出腰刀，在他颈项上试了两下，然后问道：“汝是要死要活？”张易之到了此时，早吓得魂飞天外，连忙答道：“蝼蚁还想贪生，谁人肯死？”多祚道：“你既要活，可快命人入宫，将你哥哥喊来，问他迁我何官，送我多少银两。说明之后，随后不但不杀你，还要感激。”张易之不知是计，疑惑他因未升官故而挟仇，忙道：“这事容易。”立刻命人前去，说家中出有要事，请六郎即速回来，千万勿误，再迟便有性命之虞了。

当时释放了一个家人，领着易之的言语，拼命奔入宫中，照着原话说了一遍。张昌宗正伏伺武则天安睡已毕，听了此言，便鬼使神差，随着原人趁轿回来。以为李多祚见了自己，总要看点情分，将兄弟释放。谁知才到里面，兵丁看见，齐声喊道：“奸贼来也，莫要为他逃走。”只见你推我拥，早将张昌宗捆起，押至厅前。昌宗见了多祚之面，还未知道是他的妙计，忙道：“李将军快来救我。你手下的兵士不知道我的权势，竟敢将我捆起，你还不为我解下。”多祚喝道：“汝想谁救汝？乱臣贼子，人人得而诛之。汝欺君误国，死有余辜，今日还想活命么？”当即吩咐将张昌宗弟兄斩首，所有家属数百人全行杀戮。独将两名小太监放去。这两人是死里逃生，自是没命跑回宫中。谁知张柬之、袁恕已等人，已到玄武门内。太监到了里面，正值武后查问，赶忙奏道：“不好了，右羽林卫将军李多祚谋反，现已将张六郎弟兄杀死。”武则天虽在病中，听说有人谋反，知道李多祚有兵权在手，赶着起身问道：“谁人作乱？何不拿下。”此时张柬之等人皆已听见，随即在外答道：“张易之、张昌宗两人欺君误国，久存谋反之心。今趁陛下病中，欲行己志，又将宫廷禁物私运家中，臣等奉太子之令，特命右羽林将军李多祚将两贼斩首，以杜乱萌。”

正说之间，桓彦范同敬晖等人已将太子由东宫请出，来此候旨。武后见了他面，乃道：“是汝指使耶？小子既诛，可还东宫而去。”此言未毕，桓彦范领着众人跪于阶下，奏道：“太子乃天下明君。昔先皇以爱子托陛下，国家王器自有所归。今年齿已长，既蒙加恩由房州赦归，久居东宫恐失民望。人心天意，久思李氏，虽有二张为乱，君臣不忘先皇之德，故奉太子诛乱臣。陛下春秋已高，理合静养余年，以臻上寿。从容闲暇，含饴弄孙，愿传位于太子，以顺天人之望。”武后到了此时，只得准奏。

当时庐陵王谢恩已毕，此时正值四鼓以后，将次临朝。张柬之赶忙为庐陵王换了天子章服，来至金殿御案前坐下。张柬之随敲了龙凤钟鼓，朝房文武有一半得知此事，其余尚不知道。忽然听得钟鼓齐鸣，无不惊讶，若非有了大典，何以两器同敲。当下众臣纷纷入朝，两班侍立。再朝金殿上一望，正是惊者大惊，喜者大喜，不知庐陵王何以复登龙位。张柬之高声说道：“在廷文武大小臣工，兹因张昌宗、易之两人谋为不轨，张某奉太子之命，率同李多祚等人将昌宗斩首。既蒙武后传旨，传位东宫，今日登极之初，理合排班恭贺。”众人听了此言，无不俯伏金阶，行那君臣之礼。庐陵王首先传旨，率百官上武后尊号。称为则天大圣皇帝，徙居上阳宫。每日请安问膳，定省晨昏，曲尽子职。

次日，大赦天下，后人称为中宗。随又传出一道圣旨：加封狄仁杰公爵，世袭罔替；张柬之、桓彦范、袁恕己这一干人，皆加封侯爵；李多祚封为勇猛侯；刘豫升为怀庆府；胡世经着来京升用。其余有功大臣，哨弁偏将，无不加封实职。从此太平无事，君明臣良，官为国家，民知君上，江山万里，依然李氏家传，社稷千秋，终赖狄公政治。

后　记

不题撰人创作的《狄公案》这部小说，是诸多古代公案传奇小说中写的较好一部。堪称是一部艺术性强，语言通俗，结构严谨的优秀古典作品。小说在一些重要的情节上，通过若干具体事例的生动描写，形象地还原了狄仁杰原本的面貌。对其清正廉洁、刚正不阿的性格，做了全方位的立体展现。为使读者进一步了解历史上狄仁杰其人，校注者整理了狄仁杰的简要生平。在此录出，以飨读者。

狄仁杰（630—700），字怀英，并州太原（今山西太原）人，唐代、武周政治家。狄仁杰出生于一个官宦之家。祖父狄孝绪，在唐太宗李世民的贞观朝任尚书左丞，父亲狄知逊，任夔州（今重庆市奉节县）长史。狄仁杰通过明经科考试及第，出任汴州（今河南开封）判佐；时工部尚书阎立本为河南道黜陟使，狄仁杰被吏诬告，阎立本受理讯问，他不仅弄清了事情的真相，而且发现狄仁杰是一个德才兼备的难得人物，谓之“河曲之明珠，东南之遗宝”，推荐狄仁杰作了并州（约今山西太原、大同及河北保定一带）都督府法曹。后来，狄仁杰升任大理丞，他刚正廉明，执法不阿，一年之内判决了大量的积压案件，涉及一万七千人，却无一人冤诉，一时名声大振。

仪凤元年（676），左威卫大将军权善才、右监门中郎将范怀义误砍昭陵柏树，唐高宗李治要处死他们，狄仁杰却认为他们不应该判死罪。唐高宗怒道：“他们是让我作不孝之子，必须要杀他们。”狄仁杰道：“汉朝时有人盗取高庙玉环，汉文帝想要灭其族，张释之直谏道：假如盗取了长陵一把土，将如何按律加其罪？于是罪只杀一人。陛下的法律悬挂在宫外阙门上，法律规定本来就有差别等次的，罪不至于死而让他们去死，这是什么缘故呢？现在误砍一株柏树，就杀掉二位大臣，后世之人将说陛下是什么样的君主呢？”高宗于是免去了二人的死罪。几日后，狄仁杰被授予为侍御史。

调露元年（679），司农卿韦机督建完成宿羽、高山、上阳等宫，狄仁杰以宫室太过壮丽为由上表弹劾，韦机因此被免官。不久，狄仁杰又弹劾左司郎中王本立恃宠跋扈，请求交付法司审理。高宗下诏宽宥，狄仁杰道：“朝廷虽然缺乏人才，但是却不缺王本立这种人。陛下为什么要爱惜此人，而亏损王法呢！如果一定要宽赦王本立，就请把臣贬到没人的地方，给将来忠贞的人作为警戒！”王本立因此被治罪。

不久，狄仁杰加朝散大夫，又改任度支郎中，并在高宗前往汾阳宫（在今山西静乐县）时，充任知顿使。

垂拱二年（686），狄仁杰出任宁州（今云南省华宁县境内）刺史，在任内妥善处理民族关系，深受拥戴，宁州百姓还为他立碑颂扬。当时，右台监察御史郭翰巡察陇右诸州县，弹劾了大批官员。到达宁州后，见颂扬刺史美德的人不绝于路，郭翰对人说：“一到州境内，就知道治理的如何了。”于是向朝廷推荐狄仁杰。不久，狄仁杰被征拜为冬官侍郎。

垂拱四年（688），狄仁杰充任江南巡抚使。当时，江南之地有很多民间自行设立的祠庙，狄仁杰奏请焚毁1700余所，只留下夏禹、吴太伯、季札、伍员四祠。不久，狄仁杰改任文昌右丞，又出为豫州（今河南省境内）刺史。

当时，越王李贞在豫州起兵反抗武则天失败，六七百人受到株连，五千余人没入官籍。司刑使逼狄仁杰行刑，狄仁杰认为判决有误，请求延缓行刑，然后秘奏武则天道：“我本想正大光明的上奏，但似乎有为谋逆的人说情之嫌；但是如果我明白什么是对的又不说的话，恐怕违背了陛下您怜悯天下百姓之心。这些人做出谋逆之事并非他们自愿，希望您怜悯他们的不得已。”武则天就下旨赦免了他们的死罪，改为发配到丰州（今福州市境内）。囚犯们被押至宁州时，宁州父老到郊外迎接，并道：“是我们的狄使君救了你们的命吧？”于是囚犯们相互搀扶着到百姓为狄仁杰立的石碑旁哭成一片，斋戒三日，这才离开宁州。囚犯们到丰州后，又为狄仁杰立碑，以颂恩德。

当时，宰相张光辅率军讨平李贞之乱，部下将士自恃功劳，大肆勒索，狄仁杰一概不予听从。张光辅怒道："你这州官是要怠慢元帅吗?"狄仁杰说："祸乱河南的只是一个李贞而已。现在一个李贞死了，而千万个李贞又生了。"张光辅不解其意，狄仁杰道："您率领三十万军队平定叛乱，但是不能约束士兵，纵容他们的暴行，那些无辜百姓死伤惨重，不忍目睹，这不是一个越王死了而千万个越王又生了吗?况且，那些遭胁迫跟随越王的人，他们势必不愿坚守，等到朝廷军队突然攻来之后，放弃城池归顺朝廷的不可胜数，那些归顺的人顺着绳子从城墙上滑下，城池四周踏出一条条的小路，你为什么纵容那些贪求战功的人，去追杀这些准备归顺投降的人呢?只恐怕冤声沸腾直冲九霄云天！我如能请来尚方斩马剑，就杀了你这罪人，到时我再向朝廷请罪，即使我死了，我的功德也将永远铭记在百姓的心中。"张光辅无言以对，但是却怀恨在心，回朝后便弹劾狄仁杰出言不逊。狄仁杰被贬为复州（今湖北沔阳西南）刺史，后出任洛州（今洛阳市附近）司马。

天授二年（691）九月，狄仁杰升任地官侍郎、判尚书、同凤阁鸾台平章事。武则天对他说："你在汝南的时候，有很多好的政绩，你想知道是谁中伤你的么?"狄仁杰回答道："如果陛下认为我错了，我就改过；如果陛下明白我并无过错，这是我的幸运。我不想知道中伤我的人是谁，并把他当作我的朋友，我情愿不知道。"武则天叹服。

长寿元年（692），来俊臣诬陷狄仁杰等大臣谋反，将他们逮捕下狱。当时，法律规定，一经审问即承认谋反的人可以减免死罪。狄仁杰下狱后，认罪道："大周革命，万物惟新，唐室旧臣，甘从诛戮，反是实！"来俊臣得到满意的口供，将狄仁杰等收监，只待来日行刑，不再严加防备。狄仁杰向狱吏借来笔墨，从被子上撕下一块帛，书写冤屈情况，塞在棉衣里，让人送回家去。看守的王德寿丝毫没有怀疑。狄仁杰的儿子狄光远得到帛书后，持信上告。武则天看了帛书，质问来俊臣。来俊臣道："狄仁杰等入狱后，我并未用刑，假如没有事实，怎么肯承认谋反！"武则天便命人前往查看，来俊臣伪造狄仁杰等的谢死罪表，让使者上奏武则天。

武则天召见狄仁杰，问道："你为什么承认造反？"狄仁杰道："我如果不承认造反，已经死于酷刑了。"武则天又问："那你为什么作谢死表？"狄仁杰道："我没有写过。"武则天令人拿出谢死表，才知道是伪造的，于是下令将狄仁杰释放，贬为彭泽令。此后，武承嗣多次奏请诛杀狄仁杰，都被武则天拒绝。

圣历元年（698），武则天欲立梁王武三思为皇太子，询问宰相们的意见。狄仁杰道："我看天下人都还思念唐朝，若立太子，非庐陵王不可。"武则天大怒。后来，武则天对狄仁杰道："我梦见下了好几盘双陆都没有赢，这是什么原因？"狄仁杰回答道："双陆不胜，是因为无子，这是天意在警示陛下。太子是天下根本，根本一动，天下就危险了。姑侄与母子谁更亲？您立庐陵王，那您千秋万岁后可以配享宗庙。若立三思，从没听说有将姑姑配享宗庙的？"武则天醒悟，当天便派人到房州迎接庐陵王李显。

不久，李显到达洛阳。武则天把李显藏在帐后，召见狄仁杰。说起庐陵王之事，狄仁杰恳请意切，哭泣不止。武则天让李显出来，对狄仁杰道："把皇太子还给你。"狄仁杰跪拜叩头，又道："太子回来了，还没人知道，人言纷纷，怎么才能让人相信呢？"武则天便让李显住在龙门，按礼节迎接回宫，满朝文武、天下百姓都十分高兴。当初，吉顼、李昭德多次请求太子回宫，武则天都不肯答应。只有狄仁杰以母子天性为说辞，最终感动了武则天，恢复了唐朝的嗣统。

同年秋天，突厥南下骚扰河北，武则天任命狄仁杰为河北道行军元帅前往征讨，并让他便宜行事。突厥杀尽所掠掳的男女达万余人，由五回道退回漠北，狄仁杰追之不及，后改任河北安抚大使。当时，百姓大都被突厥胁从，突厥兵离开后，因害怕被杀就纷纷逃跑或隐藏。狄仁杰上奏皇帝后，赦免河北诸州百姓，使他们回乡生产。

久视元年（700），狄仁杰进封内史。不久，武则天到三阳宫避暑。当时，有个胡僧请武则天去参观埋葬佛舍利，武则天应允。狄仁杰跪在马前，劝道：“佛是戎狄的神，不值得让皇帝屈尊驾临。那胡僧诡计多端，是想借此迷惑百姓。况且，沿途山路艰险狭窄，容纳不下多少侍卫，不是皇帝所应当去的地方。”武则天便在中途返回，道：“我是为了成全狄公的正气。”

武则天对狄仁杰非常敬重，常尊称他为国老，从不直呼其名，对他的退休请求不予批准，还不让他行跪拜之礼，道：“每当看到您跪拜的时候，朕的身体都会感到痛楚。”武则天还免除狄仁杰晚上在宫中值班的义务，并告诫官员道：“如果没有十分重要的军国大事，就不要去打扰狄公了。”

同年九月，狄仁杰病逝，终年七十一岁。武则天闻听后，哭道：“朝堂空了。”追赠文昌右相，谥号文惠，并废朝三日。此后，每当有朝廷大事不能决断时，武则天都叹道：“老天为什么这么早夺走我的国老。”

神龙元年（705），李显复位，是为唐中宗，追赠狄仁杰为司空。唐睿宗继位后，又追封狄仁杰为梁国公。

参见《新唐书·狄仁杰传》

以下人员参与本书相关工作：苏鸣、孙蕾、孙婷、雪莲、洪生、德臣、李玲玲、春光、黄玉京、双双、衡升、廷献、登富、小琴。